半岛哈里哈气之一

老果硷

LAOGUOHAI

张炜 著

上海文艺出版社

图书在版编目（CIP）数据

老果孩/张炜著.–上海：上海文艺出版社.2012.1
ISBN 978-7-5321-4291-0

Ⅰ.①老… Ⅱ.①张… Ⅲ.①长篇小说–中国–当代
Ⅳ.①I247.5

中国版本图书馆 CIP 数据核字（2011）第 251226 号

策　　划：浙江天舟

责任编辑：郑　理

特约编辑：童　舟

封面设计：曾国兴

老果孩

张炜 著

上海文艺出版社出版、发行

上海绍兴路 74 号

总 发 行：天舟文化股份有限公司

河南省瑞光印务股份有限公司印刷

开本 880×1230　1/32　印张 11.75　插页 20　字数 235,000

2012 年 1 月第 1 版　2012 年 1 月第 1 次印刷

ISBN 978-7-5321-4291-0　　定价：38.00 元

目录

引　言

爸爸不知犯了什么大错，最后不得不与全家一起离开原来生活的地方，来到这个半岛上。当时我还小，什么都不记得。妈妈说我是被装在一只篮子里携来的，这让我想到了一只猫。

我们家从此就定居在海边林子中，没有一户邻居。我现在可以从地图上指认我们的半岛了——它就像动物的一支犄角伸入了海中，细细的、尖尖的！可是我们住在上面的人丝毫没有觉得它狭窄，相反还认为它大得无边无际呢。

我们的小屋筑在丛林的边缘地带，不过离最近的人家也有一公里远。这儿到处是吵吵闹闹的各种动物——爸爸叫它们为"哈里哈气的东西"。我知道这是指它们跑动和打闹时发出的喘息声、喷气声。

后来，当我那些贪玩的同学和伙伴们来了，晚上躲在窗外黑影里等我出来，不小心弄出了声音时，爸爸就会咕哝一句："哈里哈气……"

我听了想笑，在心里说：林子里的各种野物，还有我们这一群，都是"哈里哈气的东西"！

美少年

第一章

MEISHAONIAN

酒糟小宽鼻

我被一件沉沉的心事缠住了。

它以前丝毫没有引起我的注意，所以一旦察觉了什么，发现事情真的要糟时，已经有点来不及了！最初是这样的：有一天我觉得鼻子那儿有点痒，就伸手挠了挠，并没在意；后来它又痒，我又挠了挠。

几天之后，当我穿过一片林子上学，刚刚踏上园艺场的那条沙土路时，立刻被一位叫"大红"的女工盯上了。

她是全场最漂亮的姑娘，平时甩着又粗又黑的大辫子，戴着两只花套袖，高傲得谁也不理。都说她长得好，大概就因为她腮上有两个酒窝吧。

真的，没见谁有这样的酒窝。酒窝是盛酒用的吗？这对我们大家一直都是一个谜。

大红那会儿从一棵苹果树下走出来，上下打量了我一会儿，然后就一直瞄住了我的脸。她这样看着，径直走过来——过去她才不会这样呢。我再也迈不开步了，僵了一样，就站在原地等她。

其实这是一种礼貌，妈妈说对园艺场里的人、对所有的人都要礼貌：好好听人说话、见了老师要鞠躬、及时说"叔叔好阿姨好"之类。这些并不难做，只要记住了，一套一套从头做下来就成，比课堂上的造句和算术要容易得多。

我准备大红走到离自己两步远的时候，马上就开口喊一句"阿姨好"。

可是这回有点晚了，因为她今天的动作格外麻利——最后几步简直是飞蹿过来的，所以当她一伸手捏住了我的鼻子时，我连一点防备都没有。

她捏得不太用力，也不算疼。可是我的脸涨得发烫，大概连脖子都红了。

我一甩头挣脱了，跳开了一大步。

这会儿又一个人走来了，那是她的妹妹二红。二红比她瘦，没有大辫子也没有酒窝。她和姐姐并排站在一块儿，看着我，笑。

大红指点我的鼻子，对二红说："看到了吗？酒糟小宽鼻！"

"嗯，嗯，真是呀！"她们笑着，歪头端量了一会儿，走开了。

我听得清清楚楚，站在那儿想：真是倒霉啊，一天才刚刚开始呢，就碰到了她俩！听她们刚才叫我什么啊，亏她们想得出！但愿这种奇特的叫法别让人听见、别乱传，不然就成了外号——我知道这里的人对各种各样的古怪称呼总是格外喜好，一旦有人听见了，就会风一样快地传开……

那样可就糟透了。

我对这样的叫法感到新奇，只不太明白真实的意思。不过我心里还是知道：这有可能是最坏最坏的一句话了。

如果当时有一面镜子，我会立刻停下来，将自己的鼻子好好研究一番。

就这样，我在原地站了一会儿，心里盛满了不安和屈辱，一步步往前走去。

鼻子竟然一阵阵痒了起来，真痒！

到了学校，一切都和过去一样——不，一切都不一样，所有人好像都多多少少注意到了我的鼻子。

疤眼老师的目光在我脸上停留的时间很长，而过去是一扫而过。今天，她第一眼看来的时间足有三秒以上，而且连看了三次。

她的左眼有点歪斜，所以用力盯人的样子很怪。也恰恰因为左眼的关系，我一直觉得她特别好看。有一次我对妈妈说了这个意思，她立刻批评了我。她误解了，以为我在讥讽自己的老师。其实我真的认为她的眼睛有一种说不出的好看。

因为无论什么时候，她的左眼好像总是在看着别的地方，脑子里正想着与眼前无关的其他一些什么事。这就引得别人也想得很远。哈，这多么有趣啊。

好不容易放学回到家里，第一件事当然是找镜子。老天，我仿佛第一次发现自己的鼻头原来这么红，上面有这么多斑点和皮屑！而且我很快注意到了更为严重的问题：鼻梁中间部分竟注成了这样……

它本来应该从眼睛下方开始一点点隆起、自然而然地在鼻头那儿形成最高峰。可惜它完全不是那么回事儿！瞧瞧吧，离眼眉三公分的部位，那儿简直就成了一片洼地。我可怜的鼻子就一直在这片洼地上挣扎……多么倒霉啊，我的鼻头显得太突兀了，它就像长时间地趴着、趴着，然后猛地站了起来！

这个鼻头不仅丑陋，而且滑稽。过去怎么就没有发现这个问题？

我找来了妈妈缝衣服用的皮尺，开始仔细度量起来：鼻头，宽三点一二公分、高二点五一公分……最后的两位数来自我的精确度量，我这人做任何事都力求准确。这是我被朋友们公认的一个优点。

我在心里揣摩：如果按正常的发育速度，问题一定会变得越来越严重。我估计自己的鼻头最终会达到五公分以上的宽度。这一想吓坏了：五公分！我比量了一下，马上有了大祸临头般的恐惧。

我曾经在图片上看到一种叫"狮虎兽"的动物，它是由老虎和狮子生的，从很小的时候起就有一个宽宽的大鼻子。它那样可以，我不可以啊。所有"哈里哈气的东西"都未免有一只宽鼻，这对它们来说才是天经地义的事情。

剩下的一段时间我给自己身边的两个家伙量了鼻子：花猫"小美妙"、大黄狗"步兵"。我的皮尺在它们嘴巴那儿比量时，它们都很高兴。这两个家伙长了这么长的胡子，年龄却又这么小。可见它们与人还是完全不同的，它们简直想怎么长就怎么长。

数值出来了：小美妙鼻宽一点四一公分。太窄了，不过它仍然有继续增宽的可能，最后可能达到一点五公分以上。步兵就宽多了，它这只黑鼻子可真够受的，一天到晚湿漉漉的，宽度竟然达到七公分以上！而且它的整个鼻子和脸庞顺下来，让人分不清究竟是鼻子还是脸——可以说是一鼻双用了。

它们俩误以为我要与它们游戏，所以还没等我把皮尺放在一边就闹腾起来：步兵想骑到我的身上，小美妙两爪紧紧抓住了我的胳膊。

我的心情很不好，不想与它们玩下去。

这才是真家伙

其实，我以前对自己的容貌并不在意。男子汉总想着自己美啊丑啊，那才是可笑的。不过事到如今我才知道，如果长得太丑了，也还是挺令人沮丧的。说到鼻子，这算怎么回事啊，这种事挺倒霉的吧！这种事也不是人人都能碰到的。

比如我的同班同学老憨——以这家伙为例是最好不过了——他比我只大三个月，个头却比我高上一拃，准确点说有七点八公分。准确很重要，凡事总不能"差不多"、"大约"如何，这是爸爸一再强调的。

我有个倒霉的爸爸，可他身上也有许多好的习惯，并不是事事都让人扫兴，这些以后会一点一点说到的。

老憨这家伙体重待量，因为要准确，所以不能用"百十来斤"来说——他肯定达到那个分量了。他是全班或全校最粗最壮的人，胳膊比我的腿还粗，头像柳条米斗，嘴巴一咧能塞进拳头。

至于他的鼻子，我还没有好好端量过——以前谁会注意这个呢！不过它肯定不太出色，是可以忽略不计的东西。可是他的鼻子好就好在不引人注意啊。

我把自己碰上的倒霉事与老憨说了，他立刻跳开一步，认真端量起来。他这样看了我足足有三分钟，然后慢慢摇起了头。

他很严肃的样子，说："你这算什么'酒糟鼻'啊，你看看我爸，那才是真家伙呢！"

"可是我……还很宽！"

老憨开始笑了，一边往前走一边解开衣扣，露出了黑乎乎的肚子。这家伙有身上燥热的毛病，动不动就解开衣扣，为此疤眼老师没少批评他，但是没用。

他嘴里咕咕哝哝："你赶明儿去看看我爸吧，你算什么啊！你也太能吹了……你又不喝酒，怎么能长成酒糟鼻！"

这天傍晚我真的去看老憨爸了。

他爸叫火眼，两只眼比一般人要红，脾气时好时坏。据老憨说：他要犯了酒瘾那就糟了，打人发火是常事。平时倒蛮和蔼，任你怎样都行。最大的问题是没有酒，酒是最贵的东西，所以他爸发火的时候很多。

"你爸是不是因为酒把眼搞红了啊？"

"不是，人家说他一生下来就这样——你没听说'火眼金睛'？听说孙悟空才能这样哩。俺爸看人看事特准，什么人干了什么事，他一看就明白。"

我想今天算是找对了人。我问："他能看出我的鼻子是怎么回事吗?"

老憨搓着鼻子:"反正不是真正的酒糟鼻——你到现在还一滴酒都没喝呢,哪来这样的鼻子? 美得你!"

我以前多次见过火眼,可是那会儿就好像视而不见,什么重要的东西都没看到,特别是忽略了他的鼻子。

火眼这会儿正在小院里弯腰干着什么,没有心思搭理我们。他们家住在村子的最西头,地方宽敞,所以有一个全村最棒的小院:由矮矮的泥墙围起来,里面养了鸡鸭猪羊,好玩极了。

我转到火眼的正面,直着眼盯看。

可他偏要把屁股转向我,忙着搅拌猪饲料。

这使我看到他的后脑壳上有两块秃斑。我的目光在那儿稍稍停留了一会儿,再次转到他的正面。

这回我看清楚了:他的鼻子有点红紫,鼻头上有一些细小的斑点。这鼻子整个看真是粗糙啊! 说到宽度,虽然目测不可能十分准确,但我敢说绝不小于五点五公分! 这家伙如果再稍稍努力一下,简直就可以追得上我们家的步兵了!

我心里稍感宽慰了一些。有比较才能有鉴别,我真的是自愧不如——不,这样用词是十分不准确的——应该说是"相差很远"。也就是说,我暂时还不能算那样的鼻子。

火眼笑了。当他知道我在看什么时,就伸手胡撸了一下自己的鼻子,说:"想想看我这辈子喝了多少酒吧! 当民兵头儿的时候,一天至少也要这个数儿呀!"他张开右手的拇指和食指。

老憨在我耳边小声说一句:"八两。"

我关心的不是这个。当我问到怎样才能医治这个糟糕的鼻子时,火眼鼓着嘴巴说:

"这算什么,不痛不痒。再说这管别人屁事……园艺场医生给咱看过，抹上黄药水——一股硫黄味儿难闻死。还不如外村那个布裰子医生哩，给咱鼻子贴上一种树叶儿，凉丝丝的，半月就好了……"

我问："那这鼻子怎么还是糟着呀？"

火眼摇头："谁有那个闲心老贴树叶儿？不痛不痒嘛！"

传　言

我的鼻子上常常有一片树叶了。这种树叶的名字是布裰子医生告诉火眼、火眼又告诉老憨的，它的名字特怪，两个字："哼儿"。

其实只是一个字，那个"儿"字是发音时鼻子带出来的。在周围村子里，如果有老年人不相信另一个人的话，就会从鼻子里发出这样的声音："哼儿？"

这是一种对什么都"不相信"的叶子。可能它大概什么都不在乎，更不相信有治不好的鼻子——但愿是这个意思。反正我管不了那么多，只要是没人的时候我就把它贴在鼻子上，凉丝丝的，真舒服。

想想不久之后，树叶一揭，我的鼻子变得又光又滑的样子，老想开口唱歌。我这里必须告诉一句：我是会唱歌的，我有这方面的天赋，只是因为长期以来不太高兴，不愿开口而已。

其实我的嗓子只有少数人领教过，那才叫婉转动人呢。我的嗓子并不高亢，但我唱得真切动人，可以让好生生的声音在喉咙那儿拐几道弯再出来。我还必须说：我的歌女生特别爱听。

目前最让我不高兴的事情有两件：一是鼻子，二是爸爸。

"你爸爸可算个文雅人儿，脸和手都白白的，后来被贬到这片林子里，什么苦活儿都得干，这不，手脚都粗了。"一位园艺场的老工人这样说。

妈妈不愿讲爸爸的故事，她说："孩子家，别问也别听。孩子家，只好好上学就行了。"

妈妈是最漂亮的人。她在园艺场做临时工，许多人都喜欢她，从来不因为爸爸而厌弃她。大红二红都一连声地喊她"嫂子"，争着帮她做点什么。

有一天大红领我到她宿舍里玩，拿出很多苹果给我吃，告诉我：她和妈妈的工作就是将这些好看的苹果挑出来，包上一层彩色的纸，装到箱子里。

她抚摸着我的头，似乎忘记了我的鼻子。有一股香味从她身上散发出来。她腮上的酒窝很深，这真是两个好酒窝。我心里一阵高兴，就哼了起来。

"大声唱啊，你唱！"她鼓励我。

我鼻子上渗出了几粒汗珠。我唱了起来。不知为什么，我一开口就是一首忆苦歌："天上布满星，月牙儿亮晶晶……"

这是海边流传的一首歌，是专门用来回忆旧社会的，调子有些悲凄。

她听着，直盯盯地看着我，眼里渗出了泪水。

我吓得赶紧停下来。

她擦擦眼睛说："知道吗？我一听这歌就忍不住。"她把我抱在怀里，肩膀一下下耸动着，还亲了亲我的脑壳，重复说："忍不住。"

以前只有妈妈才这样。已经有好几年了，妈妈没有这样抱紧我、亲我了。我知道，因为我已经长大了。

大红亲着我的脑壳，突然一动不动了。她的下巴压住我的头顶说："听说了吗？东边——离我们不远的地方，出了一个'美少年'……"

我从她怀中挣开："你说什么？"

"我是说，有一个和你差不多大的男孩儿，他长得太俊了——这也麻烦，走在路上就有人围上看，到了林子里，百鸟羞得不敢开口，女孩子见了低头走，老师没有心思教课……"

我惊得合不上嘴。这也太夸张了吧？我愣了一会儿，知道她在逗我，笑了。

"你不信?"

我笑着咬住嘴唇："你蒙人去吧！"

"我一点都不蒙你！他有名有姓，叫'双力'，就在煤矿学校上学，妈妈是矿区的医生……因为这孩子太俊了，老惹一些事儿，正愁得不行呢！"大红比比画画说。

"他能长得多俊？又不是女孩！"

大红笑了："你以为只有女孩才俊？告诉你吧，男孩要么不好看，要么忒好看，他要成了真正的'美少年'，那就谁也比不上……双力就是，他可有名哩——你一点都没听说？我和二红一块儿去看过，那天带了干粮，跑啊跑啊，听说他要演节目了……"

"看到了?"

"没有。煤矿学校的表演队没有来。"

我不做声了，心里也替大红和二红惋惜。

大红看着窗外："告诉你吧，就因为那个双力太漂亮了，给家里人正经带来不少烦心事呢……听说有一天他从学校回家，半路上就被一只老狐狸抱走了。"

"还有这样的事?"我觉得问题突然严重了。

大红垂着眼睛，装作并不惊讶的样子："就是呀。不论人还是动物，哪有不喜欢俊人儿的？好在它倒不想害他，只不过是抱回去喜欢几天——只几天就放回来，没伤一根毫毛。可他妈妈急坏了呀，学校急坏了呀……"

"那几天双力吃什么？他没有饿坏？"

"没有。狐狸喂他奶，他嫌有骚气不喝。狐狸摘些野果子给他，他才吃了几口。反正没有饿死。你以为他会正经吃饭？"

"那是一些'哈里哈气的东西'……"

"你说什么？"大红拧着眉头。

我想告诉她：这是爸爸常说的一句话。但我还是忍住了。

疤眼老师

这天傍晚，我正在帮妈妈干活，就听到不远处传来呼呼的喘气声。我还没等抬头，一旁的爸爸就说："又是那些'哈里哈气的东西'！"

是啊，我们一家四周全是林子，各种各样的野物整天闹腾。它们可能对我们一家感到格外好奇吧，时不时地跑到院子里玩。

有一天半夜，一只黄鼬还跳到我的窗棂上吱吱叫。另一个晚上，院子里传来呼呼的大喘，就像两个人在摔跤——爸爸跑出去一看，见两只狗獾正在打架，步兵只是好奇地观望……

时间长了，爸爸不再为林子里跑来的动物所困扰了，他听到它们闹、弄出各种声音，只是平平淡淡地咕哝一句："哈里哈气的东西！"该忙什么还忙什么。

可是这一回我知道不是它们。我从粗粗的喘息声中，马上听出是老憨来了。老憨喘粗气的声音比一般的动物大得多，如果我听到了不及时回应，他接着就会学起豹猫的叫声——那比什么都可怕。到了那时，妈妈就会说："它这是欺负咱家没有枪啊！"

我说一声"出去看看",就跑进了院子。

花猫小美妙和黄狗步兵跟了我两步,就待在了原地。小美妙爬上一棵树的半腰,这样它就可以看得清后面发生的事情了。

果然是老憨,他蹲在我们家栅栏墙的后边,在一棵臭椿树的掩护下,正把两手拢在嘴上——再有几秒钟他就会发出凄厉的豹猫声。我的脚刚碰到他的屁股上,他拢在嘴边的手立刻就放下了。

"老果孩儿,大事不好了,我们学校要出事了!"

这家伙总要在我的名字前边加一个"老"字。我知道他这是模仿那些村里和园艺场的人说话——那些人称呼上年纪的人,常常也叫成"孩儿",不过一定要在前边加一个"老"字,说:"人家老孩儿……"

"到底是怎么回事?"我不喜欢他这种故弄玄虚的模样。

老憨哭丧着脸:"疤眼老师训我了——明天还要训你。"

"这为什么?"

"到时候你就知道了——她放学以后把我叫住了,说:好好谈谈,谈谈。谈什么?谈的是我们学校马上就要来一位新生了,说让我们老实一些,做好准备,可万万不能欺负他……"

我笑了:"你欺负新生是出了名的,所以她就找你谈了,这叫打预防针!"

"我好倒霉哩!"老憨说着,从裤兜里掏出一把树叶,是"哼儿"。我赶紧取一片贴到了鼻子上。

果然像老憨说的那样。第二天中午,疤眼老师叫住了我。她把我引到了一片树荫里,开始了一场严肃的谈话。我最厌烦这种个别的谈话,因为一般来说绝不会有什么好事儿。好在这次我有思想准备,知道她要谈些什么。

"嗯呀,你要注意了,注意……"她瞥了一眼我的鼻子,但目光没有停留很久。

我听着，想明白她让我注意什么。

"你得注意咱们的李连连同学了，这个爱惹事的家伙……新同学就要来了——那可不是一般的同学！"

李连连就是老憨。我点着头，心里捕捉着每一个值得注意的词儿。

"新同学叫'双力'，他妈调到了园艺场门诊部，孩子也就跟来了。他爸爸是海上负责人，就是那个叫什么……哦、哦，'老扣肉'……"

我屏住了呼吸。那个"老扣肉"名气可大了，他就是海上老大，脾气粗暴的打鱼头儿，谁不怕他呀！连园艺场老场长都得让他三分。

"听说双力是个出了名的俊气孩子……"她说。

我的呼吸不知从什么时候起变得急促了。

"老憨只听你的话，我今天交给你一个任务：管住他。"

她也叫起了同学的外号，这说明她真的急了。

我听着，脱口而出："双力？就是那个'美少年'？"

疤眼老师点点头："他爸来学校看过了，他妈也来了……你知道他？"

"这谁不知道啊！不过这太、太让人想不到了……"我吭吭哧哧，鼻子突然痒了起来。我用力挠了挠。

疤眼老师盯了一下我的鼻子，又把目光转到一边。我知道这时候她最关心什么。凭感觉，我能明白她为什么焦急。她一定很忧虑，因为从今以后麻烦就大了！

关于那个美少年被野物掳走的故事，时不时引起围观的故事，她当然不会不知道。看看吧，任何事情都是这样：好过了头或坏过了头，都要出事儿。比如说一个人出奇的坏或好，都要出事儿。

不过，那个"美少年"只要出一点麻烦，她疤眼老师就得吃不了兜着走——不光没法在学校待下去，说不定"老扣肉"还要闯到学校里揍她呢。啪啪，两巴掌就能把她拍个半死。那个海上老大是个真正的凶神恶煞。

我眯着眼，心里既幸灾乐祸，又忐忑不安。我为什么不安？一时也说不清楚。

疤眼老师在五六分钟里一声不吭。她的胸脯起起伏伏，再有一会儿说不定还会哭呢。她以前也有过这样的时候。我记得有一次她领我们班的同学去海边游泳，有两个同学从水里钻出来，溜到了不远的树丛里，她一时没有看到，就急得哭了。

她哭起来没有声音，而且比不哭的时候还要好看。她总能让左边那只稍稍斜一点的眼睛先一秒钟流出泪水，伸手去抹时，另一只眼睛才开始流。她双手一块儿擦眼时，让人心里十分难过。

她哭的那会儿让我想到了妈妈。妈妈就为爸爸这样哭过。妈妈在这个世界上最疼的是我，其次就是爸爸。

疤眼老师的眼圈真的红了："我一连多少年的先进……"

原来她担心的是这个。是的，她有好几次从城里戴花回来了。可是听说那多少也是她男人金牙的功劳，因为都知道金牙是教育助理的朋友。

我见过金牙：四十多岁，鬈发，眼睛有点鼓；主要是两颗门牙金光闪闪，让不少人嫉妒又讨厌。我在心里经过比较之后，认为我们的疤眼老师远比金牙可爱三倍。老憨也同意我的意见，说："咱老师亏大了。"

老憨说得不错，但从造句的角度看并不准确。这又不是做买卖，怎么能说"亏"呢？

疤眼老师这一次只是红了眼圈，没有哭出来。而且她很快就笑容满面了，伸手拍拍我的头："你和老憨，要带头保护这个'美少年'——他能来咱们学校，是大好事呢！"

"嗯，真的是大好事呢……"我重复着她的话。我这时最急的就是早些见到"美少年"本人。

果真见到美少年

我们园艺场子弟小学是世界上最怪的地方了：什么东西都能从风里闻到。坏事和好事、不好不坏的事、将要发生的什么事，都会掺和在风里吹过来。

至少有两天了，风里有一股薄荷味儿：有些凉，有些清香。薄荷是我们海边并不多见的植物，爸爸不知从哪里找来一棵种在了院子里，每当我们被小虫子之类叮咬之后，立刻揪一片它的叶子擦一擦，这样皮肤就不会红肿发痒了。

真是奇怪，我们学校里有了这种味道。我和老憨对看了几次，一个意思心照不宣：那家伙快来了。

其实几乎全班的同学都预知了这个消息。原来疤眼老师找了不少同学谈话，所以这事儿很快就传开了。最主要的原因是那个男孩太有名了，那简直是一个传奇人物。

好像他已经不是真实的男孩了，而直接就是书上和电影上、是图片里画出来的那种人。

一个明显的变化是，同学们的话少了。往常一直吵吵嚷嚷的，上课前的一段、课间操的一段，都是大声说笑的时候。谁的声音大谁就有本事，谁就得意和高兴。那些不太高兴的人，比如我，声音就很低。妈妈不让我大声吵闹，更不让我多话，因为爸爸就是一个少言寡语的人。我知道，爸爸是一个不愿招人议论的人，所以我也要学他，最好悄悄地待在自己的角落里。

老憨是个外粗内细的人，刚开始大概只有他知道我这点，明白我是一个偷偷藏了本事的人。他是最能吵的家伙，所有人都怕他，他有很大的侵略性：对刚来我们学校的新生，一般都要"逗逗"他。

其实老憨人并不坏，不过是愿意逗人。他最早的时候也逗过我，我当时是以沉默，还是以一种特别的目光征服了他，我也说不准。反正我在他挑衅的那一会儿，两眼沉沉地盯住他，一动不动，让他有点不知所措。

后来我们一起玩的次数多了，他开始有点佩服我。准确点说是我的主意多，因为要论待在林子里的时间，谁也没有我长，林子里的各种东西我都熟悉，这就让老憨自愧不如。以前他是林中王，所有同学进了林子就得听他的，而今情况多少变了一点，他有时也要听听我的。

疤眼老师最担心的，无非就是老憨故伎重演：在开始的一段日子里，他一定会好好逗逗双力。

"他不是有名的'美少年'吗？咱看看他能美到哪里！"老憨一脸坏笑，露出两只稍大的板牙。他的两只板牙很早就出过名：四岁的时候与邻村孩子在海边打架，对方的父亲赶来拉架，他就死死咬住了人家的胳膊，一口气咬下杏子大的一块皮肉。

"那孩子是猞猁变的！"被咬的人到处说，让老憨的恶名与威望一块儿传播开来。

薄荷味儿浓得化不开了。老憨说："今天这小子一准来！"

果然，在上课铃敲响前的那一会儿，我们都看到疤眼老师两腿交绊着在窗外跑，将头探进来一次又缩回去。这样只有片刻，一个身材细的小男孩就迎着教室走来了。

一阵小小的骚动，像蜜蜂似的声音。但很快一点声息都没有了。本来老憨应该弄出点响动，可偏偏就没有。这一次是全体噤声。

　　我觉得这也太过分了。为了集体的荣誉，谁来怪叫一声呢？

　　没有其他的意外发生。这个美少年在一片安静得要死的气氛中走进了教室。这是他第一次出现在大家面前。算他幸运，算他了不起。

　　我一直看着他，一度脑子里什么都不想，什么都忘了。我想这也是满屋里悄无声息的主要原因。我首先看到他有一个鼓鼓的额头，这种额头，说实话，在我们全校至今还没看到第二个。

　　主要是鼻子——细细的挺起，真是匀称啊，那两个小鼻孔小巧得像猫；鼻翼一动一动，真是可爱。我觉得他在嗅味儿，深深地吸进一个新环境的气息，用以判断和辨别；或者是用这种特别的方式，也就是鼻翼活动的方式，向新来乍到的环境、向全体新同学表达什么。

　　我还注意到，他额部的小血管青青的，能清清楚楚地让人看到。这是一个多么白嫩的家伙！

　　我看了一眼旁边的老憨，发现他也像我一样被迷住了，目不转睛，目光随着双力的移动而移动，嘴巴张着，出神了！

　　双力那双眼睛稍稍细长，眼角吊起——关于这方面是不是最优秀的还要另议，因为我也一时不能判断——它含满了笑意，轻轻看了看满教室的人，然后就垂下了眼睫。他一低头就有点像女孩了：羞涩、拘谨，小心翼翼的。

　　再就是他的头发有些特别：浓浓的发梢扣紧了脑壳，那是黑色的再加一点点蓝——要准确说出这是什么颜色，还要等到课间操出了屋子才行，要在阳光下看。

　　他走路好像一点声音都没有。这像一种动物，究竟是什么动物，我一时还没有想好。

　　教室里突然发出了一阵呼呼的吐气声：原来大家一直在屏住呼吸呢。真过分。可事实上就是如此。

我不知怎么想到了一只可怕的动物，就是那只传说中吓坏了学校和家长的母狐：你什么时候把他从这里掳走啊？那时候就像来到了一个惊险的节日，我们全班一定会在疤眼老师的带领下，一块儿到林子里寻人。

那时我和老憨一定是最高兴最积极的两个人。

长得像羊一样

老憨放学后并没有随我一起走，也没有拐一个弯到林子的这个小院里来。我以为他闷了一天，最想做的一件事就是和我一起讨论，因为以前遇到类似的事情都是如此。

难道那个美少年的到来并不重要？在他看来并不是什么大事？当然不会。没有人比我更了解老憨这家伙的了。说不定他已经在琢磨怎么逗他呢——不过最好还是不要蛮干，疤眼老师那么担心，这里面肯定有不少道理。

回到家里，爸爸妈妈都不在。太阳还有树梢那么高。我在院里待不住了，想出去——小美妙和步兵只瞥一眼就知道了，随即做好了一起出门的准备：小美妙一纵就跳上了栅栏墙，步兵拧着身子让我为它解开锁链。我对步兵说："你只要路上不打架就行。"

步兵的脾气多少有点像老憨，喜欢逗别人。但它的心不坏，这点上和小美妙不同。它真的很憨厚。而小美妙看上去多么温顺，任何时候都是娇滴滴的模样，动不动就把一张好看的小脸贴在人的腿上蹭着，嘴里咕咕哝哝。其实它的坏心眼儿多得很，嘴巴出奇地馋，甚至有过残害生灵的历史污点——我们去年养的两只金鱼就毁在它的手里，只不过没有将它现场逮到而已。

　　步兵有时闲得无聊，会对正在晒太阳的小美妙吼一嗓子，让它一个扑愣跳起来，而后就坐在旁边哈哈大笑。步兵笑的模样我十分熟悉：伸着舌头，鼻翼上部哆嗦着，胡子自然而然地岔开，眼角往上吊得厉害。它如果真要教训对方，只把那双胖爪往上一按，小美妙就会痛得嗷嗷叫。

　　步兵常常跟上我到林子里闲逛，这是它最高兴的时刻，也让我十分得意。想想看，无论是进了林子里的人，还是所有的野物，它们看到我身边有这样一条威风凛凛的大狗，都要平添三分尊敬，都要小心。它是我的忠诚卫士。

　　可是步兵见了其他动物总想捉弄。它有一次见到一只花甲虫，就装作亲近的样子，低下头说了几句悄悄话，然后抬头昂胸继续往前——走了十几米我才发现，原来它将那只花甲虫紧紧地吸在了左鼻孔上，而那只花甲虫吓得一动不敢动。

　　还有一次我和步兵遇到了一只大刺猬领了三只小刺猬，我欣喜地蹲下来与它们玩了一会儿，恋恋不舍地走开——谁知步兵先是跟我走了一段路，然后绕过一丛树木就不见了。通常它这时候是要解大手之类——解小手则不必，它当着我的面就可以做。

　　我那会儿站在原地等待，步兵仍然没有回来。又过了五六分钟，我听到不远处发出了"呜呜嗷嗷"的喷气声，就赶紧跑了过去。原来步兵和刺猬母子还没有玩够，转回去继续玩——它伸手扳动小刺猬时被扎了一下，就火起来，一跃一扑地吓唬它们……

　　我拍拍步兵的头说："走吧，我们出去，不过你要听话，千万不要招惹别人。"之所以这样叮嘱是因为我们要到小村里去——准确点说是要到老憨家。我们绝不能惹了火眼。

　　小美妙比步兵听得更清楚，一跃蹿上了栅栏墙。

　　我们三个一起走在林子里的一条小路上，这小路是我和老憨踏出来的，它直接连着村边的那个小泥院。这条小路有一公里多一点，正好是从我们家到老憨家的距离。那个小村离我们家最近了，而老憨家又在村子的最西边。

想不到我们刚刚走到半路，就看见了老憨。原来这家伙也出来了，他十有八九是来找我的，大概终于闷不住了。我问："老憨，你是去我们家吧？"

老憨弯下腰，装模作样四下瞟瞟，说："我，我要出来捡蘑菇，俺家要做蘑菇汤……"

我笑了。这时候哪有蘑菇？就是有，也不会长在小路上。我说："你算了吧！你捡的蘑菇在哪里？我看看。"

老憨提提十分肥大的裤子，好像所有的收获都装在裤子里似的。

我不理他，只顾往前走，小美妙和步兵紧紧跟上。

老憨跟在了我们后边。一路上我们没有说多少话，这样一直走到了他家的泥院。小美妙跃上泥墙，回身看着我们：它在等待，一时不知该不该跳到小院里。

老憨背倚在墙上，叹了一口气。这使我吃了一惊，因为老憨是从不叹气的。我笑了。老憨索性闭上了眼睛。步兵看看我，又看看老憨。它平时不敢惹这个粗黑个子。

老憨睁开一只眼瞟瞟我说："那小子——问你呢，他长得怎么样？"

"真是个'美少年'，名不虚传啊！"

老憨跳了起来，嫌热似的解开了衣服，露出了黑乎乎的肚子。他每到想打架的时候都这样。他盯了我几眼，哼哼笑了。

"你别忘了疤眼老师是怎么说的。她专门跟你谈过话了，你可得小心点。"我警告他。

老憨听了我的话，大笑起来："这可是你说的啊！我又没说要怎样，我连一根手指头都没碰过他……"

　　我有些认真地对他说："得了吧老憨，你心里想了什么我都知道。你是想逗逗他，让他哭一次或者怎么——来这儿的新同学，你都是先让他们哭一次——可是这次可不行。"

　　老憨转动着黑黑的脸庞："是吗？就因为疤眼老师让你管住我？你真的能管住我？"

　　我生气了，声音有些闷："谁都管不住你！可你不要忘了，双力他爸是老扣肉，他火了能把你扔到海里喂鱼！"

　　老憨退开一步。步兵看看他又看看我，也到一边去了。

　　一会儿，院内传来了羊的叫声。老憨马上说："不好，步兵欺负我的羊了！"说着一翻身跳进了院子里。

　　我们进到院子时，步兵正一爪扳住羊的脖子，拉出强行亲嘴的样子……羊发出受污辱的喊叫声，一个劲儿往主人身边挣。步兵只好松开。

　　这只羊刚有几个月大，全身白得像雪，嘴巴红红的，一双眼睛清水一样。它脖子上有两个小小的肉坠儿，引诱老憨伸手去摸。他一边摸它一边说：

　　"还'美少年'哩，我看他长得还不如我们二华呢！"

　　二华就是这只羊的名字。我认真看了看，说："真的啊，双力不知哪里长得像它！是他们的神气像——老憨别笑，你好好端量一下啊……"

　　我们蹲下来好好看了看二华。双力真的像它，洁白无瑕，可爱极了。说实在的，我还从来没见过一个少年能像一只小羊这样可爱，而双力可以，这是真的。

　　二华有些笨拙的蹄子故意踩了我一下，然后抬头看看我——它可能想知道我痛不痛。我捧起它的脸，很近很近地看着它。

　　老憨擦擦鼻子，声音闷着说："他和它的脸都是长的……"

　　"双力真的很漂亮。他和二华一样可爱。"

"二华比他好看。谁能比得上二华？咱们班有一个同学能比得上它吗？别替他吹啦！"

我盯着他："老憨，你这是嫉妒。你不该这样！想想看，咱班里有了一个'美少年'，这不是很棒的事吗？"

老憨的脸红到了脖子，露出了两只板牙，嚷叫："我嫉妒？我嫉妒？是你嫉妒哩！你觉得自己和人家差不多——其实差多了！你还长了酒糟小宽鼻哩！告诉你吧，你这样的鼻子也是全校独一份……"

他嚷了一会儿，后来可能察觉我一点声音都没有，就停了下来。

我忍住了。我被刺痛了。我这才想起：已经有许多天没有照料自己的鼻子了。我随手摸了它一下，还好，没有什么异样，也没有痒。

不过我不想再和他争辩什么了。我心里想：你嚷吧，总有一天，那个"老扣肉"会把你扔到海里去的。

贴着白杨站

我们学校可能真的要出点什么事了，因为这里的一切都有些不同，就因为一个新生的到来而改变了许多。比如说园艺场的工人们，他们过去不怎么到学校里来，这些人一天到晚太忙了，除了场里的事就是家里的事，谁有那么多闲心来这里溜达啊！可是关于新生的消息传得风快，不出三两天，都知道我们学校来了一个"美少年"。

有的工人下班后来到这里，把脸贴在窗玻璃上往里瞅——难道放学后还会有谁留下来供他们观赏？怎么人一上了年纪就变得这么愚蠢呢?

我有一句话一直没有说出来,就是:凭自己长期的观察,大人们是非常愚蠢的。当然只有少数人不是这样,比如妈妈。爸爸嘛,那还要另说。除了个别人,我总觉得人一长大就变得比较愚蠢——我真的试过一些大人,几乎很少有什么例外。

总之我们校园里常常有人来看双力。老头老太太什么的,他们大半是园艺场里的退休工人。四周村子里的人少一些,因为他们更忙。一个头发花白的老奶奶拄着拐来了,当时正好是放学的时间——她站在校门那儿张望,嘴里咕哝说:"听说有个俊孩儿呀,我过来看看……"

他们真是傻呀,人家双力好生生的,又不是金丝猴和熊猫,又没关在动物园里,那是随便看的吗?

可我并不同情双力。我同情别人——是谁不知道,可能是我们大家吧。的确,我们好生生的一帮同学,让双力一比,就像矮了半截似的。这真有点窝囊。

疤眼老师开始喜洋洋的,好像因为有了双力,她也变得了不起了,好像双力是她的什么法宝似的。

她最高兴的是老场长来看双力那一天——这天是星期六,老场长不忙了,背着手进了校园。这可是大事,因为老场长一般不到我们学校里来。那天正巧被我看到了,我一眼就认出了这个人。

老场长平时笑吟吟的,大热天也要戴一顶灰色的纱帽,有人说这是因为他和老憨爸一样,头上生过癫痫。不过老憨红着脸辩白过,说那个人怎么能和他爸比,他爸只有两块秃斑,而老场长起码要有十四块。

我问:"你见了?数过?"

他有把握地说:"嗯。去年在海上洗澡,他摘了纱帽,我一看花花达达,吓死人……"

疤眼老师见了老场长就激动了，眼睛湿着，胸脯起伏得更厉害了，说话都不成句。她还没搞明白怎么回事呢，就结结巴巴说："双力、双力……"

老场长笑眯眯的，点头，进了办公室。当然，双力很快就被喊到办公室去了。后来的事情我就不知道了。

一转眼双力来我们学校一周了，这一周除了有不少人来过，其他倒也没发生什么。老憨在我的看管下，总算没做什么出格的事。不然他至少会让新同学哭一次的。疤眼老师总的来说还算高兴和满意，虽然没有表扬过我，但我知道她对我是满意的。

有一天大红和二红来学校了，她们是分别来的，当然也是来看双力的。

她们没有在前几天来，那显然是要避开人多的时候。她们就是比一般的人有心眼儿。而且她们来的时间也巧，既不是散学的时候，也不是上课的时候，而正好是上课间操的那十几分钟。

大红先是找到我，一边和我说话，一边用眼寻找双力。她嘴里啧啧着，说："啊呀呀，啧啧，果孩，这个'美少年'真是名不虚传哪！啧啧！"

她的目光再也没有转到我脸上一次。

大红走的那会儿，被端着粉笔盒从屋里出来的疤眼老师看到了。疤眼老师的脸色立刻冷了。

第二天二红也来了。疤眼老师也看到了。

第三天有一条黑背棕腹狗迈着慢步走进了校门，直接到办公室去了。只过了不到五分钟，戴灰色纱帽的老场长也来了。原来那是他的狗。我和老憨对那只狗更感兴趣，就伏到窗子上看。我们几乎一块儿听到了疤眼老师在告大红二红的状，说这姊妹俩不是一般的坏，不好好干活，一个劲儿来扰乱教学工作。

我看看老憨，老憨笑了。我们从窗外紧盯住老场长。老场长绷着嘴角说："那不行，那可不行……"

也许就从那一天开始，我们学校里来人就少了。我们又安静下来了。不过这也有了另一种寂寞，好像缺了点什么。

课间操是比较有趣的，因为体育委员总是马马虎虎，领人做几个动作，然后大家就在操场上随便玩了。体育委员如果领人从头认真地做完全套动作，老憨就会踢他的屁股。

大家玩的时候，我们都发现双力一个人站在白杨树边：紧贴着那棵树，因而整个身体笔直笔直。他这一天穿了铜纽扣海军服，真是精神。从侧面看，他的脑壳鼓鼓的，眼睫毛又长又密，嘴巴也好看极了。

我在想：他如果再戴一顶有飘带的水手帽，那就更好看了。

老憨向他走去，一脸可疑的笑容。

我觉得不太好，就赶紧凑过去。

还好，老憨并没有做什么，甚至一句话都没说，只在白杨树的另一边倒立起来。

双力歪头看看老憨，小心地挪动一下，然后还是离开了白杨树。

老憨的脸憨得红红的，吐一口长气，站好。他对双力说："你不来一个，海军？"

双力摇头，很腼腆的样子。

"你的胳膊没劲儿？一开始都是这样——"老憨说着自告奋勇，搓搓两手，一下抱起了双力。

一切发生得那样快，我完全没有思想准备——双力在老憨怀里横着，给头朝下提住了两腿。双力赶紧伸出双手撑地。老憨嘴里咕哝：

"嗯，就是这样，撑住啊。"

他认真地提着双力的两条腿。

几个同学围过来。

我看到双力一声不吭，脸涨得通红，眼里涌出了泪花。

"瞧他的小肚肚多白啊！"不知谁说了一句，大家立刻弯腰去看他的肚子了。

我也看了一眼。这真是一个可爱的、精巧的肚子。这让我想起小美妙的肚子。

我让老憨快些结束。老憨慢腾腾将双力抱起来，让他两脚立地站稳，故作平静地说："头几次练倒立，肯定都要哭的。"

好 医 生

爸爸妈妈在家里议论，说园艺场终于来了一位好医生，还说这很重要。"我们这儿离城远，有个头痛脑热的……"

妈妈说过了那个医生和蔼、医术高明，还说："人长得也好。真是个好医生。"

我马上想到了双力的妈妈，因为她过去就在煤矿医院当医生啊。我想问个清楚，又忍住了。

碰巧第二天老憨感冒了，我就催他去园艺场门诊部——以前他得病一般不去医院，实在挺不过去就跟上火眼找布褙子医生。这个老憨其实天生就是医生的克星：他的皮又粗又厚，有一年医院来学校打防疫针，他一口气将女护士的两支针都弄弯了。因为那针往他身上扎时很费劲。全班同学都哈哈大笑。

"他长的是牛皮！"同学说。

有的就叫他"牛皮老憨"。从那以后更没人敢惹他了。

这一回老憨感冒不轻，鼻涕眼泪一大把，脑壳发烫。我拉他去门诊部了。

门诊部里有三个医生值班，两女一男。那个男医生一见我们就凑过来。他长了小胡子，二十多岁，两眼像纽扣一样黑。他伸手压在老憨的肩膀上，让他坐在桌边。老憨吭吭哧哧述说病情。

另一个女医生问我："你也是来看病的吗？"

她的声音真好听。我好像以前见过她，可就是想不起来。"我是陪同学来的……不过，不过，"我看着她，脸上发烧，随手指了一下鼻子。

"噢噢，来，让我看看这是怎么回事。"她微笑着让我坐好，手伸到我的下巴那儿——我就像一只猫那样不由自主地仰起了脸。

她认为问题并不严重。"一开始是晒伤，再后来你挠过，可能还有点过敏。没事，已经快好了。"

我知道没事了，因为我已经把它忘掉了。而以前它是经常提醒我的，有时半夜里就要痒一下。即便不痒，我见到大红她们，鼻子也很不自在。

她为我开了药，那是一点粉红色的药水。以前医生给我开过浅绿色的。

我终于明白了：以前并没有见过她啊，但她显得眼熟，是因为太像一个人了——她多么像双力啊！

我正这样想时，她就说了："你们认识双力吗？"

"我们是同班同学！"

"啊，"她的手一下就抚摸起我的头发来，这让人真舒服。"我是他的妈妈！双力和你们在一起了，你们要互相帮助，你们……"

她的话还没说完，老憨就转过脸来。我介绍他们两人认识。老憨显得有些慌乱。

"我叫霞霞。"她向老憨伸出了手，像对待一个重要人物似的，握了握他的手。

老憨的手从她的手里抽出以后，立刻有点不自然了，一会儿放在桌上，一会儿又抄到衣兜里。

多么好的女医生啊！我在心里将她和妈妈做了对比。她们都差不多。可是她比妈妈要瘦一点，脸庞是长的。她的眼睛和双力一点不差：眼角往上稍稍吊一点，这就有了一些奇怪的神情。有这种神情的人，肯定会让人多看两眼的。

我又想到了老扣肉。那个在海上咋咋呼呼的人是多么粗鲁啊！他们生出了双力这样的孩子，完全要归功于女医生。令我不解的是，如此漂亮的一个女医生，她怎么能和那样一个吓人的男人生活在一起啊？他们压根就不是一样的人！

霞霞在说双力不懂事，你们平时要互相帮助之类的话。老憨认真点着头，脸上没有坏笑，只有羞涩。

看着她瘦削的身材，我不由得又想起了那只老狐狸将双力掳走的传说——那该是多么可怕的一件事啊！我这时实在有点忍不住了，就问：

"双力有一次被林子里的野物，就是'哈里哈气的东西'，给掳走了，真有这事吗？"

霞霞一怔，然后抬头去看窗外。她像呵气一样小声说："啊，真的，真的……不过这都是过去的事了。再也不会那样了……"

老憨却大声说道："嗯，这可不一定啊，咱们这边的林子更密哩！林子里的野物——就是'哈里哈气的东西'，要什么有什么啊！人家老果孩儿一家可不怕，他们……"

我用目光制止他乱说。

霞霞一点都不紧张，微笑着看老憨。

老憨说得更起劲了："咱们这里的狐狸个头更大，它们站起来有这么高！"他的手横在我的头顶那儿。

霞霞轻轻摇头："我们不怕，因为双力有你们这样的好同学。你们会保护他的，对吧？"

老憨噎住了。停了一会儿，他又咕哝："反正那些'哈里哈气的东西'够坏的，它们什么坏事都干得出来……"

霞霞笑得更好看了。她拍拍老憨的肩膀，又像男医生那样试了试他的额头，嘱咐他一定要按时吃药。"你发烧三十八度多呢，好孩子！"

老憨挺着胸脯说："这算什么，我到河里海里扎个猛子就好了！"

"这可不行，发烧千万别这样啊，孩子！"

我笑了。我知道这在老憨来说绝不是玩笑，也不是吹牛。他就那样。他不是一般的人，我想说，他还弄弯过医生的两根针头呢！我想他的事情让霞霞知道了，她一定会吓上一跳。

从门诊部出来，老憨说："这个医生对咱不错。看来，咱以后要对双力好一点了！"

我点头。这时候我还在心里对比她和妈妈谁更好看。最后我觉得她们是不一样的，至少两人一样好看。

老憨又哼了一声："你说多么怪啊，咱们谁也想不到海边上那个老扣肉和她是一家！"

这也是我纳闷的事情。

老憨又说："我看，老扣肉会打她的。"

我也担心。因为那个海上老大是出了名的粗人。无论是双力还是霞霞，都不可能跟他是一家人——但问题是，他们就是一家人。

转眼就是夏天

春天一闪就过去了。我们不记得吃了多少青杏，它就熟了。我们往年要将指甲大的杏子装在兜里，一直吃到它长大、变黄。

大人见了我们吃青杏就流口水，说："老天爷，怎么办啊！"

我们孩子的牙与他们就是不一样。我们除了牙齿的优势，其他方面，比如说心眼儿，也要比他们多得多。老师和家长都是很好糊弄的，即便是旷课这一类让他们咋咋呼呼的事，我们做起来也容易得很：说一句肚子痛，就往园艺场门诊部的方向跑——一直跑到海边，去看打鱼的。

夏天的海边故事最多，最热闹，如果谁到了夏天还要一直坐在教室里，那才是最傻的人呢。我有十几个聪明的朋友，他们有的是园艺场子弟小学的，有的是邻村小学的，我们就经常在海边见面。

老憨当然是我们那一群中的佼佼者，他对逃学这一类事完全在行。他的真正优势在于：火眼根本不把他上学的事放在心上。所以只要老师不追究，也就没有其他人去管老憨了。

这个季节园艺场的工人真让人羡慕：他们躲在树荫里干活，太阳晒不着，还能吃到最好的水果，什么大甜杏子、樱桃……说到樱桃，那非得把人馋死不可 —— 它有小板栗那么大，红得发紫，咬一口先是甜，然后就酸溜溜香喷喷。

放学后我们有许多时间是与看园人周旋的。这是我们的拿手好戏。看园人一般都是老年人，而我前边说过，孩子要比大人聪明许多，这已经是不必争论的问题了。所以那些看园人总是被我们弄得哭笑不得。

只要到了夏天，只要园子里有了成熟的果子，看园人最难受的日子也就来到了。他们一个个眼睛瞪得老大，总是瞅着我们的一举一动，那真是把我们当贼看。

我们偷东西，但我们不是贼。贼是很坏的东西，所以我们不想当贼。

园艺场的工人，无论男的女的，一到了夏天就变得不那么友好了。我们走在园中路上，他们就冷着脸。这大概是想吓住我们，让我们不敢轻易开口讨水果吃。

他们真是蠢啊，这还需要向他们讨？我们的办法太多了。比如我和老憨走在一起，彼此使个眼色，老憨也就心领神会——他会突然向着一个方向跑去，而看园人或工人一定会跟上他跑，那么我就可以一头扎到果树上，将最甜最大的果子尽情地摘上一些。

当然了，回头我要分给老憨一半。

有时候是我跑，留下老憨摘果子。

我嫌麻烦，总是跑不多远就停下，让后边的园艺工人赶上来。他们气喘吁吁地大声问："跑？你为什么跑？"

我笑了："秋季运动会快来了，我们随时都得训练——你还没见我们在海滩上撒开丫子哩！"

他们愣怔着看我。

我说的起码有一半是真的：我每年的春季和秋季运动会都要参加，而且一定会拿名次。跑得快、耐力好，这是我唯一的特长——不，还有一个特长是唱歌，但这后一种特长并不是随时都能表现出来的，因为我平时不愿意开口。

追我的人上上下下打量，还是不太放心。

没办法，他们就是没有我们心眼多。

这里要特别说一说大红。她和二红都是我们的朋友，因为她们到林子中的小屋去过，跟妈妈说得来，还摸着我的头发夸我——可惜一到了夏天，她们把这些全忘了，也变得不那么友好了。

季节真是个奇怪的东西。人一到了某一个季节，就一个个全都不同了。这就是书上说的翻脸不认人。

有一天我走过一棵大樱桃树下——这样的季节我和老憨有点怪，总是动不动就走到了这种树跟前，仿佛它有特别的吸引力似的——我一眼看到了大红正和双力坐在蒲垫上，她打毛衣，他摆弄连环画。

他们没有看到我。

可我注意到他们跟前有一捧红红的樱桃！真的，大红偶尔吃一颗，还顺手塞到双力嘴里一颗。

我当仁不让地走过去。

大红反应很快，她一下就把身子转过来，面对着我，却把那一捧樱桃挡在了身后。

我的手绕到她后边，取了几颗樱桃。

大红不高兴了，脸上的两只酒窝抖了一下。

"你给双力吃，我看见了。"

大红的手揽住了双力，像是担心我会打他似的，"他是园艺场职工的孩子，你不是。"

"我妈妈也在园艺场做工。"

"她是临时工。"

"那也算。再说你们还是朋友呢！"

大红脸色不好。她干脆把那些樱桃收起来了。

我吓唬她说："我会告诉老场长——还会告诉疤眼老师……"

大红一声不吭了。她冷着脸，这样待了一会儿又笑了，掏出樱桃说："逗你呢，这么好的孩子，果孩儿，能不让你吃呀？你就吃吧！"

我吃掉了那一捧，又到树上摘。大红看看四周，有些不安。

这顿饱餐真是好极了。老憨如果在这儿，他一个人就会吃光半棵樱桃树。我的肚子有些胀。

这会儿大红提议打扑克，我和双力都很高兴。

大红一开始就赢，然后就扳过双力的脑壳亲了一下，再扳过我亲。

我的脸上发烧。她返身又亲起了双力。双力这次不好意思地躲开了。

第二局我赢了。大红从树上揪几颗樱桃给我，算是报偿。

第三局大红又赢了，她又亲我们。她在双力额头上停留了足有一分钟。我气得嘴唇打战。我说："你怎么能这样呢？"

大红理直气壮："我赢了，赢的人想怎样都行。有本事你也赢啊！"

我看看双力，好像他也没有更好的道理可讲。

第四局还是她赢。她怒气冲冲地亲了我，再亲双力。

第五局我赢了。我扳过她的额头就亲，她闭上了眼。可是我觉得她的额头有些咸，那大概是出汗的缘故。

这真是一点意思都没有，我宁可改成摘樱桃吃。

可是当她亲双力的时候，我还是特别不自在。

双力在前十局里一直没有赢。他只好无可奈何地被她亲着，一双白白的小手垂在身侧。我想这时候如果老扣肉见了会怎样？他会狠狠地揍大红一顿？

第十一局的时候，双力终于赢了。大红提前闭上了眼睛说："亲吧！"

双力犹豫着，看看我。

我说："那就亲吧。"

双力扳着她，小心地在她脑壳上亲了一下，马上皱起了眉头。他好像刚刚品尝了世上最苦的东西。

老 扣 肉

老憨告诉我：双力有许多时候要到海上去呢！这消息使我有

点吃惊。因为在许多人眼里，穿过林子到大海上玩的孩子是很野的，这只有村里或园艺场那些最顽皮的孩子才敢做。

"他一两个星期就去一次，顺着赶牛道走，一个人。"老憨说的时候使劲绷着嘴唇。

赶牛道是通往大海的唯一一条宽一点的泥沙路，在一条长满了水草的渠边上，是许多人顺着渠水踩出来的。因为村里打鱼的人要往海边运送网具，有时要赶一辆牛车，就压出了两道车痕。这在我们眼里就像一条真正的大马路一样了不起。

但我们一般是不走那条路的，那属于大人。我们干吗要那样？我们偏要穿过林子里的纵横小路，从来不担心迷路，自由自在。

看来双力还是个胆小鬼，他只能走赶牛道。

不过他时常到大海上去，还是出乎我们的意料。海边村子家的大人差不多都要叮嘱孩子：不要一个人到海上去啊，海里什么事都会发生，有的孩子就给淹死了——淹死了，就再也没有了……

他们大人讲道理的方式也真是够笨的：淹死了当然再也没有了，这还用说？他们没有讲到更主要的方面：孩子淹死了，家长就要哭、学校就要找、他平时坐的那张桌子就要空起来、家里吃饭时就永远少了一口人。

老憨不说话，看着我，目光里有挑衅的意味。

我想到了什么，就说："他肯定是找老扣肉去了，咱们就忘了这个！"

老憨被我提醒了，拍着腿："真的啊，他爸是那个家伙……"

他说着说着就不吭声了，眼望着远处，眼珠转着。他在想什么坏主意——他一出现这样的神气，就一定是在打坏主意。

我等着他说出来。

"咱们跟去看看。那一准有意思。"

"什么意思？"

老憨揉揉鼻子："看拉大网的，听他们喊号子，那还没有意思？"

我心动了。说真的，没有比海边再让人高兴的去处了。这是世界上最热闹、最吸引人、最不可思议的地方。海边上什么都会发生，海边上的故事多得不得了。所有经常在海边上转悠的孩子，都是世界上知道秘密最多的孩子。

不过我们家里人最常说的一句话就是："你要去海上，就要由大人领着。"

我重复了那句话。

老憨哈哈大笑："是啊，就是啊。不过你们家长说这句话是哪一年？"

我想了想，说："三年前，不，去年还说过。"

"怪不得，三年前你才多大？去年你才多大？今天再说就是扯淡了。"

我心里同意老憨的话，也觉得他说得豪气、来劲。不过他说我们家里"扯淡"，让我很不高兴。任何中伤那个林中小屋的话，都让我发毛、让我生气。

我不再说话了。

这样好长时间，老憨才扳住我的肩膀。我们又和好了。

第二天我们就去海边看拉大网了。海滩上的沙子，白白的望不到边，被太阳晒得滚烫烫的，如果赤了脚走就像踩在热锅上一样。可是老憨偏偏不穿鞋子，他故意翘着脚尖走路，嘴里发出"夫啊夫啊"的叫声。

多么蓝的海水啊，无边无际。老憨盯了一会儿海水，马上破口大骂起来——这家伙有个不好的习惯，就是一激动得厉害就要大骂。为此我批评过他，他也改正了。但是今天他太激动了，所以也就恢复了这个坏习惯。

那个老扣肉穿了短袖衫，敞着怀，下身只是一条搭到膝盖上的黑布裤，正举着双手呼喊。他朝一群人吹胡子瞪眼，不说人话。

打鱼的人先是驾船到海里撒网，让雪白的网浮在大海里画出一个半圆形的弧线，然后就从弧线的两端拖到岸上两道粗绠。那些拉网的人很快就紧紧靠在粗绠上了——再有一小会儿就会响起一阵阵号子声，他们就要用力拽网了。

每个拉网的人都把一根细绳搭到粗绠上，细绳的另一端有一根横棍，它横在屁股后边，所以只要倒退着撅一下屁股，也就狠狠拽了一下网！多么有趣多么巧妙啊，这才是他们大人的方法和心眼……

一群人拼命撅着屁股拉网，脚都陷到沙子里去了。

拉网号子由低到高，慢慢变得震天响——这是因为大网离岸越来越近了。围看的人更多了。一些围看的人也去帮忙拉网。

这时老憨发现了一个小人儿，他也在用小手揪着网绠——那不是别人，那就是双力啊！

我们都愣住了。

我和老憨马上投入了拉网的队伍。我们离双力不远，双力也看见了我们，冲我们笑呢。

谁知一切才刚刚开始呢，老扣肉就发现了我们。他救火一样嚷着跑来，瞥我们一眼，抱起双力就走。

老扣肉把双力放在了远一点的鱼铺旁，那儿是一片阴影。他大声叮嘱看鱼铺的老人，大概是让老人管住双力。

我和老憨见双力离开了，就觉得没劲。我们又拉了一小会儿，也离开了网绠。我们站在一边看别人拉网。

老扣肉这家伙就像海边的皇帝，说一不二，人人惧怕。他跑前跑后，后脖子上的那块肥肉疙瘩抖个不停。关于这块肉，要说的话就多了。

那块疙瘩啊，活像反扣在脖子上的一碗红烧肉，太阳天天晒，离彻底熟透的日子也许真的不远了。大概它熟透了的一天，他也就不那么暴躁吓人了——可是人们等了十几年，它就是不熟。

它现在黑中透红，老皮苍苍的，真是吓人。

这就是那个外号的由来。

有人在松闲的时候，试着摸了一下那块肉，他立马翻了脸——当然不会是一般的人摸它，而是村里的头儿。可老扣肉不管是谁，一动那个地方就要破口大骂。村头儿也就讨个没趣。

这都是我们听鱼铺老人玉石眼说的。在打鱼的淡季，看鱼铺的老人就孤单起来，我们如果到海边，他就给我们讲故事。他不讲故事我们就威胁——说再也不来了。

大网彻底靠了岸。嗬，大鱼给围在网里，当拖离深水的那一会儿，它们叫起来跳起来。我们真的听到了吱吱声，这声音就像黄鼠狼中了夹子。一片片金鳞银鳞刺眼亮。拉网的人有一部分急急放下手里的绠，到旁边取了柳木撮子，把大鱼连连撮到一旁的席子上。

鱼铺老人玉石眼走到鱼堆旁，大大小小挑了许多，又到海边让浪涌冲了几下，在砧板上胡乱弄弄，哗一声倒进大铁锅里……

玉石眼开始煮鱼了。我们都凑到大锅旁边。

玉石眼谁也不理，手里忙着自己的事情。他在为所有拉大网的人准备午饭。老人啪啪剁了大块的姜，又把一根根大葱一掰两截，啪啪扔进锅里。

随着一阵咕嘟嘟响，白气呼呼升起来，鱼的鲜味呛鼻子了。我的鼻子又有些痒。

老憨说："等着喝鱼汤吃大鱼吧！"

可是我有点担心，问："老扣肉能让咱们吃鱼吗？"

老憨笑了："凭什么不让吃？我们也拉了大网！"

是的，按海边的规矩，只要帮忙拉过网的人，都要喝到鱼汤、吃到鱼。

问题是我们只拉了一小会儿。所以我还是没有把握。

吃饭的时候到了。一群人端着碗排着队，等着鱼铺玉石眼的铁勺，它盛满了大鱼和雪白的鱼汤。

我和老憨每人拿了一个像碗一样大的贝壳，也排在队伍里。

我们都看到老扣肉抱着双力，直接走到队前，让鱼铺玉石眼从锅里挑选一种红毛虾——队伍里有人小声说：这孩子最爱吃红毛虾了。

老憨说："看看吧，这家伙被他爸惯坏了——那么大了还要抱着，恶心！"

我也觉得太过分了。不过看老扣肉那个凶凶的样子，他硬是要抱，双力也没有办法吧。

终于轮到了我和老憨。玉石眼正要给我们舀鱼盛汤，不巧老扣肉看见了，虎着脸说："慢着，他俩拉网了？"

老憨嚷着："问你儿子！"

双力急了，红着脸为我们争辩："拉了拉了！"

老扣肉抚摸着孩子的头："你爸逗他们哩，嘿嘿……"

我们尽管吃了鱼喝了汤，心里还是有一种被侮辱的感觉。

我们坐在鱼铺阴影里，双力过来了。老憨不理他。这样待了一会儿，老憨突然咕哝了一句："我要是霞霞啊，早就不理老扣肉了！"

双力咬住了嘴唇，脸色煞白。

狐狸偷小孩

老憨话里有许多故事，这故事需要二十天才能讲得明白——

那就拣主要的说说吧。

不过这些故事的真假是个问题，它们并没有一一得到证实——准确是很重要的，所以下面讲的故事并不十分准确，只能供人参考而已。

故事有的是冬天里看鱼铺的老人玉石眼讲的，有的是园艺场里的老工人讲的。年轻人讲的不多，他们知道的事情不多。他们在忙另一些事，那到底是什么事，这里不说了。

我们常常替比我们年纪大一倍左右的那些人害羞。我们如果到了他们的年龄呢？想一想又高兴又担心。

人到了二十多岁，像大红二红她们那样的年纪，就有了说不出的麻烦！比如亲嘴的问题——她打扑克赢了就要亲我和双力，我把这事对老憨讲了，老憨往地上吐了一口唾沫，然后就笑了。

传说中，老扣肉当年是一个赶车的青年，住在海边一个渔村里。他平时头上还要包一块蓝布。现在的人听了一定会感到奇怪：干吗要包蓝布啊？这多么难看！可是那个年纪的农村人都知道，赶车的人都是这个打扮。为什么？不为什么，就这样。

有一天他赶车走在山路上，正遇上一个坏人欺负一个又弱又小的姑娘，就一鞭子抽过去。那个坏人搋了刀子扑上来，他眼也不眨，又是一鞭子。

就这样，那个坏人被他制服了，扔了刀子就跑。

老扣肉把姑娘身上的泥土拍打拍打，用车拉回了村里。

原来被救的姑娘是一位下乡知识青年，叫霞霞，是城里一位大官的孩子。那时城里的孩子读了初中高中就得下乡。霞霞当年响应号召，立志要扎根农村，后来非嫁给老扣肉不可。

他们两人一开始那个好啊，好得不分个儿，谁也离不开谁。城里大官要把他们两人一块儿接到城里，老扣肉先是高兴，后来又是忧愁，因为家里还有老人。他没有走。

霞霞最后还是受不了老扣肉的粗脾气，不得不躲开他：先是出门读书，然后又去煤矿医院当医生，两人分开的时间越来越多。

霞霞生了孩子，自己带着孩子，大概怕孩子学得像他爸一样粗鲁，从不让双力在他身边久待。有一段，城里大官把双力接回去上学，可是不久霞霞想孩子，又接回来了。

那座煤矿离海边二十多里路，老扣肉偶尔去看他们娘儿俩。不过海边人却见不到霞霞。老扣肉去了矿区宿舍，霞霞就把他锁在屋里，怕医院的人见了笑话。

老扣肉一怒，再也不去霞霞那里。

可是他想孩子，想得受不了。有一天他就设法把双力偷出来，藏在了海边。霞霞差一点急疯。

都传说是一只老狐狸把孩子掳走了——因为海边一直流传着一个故事，就是失去了幼崽的母狐一定要设法捉一个孩子喂奶，不然乳房就要胀坏。

当时都说：双力是被一只老狐狸抢走了。

霞霞最后终于不那么焦急了。

她明白这只老狐狸不过是一个海边男人，这家伙让人爱又让人恨：因为一天到晚打鱼，身上总有一股腥味，这是最不能让人忍受的；这个人爱说粗话，爱骂人；不过这个人心疼小孩，也心疼老婆……

她忘不了，刚开始那会儿，他简直是呵着气跟她说话，就怕她饿了、冻了、不高兴了；这个人脖子上有块疙瘩肉，开始是扛东西磨的茧子，后来越长越大……霞霞没事了就摸着它玩，再后来是让双力摸着玩。

双力对他怎样都行，特别是摸他疙瘩肉的那会儿，他最高兴。

霞霞就不一定：高兴了让她摸，不高兴了一沾手就呵斥她。

他高兴不高兴都与大海有关：鱼多了高兴，打不到鱼就恼；

风浪大就不高兴，风平浪静就高兴。

双力第一次被狐狸掳走时，霞霞哭个半死。

当老扣肉在一天半夜把双力放回她的门前时，她才知道是怎么回事。

她怕这只老狐狸一遍遍掳走孩子，但放心的是这只老狐狸像她一样疼爱孩子。

双力回家就对妈妈复述：老狐狸的窝是怎样的，老狐狸喂他红毛虾吃。霞霞听着听着就哭了。

原来这个老扣肉自从与老婆分开以后，连小村的屋子也不愿待了，而是和一个看鱼铺的老头子住到了海边上。

打鱼的季节好，那时候人又多天又暖和，吃的玩的都有；一到封冻就麻烦了，大雪盖住海滩一连几十天，他们只好吃咸鱼，偶尔在浪边上拣点海鲜解馋。

老扣肉想孩子想得快疯了，越是大雪封海的时候越是想。因为天暖以后人忙得团团转，想念也就被压下去了。冬天想人的滋味啊，谁也受不住！他望着漫天大雪，对看鱼铺的老人吼一句，撒开丫子就往煤矿那个方向跑了。

双力被爸爸养小鸟一样养在鱼铺子里，怕他冻着，就用大厚被子裹上；夜里爸爸一刻不停地搂住他，讲各种各样的故事。双力在这里过得真快活。

时间一长双力又想妈妈。他嚷着要走，老扣肉就煮红毛虾给他吃。这是双力最喜欢吃的。可是冬天封了海，这东西就难寻了。

老扣肉听说西边河口那儿浪大．偶尔有大风推上来的红毛虾，天不亮就去河口守候。

双力再次吃到了红毛虾，可老扣肉因为这几只红毛虾把脚冻伤了。

三年过去了，海边这只老狐狸一连偷了三次孩子。

第四年冬天又要到了，有一天霞霞牵着孩子的手，找到鱼铺里的老扣肉说："咱们年纪越来越大了，和解吧。"

老扣肉说："你说'好起来'不就得了？你别跟咱说书上的话！"

"我怎么说书上的话了？"

"'和解'，这不是吗？"

霞霞去摸他脖子上的疙瘩肉。

老扣肉把她和孩子一块儿抱起来。

眼睛啊眼睛

不知从哪一天开始，我发觉有了什么异样。我是说，有人自觉不自觉地要注视我一会儿，目光停留的时间好像长了一点……别人也许什么都感觉不到，而这在我来说却是很大的事。

其实双力与我们一般人的最大区别，不过是能让周围的目光在脸上多停留一会儿——从两秒到三五秒不等。如果时间更长一些，那就是专门赶来看他的老头老太太们、大红和二红他们了。这都是很例外的。

大红和二红就是跟别人不一样。特别是大红，长了酒窝，还有一条又粗又黑的大辫子，这本来就是独一份的。她对我们学校的男孩女孩格外好奇，总爱说三道四，谁穿的衣服好看了、谁的脸黑了、谁的眼睫毛长了，等等。连眼睫毛这样的小事她都注意，还有什么能逃过她的眼睛？

大家都知道：大红如果对谁好，就在对方不注意的时候悄悄走近了，然后猛地一撩那根大辫子，扫疼他（她）的脸。这是她的拿手好戏。

近来我在路上遇到她三次，竟有两次被她扫中。

当疤眼老师鼓着嘴盯住我看时，我的心就怦怦跳，担心她挑我的毛病。但后来她不过是微笑一下，把脸转开了。

有的女同学也专注地看过我几次，那时她们直盯着我的眼睛。

种种迹象让人既兴奋又不安。有一天我在路上又遇到了大红，当她再次用大辫子扫疼了我的脸之后，就大大方方地按住我的肩膀端量起来，说："果孩儿，你的眼睛长得可真是好看哪!"

我没有说什么。后来我红着脸跑开了。回到家里，我长时间站在镜子跟前。鼻子的毛病没了，它不知什么时候变得这么好，不仅是光洁，而且鼻梁似乎也挺拔了许多。总之我现在有了一个挺不错的好鼻子。

眼睛! 是啊，我以前怎么就没注意过自己的眼睛? 它就在我毫无察觉的时间里变成了这样——

大小适中，不，稍大了一点；亮、黑，真正的黑白分明；睫毛比得上双力，似乎更厚一些——奇怪的是这么厚的睫毛怎么就一点都没有影响看东西? 眼角像杏核边缘那样收住，上眼睑的双层眼皮褶线深深，好像藏住了什么秘密似的。

我有些自豪和兴奋。心跳突突。

我跳着走出屋子，差点跟进屋的爸爸撞上。他看看我，嗯了一声。

妈妈也看出我有些高兴，所以她也高兴了。

我躲在院子外边的一棵大野榛树下和步兵玩。它的宽鼻子被我扳住，然后就直盯盯地逼视它。它开始是高兴的，后来就有点慌了。因为我很少这样近地盯住它看。它想把长脸抽回一点，我没有同意。

我对它猛地做个鬼脸，它吓坏了，不顾一切地将脸夺走。

小美妙来了。它瞥一眼不安的步兵，轻快地走到我的跟前，仰起脸来。我发现它的眼睛又圆又亮，只是颜色蓝幽幽的，实在不敢恭维。我刮了一下它的鼻子。

我后来又认真地观察了步兵的眼睛：像孩子一样单纯、好奇、善良……只是它的眼睛呈灰蓝色，而不是黑色。

与老憨在一起的时候，我很想让他评价一下眼睛，但不知该怎么说起。我先说了双力的眼睛，问他怎么看？

"跟他妈一样嘛，那天我在门诊部只一下就看出来了。"

"可是我跟妈妈的眼睛就不一样……"

老憨凑近了，说："别动，让我看看！"

我先是睁大了眼睛，而后又让它像平常那样……

老憨嘴里哼哼着，像一个眼科医生，横看竖看，说了一句："真是不孬！"

我生气了："这是什么话！"

老憨破口大骂起来，然后夸张地冲着天空喊："真是好眼哪！好得没治了！好得比他爸他妈加起来都好——这行了吧？"

我真的生气了。我说："我们还是最好的朋友呢！你这样讽刺我……"

老憨笑了，说："是逗你哩。还别说，咱班里就数你的眼睛长得好看！"

"你又讽刺我了！"

老憨委屈得很："你看，我怎么说你都不信，这我也就没有办法了！"

我心里非常高兴。我有点得意了。

不过只一会儿老憨又使我不高兴起来。他说："咱们爷们儿，男子汉，躲在林子里说什么眼睛好看、不好看，这让人知道了会笑死，笑掉大牙！"

他说着又破口大骂了一句。

"老憨你今天怎么了？老要骂人！"

老憨揉鼻子、咧嘴："我也不知道。今天咱俩都不对劲儿，你说是吧？"

我明白，这全是我的虚荣心引起的。我太在意自己的眼睛了。

我决心尽快忘掉这事儿。

可是没有成功。因为世上有些事情自己是不能决定的。比如说和老憨分开的第二天，我从园艺场的路上走过，正好遇到几个上工的男男女女，她们当中就有大红，还有几个和她差不多年龄的人——这些人就像约好了一样，一齐上前逗我，围着我看。

不知是大红还是另一个人，反正又提到了我的眼睛，引得他们议论起来："这是谁家的孩子，这眼睛长得真好看——""里边像有一汪水儿似的！""瞧这眼，黑得啊！""啧啧，多好看的果孩儿……"

他们围着我叽叽喳喳。有的虽然不说话，眼神里也全是赞美。

我羞死了也得意死了。我那会儿想到了双力。我现在几乎和双力一样，也有过被围观的经历了。

在学校，我对疤眼老师的眼睛充满了同情。她本来也不难看，只是左眼稍稍斜一点，不过这得用心才看得出——她走神的时候就更明显。她的眼皮上有一个小得不能再小的疤痕，那倒没什么。

让人不解的是，疤眼老师还是附近有名的美女呢——听园艺场的人说，当年就为了争夺这个美女，高个子金牙曾经与另一个小伙子打起来，对方在绝望之下一拳打掉了他两颗门牙。

于是他镶了金牙，就这样，他的外号和门牙一块儿有了。

她美丽的奥妙不在别处，就在眼睛上。她稍稍歪斜一点的眼睛，看起来比一般人更加有神。是的，她比所有老师更显得生气勃勃，精力充沛。

眼睛啊眼睛，它原来是这样地重要。

有了一双真正的好眼，其他一切都不在话下了。

不管怎么说，我近来的全部骄傲与自信，所有的一切都是从眼睛开始的。

咱家俊不起

眼睛的问题开始影响我的生活——这样说一点夸张都没有。我曾经故意不去想它，可它总是要逼到我的眼前，让我没法回避。

与过去不同的是，我渐渐养成了一个习惯，就是每天都要自觉不自觉地多照几遍镜子，还会长时间地打量这双眼睛。

至于说别人，那就显得更加严重了：任何事情只要有人在大家面前专门提醒一句，那肯定就会被人盯上，然后也就有了没完没了的麻烦。

一切都要由大红负责，因为那天就是她当着一伙人的面大声夸我，说什么"瞧这眼睛啊"，还说"一点都不比双力差啊"，也就从那天开始，越来越多的人知道了我，一见面就要多看我几眼，甚至还引发了一次围观。

围观会给当事人造成很大的影响。他们围住我指指点点，一开头让我害羞和兴奋，再后来就是担心和害怕了。

有一天那个老场长在路上遇到了我——这真是不巧啊。我从他专门赶到学校看双力的事情上知道，他原来也是个好奇心很重的人，就像小孩儿一样。

我故意绕开他一点，往一边走开。

谁知他一看马上生气了，拉着脸说："嗯，怎么这么没礼貌哩？这可不行啊，不打个敬礼倒也罢了，低着头不理人可不好啊！"

我知道自己错了，就赶紧回头说一句："场长伯伯好！"

老人立刻高兴了，上前一步，摸摸我的头，又抬起我的下巴看着，频频点头说："嗯嗯，真是个好孩子！好好学习啊！"

我心里一下感激起来。因为这是第一个关心我学习的园艺场领导。是的，长得好看的孩子就更要好好学习。他不像大红他们，只关心我的眼睛，不关心我的学习。

关于"果孩儿也是美少年"、"学校里有两个美少年"这样的话，后来竟然在园艺场和村子里流传开来。

有的甚至还说："果孩儿其实比双力还俊，看看眼睛！看看头发！"

这话传到了妈妈耳朵里，让她喜不自禁。有一天她为我做了一件新衣服，让我穿上，又拉着我站到镜子跟前，扳住我亲了一下。

我记忆中四年——准确点说四年多了，妈妈没有亲过我了。我把幸福咽在了肚里。

妈妈说："你长得越来越像爸爸了！"

我坚决反对："不，我像妈妈！"

"主要是像爸爸。"

我委屈到了极点。

妈妈揽住我："孩子，你不知道自己多像爸爸……"

我真想跑到院子里喊："我一辈子都不要像爸爸，我离爸爸越远越好！我要像妈妈，妈妈才是天下最漂亮的人，是所有人都喜欢的人！"

我没有说出来的一句话就是：爸爸自己被赶到了这个海角，这个林子里，从此我们一家就苦了……我在深夜里曾经想过另一种生活，那就是城里的生活。

我不知道城里的生活是怎样的，但一定比我们现在好得多。我发现爸爸一点都不高兴，他每天出工干活，脸色沉沉的。脸色沉沉的人，怎么会好看呢？

我穿上新衣服去上学、走在园艺场的路上，结果吸引了更多的目光。

有一天我甚至发现双力也在专注地看我。课间操的时候，他和我站到了一起，我们一块儿贴着白杨站。疤眼老师就在一旁，她一会儿看看他，一会儿看看我，笑眯眯的。

爸爸有一天被派到海上拉大网了，因为拉鱼的人手不够，海里的鱼太多了。爸爸从海上回来的时候唉声叹气，妈妈问了半天他才说："那个老扣肉真不是东西！"

我和妈妈再问，他就不吭声了。

老扣肉到底怎么了？我和妈妈非要问个究竟不可。

后来爸爸终于说了："老扣肉故意找我的茬儿，总是嫌我拉缰不出力，我——"他说着把腰部袒露出来，天，那是一道道紫红色，都快出血了。这显然是被网缰勒的。

妈妈心疼地抚着爸爸的伤处。

爸爸说："他吃中午饭的时候，故意端一杯酒和我坐到一起，这是想馋我。我才不在乎呢，我又不喝酒。他喝得满脸通红，然后就胡说八道起来。"

妈妈皱眉："他说什么？"

"他说，你家果孩儿和双力是同学吧？我点头。他又说，听说他还想和双力比试比试？不知天高地厚！我问比试什么？学习？劳动？体育？他不吱声，只盯住我笑，把我给笑毛了……你真想不到他指了什么！"

妈妈更糊涂了："他到底指了什么？"

"他是说自己的孩子更好看！他说，谁也别想长得比双力更俊。还说，趁早死了这条心吧！"

我听了气得差点蹦起来。

妈妈一声不吭。妈妈叹一口气，转身离开了。

爸爸看着我："孩子，听到了吗？别跟他比这个。我们家俊不起啊！你生在这个家里，就得往壮里长！"

我委屈，又觉得受到了侮辱。我从来没有主动要求长得俊，更没打谱长成一个"美少年"——我只是治好了酒糟小宽鼻，而且不知不觉间长了这样一双眼睛……我真是无话可说。我无法辩白。

爸爸接上说："孩子，多到林子里干活，多晒日头，晒得脸黑黑的；两手多提重东西，这就会更有劲——只是别累着。咱要往壮里长，不往俊里长——这就不被人议论、不招眼了。你知道，我们是最怕招眼的……"

妈妈在一边干活，可是什么都听在了心里，这会儿转身说："好孩子，你爸说得对啊，咱要和他们比学习、比身体，看谁更好更壮！"

我一直没有说话。但我暗暗横下了一条决心：一定照妈妈和爸爸的话去做！

这个夜晚我差一点失眠。外面的月亮太亮了，那些"哈里哈气的东西"在这样的天色里更不安分。它们在院墙上跑，逗步兵和小美妙，呼哧呼哧的喷气声听得一清二楚。我实在睡不着。

我今夜想得最多的是做怎样的人：与漂亮绝缘的人，浑身都是力量的人！我要当一个真正的男子汉——是的，爸爸和妈妈的真正意思就是这样啊！

我想到了双力，并且从现在一直想到了二十年三十年或者更久——当他到了五六十岁的时候，还是长了这样讨人喜欢、让人围观的眼睛，还是这副俊气的模样，那会多别扭啊！

这样一想就高兴了。我高兴自己这么早就想明白了。我要感谢妈妈，特别是——爸爸。

就这样，我睡着了。

鱼棍打来疼死人

冬天到了。冬天好得让老憨一次次破口大骂。我一次次提醒他不要说粗话，他一次次接受了。

海边上一眼望去见不到人，大雪把一切都蒙住了，如果不仔细些看，连鱼铺都分辨不出来。看鱼铺的玉石眼老一个人猫在屋里，一点声音都没有。

这样的日子我和老憨很想捉弄一下鱼铺里的人，比如弄一根爆竹点上，扔到他的小窗里；再比如一个躺在雪地里装死，另一个大喊大叫……

经过几个月的磨炼，我变得比过去狂野十倍。这段时间我更多地与老憨在一起，他往常那些不被采纳的建议，也让我接受了不少。

我们在园艺场里偷过很多苹果，并且按他说的，做了标记埋到沙滩上，这样天冷以后，就可以挖出来一点点享用。

我们在沙滩林子里开展对垒，与邻村或更远一点的矿区的孩子开战，有时断断续续打上一个星期。

我们大胆地体会了战争的危险，身上时不时地留下一些伤痕。老憨的头被棍子揍了一个大包，好在有头发盖住看不出来。我因为奔跑和征战，屁股上有一处不浅的划伤，流了一些血，但回家后还是掩饰过去了。至于脸上手上的伤，我们一概说成是在林子里不小心弄出来的。

由于长时间活动在太阳下，我的脸晒暴了皮，胳膊也变了颜色。特别是鼻子，这毕竟是我的弱项，它给晒得差一点老病复发。

不过我有凉丝丝的树叶"哼儿",就时不时地贴在上面。

"哼儿"不仅预防了生病,还把敌方吓住了。他们以为这是什么魔法,一看到我鼻子上贴了一片树叶领人冲上去,就吓得大叫而逃。

我们建立了一支骑兵、一队弓箭手、一支投弹连。这三支队伍说白了只是不多的几个人,不过是轮番使用而已。没有马,只有长长的木刀和跑起来像马一样迅疾的人;弓箭是竹子做的,背在身上;手榴弹以土块代替,塞满了兜子。我们冲锋时没有盾牌,就用手臂挡在头上往前猛拱。

总之,整个秋天都过得非常英勇。

我与老憨总结过,一致认为这是个威风凛凛的季节。我们交往了多少新朋友,找到了多少死对头,留下了多少大瘢痂!

那些日子里,我们奔跑的速度提高了一倍,歌唱的本领增加了三倍。我可以唱出高得出奇的尖音,站在大沙岭子上一唱,敌方半是惊讶半是羡慕,竟然忘记了最重要的事儿:我们过一会儿就要揍他们!

老憨既不善跑又不善唱,智谋也不如我多。他的长处是力气大、下手重、不怕死,到了关键时刻敢拼敢上,冒着被别人打残的风险往上硬冲。

有一次老憨被对方一个猛拳打过来,一只眼立刻青了,一时什么都看不见,我们以为他这只眼完了。谁知老憨全不在乎,一滴眼泪都没掉,只是揉一揉,说还有另一只眼,咱们接着打。

好在老憨那只伤眼后来又渐渐看得见了。

经过了这样的秋天,又迎来了大雪铺地的冬天,我们能不高兴吗?我们真想唱上一嗓子。我唱的时候老憨就会跟上,他不是唱,而是喊。我们唱一会儿,在雪地上跑一会儿,翻几个跟头。一两只兔子惊起来时,笨拙的老憨还想去追呢。

我们攥了很多雪球，小心地捧到鱼铺跟前。我提起那个小窗的帆布帘，老憨就往里投。

我们只等着那个老玉石眼开骂，出门追打我们。

这样投了十几分钟，一点动静都没有。突然，那扇关得结结实实的、落满了雪粉的小矮门呼一下打开——一个戴了翻皮帽子的壮汉腾地跳出来，一出门就开口大骂。

事情糟了，我们不是从穿戴上，而是从声音上听出这人是老扣肉。他的嗓子任何时候都是粗哑的，这是在海边常年骂人练成的。

我们呆住了。我还没来得及躲闪，就被他一脚踹倒了。我刚刚爬起来，就见他从铺子上摘下了一根胳膊粗的大棍，迎着我就劈下来。

我被打蒙了。但我没有求饶，而是习惯地咬紧了牙关。

我足足挨了十几棍。我差不多要给打残了。

他打过了我又去追老憨。可怜的老憨刚才一直往这边看，而不是抓紧时间逃。他很快就被逮住了，然后就挨下一顿没头没脸的棍子。

老扣肉真是太狠了，他怎么能用这么粗的棍子打人？这不是往死里打吗？

他打了一会儿才算解了气，嘴里哈出一道白气，提着棍子往回走。他走到铺门口，一下扔了棍子——这时候我才看出，原来那不是什么棍子，而是一条冻鱼。一条几尺长的大鲅鱼给冻得硬硬的，一头粗一头细，他刚才正好握紧了鱼尾巴抽打我们。

从此我们将记住：鱼棍打人最痛了。

一会儿看鱼铺的老玉石眼出来了，手里还牵着一个瘦小的人：双力。

双力看见我和老憨被打的样子，马上挣开老头，过来安慰。可我们全不领情。

玉石眼说:"老把头(即老扣肉)昨夜领着孩子睡'忆苦觉'来了,他喝了酒睡得晚,结果让你俩给闹起来了,恼啊,恼死了!"

老憨哼哼呀呀。双力蹲在他旁边。我走过去。老憨看看我,对双力小声说:"等着吧,看我把你的头拧下来!"

双力吓得跑开了。

这是多么倒霉的早晨哪。本来一切都不错,谁想到好生生的鱼铺里潜伏了一只熊呢?没有办法,自认倒霉吧。

我琢磨起"忆苦觉"三个字,不太明白,问了玉石眼,才知道这是指老扣肉与霞霞和好之前的日子——那时他一个人孤单,就常常来鱼铺里睡觉。多么怪的家伙,这么冷的冬天不待在暖和和的园艺场宿舍里,不和霞霞在一起,竟然跑到了这里……

可能就因为"忆苦"两个字,勾起了心里的一阵辛酸,我就哼起了忆苦歌:"天上布满星,月牙儿亮晶晶……"

一开始我唱的声音很小,后来就大了起来。

老扣肉重新出现在铺门口,掐着腰听。

当我们离铺子越来越远时,老憨就回头望着,破口大骂。他骂老扣肉,也骂双力。他的腿有些拐,可能被打得很重。

真是不幸中的万幸啊,想想看,如果没有一个秋天的训练,这一次我们就要吃大苦了。而现在我们并没有倒下:一个在唱,一个在骂。

梦入少年艺术团

冬天过去是春天,一到了春天,总要有些新鲜事儿。今年春天传来的消息格外激动人心:园艺场和那个矿区要联合成立少年艺术团!

艺术团是半专业的,除了在节假日集中训练之外,偶尔还要一起排练和演出。最重要的是:谁如果进了这个团,将来升学时就会有最好的高中接收他,说不定还能直接到机关和部队的文艺团体去!

天大的美事!它会轮到谁的头上?

我首先想到了自己。因为我会唱歌,我不知道谁能比我唱得更好。

可是在学校里,人们议论这个的时候,没有一个提到我。他们议论最多的还是——双力!

我问妈妈:"有人长得漂亮就应该进艺术团吗?"妈妈点头又摇头。

我又问一遍,她就说:"那应该是一个条件,不过还要会表演吧。"

"我能唱歌。我想去报名。"

妈妈看着我:"可惜那些人谁也不知道我的孩子会唱歌,你一开口,他们会吃惊的……"

"老憨知道。大红也听过一次。"

妈妈低下头来。她一抬头就看另一间屋,爸爸在那里。她小声说:"你如果真的能到艺术团,那就好了。孩子,我一直担心你将来不能升高中……还有别的事。"

"什么事?"

妈妈拍打我,摇摇头。我央求她说出来。

"爸爸也许会拖累你。不过也不一定,你只要比别人强许多就行——你是个要强的孩子,有志气……"

我不再说话。我希望自己是个有志气的人。我常常说到做到,比如治好了酒糟小宽鼻、让身体往壮里长——如果今年参加春季运动会，我一定会拿长跑第一名。

但是，后面的事情我就说不准了……

几天之后传闻成了真的：疤眼老师在全班宣布了艺术团的消息，并且动员同学们积极报名。

大家相互看着，目光里有试探的意味。

最想不到的是老憨第一个举手，他粗着嗓门喊："我报名。"

大家哄一声笑了。

疤眼老师不快地看了看他，对大家说："都可以报。"

最后报名的有十几个。双力当然是其中的一个。快要结束的时候，我也报了名。我的心跳得厉害。

考试就在园艺场俱乐部举行。

这里一下出现了那么多奇怪的男人和女人，这都是我以前从来没有见过的。他们都是考官，或直接就是指导我们的艺术家。

他们的装束就和别人大不一样：女的穿了高领毛衣，缘口一直压在下巴上；男的穿夹克，瘦腿裤，其中一个还留了长头发。从他们的口音上听出，有的不是当地人。

第一天考试不过是问来问去，量我们的身高，让我们在屋里走动、跳跃——如果不知道底细，还误以为这是在挑选运动员呢。

第二天初选，通过的只有五个人，也就是说筛掉了整整一半。我初选通过了。我兴奋极了。双力也被选中了，这几乎没什么悬念。

最让我惊讶的是老憨也在这五个之列。这真是太有趣了。老憨转过身向我做鬼脸，他在用这个方法掩饰自己的高兴和紧张。

下一步考试是单个到另一间屋里进行的。老憨和双力都在我前边。那些考过的同学出来时脸色都很红，有一个好像还哭过。他们不怎么说话，就像被审过的犯人一样垂着头，等待宣判。

我进了一间大屋子，看见一溜三个人坐在桌旁：两男一女，都围了朱红色或蓝色的围脖，显得那么帅气。

他们让我压腿、跳，还上来胳肢我，让我笑个不停。他们却不让我笑。我的肋骨那儿真痒。女的用手在桌上敲节拍，并且让我重复她的节拍。我觉得这一点都不难。终于问到我的特长了，我说："唱。"

"那就唱吧——唱什么？"

我没加思索就说："忆苦歌。"

这是最流行的歌了。我唱起来。我觉得自己比平时唱得更缓慢也更清晰。刚唱了一半，我发现那个女的在抽泣。再唱了几句，两个男的也流出了眼泪。他们顾不得看我，只沉浸在悲伤里。

我唱完了，他们却一时忘了问我什么。

"还能唱什么？"男的终于想起来，拉着哭腔问我。

我说："还有一首。"

他点点头。我就唱起来。这仍然是一首忆苦歌。当我唱到"十个脚趾头，冻掉了九个"时，他们三个都坐不住了，纷纷站起来擦眼睛。

我走出这间大屋子时，知道已经成功了。

他们并没有告诉最终的结果，因为这要等几天再通知。但我就是知道。

回去的路上，老憨与我交流考试现场的情景。他说："他们让我腆肚子，使劲腆，腆着走路，你说怪不怪！"他一边说一边比划。真是可笑。我问：

"他们没让你唱歌？"

"我又不会，唱什么？"

我不再说话。我从一开始就觉得老憨这次是白忙了。

夜里总是睡不着。后来就做梦了，梦见自己站在舞台上表演，下边是黑压压的观众。我婉转的歌声啊，让全场的人都不停地擦眼睛。一阵阵掌声震得人发蒙，结果把我从梦中惊醒了。

三天过去了。第四天，疤眼老师瞅一个没人的机会走近了我，笑眯眯地报了个喜讯："这一次收我们三个，你也考中了！"

我的头嗡嗡响，问："是吗？啊，是吗……还有谁？"

她说了双力，这不让我吃惊。可是当她说出老憨时，我差点笑出来。这怎么可能呢？疤眼老师严肃了，伸着一根手指：

"他这种演员其实更难找——专演坏人。"

我恍然大悟了！我为自己高兴，也为老憨高兴。这个春天为什么这么伟大啊！

日子一天天过去，好像每一天都可能是那个正式通知的日子。疤眼老师说一切她都了然于心，剩下的事情不过是回去报告上级，再印一张纸，纸上要写我们的名字，上面还要盖一个红色的印章。

等待的日子真苦啊。

老憨发狠

这些天妈妈是最高兴的人。爸爸没说什么，他遇到任何事都木木的。妈妈说他受的冤屈太多了，遇事已经不敢往好的方面想。

爸爸是对的。可怕的一天来了：正式通知时，老憨和双力都进入了少年艺术团，而唯独没有我。妈妈急急地去找了园艺场老场长，又找疤眼老师。他们都在她面前叹气，说：孩子是个好孩子，就是形势不允许啊！

"形势"是一种奇怪的说法，其实他们指的就是我爸爸。我恨爸爸，可是我想许多人都恨过他，他也怪可怜的。但我还是没法不恨爸爸。

我病了。大红知道了，来到我们家，坐在床前很久。我们没有说太多的话。她临走的时候，塞进我手里一块糖果。我会永远感激她。

老憨和双力在星期天、在每天下午放学后的一段时间里，都要去园艺场的那间大屋子排练节目了，那儿有专门的艺术指导。

老憨现在突然忙了也神气了，走路仰着脸。他对我也仰着脸——当意识到我是他最好的朋友时，才把脸放低一点。他对我讲了许多艺术团的事，主要讲双力：

"他依仗自己是'美少年'，娇得不行了。艺术指导也宠着他，拍他的脸，还亲他的脑瓜——你想想，一个人动不动让人亲脑瓜，这算什么！他什么都不会表演，只会站在那儿说啊说啊，叫什么'朗诵'！我就得在一旁表演……"

我好奇极了。

"他说得不是快就是慢，我赶不上节拍。这样错就全在我身上了。艺术指导说，'你这个坏人！'我火了，我说我演的是坏人，我自己不是坏人！"

我笑了。我好久没有这样笑过了。

"反正双力怎么都成。他们说，'双力本身就是件艺术品，他随便往台上一站就成'——你听听这是什么话吧！"老憨又要破口大骂，但看看我，忍住了。

一个星期之后，老憨哭着找我来了：他被少年艺术团开除了！

原因是他在排练时跟双力争执起来，搽了对方一巴掌。双力哭了。

"我打了那个'艺术品'，这下糟了，我知道糟了，这不……真倒霉啊！我当时手上痒得不行！"

我安慰他。他嚷着："我爸还不知道呢！我爸要知道了非搽死我不可。他因为我进了艺术团，高兴得快疯了，说这一下好了，再不用为我发愁了……我可怎么办啊！"

老憨第一次在我面前哭成这样。我还以为他天不怕地不怕呢。

我给他出主意：去找疤眼老师，让她给艺术团的人说说情；再就是，我替他写一封认错的信——听说这种信有时候是管事的。

老憨不哭了，立刻照办，急匆匆地跑开了。

我铺开纸，想着怎么开头。我一下想到了忆苦歌，就决定从老憨上一辈受苦写起。我写道："我爷爷，十个脚趾头，冻掉了九个……"

我心里真的难过了，不得不停下来平静一会儿。这才发现自己写出的竟然是现成的歌词……正准备接着写下去的时候，老憨骂着哭着回来了：

"疤眼老师见面就训我，说你还想回少年艺术团？门都没有！你闯了大祸！连'美少年'都敢打——那儿离了他可不行，你这样的坏人有得是！你等着吧，双力是他爸的宝，他知道了，非扒了你的皮不可！"

我为老憨难过，暂时忘记了自己的不幸。我心里明白：疤眼老师说的都是实情。

我们都开始恨那个"美少年"了。

老憨擦着眼睛："想想看，他来以前咱这儿什么都是好好的，他来了，什么都变糟了！"

疤眼老师的预言应验了。仅仅是一天之后，那个老扣肉就知道了。

这家伙先是到学校找老憨，老憨吓得跑到了林子里，他又去找火眼。火眼险些挨了老扣肉的巴掌，就在夜间逮住了老憨。结果一场从没有过的狠揍落到了老憨身上。

火眼打人之狠简直没法形容，说起来没人相信。老憨以前告诉过我，说他爸爸一旦上来酒瘾，不巧又被惹着了，就会往死里打人。老憨有几次差一点就被打死。他给我看过身上的几块疤，我完全相信。

这一次，老扣肉来找麻烦的时候，正好火眼犯着酒瘾，他当然不会饶了老憨。刚见到儿子时，他还在笑，老憨不知道那是气到尽头的笑，就没有跑，结果被他一把逮住。

那场狠揍进行了近一个小时，直到火眼再也没有力气为止。

老憨好不容易逃到了我们家，爬着拐着摸到了我们的林中小屋。妈妈怜惜极了，一边为他上药一边咕哝："老天爷啊，世上真有这样手狠的人哪！"

老憨的胳膊、腿，特别是屁股，到处都是青紫印痕。我不得不出去采一些贴鼻子用的"哼儿"，往他身上贴了不少。老憨不停地骂火眼：

"这个癞痢头！大癞痢头！"

妈妈在一旁制止："孩子，你爸爸是一时气坏了，可不能这么骂他。不能恨爸啊，儿子不能恨自己的爸。"

我觉得妈妈多少也在说给我听。我有些羞愧。

老憨不骂了。夜里他和我睡在一起，时不时地哎哟几声。后来他不做声了，我以为他睡着了。可是黑影里他突然坐起来，一双眼睛闪着，真像一个坏蛋那样吓人。他盯住我说：

"我想出了一个办法，让那个'美少年'也变成一个癞痢头！"

"别说疯话了，睡吧。"

老憨咬着牙："你知道吗？我爸就是因为嘴馋，有一年烧了一只癞蛤蟆吃，结果头上就长了秃斑。他吃了多半只——不信问问老场长，他也许吃了一整只！"

我有些害怕了。我不敢想双力满头秃斑的模样。

"我要喂他半只癞蛤蟆——不，喂他一整只癞蛤蟆！"

艰难的算术

癞蛤蟆在我们这儿不难逮，难的是怎么让双力吃下去。老憨想啊想啊，最后总算想出了办法：我们每年春末都要去海边集体采药，搞"勤工俭学"，那时就在外面野餐，老憨要趁野餐时做成这件事。

我一想双力顶着一个癞痢头，心上就一阵抽紧。我劝老憨："算了吧，那太吓人了。"

老憨不听，他决心要做。他甚至已经捉了几个癞蛤蟆养起来。

我吓唬他："癞蛤蟆有毒，说不定吃了会死人的。"

老憨笑了："没那事儿。那得吃多少啊。咱只让他吃一只就够了，还给他烧得香喷喷的……"

我很为难。我真的不忍。我也讨厌双力和他爸爸，可是我不讨厌霞霞。一想到霞霞抱着长了癞痢头的儿子，我就不忍了。可是我也知道，这事儿如果连我也劝不住老憨，那就没人能救得下这个"美少年"了。

一切都在准备当中。老憨已经向疤眼老师打听采药的时间了。

我焦急中想到了一个办法，就是怎样尽可能地把危害降到最低——也许让他吃上一点点，给他一点教训，也是应该的。想到这里，我就轻松下来。我问老憨："你敢确定你爸是吃了一只癞蛤蟆吗？"

"多半只吧——你问这个干什么？"

我非常严肃，扳着手指说："这里面有一个算术问题。"

"什么算术？"

"你应该知道，药物对人的作用是与体重有关的！你爸吃了不到一只就毒成了那样，按双力的体重——老天，他能有你爸体重的几分之一？这事咱可一定要搞明白，不然会出人命的！这可是科学，一点都马虎不得！"

老憨第一次被我唬住了。他瞪着一双牛眼，样子很可爱。他低下头，让我看清了头顶的两个毛旋——怪不得他这么倔，俗话说"一旋好两旋坏，三旋肯定是无赖"，他真的很坏呢！

他想了一会儿，同意回家好好问一下，弄清火眼到底体重多少——而我则要负责打听双力的体重。

事情落实得很快，老憨第三天就告诉我：火眼体重一百七十一斤！

"准确吗？我是说当年的体重。"

老憨有些急："这怎么知道？我听人说他一直这么重！"

我也不想过于较真了，又问："他头上到底有几个秃斑？你可千万不要说谎，你也知道这是算术问题！"

老憨软下来："两个多一点，我是说，两个大的、一个小的。"

"那就是三个。按他的体重和双力的体重，需要好好折算一下才行——这是多么复杂的算术问题啊！老憨你可把我难死了！这种运算如果在高中，肯定难不倒我，可是现在……没有办法，事情逼到了眼前，只好白天晚上加紧运算了！"

老憨从来没有如此依赖我。他的算术太差了。他看着我在纸上写下的一串串数码，就像看天书似的。

我算得十分认真。按商定的计划，我们要给双力留下一个秃斑——刚开始老憨要留三个，在我的劝阻下，减成了一个。

从双力体重不足七十市斤来计算，只差一点就是火眼的三分之一；而按每只癞蛤蟆可致使一百七十市斤体重的人留下三个秃斑的话，那么三分之一只癞蛤蟆喂给双力，这已经是绰绰有余了。

我算来算去，得出的结论是应该给双力二又五分之一只癞蛤蟆为宜。

"'为宜'……"老憨重复着这两个字，咬着嘴唇，翻翻眼白，问："你是说就一个秃斑吗？"

"一个中等的秃斑。"

老憨骂着，吐了一口："那还要看癞蛤蟆大小呢！"

"你说过，小碗口那么大。"

老憨不吱声了。我担心他的心突然又狠起来。不过以我对他的了解，他不是那样的人。他守信用，说话算数。

为了更加准确，我答应用半夜的时间，从头再好好计算一遍，"这可是人命关天的大事啊，老憨，咱们要做得万无一失才好，你说呢？"

"那是当然啦！真想不到，这种事也要用到算术……"老憨不停地挠着头。

孩子不吃红毛虾

采药的日子说来就来！我有些紧张……留心观察了老憨，发现他有点兴冲冲地。我小声警告他："你这家伙！小心点儿——要不，干脆算了！"

老憨朝我做个鬼脸，不以为然地撇撇嘴，溜了。

按过去的惯例，大家到了海滩上就分散开来，三五成群或独自一人采药，只有到了午餐的时候听到哨子，才集中到树荫下吃饭。

这之前每个同学都把带来的东西交给疤眼老师，由她装在一个大篮子里，还有一只带盖的搪瓷桶，用一只小扁担捎起来。这样大家就可以轻装上阵了。

老憨自告奋勇替疤眼老师担了东西，博得她一句赞扬。

疤眼老师一会儿坐在树荫下用手帕扇风，一会儿去草丛里采摘一朵野花。老憨担着全部东西，一会儿挪动，一会儿在四周采药。

我总在离老憨不远的地方转悠，老憨就大声驱赶："你走开走开，你渴了还是饿了？你跟着我干什么？"我不得不离开一点儿。这家伙就要做手脚了，他大概不想让我看。

午餐时间到了。双力吃饭时，捧着一个塑料饭盒。只有这家伙才有这么好的饭盒。他像小猫一样伸出红色的小舌头，舔盒里的汤。一点菜、一点肉，他先吃了菜，再吃馒头和肉。

他吃肉时我和老憨都注意到：皱着眉头嚼，嚼，总算吃下去了。

老憨长长地吐了一口气。

午餐后是一段休息的时间。疤眼老师提议让少年艺术团的双力为大家表演个节目，大家鼓掌。双力一直坐着，脸有点红。老憨一个劲儿起哄。疤眼老师注意到了他，让他演坏人。

谁知道这一下老憨被勾起了往事，大恼，叫着："我凭什么演？我被他们开除了！现在咱们就剩这一个演员了，你们就看他的吧！他什么都能演，好人坏人都能演！"

疤眼老师不再理老憨。双力缓缓地站起来。他像站在坐满了观众的大剧院里，眼睛望着远处，满脸微笑，轻轻鞠一个躬，就开始了朗诵。

大家一点声音都没有。

说实话，他那种经过了训练的专业模样，让人看了有说不出的喜欢。不过我觉得他并没有朗诵得多么出色，因为声音不够高亢。没有办法，太漂亮的人一般来说不会有高亢的嗓子。

他主要是长得好，这方面只要没有偏见，只要静静地看上一会儿，谁都得承认。

我在他的朗诵声里低下了头。我不敢想象那一天：乌黑的头发间长出一个大大的秃斑。

采药结束。一天无事。大家回家。

第二天，一开始仿佛没什么。教室里在上课钟声敲响之前照例是乱乱的。我猛一回头，发现老憨在盯着一个空位——我已经注意了好久，那里一直空着，那就是双力的座位……

铃声响了，疤眼老师进来，刚放下粉笔盒，就有个教工模样的人在门口朝她做手势。她出去了，很长时间没有回来。

后来我们才知道：原来双力病了，整个上午都躺在园艺场门诊部。

我和老憨无论如何无法待在学校。我们急于去门诊部，可又害怕。我们知道霞霞和老扣肉一定都在那儿。我和老憨不停地打听：

"怎么样了？双力不要紧吧？"

没人回答我们。

老憨看看我说："咱们真倒霉啊！"

我想他和我一样，这会儿可能后悔极了，正害怕呢。

"如果弄得不好，那就是你的算术弄得不对。你敢保证没有算错？"老憨一遍遍问着。

我岂止是保证，我想如实告诉他：为了不让双力太难看，我已经在数码上做了手脚，本来放的量可以更大一些。

这家伙多坏，事情才刚刚开始。他已经在找替罪羊了。但我没有说什么。让我们等待结果吧。

第二天疤眼老师传出消息：双力可能是在海滩上碰了什么过敏的东西，不是动物就是植物——老憨听着，脱口就说了一句："动物！"

疤眼老师斜他一眼，他才闭了嘴巴。

"双力出虚汗，脸蜡黄，不愿说话。亏了他妈是大夫。他爸急得快哭了，一整夜守在病房里。本想送到城里大医院，后来才好一点，他睁开了眼……"

老憨高兴得鼓掌。

"不过眼见着一时好不了，不愿吃饭——他爸从海上带回了红毛虾，他连看都不看！"

老憨低下了头。

"不吃红毛虾了……"老憨时不时地咕哝这句话。我也明白这意味着什么——问题真的严重起来了。

凭我的经验，如果连最爱吃的东西都不理不睬，那一定是非常非常难受。平时我有个头痛脑热的，妈妈就给我做一张鸡蛋饼，只要吃下去，我的病就好了一半。

老憨像是屁股上着了火，再也坐不住了。他一会儿搓手，一会儿趴在窗户上看。后来他提议说："我们去门诊部那儿吧，找机会进去看看。"

"你不怕老扣肉？"

"他一出门我们就蹿进去。他不会老待在那里吧。"

我们都不怕霞霞。可是我们担心老扣肉，说不定他一眼就能看出干了坏事的人。

我和老憨就趴在门诊部旁的一丛蜀葵后边。从这儿望过去，进进出出的人都看得清。从下午待到天快黑了，那个老扣肉总算从里面出来了。我们目送他走开一百多米，直到拐弯不见了，这才从蜀葵后面跳出来。

霞霞守在一张小床旁边，那上面躺了她的宝贝。他的脸可真白，没有血色，眼睛好像更凹了，不过比过去更俊了。他见了我们不说话，嘴唇动了动，算是打了招呼。霞霞微笑着，拍拍我们的背。她什么时候都这么好。

老憨两手撑着床边，头离双力很近看着，显然急于知道对方的病有多重。

"阿姨，双力不要紧吧?"我问。

霞霞点头又摇头："还得观察。像是过敏，不过……心跳太快了。请城里大夫来过，不行就得转院了。"

这话让我和老憨一下沮丧起来。

老憨说："赶紧转院吧!"

霞霞点头："他爸回来我们商量。谢谢你们，双力你看，同学对你多好啊!"

老憨捂住半个鼻子，低着头，咳嗽，看双力和我。

霞霞掀开旁边的一个食物篮子，原来里面有好几种水果；还有一个红色小盒，里面是十几只红毛虾，红得像樱桃——如果把它们比做水果，那么它们一定相当于樱桃吧。她给我们水果，我们一齐往后退去。

布裙子医生

一个星期过去了，时间就这么快。谢天谢地，双力没有死，也没有生出癫痫头。他总算重新来上课了，但脸色煞白，没有一点血色。

我和老憨紧盯他那一头乌黑的，在强烈太阳光下闪出微微蓝色的头发。没有一点生长秃斑的征兆。

可是双力有一天上课间操的时候，突然呕吐起来，然后又是一连两天没有上学。听说他也许久没有去少年艺术团了。

老憨背后对我说："这不关咱们的事——你说是这样吧？"

我有些说不准。凡事要准确，要像算术那样，不然就不能判断。我摇摇头。

老憨立刻高兴了："这就对了，你也说不关我们的事嘛。"

我立刻反驳："我没有说！我是说我不知道！"

老憨蔫了。从双力得病以后，他的情绪坏透了。我敢说这是他一辈子最后悔的一件事。这比他被父亲狠狠揍过那会儿还要难过。

我们私下里曾经讨论过多次：算术问题、火眼的秃斑、癫痫头的由来……说到我们从来没有见过的老场长的秃斑，还有对方是否真的吃过癞蛤蟆，连老憨也不敢直着脖子犟了。

对于父亲火眼的秃斑，老憨则敢于一口咬定，那完全是癞蛤蟆的功效：

"那是有一次我爸喝了酒亲口说的，别人也可以作证！他说，有一天他们几个民兵值勤站岗，天下着小雨，实在闷得慌，有人就搞来了一点酒。没有肉，就逮住几个青蛙烧了。谁想到其中混进一只大癞蛤蟆……他说吃了以后身上先是麻酥酥的，然后就……"

我说："谁知道呢，也许这得有酒才行……"

老憨哭丧着脸："双力如果再病下去，少年艺术团也做不成了，那可糟透了——咱真不愿他这样倒霉啊，你说呢？"

我没有吱声。

老憨瞧瞧我的鼻子，想起了什么："也许该找找布裙子医生吧，他会有办法的。他治病总是特灵！"

"那你得告诉布裙子医生到底是怎么回事才行——你敢说吗？"

"咱俩一块儿，你敢说我就敢说！"

老憨直眼看着我。我赌气说："我敢，我真的敢……"

老憨说："我们先求他为咱保密，不过，他要不答应咱也不要怕！"

他大概害怕我一会儿又改变主意，立刻拉我去找那个老人。

布褡子医生有七八十岁了，眉毛长长的吓人，说话和看人时，两朵长眉就不停地抖动——老憨说那是他心里正在算账，开药方、问病，说到底也是一种算术吧。

老人屋里有一股浓浓的中药味儿。还有一只猫，比我们家的小美妙沉着许多，只是坐着看人，一脸忧愁。我认为这只猫可能多少也会瞧病。

老憨是这样开头的："老伯，上次咱老果孩儿的鼻子是您医好的。"

老人嗯一声，抬头瞥一眼我的鼻子。

"我们这回……"老憨吭吭哧哧，挽起了袖子。

老人立刻抓起他的手腕号起脉来。老憨抽回手，指指我。我大声对老憨说："还是你说吧！你不敢说了？"

老憨只好从头说了起来。

他一边说一边哭。我为他补充了一些细节，强调了算术的精确。

老人听了长叹一声，那双长眉抖得非常厉害。

当天布褡子医生就和我们一起来到了霞霞的门诊部。老人真是仁慈，他闭口不提我们讲过的事，只说来看看双力。

霞霞领我们一起去家里了。

我们还是第一次来双力的家。嗬，说起来没人信，这两间小屋简直像粉盒一样，又香又干净。在这样的小屋里生活的孩子，如果长得不俊就不对了。

老憨好奇地四下里看，忘记了来这儿干什么。倒是布褡子医生目不旁视，直接按住双力的手就号起脉来，还问了一些杂七杂八的事情。

老人开药方是最吸引人的时刻。因为他在纸上写下的这些字，没有一个是熟悉的。我和老憨一直认为，中医大夫有自己独特的一套符号，他们的所有秘密都包含在这些符号当中。

霞霞感谢布裉子医生，把画满了古怪符号的纸头收起来。

布裉子医生说："不用谢我，你就谢这两个懂事的孩子吧！"

我的脸上烧起来。老憨狠狠咬着嘴唇。

临走前老人又从那个从不离身的布裉子里摸出了一些干树叶，我马上认出，叫道："哼儿。"

老人嘱咐霞霞：平时就让孩子喝这种叶子泡的水。

老憨这时有些多嘴，指着我的鼻子说："阿姨，这叶子真是灵验，瞧他以前是'酒糟小宽鼻'，现在呢，多好的鼻子！"

霞霞真的凑近了看起来，连连说："多好的鼻子！多漂亮的孩子！"

老憨全不在乎我的尴尬，不住声地咕哝："哼儿哼儿，哼儿哼儿……"

我那时在心里想：火眼之所以要常常狠揍老憨一顿，因为那是完全有必要的。

山的那一边

疤眼老师欢天喜地来班里宣布：双力的病完全好了！这还得感谢咱们民族传统医学的瑰宝呢！双力一切都像从前一样了——不，他比从前还要好，学习好、体育好、表演好、思想好，远远不止三好呢！

说真的，我们大家都高兴，内心里最高兴的还是我和老憨。不过有一点我们是不会同意的，因为双力的体育并不好。说体育好，那应该是我和老憨。

我是毫不含糊的学校长跑冠军，而老憨擅长铅球和手榴弹。

双力只游泳稍好一点，但也是中游水平而已。双力仅穿一只裤头下水的模样好让人喜欢啊，小屁股小腰什么的……疤眼老师总是拍拍他说："先别急着下水，先做准备动作！"

节日里，少年艺术团要在园艺场礼堂做一场汇报演出。听说这场演出不光是老场长要坐到第一排，还有矿区领导、更高一级的学校校长。疤眼老师的男人金牙要陪上面的教育助理来。

所有这一切都是疤眼老师在课堂上宣布的。

这可是真正的节日啊！想起来有些后怕：如果双力没有被布褡子医生治好，那后果该有多么严重啊！这一下我们的双力就能参加最重要的演出了。

这会儿我们只盼他演出成功，因为这以后就可以对所有人说："你们知道吗？那个最棒最漂亮的演员，就是我们班的！是我们的同班同学！"

这个夜晚快些来吧。那个礼堂还是不够大，要看演出的人又那么多，所以并不是谁想看就能看的。我们班因为是贡献了双力的集体，所以在疤眼老师的大力争取下，每个人都可以分得一张票。

而园艺场的人就不一定了，像大红二红两人，只大红有一张票。

我们家，妈妈有一张，而爸爸连想都不敢想。他说："你们去吧，回来给我讲讲就可以了。"

我那一会儿觉得爸爸有些可怜。

这一天老憨仿佛忘记了少年艺术团带给他的所有不快，几乎没有吃晚饭就来约我了。我和妈妈老憨三个人，一起进入礼堂。

少年艺术团成立了这么久，还是第一次举行这样规模的演出。大幕紧闭，后台传来吱吱呀呀的乐器声。老憨说："你们知道吗？这叫'调弦'。"

一个大圆光圈儿投在幕上。报幕的是一个小姑娘，她先打了个敬礼。我心里承认：她这个敬礼真是打得好极了。

演出开始了。海边舞蹈，男女合唱，快板。几乎每个节目都精彩。

可是我们最不满足的，是双力一直没有出场。我甚至认为满场里的人都有些不耐烦了。老憨倒十分沉着，他仿佛看透了我的心事，这时说一句：

"最棒的要留在后面。"

等啊等啊，要等来最棒的！双力终于出来了！礼堂一角响起的掌声最猛，这当然是我们班。疤眼老师就像监督我和老憨是否用力鼓掌似的，一边大力拍手，一边歪头看我们。我们根本不在乎她。

双力一开口还是朗诵，他怎么就不再掌握新的本领？尽管有些不甘心，也还是觉得很棒……他的声音不够高亢——我说过，长得太漂亮的人一般声音都不会高亢。

他朗诵的是诗，一会儿低沉，一会儿激越。他的旁边是几个表演的人。一个坏人，一群好人。坏人被怒斥。

这期间我看了老憨几眼。他不眨眼地看着台上。我在想，如果将台上的坏人换成老憨，那也许更像个坏人。

哗哗的掌声太响了。我看到前边的疤眼老师在抹眼睛。她肯定是激动得哭了。我的眼睛也有些潮湿，不，我流泪了。我哭的是自己。

妈妈一下下鼓掌，脸上十分平静。

可是我知道，妈妈多么希望今夜的舞台上也有自己的孩子啊！

老憨咂着嘴，像自语一样说："双力，这家伙真是好看啊！没说的，他上了妆就像小姑娘一样……是的，他本身就是一件艺术品，老师说的一点都没错……"

回家的路上，我想让妈妈高兴一点。妈妈也想让我高兴一点。

我们故意大声说话，夸节目的精彩，夸双力，夸报幕员小姑娘。

妈妈说："回去告诉爸爸吧，这台节目不错！"

可是回到家里以后，我们都没有太多地说礼堂里的演出。

窗外的星星很亮，因为没有月亮。爸爸妈妈都睡下了，我蹑手蹑脚走到窗前。我屏住了呼吸，听着外边的各种声息。小美妙大概又跑到林子里玩去了，它是最不安分的家伙。步兵偶尔打一个哈欠，它知道我站在窗前。

更远一点——院子外面的林子里，正有无数双眼睛在注视这边：它们对这林子中唯一的一户人家永远好奇。它们当中有的对我已经十分熟悉了，而且知道我叫果孩儿。

"果孩儿。"我在心里叫着自己的名字。我在想今夜的演出。

是的，站在舞台上多好啊，这才是我梦寐以求的事情！我婉转的歌声啊，怎么就没人听？

我知道自己的命运——也许我真的没有机会继续升学了。到了那一天可怎么办？回到林子里，一天到晚和"哈里哈气的东西"们厮混？当然了，它们是我最好的朋友，它们永远都不会遗弃我……

可是，我是一个男子汉啊！我不能一直这样！

我在夜色里往前望去。如果是白天，我会望到很远的地方——在远处有一道墨绿色的叠影，那就是南部山区，是我展开各种想象的神秘地方。

翻过大山，就要进入另一个世界了。

我知道，我的未来，就在大山的那一边……

海边歌手

HAIBIANGESHOU

第二章

搬　柴　垛

旷课的日子里常常发生一些激动人心的事情。

其实旷课本身就够好玩的了，这是一种冒险，而冒险多么快乐：最好的几个朋友相互鼓励着，递个眼神就知道要干什么。

我们往海滩上跑，穿过林子里纵横交织的小路，大呼小叫的，惊得野物们四散奔逃，别提有多快活了。

可惜这样的机会并不多，因为一个星期里至少有六天要安安稳稳坐在教室里，剩下的一天才是周日，可是好不容易挨到了这一天，有多少双眼睛盯着我们啊！家长早就瞅上了这个日子，好像这是他们的，不是我们的，一开口就会说："今天不上课……"接下去就是各种各样的任务压下来，就像三座大山那样沉：

去代销店买东西，为院边的小菜田施肥除草，将堆了差不多有一百年的柴垛子搬开，割猪草，采蘑菇……

不过这些活儿当中也不全是让人讨厌的，有的还算有趣，比如搬柴垛。

本来是多么累的活儿啊，想想看，我们要把一大堆木柴从一个地方搬到另一个地方，这些破木头风吹雨淋了不知多少年，黑乎乎的，干不了一会儿就要沾人一身脏东西，弄得脸上头发上全是……就因为这样，大概谁也想不出干这种倒霉事儿有什么好处。

要不说老憨粗中有细嘛，他就懂得搬柴垛的妙处。这家伙以前被他爸火眼逼着搬过——那是他们家小泥院里一个吓人的大家伙，据说已经堆在那儿有两辈子了，他爸一高兴，就说要挪挪窝儿。

老憨那次差点给累个半死。可是干到一半多一点的时候，苦尽甜来了——他从柴垛里找到了一根铁管。这铁管二尺多长，锈得不厉害，真让人喜欢。

尽管老憨一时想不出可以做什么用，但还是喜欢。他先把它放到一边，继续干。

又搬了一会儿，乱乱的柴棒里出现了一把锯子，虽然只有半截，但是带着手柄。他把它放到了铁管旁边。接着更大的奇迹就出现了：

杂物中露出一根细绳，上面串着什么。一揪细绳断了，啪啦啦掉下一些珠子，是半透明的、暗红色的。他小声叫一句："宝贝！"然后蹲在那儿，大气也不敢出了。

老憨那天的发现肯定是了不起的。

他除了将半截锯子交给他爸爸之外，铁管和十几颗珠子都藏了起来。铁管做什么再说，珠子洗干净以后，颗颗闪亮！

他把闪闪发亮的珠子藏了好几个地方，还是有些不放心。

直到第三天，老憨才找到我，说话吞吞吐吐："老果孩儿，你们家的大柴垛子搬不搬？"

我说不知道。

"你爸如果要搬就好了。它其实放得够久了，早该搬一搬了。"

"为什么？"

老憨抿抿厚唇："不搬就完了——外面好好的，里面的柴火做饭时点不着了。"

"为什么点不着？"

"不知道。反正我爸急着让我搬嘛……"

几天后，老憨又一次找到我，脸色红红的不说话。他转悠着，提着腰带。我还以为他要撒尿呢。原来他是被心里的一个秘密憋成了这样，这秘密已经憋了快一个星期了，这在老憨来说是多么困难的一件事！

还好，他最后总算全部说出来了。

他要与我商量的是马上要做的几件大事：一是这盖世的珠宝怎么办，二是快些动手做一杆枪。

我明白了，这确实是最了不起的两件事，想想看，一是财富，二是武装，这都是天大的事啊！

我和他一起兴奋，并有幸亲眼看到了两件宝物：半截铁管简单好懂，老憨要用它做枪管——他说对于一支枪来说，最关键的部位就是筒子了，而现在我们有了。可是在我看来，那十几颗像玻璃又像石头的珠子，怎么看都不是宝贝。

我说出了自己的怀疑。老憨又气又急，拍打膝盖：

"你啊，老果孩儿，你什么都不懂！富人急了随手把宝贝藏到柴垛子里，这在战争年代是最平常不过的事儿。你翻翻书就知道了。"

我看着脸色由红转紫的老憨，更加不信他的理由：他家的柴垛子不可能是从战争年代堆起来的。我委婉地表达了这个意思。

老憨不再与我争论。他望望远处，神色庄严，可能已经下了什么决心。

这是几年来我与老憨最谈不拢的一次。我很难过，他大概也一样。

我并不嫉妒他有宝贝，如果依照他的暗示，这宝贝真的价值连城的话，那么我作为他最好的朋友，不是应该高兴吗？

我和他都知道：现在最大的难题是找谁鉴定它的价值。如果真的是一件罕见的宝物，那就有其他的危险，比如某一天有人追查它的来路、不小心走漏消息招灾惹祸……什么事都可能发生啊！

日子一天天过去。老憨没有再提宝物的事，可能因为事情过大，需要沉住气才行。但他的兴奋是显而易见的。有一天放学我们走在一起，刚进入林子他就说：

"老果孩儿，枪快有了！"

我很吃惊：总不至于这么快吧？

"我找了朋友三胜，他爸是在一个村里当头的。三胜找到民兵连的人，搞来一个拆下的旧扳机。枪托好办。"

我有点佩服他的果决和速度，但还是有点怀疑。这事儿也太草率了吧。

老憨说，等着吧，用不了几天就背枪来见："我们以后就是有枪的人了！背上一杆枪去海边，连海上老大都得服帖！甭说那些邻村里的猫头狗耳……"

他总是把自己瞧不上眼的人称为"猫头狗耳"，意思和"杂牌军"差不多——"到时候咱只要端起枪来一瞄，他们就得撒丫子快跑……哎，你爸还没说搬柴垛的事？"

我摇摇头。我根本不信我们院里的柴垛子里会有什么宝贝。

老憨说："反正总会有什么好东西，只要是个老柴垛，那就一准会有。"

背枪的人

真是巧极了！有一天妈妈指着黑乎乎的柴垛子对爸爸说："如果把它移开一点，我们就能在这里种一畦小葱。"

爸爸嗯一声，未置可否。

我立刻大声赞同妈妈，爸爸瞥了我一眼。

我说："这事儿不难，我让老憨几个同学星期天来帮忙，一会儿就搬完了。"

爸爸没有反对。这事儿算是成了。我赶紧告诉了老憨。

星期天一大早，爸爸妈妈刚出门，老憨就来了。他容光焕发，一进院子就腆起肚子问："今天施工吗？"

他把搬柴垛叫成"施工"，有点可笑。他问的时候却将脸转向远处，原来是眺望一个人。果然，一会儿一个矮矮胖胖的人出现了，年龄和我们差不多，圆眼、粗脖子——他胸前有一根斜带子，走到近前一甩，一杆枪就挪到了前边。

我愣住了。

"这就是三胜，咱们的好伙计！今天主要是咱仨干，一会儿再来两个帮手，他们干到半截就得走人——有些事儿不能透给他们……"老憨一边说一边从三胜身上摘枪。

我掂了掂这支枪，认真端量起来。是的，有筒子有扳机；但还是觉得有什么不对劲儿。我问："这枪能放响？"

老憨看看三胜，说："能放响还行？咱又不是真正的民兵，只能这样——到时候安上一根'撞针'就行了。"

三胜点头。这人不太爱说话。

"'撞针'是什么？"我问。

老憨指指枪筒后边一点："安在这个地方，是点火用的，一撞，嘭，响了，敌人就死了。"

正说话，又有两个男孩来了，他们我都认识：一个是园艺场的"破腔"，一个是"三狗"。他们走得急，身上汗津津的。两人刚刚站定，老憨就指着柴垛子说："快干，趁着没人把它搬开吧，要赶紧。"

破腔三狗二话不说就干起来。

我总想笑。我不知道老憨是怎么跟他们说的。我也要上前搬柴垛，老憨却把我拉到一边说："先让他们干，好东西都在下半截呢，到时候让他们走开，我们三个搬——那时就得小心一点了……"

破腔因为时不时地爬树逮鸟，裤子常常有一道破口，而且屁股总被划破，留下一道道伤疤——老憨时常威胁要对别人讲述那些疤痕，所以破腔一直畏惧老憨。三狗是老憨多年的崇拜者。

总之老憨身边总有几个不太平等的朋友，而我和三胜可能是仅有的两个例外吧。

老憨十分沉着地看着他们干活，拉我和三胜在一边闲扯。他这会儿才算正式介绍三胜："我其实早该把你们两个拉到一块儿了，因为你们都是一样的人。"

他这样说，吓了我一跳。

老憨接着说："你俩都有一副好嗓子，等一会儿他们走了，你们比一比——我说谁胜了，谁就是胜了。"

三胜白我一眼。

我听说三胜的父亲是东边的一个村头儿，外号叫"蓝大衣"：他有一件非同一般的蓝色大衣，上面有两排金闪闪的铜扣子，一般不穿……关于这个人的传说不少，我一想到这个人就讨厌。

老憨低头看看我，又拍拍三胜说："老果孩儿要等你先唱，然后他才唱。这事儿我当裁判，等一会儿吧。"

我真的有些紧张了。我瞧瞧三胜闭得紧紧的厚嘴唇，怀疑他会唱什么歌。我还有个疑问：如果他唱得好，为什么上次少年艺术团招考他没有报名啊？

老憨一抬头，马上拍手大笑：破腔和三狗满脸都染上了黑斑，那模样可笑极了。他俩一边用拐肘擦汗，一边求救地望望老憨。

老憨说："接着干，好事在后边，就快有了……"

我问他有什么？老憨说："反正会有的。"他取了枪瞄着远处的小树，上面有一只鸟。

这时三狗喊了一声，我们马上跑过去。三狗手里提着一个破草篮似的东西，老憨一把抢到手里。

原来那是一团粗粗细细的草梗，中间有一些羽毛和棉絮……

三胜把头凑得很近，嗅一嗅，吐了一口："呸!"

三胜说这是一只动物废弃的窝：那家伙大概在柴垛里住烦了，溜走了。

"什么动物?"破腚最喜欢野物，瞪着一双猫眼问。

三胜说："不是獾就是山狸子，反正不是老鼠。"

老憨不再吱声。他蹲下看了一会儿，又望望太阳，对三狗和破腚说："你俩走吧。"

两人有些迟疑。老憨踢一下破腚说："给你们这只窝，它归你俩了!"

"这有什么用?"三狗问。

老憨说："春天用它来孵小鸡最好了，给你妈，她一准喜欢——这个你就不懂了……"

三狗和破腚抱着那个毛烘烘的草团，一边走一边回头，很不情愿地离开了。

高歌一曲献刺猬

剩下的活儿只有我们三个人干了。想不到老憨的劲头那么大，他一个人撅着屁股猛干，一弯腰抱起一大束柴棒，顶得上我们两个。他嫌衣服碍事，干脆解了上衣，将肚子顶在柴棒上，一会儿肚皮就变成了黑的。这又黑又大的肚子看上去真是不错。

三胜干得小心，每抽出一撮柴棒都要好好看一看，研究一番。他最早发现了一截锈得厉害的锁链，端量了一会儿就放在旁边。后来他又发现了一个酒瓶盖、几根钉子。

老憨虽然对这些物品并不看重，但认为它们的出现说明"快了"——真正有价值的东西就要出现了。

我稍稍着急了一些，老憨却变得更有耐心了，蹲下来慢慢翻找，将柴棒一根根抽出，让我运走。

这样干了一会儿，当有一次我刚刚抱着柴棒走开时，身后突然传来了老憨的大声呼喊。我扔了东西就跑过去。

原来是三只大刺猬！它们从柴垛中给扒出来，胖胖的，蹲在那儿，好像并不害怕。我们都兴奋起来，拍着手逗弄它们。这三只当中有一只格外大，另两只也不小，总之是这些年里我们看到的最大的刺猬了。

瞧它们多么干净啊，而且还有点害羞的样子。我判断这是姊妹仨，是姑娘。

老憨分辨雌雄的能力很强，他甚至能将游在水里的鱼分出公母。这方面他显然是真正的权威，但这会儿他对我的话也没有反驳。

三胜说："知道你们家的柴垛子为什么这么大吗？就是因为它们！"

我笑了。这是胡扯。

三胜解释说："谁家的柴垛子里有了刺猬，就再也用不完了！不光用不完，还会越用越大。为什么？就因为它们在夜深人静的时候往上加柴，干得可高兴呢！"

我不太相信。我只知道半夜里我们家的猫和狗不太安分，它们总是哼叫蹿跳，发出一声声怪叫，显然在和黑影里的野物玩耍。只要我睡不着的时候，总是听到一种"呼哧哈哧"的声音——这就是爸爸说的那些"哈里哈气的东西"。

它们的数量和种类太多了，总是在夜里不得安闲。它们的作息时间与我们人类正好相反。

我还听说，村子里有几个怪人，他们习惯于夜间活动，所以知道许多动物的秘密：一些平常难得一见的野物，比如狐狸和黄鼬，还有花脸狗獾、豹猫，个头更小一些的四蹄动物鼹鼠，一到半夜就全出动了。

野物们并不一定急着干什么坏事，说实话，它们不过是玩心太大，一般来说比我们人要大得多，好奇心忒重。它们最愿做的事情就是探听人的秘密：半夜三更趴在窗户上，听人打鼾或说悄悄话。

我听老人们说，有些动物年纪大了，也就听得懂人的悄悄话。所以，村里一些埋得很深的秘密，只要透露出来了，那就十有八九是动物们传播的。

说到动物，最需要提防的是狗：它们几乎个个听得懂人的话，只是不会说话而已。最早的时候，它们不光会听，还会说，并且说得很流畅。人们相互之间说话时，有时并未发现它们夹在中间——因为它们个子矮，往往不被人注意。结果狗就相互传话，越传越多，也就常常引起口角，发生械斗。

就因为这些麻烦事儿，老天爷生气了，从那时起也就不让狗再说话了。

老憨冲着刺猬喊："你们，大妞、二妞、三妞，齐步——走！一二、一二！"

它们伸长了鼻子，仰起猪一样的长脸，一一看过了我们，然后交头接耳。

其中的一个轻轻咳了一声，就像人的声音。

三胜激动了，他凑近它们小声唱了起来：

"大刺猬啊，我的大宝刺猬，我爱你们，要把你们来捍卫，如果你们扎不疼我，我们就一个被窝睡……"

老憨哈哈大笑，亮起了天底下最破的嗓子："大刺猬啊，大刺猬，你们是革命人民，最好的姊妹……"

三胜的歌声由低到高，唱着唱着站了起来。他脸向着远远近近的林子，不停地唱着。

　　我渐渐凝住了神。说实在的，我从来没听过这么亮这么高的嗓门！老天，这会儿林子里什么声音都停息了，无数的野物——主要是那些鸟儿们，全都一声不吭地听他唱……

　　他唱出的词儿很快离开了刺猬，一首接着一首，几乎把这些年学校里传唱的歌儿全唱了一遍！

　　三胜刚刚停歇，老憨就对我说："你还等什么！你还不唱？"

　　我的脸肯定红得厉害。我一时竟然开不了口——我的嗓子连他一半高都没有，更没有他的响亮。

　　老憨生气了，伸手推我。

　　我搓搓手，咳一声，只好唱起来。我唱得很低沉。我总是这样，一开始是低沉的。我盯着刺猬，这样会好一些——我想唱给它们听，它们就住在我们家里……我相信它们会听得懂。

　　我唱："千斤的铁锤哎，当针拿……"

　　这是我刚刚学会的一首歌。我发现三胜十分专注地听我唱。

　　老憨凑在他耳旁说："这家伙最会唱忆苦歌。"

　　"忆苦歌"就是海边人回忆旧社会才唱的歌，因为"不忘过去苦，方知今日甜"。他的话提醒了我。我看看三只刺猬，马上改唱道：

　　"天上布满星，月牙儿亮晶晶，生产队里开大会，诉苦把冤伸……"

　　三只刺猬刚才还在走动，这会儿一动不动了。

　　我心里有些酸楚和难过。我的泪水在眼眶里闪动。我继续唱："十个脚趾头，冻掉了九个……"

　　三胜眼里流出了泪水。他一声不响地走上前，扳住我的肩，拍打。他咕哝："你唱得真好！你是我遇到的最会唱歌的人……"

　　可是我觉得自己的嗓子连三胜一半都不如。我只是唱得悲伤而已——我一想到爸爸，想到其他一些事情，就不由自主地这样哼唱起来。

我通常都是自己唱，没人的时候唱，后来就被老憨听到了。

我想，我会永远记住今天的鼓励。

沉默了一会儿，老憨再次让三胜唱。三胜点点头，唱得比刚才更加激越。老憨先是张着嘴巴看他，后来就在这歌声里围着刺猬跳起来。

我又一次觉得自愧不如：三胜才是真正的歌唱家！他的歌声就像海浪一样，翻涌着滚过我们家的小屋，又往更远处奔去了。

我亲眼看到密密的树梢被他的歌声摇动了，发出呼呼的共鸣。

再看地上这三只刺猬，它们不再挪动，一齐停下来看着唱歌的人，前爪微微抬起，显然听得出神了。

拉网号子

我因为老憨介绍认识了这样一位朋友而感谢他。

这之前我做梦也想不到三胜会是这样：唱得这么好，还真心地赞扬我。而以前我只要想到"蓝大衣"三个字，就会躲开他。

谁想到那个吓人的家伙会生出这么好的儿子？

一连好多天我都忘不掉三胜那天的嚎唱。太棒了，这是我至今为止所听到过的最响亮最动人的歌声！那天，歌声震得我简直没法站立，整个人都随着他的歌不停地摇动。事后老憨说："我看见你哭了。"

我尽管激动，但还是反驳了他一句："我没哭。"

这是真话。我不喜欢轻易哭鼻子的男孩。爸爸从小告诉我：男人不能流泪。

"那就是三胜哭了。"

我点头："他哭了。"

"瞧，你都能把'蓝大衣'的孩子弄哭，真是不简单哩！"老憨掐着腰说。

他自从有了一支放不响的枪之后，整个人就像司令官一样神气，口气也大了许多。

他暂时将那件价值连城的宝贝藏起来了，说只等哪一天找到一个真正懂行的人。他到底藏在了哪里，不露一点儿口风。现在他更愿意旷课了，因为让拥有一支枪的人安安稳稳坐在教室里，那是不可能的，那等于鹌鹑笼里关雄鹰。

"有本事的人都在海边上哩！"他强调说。

我问三胜平时在哪里？

"那还用问？他除了歌咏比赛要去学校露一手，一般上课才不积极哩。他是这一周遭最能唱的人！"老憨伸手往四周画了一个很大的圆。

"我真的没听过比他唱得更好的人了。"我说。

老憨说："嘁！就连城里也没有。"

我对老憨的结论没有把握。因为我知道城里与乡村极为不同，那里的楼房多，人是一层一层叠起来住的，因此人才也是一层一层叠起来的。我不吱声了。

老憨背着枪，又一次说服我旷课。吸引我的主要原因是三胜——老憨说他在看拉大网，他大多数时间就在海边混。"人家最受海上老大欢迎了，中午就吃最好的东西，红鲷鱼、红毛虾，最馋人的东西，他全都吃到了……"

我不由得咂了咂嘴。我知道那个叫老扣肉的海上老大一般情况下谁也不买账，就连"蓝大衣"也不见得会瞧上眼。我问："为什么？"

老憨翻翻白眼，指一下喉咙："靠这个！大网快上岸那一会儿，老扣肉就让三胜领唱拉网号！"

我全明白了。

这又是一个大热天。天空万里无云，刚一大早沙子就有点烫人了。我和背枪的老憨一头扎进林子里，就像两尾鱼吱溜一下钻进了大海。

从这一刻开始我们愿怎样就怎样，这里才是我们的天下。

鸟儿们对我们俩全都认识，它们一见我们逃学就嘻嘻笑，那笑声我最熟悉了。

一只灰喜鹊站在几步远的枝丫上说："咪嗦拉嘎儿！"我及时翻译出来："又要去哪儿？"老憨冲着它说："喂你枪子儿！"它"嘿嘿"笑了两声，说："吱歪拉嘎儿！"我翻译给老憨："一扳没响儿！"

老憨愤怒地拍打枪杆，骂了句粗话。

树隙里、浓阴中，全都是呼哧呼哧的喘息声、叽叽喳喳的说话声。这都是"哈里哈气"的东西，它们总要伴我们跑上一路，直到没了兴致为止。

它们的好奇心比我们人要大得多，也更热情，最喜欢年龄在三五岁到十四五岁的孩子。当我们长到了二十岁之后，它们对我们的兴趣就要变得少多了。

但另一个情况也很奇怪：当人们长到了七八十岁的时候，它们对这些人的兴趣又突然增大了。所以海边村子里常常发生这样的怪事：一个老头或老太婆，说不定哪个早晨就胡言乱语起来，说的尽是动物的话。

据说这是一只野物喜欢他（她），附在了他的身上，逗弄他玩呢。

一路上，老憨动不动就用枪比画大树后面的野物、吓唬它们，这就不得不耽误一些时间。等我们来到海边时，好看的撒网时间已经过了——那时打鱼人摇船进海，一边摇橹一边往大海里撒网。看吧，带铅坠的渔网沉了底，只有一长溜白白的浮子漂在海面上，围成了比十个篮球场还要大的一个半圆……

剩下的事情就是拉大网了。连接那个大半圆两端的，是两根粗缆，一直伸到沙岸上来，这会儿每一根上都有挨紧了一长溜光着上身的人，他们撅着屁股一齐用力。

拉大网的家伙个个不好惹，他们皮肤黑红，眼珠子锃亮。

最凶的还是老扣肉，他每到了这时候，后脖子上那个肉疙瘩就颠得厉害，大呼小叫满海滩跑，随时都会打人。他的手只要往上一举，领号子的人就要喊唱起来，然后就是拉网的人一齐跟上喊唱。

如果号子声稀稀啦啦不整齐，力气也就使不到一块儿去。这里的人都知道：领号子的人太重要了，这个人要嗓子尖亮，再多的嘈杂也掩不住才行，这样才能把拉网人最后的一点力气给逼出来。

我和老憨一眼就看到了三胜，他果然就在老扣肉身边，抄着手，两人站在一张破鱼帆的阴影里。我们走过去时，他只对我们轻轻点一下头。

又粗又长的网缆开始移动，拉大网的人当中有个粗沙沙的嗓子起了调，大家就"嗜哉、嗜哉"地应起来。

"孙二娘这个鸟儿呀，不是个鸟儿呀——"起调的人总是这样开头。

我们对这一套都相当熟悉。只是谁也不知道"孙二娘"是谁，不过都知道她是个女的，而且她这名字被喊了好几辈子。

大家随着这节奏一齐用力，海里的大网就一寸一寸往岸上移动。

我和老憨都在等待那个最关键的时刻。那是大网即将靠岸的半个钟头——这时候网里的鱼密挤了，它们胡乱蹿跳，再加上围来买鱼和看热闹的人越来越多，那个起调领唱的人就得卖双倍的力气了——如果这时候他压不住满滩的嘈杂，拉大网的人就无法接上"嗜哉"，也就不能一齐发力，一切也就乱了套。

　　太阳也到了发威的时候。拉网的人身上流油，脚板被沙子烙得不敢停留片刻，跳着脚，"嗨哉"声喊得更大了。

　　时候终于到了。我看到老扣肉的手往右边耳朵上举、举，然后往下猛地一挥。

　　几乎就在同时，三胜的嘴巴鼓了起来——因为我和老憨这会儿离得近，一直盯着他的嘴巴，所以看得一丝不差！这鼓鼓的嘴巴一放开就是一句响亮惊人的大唱，只一下就把四周的人声压下去了！

　　"快看孙二娘啊呀，辫子四尺长啊呀！"三胜的圆眼瞪得像牛眼，头发梢一根根全竖起来了。

　　我和老憨不得不退后一步，因为我们离得太近了，耳朵实在受不了。老憨夸张地捂住半个耳朵说：

　　"我的妈呀，这老三胜儿快把我的耳朵震破了！哎呀我的妈呀！"

　　围到海上的人可真多，一转眼多了好几倍，有的跟上起调的人喊，有的跟上"嗨哉"，号子开始有些乱了。老扣肉转着脸四下里骂，可是围看的人兴头一旦上来，谁的话也不听。

　　三胜满头满颈都是汗粒，为了能够压过周围的胡喊乱叫，他不得不更加靠近拉大网的人，大力扯着嗓子喊唱。

　　可是今天不比往常，人太多了，大家的喊叫声实在太大了。拉大网的人不得不扬起脖子、侧着耳朵寻找领唱的人。老扣肉破口大骂，但一张口就被更大的声浪淹没了。

　　老憨搓着手说："没治了，乱套了……"

　　他的话音还没落地，只听得一嗓子尖厉厉的呼号从我们身后传过来——我转过脸，看见了一个身材细细的小人儿，他正从林子那里走出来，一边走一边唱着领网号子。

　　大伙都迎着尖声找人，把脸转向了同一个方向。

　　这小人儿渐渐走得近了，我们这才看清：他与我和老憨的年纪差不多，又细又高，太瘦了，头发长长的，脖子也长，一对眼睛圆得像黑纽扣……

他走到了近前，所以领唱的号子响极了，那简直不是人唱的，而直接是从一根铜管里吹出来的。

这声音又尖又急，谁也别想挡得住，什么噗噗的海浪、人群的乱吼，全都给压得趴下了。

老扣肉出了神，像被一根线扯住了一样，头探着，往尖声大唱的细瘦男孩那儿一步步走过去。

喊出月亮来

我们永远不会忘记这一天的海上经历。这真算得上一场奇遇。

自从细瘦男孩出现那一会儿，三胜也就歇着了：他一开始紧盯着男孩看，后来就坐在了破鱼帆下边。他实在是太累了。

我和老憨一时顾不得三胜，只往那个细瘦的男孩跟前挤蹭。我们想再近一些看看他的模样、他怎样喊唱。老憨走开几步，又回头把枪摘下来，放到三胜脚边。

我们离这新来的家伙只有五六步远了——不可能更近了，因为老扣肉就站在一旁，像个老警卫一样护着他。可是我从这个距离已经完全看得清了。

不看不知道，也不会相信：原以为他会使出全身的力气大嚷呢，谁知道根本就不是那么回事儿！瞧这家伙只是随随便便地唱，一对嘴唇薄得像煎饼，一张一闭根本不怎么用力！

他真是太瘦了，体重顶多有五十多斤，浑身上下除了穿个短裤之外，其余都露在外面，那模样真是可怜：肋骨一根根清清楚楚，开口一唱，肋骨和喉结就上下移动一次。他的脖子好像永远也洗不干净，黑乎乎的，像一截弄脏了的胳膊。

我从来没有见过这么细长的脖子。

老憨凑近了我的耳朵说："他大概好些日子没有吃饱了。"

我也注意到这家伙的肚子：使劲瘪下去，所以短裤也系不牢，随时都能掉下来。他整个人就像一根软塌塌的皮带。

离得这样近端量他，一个疑问就更大了：这样一个小瘦人儿，怎么会有那么高、那么尖、那么响亮吓人的嗓子呢？这根本就不是人，这是一个会唱歌的妖怪吧！

我们一眼就看出，老扣肉只一瞬间就喜欢上了这家伙：他把别的全忘了，看也不看别的地方，不看拉大网的人，只盯住男孩细长的脖子，眼珠随着上面的喉结上下移动。

中午吃饭的时间到了。所有拉网的人都排队站到热腾腾的大锅旁，挨个儿领一碗大鱼。只要是帮忙拉大网的人，就有资格排队领鱼喝汤。

我和老憨今天只顾得听号子了，没有去网绳那儿搭上一手，所以只好等到最后——如果大铁锅里还剩下鱼汤和小鱼，那我们就可以享用了。

三胜是领唱号子的人，不光有资格吃鱼，通常还要吃最好的鱼。

可惜今天老扣肉只照应那个瘦小的后来者，牵着他的小手直接走到队伍前边，对掌勺的老人说："给他红鲷鱼、红毛虾，大块鱼肉！"

三胜像我们一样，并不往前，只盯着老扣肉和瘦男孩儿。

老憨走到老扣肉跟前，背着枪，嘴里发出响亮的咳嗽声。老扣肉终于注意到他，骂咧咧地说："你他妈的在这儿蹭挤什么，你帮忙拉大网了吗？"

老憨不答，只是咳嗽。

老扣肉刚想动巴掌，三胜几步蹿过去，指指他又指指我："他们都是我带来的，是帮我的，也该喝口鱼汤吧！"

老扣肉的火气顿时消了一些，指指后边说："排队去吧。"说着把三胜拉到那个瘦小子一块儿，说："吃鱼，都吃好鱼！"

三胜不太理旁边的瘦男孩，仰着脸。

老扣肉拍打瘦男孩的肩膀，告诉三胜说："他叫常奇，是另一个村里的，你俩都是好唱手——从今以后就是一对儿了！"

我和老憨在一旁听得清楚，忍不住咕哝："常奇……"

我发现这个常奇离得更近时，看上去比刚才那会儿还要奇怪：他真是瘦到了极点，可以说皮包骨头；脑瓜比一般人稍大，可是脑瓜上的皮肤薄得像一层纸，上面的血管像小蚯蚓；特别是这双眼睛，真大真圆，不过有些呆傻气。

我想，他肯定是饿呆了。

因为有三胜的袒护，我和老憨也吃到了鱼、喝到了鱼汤。这种待遇可不一般。没有在海边的大锅旁吃过鱼喝过汤，这辈子就别想知道这种美妙滋味。在家里，妈妈做的鱼汤再好也不及这里的十分之一。这是没有办法的事。

这会儿，我和三胜老憨常奇四个围坐一起——只要一开口吃东西就全明白了：常奇真的是饿坏了，大口吞鱼，不怕鱼刺卡住；喝起鱼汤就像我们家的大狗，发出"呱嗒呱嗒"的声音。

我还听到他往下咽东西时，总要发出"咕咚"一声，一听就知道肚子是空的，吃进的食物一直要掉进很深的地方去。

老憨也在看，笑了。

三胜皱眉吃饭，一点笑容都没有。他不高兴。

下午又拉了一网鱼，收获很大。老扣肉想让常奇和三胜轮番领唱号子，三胜说嗓子被鱼刺卡着了，没有唱。我和老憨都知道三胜不高兴。

因为中午饭吃得太饱了，像过去一样，我们一定要到林子里玩上很晚再回家。我们一点都不饿。

我和老憨三胜往林子里走，刚走了一段路，老憨回身指指说："看!"

原来常奇也慢吞吞地跟上来了。

我们站下了。三胜犹豫了一下，也站下了。

常奇走近了，老憨就耸耸肩上的枪说："我们可是有武装的人，不怕摸黑进林子——你要跟上玩也行，不过得跟紧些。你能做到吗?"

常奇点头："能哎。"

三胜斜盯着常奇，嘴角上有奇怪的神气。我知道三胜厌烦常奇，这厌烦再多一点点，就变成恨了。

我对三胜唱歌十分佩服，对常奇则是震惊。如果不是亲耳听到，我无论怎么都不会相信世上还有这样尖亮的嗓门。

最让人惊奇的是，我从近处看过，常奇发出那样的大声一点都不费力! 老天爷，这家伙还饿着呢，如果他天天喝上今天这样的鱼汤，那还说不定会唱成什么呢!

老憨背着枪往前赶，三胜紧跟后边。我和常奇稍稍落后一点。

我觉得老憨在三胜的督促下，走得太快了些。这时天一点点黑了，常奇咕哝了一句什么，我没有听清。后来他蹲下了。

"你怎么了常奇? 你肚子痛吗?"

常奇伸手在我跟前摸了一下，说："不，不要紧……"

"你到底怎么了?"

他不吭声。这样憋了一会儿，他终于说："我，我是'雀目眼'……"

我吃了一惊。我知道海边人夜里看不清东西，就说害了"雀目眼"，也就是夜盲症。我拉他起来，一边喊前边的两个人慢些走。

他们就像没有听见似的，只管快走，身子碰得两边的树木刷刷响。

一些野物一到夜晚就激动起来，它们横竖蹿跳，发出急促的喘息声。

老憨和三胜很快不见了影子。

这显然是故意的。我生气了。我蹲了一会儿，安慰常奇："不要紧，大概他们有什么事吧。我在呢，有我在就不要紧。"

常奇一点都不紧张。他说："嗯。咱等一会儿，等一会儿月亮出来了，那就好赶路了。"

我们蹲着等月亮。四周的动物小心地凑近了我们，鼻子里发出熟悉的喘气声。我小声对常奇说："这都是'哈里哈气的东西'。它们凑到一块儿就发出这种声音——你听到狗和猫、还有猪，它们在一块儿都这样喘喘的，那是因为高兴啊！"

常奇屏息倾听了一会儿，说："嗯。它们的鼻孔大概不像人一样通畅吧？"

"它们可能更愿意用嘴呼吸——这并不是个好习惯呢。"

为了看清再有多久月亮才能出来，我就爬到了树上。常奇也爬上来。东边稍亮一点，这说明月亮走到半路了。我心里一高兴，就哼了一句歌儿。但我马上意识到了最了不起的歌手就在一旁，立刻闭了嘴巴。

黑影里响起常奇欣喜的声音："唱呀！唱呀你！"

我却要鼓励他唱："闲着也是闲着，你就唱吧！你唱得多好！"

常奇不出声地待了一会儿，然后真的唱起来。

啊，这声音真像从铜管里吹出来的，有一种金属那样的脆生。这声音一出，林子里很快就安静了。我比以前任何时候都相信：动物，还有树林和小草，它们个个都是喜欢听歌的！

常奇唱个不休。我想他这时候一定是最高兴的。

他的歌声渐渐高亢起来——就在这高音达到顶点的一瞬间，

我觉得一轮月亮腾地升到了树梢上面……整个林子一下给照亮了！

与此同时，我发现在不远处的树底下站着两个人：一个背枪，一个垂手，当然是老憨和三胜。原来他们是被这歌声给召唤回来的，他们悄悄地回来了。

铁头的故事

关于常奇患有"雀目眼"的问题，我一直挂在心上。我到园艺场门诊部问过大夫，女大夫答得耐心，男大夫答得粗心。女大夫说：这是因为缺乏一种维生素，要改善营养。

我一听就明白了，常奇瘦成那样，肯定是缺乏营养。

我把这个意思告诉了老憨，老憨说："常奇有一点力气都用来唱歌了，这还行？"

"他喜欢唱啊！人只要想唱，唱不出来就憋得难受。"

老憨耸着肩上的枪说："那就别怪营养了。村里人说，'叫唤的鸟儿不长肉'，他太能唱了——把三胜逼急了，看'蓝大衣'能饶了他爹！"

我不吭声。我恨这种仗势欺人的所有事、所有人！我说："他们唱自己的好了！谁的嘴都长在自己身上！"

老憨一愣，然后笑了，笑得"啊哈啊哈"。他止住了笑说："你不知道，三胜好胜哩！他可不能让别人超过他！他说自己从来都是'歌王'，这是城里剧团一个叫'大背头'的人说的。'蓝大衣'是大背头的朋友，他们常在一块儿喝酒……"

"大背头会唱吗？"

"那是当然了！大背头上年纪了，听说年轻时候，一嗓子喊出去，满街的叫驴都听傻了眼！"

我觉得老憨说不出这么生动的比喻。我问到底是谁说的？他说这是三胜告诉的，是"蓝大衣"的原话。

"这也不是比喻，是真事儿。三胜他爸说，有一年是个正午，刚割麦子那会儿，人累得不行，正想睡一会儿午觉，谁知街上的叫驴扬着脖子叫开了，十几头一块儿叫，没人喝得住。正在这时，大背头进村了，只一嗓子，所有的叫驴全蔫了！"

我愣怔怔听着。

老憨摇着头："反正常奇那天在海边领号子，这事做得太玄了！你想想三胜会饶了他？'蓝大衣'会饶了他？那么护着儿子的人，我还从来没见哩！有一次'蓝大衣'还跟我说——你猜他怎么说？"

我猜不出。老憨撇撇嘴：

"'蓝大衣'对我说，'憨哪，你有枪了，今后就给我儿子当个警卫员吧！'你听听，这个狗东西！"

我脱口而出："那你还要跟三胜做朋友？"

老憨正色道："这是两码事！三胜跟'蓝大衣'可不一样。我们是好兄弟，要不我向着三胜，不向着常奇嘛！"

我不做声了。

"你向着谁？"老憨反问。

我说："我谁都不向。"

"你总得向着一方吧？"

我想了想说："我就向着歌吧！"

老憨骂了一句："这是什么话！你这话让三胜听了，他更恨常奇……"

"为什么？"

"因为常奇太能唱了……"

可怜的常奇！"雀目眼"常奇！我心里一直想着他的样子，

想着今后怎么帮他。我对他的一切都好奇。接下去老憨才告诉我，原来常奇有个最倔的爸——那人倔得没法说。

"他爸怎么个倔法？"

老憨咧咧嘴："他的外号叫'铁头'，头太硬了！"

我还是听不明白。我让老憨从头说。

"是这样，十几年前他跟'蓝大衣'吵架，一头撞过去，把'蓝大衣'的胯骨撞坏了，在床上躺了一个多月！常奇爸的外号就是这么来的。"

我吸了一口凉气。

老憨说："这一下就跟三胜爸结了仇，你想想，得罪了村头儿，这日子还有法过？"

我琢磨这其中的道理。我同意老憨的判断，得罪了村头儿，那基本上是没法过的。这我从爸爸平时小心到不能再小心的样子就明白了：他出工的时候总是赶在前边，干活时一声不吭，村头儿对他粗声说话，他也不敢回嘴。

妈妈说："你爸爸是个罪人，他到这里是赎罪来了。"

我问爸爸有什么罪？妈妈说："他脾气倔，乱说话，得罪了上边的头儿。"

由此来看，爸爸和铁头大概犯的是同一类毛病。

老憨说下去："'蓝大衣'年轻时喜欢唱戏，他一唱，铁头就学驴叫，就这么打起来了。"

"然后就撞伤了他的胯骨？"

"嗯，好在骨头没断，要是断了，铁头就得蹲监牢！"

我想，这真是不幸中的万幸啊。

老憨嘴里发出夸张的哧哧声，说："常奇家的事坏就坏在他爸的头上，动不动就用头撞人，你想想还会好？"

"如果不是逼急了，他也不会撞吧？"

"习惯。都是习惯。常奇的习惯跟他爸就不一样，他逼急了只会唱。"

"可是三胜也要恨他呀！"

老憨没有回答我的话，只顾说下去："三胜爸说得好——'头硬，咱的枪子儿更硬！咱有枪把子握着哩，嗯！咱握着哩。'"

我看着老憨身上的那支枪——尽管它根本就放不响，我还是厌恶到了极点。

三胜拜师

"这回要动真的了！"老憨一见我就这样说，满脸的严肃。他把身上的枪往上耸了耸，"三胜明天正式拜师了，他爸为他请了师傅，三胜叫你也去，咱去吧！"

我不想去，可是又实在好奇。我问："师傅是谁?"

"现成的呗，就是城里剧团的'大背头'。不过那家伙年纪大了，嗓子拔不上去了，只是办法还有……"

"什么办法?"

"他能让别人拔上去。"

"拜师真的管用?"

"那还用说！不过你看可以，千万别暗中学艺——那又不是你在拜师。"

这可难了。我如果不由自主地学到了呢？要知道这是完全可能的啊。我有些作难了。我那会儿又不能堵着耳朵闭着眼睛。

老憨看出了我在为难，就说："咱们是三胜的朋友，不过是去助威的。我把三狗和破腔也叫上。"

　　第二天我们去了那个村子。老憨仍然枪不离身。他说三狗和破腔大概早就跑在前边了，说那两个家伙凑热闹的劲头谁也比不上。

　　这是个大村子，比老憨的村子大多了。三胜家的房子在村东，是三间大瓦房，还围了白墙小院。我远远地就注意到，院子里有个很大的柴垛子。

　　进了小院才发现，里面还有一个南北向的厢房。院里一点声音都没有。没有猫，也没有狗。

　　我和老憨都有点不敢走路了，因为太静了。

　　突然，我听到正屋里传出吱吱呀呀的胡琴声，还有啪啪打板的声音。我兴奋了。

　　进到屋里，发现破腔和三狗正立在一旁，他们就像没有看到我们，只盯住坐在圈椅上的人。那人怪极了：六十多岁，尖下巴，深凹的眼，满脸细皱密得就像落了一层灰尘。果然是大背头，头发又黑又密就像假的。

　　圈椅旁一边站了"蓝大衣"，一边站了三胜。"大背头"正给一把胡琴调弦，三调两调，嘣一声断了。

　　"大背头"把胡琴搁到一边去，抬起头来。

　　"都来了啊，都是三胜的朋友，都是护着他的……""蓝大衣"指指我们几个，又特意向"大背头"介绍老憨，说：

　　"这是三胜的警卫员。"

　　老憨往上翻了翻白眼。

　　"大背头"抬头看人时，吓了我一跳：这人怎么回事？眼里有泪！满眼的泪水眼看就要滴下来了，可是他分明在笑……

　　他说话了，声音又低又哑，就像从地底下发出来的一样：

　　"拜师学艺，这都是古法了。不过不学还真不行！我本来洗手不干了，被三胜爸一片诚心打动，只好来这儿走一趟……"

　　"蓝大衣"笑吟吟的，听着听着就绷起了脸。

"大背头"又说："三胜这孩子从小就被我相中——他本是城里剧团的料儿……"

我们几个一齐发出了"啊"的一声。老憨两脚并拢，真像个警卫员的样子。破腚和三狗听得合不上嘴。破腚挠着屁股，可能是疤痕有些痒。

在"蓝大衣"的招呼下，我们给领到了另一个房间。原来这里才是正式拜师的地方：又一把大圈椅子摆在正中，上面还蒙了一张花毯子；一张桌子上有一溜果碟，装了糖果和糕点。

老憨直眼盯着果碟，收不拢口水。

"大背头"坐在圈椅上，"蓝大衣"站在旁边。

三胜在父亲的吆喝声里鞠了三个躬，那模样真可笑，可是谁都不敢笑。"蓝大衣"说，从今以后孩子就是正式为徒的人了。还说，自己年轻时有那么好的唱功，为什么没成？就是没有拜师！

"新旧社会两重天，三胜福分大得没有边！"他这样总结道。

"蓝大衣"咕哝说："一日为师，终生为父……"

三胜不住地点头。我们所有人都明白：从今以后，三胜就有了两个爸了。不过我在心里盘算起这事的利与弊：通常看，人有一个爸都被管得厉害，再有一个，这还不要了命？

拜师的仪式大半也就这样了，剩下的事情最重要，就是开始第一堂课。

"大背头"伸出一根又黄又枯的指头，让三胜开口。三胜一唱，他就把手指往空中抬一点，说："起，起，再起。"

三胜脸都憋紫了，还是起不来。

"蓝大衣"死盯着"大背头"的手指，又看儿子的嘴巴，急得搓手。

"大背头"将含泪的眼睛揉了揉，说："凡事都得慢慢来，"他转脸看着"蓝大衣"。

"蓝大衣"说:"我想快一些才好……"

"大背头"十分作难。他看看三胜,又看看我们几个。

"蓝大衣"说:"师傅有什么话就说吧,这里都是护着三胜的人,不碍事的,"然后严厉地扫我们一眼:"知道了什么不要说出去,出门闭嘴!"

老憨带头答应:"闭嘴。"

"大背头"闭上眼,过了三两分钟才睁开,说:"这么着吧,我有个绝招儿传你,不过你要吃得苦才成。"

还没等三胜开口,"蓝大衣"马上说:"我孩儿什么苦都能吃!"

"大背头"抬眼张望起来。他看过屋里又看窗外,然后起身去外面抱回了一个沉沉的大橡木墩。

我们都傻了眼。

"大背头"让三胜躺在地上,然后就把大木墩压在了他的肚子上,拍拍手喊道:"唱起来!"

三胜脸色发红,一会儿又发白,挣扎着唱,十分艰难。

"唱,用力唱!"

三胜的头往上抬了抬,直翻白眼,最后发出的声音就像猫叫。

"大背头"搓着手说:"这样练就成。想想看,到了那一天,连大木墩都压不住的歌,天底下谁又能压得住他?嗯?嗯哼?!"

大家如梦初醒,都长长地出了一口气。

一场恶战

我一直认为三胜练歌的方法有点玄,但对成功还是抱有极大希望。这期间老憨来过几次,没传三胜的消息。

我们和破腚三狗几个去海边看拉大网时，三胜也没有出现。

又看到常奇了，他成了老扣肉的宝物，在下网和最初拉缭的一段时间里，他们就坐在破鱼帆的阴影里歇息，还嚼着花生米。老扣肉时不时伸手揽一下他的肩膀，与他说点什么。常奇发出"咯咯"的笑声。

我们走近了，发现常奇还像过去那么瘦，脖子还是出奇地细长，只是脸上有了光，嘴唇也不紫了。他看到我们一下跳起来，高兴极了。

老扣肉歪头瞧瞧我们，鼻子里哼了一声，不愿说话。他后脖子上的那个肉疙瘩硬硬的，十分诱人。说实话，我们都想去摸一下。

常奇说："待会儿帮着拉缭吧，一块儿喝鱼汤。"

老憨和破腚几个点头。老憨一高兴就故意将"当然"和"虽然"两个词弄混，说："那是虽然的了!"

常奇愣愣地看着他，薄薄的嘴唇抖着，终于说："你怎么这样说? 是'当然'吧?"

三狗笑了，说："老憨老要逃学，他弄不懂。"

常奇挠着头："这个……不难记啊!"

老憨对三狗使个眼色说："还是'雀目眼'说得对。"

常奇不吭声了。这样待了一会儿，他突然想起了三胜，问怎么不来?

老憨瓮声瓮气说一句："够你老'雀目眼'受的!"

常奇不明白，问："怎么了?"

老憨重复一遍："够你老'雀目眼'受的!"

破腚和三狗捂着嘴笑。

这会儿老扣肉站起来，往一边走去——有人开始领唱拉网号子了，"嗜哉嗜哉"的声音响起来。常奇也顾不得和我们说话，赶紧跑到老扣肉身边去了。

　　老憨说："常奇为什么逃学旷课？就为了来吃鱼喝汤。看他的小脸儿吧，锃亮了。"

　　我同意这个判断。不过我认为常奇要从根上医治"雀目眼"，让自己胖起来，还需要吃更多的鱼、喝更多的汤。

　　我们几个正在议论，常奇尖亮震耳的领唱就响起来了。他的声音立刻让整个海滩变了个样：大家不再东张西望，也不再交头接耳，只一股心思往网绠上用劲儿。

　　这尖亮的声音就像黑夜里划亮的闪电，一下照亮了多半个夜空。

　　老憨盯着墨绿的大海，朝伏在网绠上的两溜光膀子男人破口大骂。我几次制止他，他才停下来。我问："你为什么要这样骂？"他低着头，露出了头顶两个显著的毛旋。三狗和破腔拨弄那两个毛旋，他也不恼，说："因为我不会唱歌……"

　　老憨说得我的嗓子发痒，就唱了起来。因为常奇的领唱太响了，号子声也太大了，所以除了近处的几个人，谁也听不到我的歌。只是我一开口唱歌，心里就痛快多了。

　　最后我们一起上前拉绠，所以理所当然地喝到了中午的鱼汤。

　　剩下的时间我们到河头那儿洗澡，因为那里最好玩：一片浅水就像大湖，还经常聚集一群群水鸟……

　　回到家天已经黑了，正好遇到妈妈站在门口微笑。妈妈今天很高兴，一见我就说："你爸买回了一只鹅！"

　　从这一天开始，我们家有了一只鹅，尽管它还很小。妈妈说它长大的时候，个子会像我这么高。

　　我让老憨和几个朋友来家里看鹅。老憨看了说："像鸭子差不多嘛。"我告诉他：不久之后，它的个子就会像我们一样高。

　　老憨看过了鹅，宣布了一个惊人的消息：三胜基本上练成了，他压在大木墩下，还能唱出一整首歌。

　　"这是真的？"三狗的眼瞪得溜圆。

　　老憨点头："就是人瘦了些。不过，顶多下个星期天就要开战了——到时候让我们都去观战。"

　　原来"开战"就是和常奇比歌。我问："去哪儿?"

　　"就去河头，那里宽敞！他爸'蓝大衣'要领些人，还让海边拉大网的人也去。他爸说：'哪里跌倒哪里爬起，这回让小瘦螳螂连肠子都吐出来!'"

　　我们吸着凉气。

　　"听听吧，动了狠劲儿了……"老憨的手口撒着，叹一声，"常奇完了！"

　　大家一声不吭，都有些紧张了。不知为什么，我的心向着常奇。

　　老憨又叮嘱一遍："他爸说了，咱们一伙要向着三胜，到时候只为三胜叫好！"

　　破腚和三狗都说："这当然了！"

　　这个星期天来得真慢。好不容易到了周末，一夜都没有睡好，只听着外面的野物乱跑，发出呼哧呼哧的喘息声。我想从窗上看看这些"哈里哈气的东西"怎样追逐，黑影里什么都看不见。

　　天亮了。一大早老憨就来了，他说："真来劲儿，学校里还有老师去听呢，都是'蓝大衣'请来的！到时候你看吧，常奇这回完了……"

　　河头上围了不少人。大水鸟也赶来凑热闹，它们从人群头顶飞过，打一个旋儿掠过水面，再冲到高空。一些老太婆挎着篮子，手打眼罩，想看清谁是那两个比歌的孩子。

　　也许常奇害怕了：他一直躺在老扣肉的破鱼帆下边，不想过来。最后是他爸铁头火了，过去揪住了儿子的耳朵拖了来，引起大伙一阵哄笑。

　　铁头脱了自己的上衣给孩子套上，常奇觉得不合身，又褪下来，仍旧光着。

　　三胜开唱了，果然猛烈！他一口气唱了十首，老歌新歌都有。我不知是因为站得太近还是别的原因，只觉得这歌声像一股气浪冲过来，直顶脑门，差一点把我掀倒在地。

　　老憨马上咧着嘴叫："谁受得住啊！就像老鹰抓小鸡……"

　　三狗和破腔也跟上喊，喊了什么听不清。

　　"蓝大衣"指着蹲在地上的常奇说："你起来！你也得唱，你今天不唱可不行！"

　　常奇肯定没经历过这样的阵势，吓得低着头，拨弄着自己的脚趾。

　　铁头满脸是汗，走到儿子跟前跺脚："你唱！你好端端惹了事，那就唱哩！"

　　常奇被父亲生扯硬拉才站起来，哭了。

　　大家叽叽喳喳议论，说快饶了这孩子吧，看他瘦成了什么。

　　"蓝大衣"咬着牙说："那不行！那可不行！"

　　常奇哭着，总算唱起来，唱的是忆苦歌，一边唱一边抽泣。这声音低低的。"蓝大衣"笑了。

　　常奇还是唱，直到唱得眼泪干了，一双眼也睁圆了。他仰脸看天，一直看着。

　　"嗯哼?""蓝大衣"凑近了，像常奇一样看看天上：什么都没有啊。

　　常奇看着天空，嘴唇慢慢蠕动起来……

　　"嗯哼?""蓝大衣"盯着常奇的嘴，又转身望着大家。他的声音还没落地，身后的常奇"哇"一声唱了出来——这歌声来得太响也太突然，就像领唱拉网号子一样尖亮逼人。"蓝大衣"一弓腰闪开了。近处的人先是捂了一下耳朵，又赶紧把手拿开。

　　常奇唱个不止，啊啊大唱，头发梢竖得笔直。他的脸上不知什么时候抹上了泥污，像个花脸猫一样。他一声连一声唱，没头没尾，看来再也不打算停下来了。

所有人都惊呆了，张嘴望着。

快一个钟头过去了，日头升高了，老扣肉咋咋呼呼过来喊人了，常奇还是大唱，谁也不理。老扣肉对在他耳朵上喊：

"快上网了——"

常奇压根就听不见。

"这孩子唱痴了——"老扣肉说着，挥动巴掌想揍什么人，终于找到了"蓝大衣"，一把逮住了说："你招惹他干什么？他给我领号子！你招惹他干什么？"

三天三夜

河头上的这一天啊，我永远忘不掉，老憨和破腔他们也忘不掉。

这场唱歌大战一旦开始就没法结束了——因为常奇停不下来了，谁也没法让他停下来。

大家最后都说："这孩子唱痴了！"

按照原来的计划，三胜和常奇要轮换着唱，每人唱一段——可是常奇唱痴了以后，所有的计划都给打乱了。原以为他大唱一通就会闭嘴，谁知他一开口就不再停下了。

老憨听了半晌，对我说："这样干号还不累死？"

我倒不太担心，因为常奇唱歌与别人不同，这是我第一次听他领唱拉网号子就知道的：基本上不用力。也就是说，他是一架唱歌的机器，只要马达发动了，那就尽管转下去好了。

常奇唱了半个多钟头时，我看了一眼三胜，发现他好像刚刚醒过神来似的，两眼直勾勾的。

这胖墩墩的家伙刚才还满眼怒气，快要冒出火星来了，可是这会儿全都变了。他和场上的所有人一样，惊得半张嘴巴，一动不动地看啊啊大唱的常奇。

常奇仿佛使用了什么魔法，用一根谁也看不见的线，把所有人的目光连同嘴巴都拴上了，然后一股劲地往前拉。

三胜的口水顺着嘴角流下来，他自己全然不知……

这就是那天的情形——后来因为常奇怎么也停不下来，连凶巴巴的老扣肉都没有办法了。可是那边拉大网的人还等着领号子呢，老扣肉实在没法，搓了搓手，弯腰扛起常奇就走。

我看得清楚：常奇被老扣肉横到肩上的那一刻，还在唱！

老扣肉嘴里叫着："伙计，留着嗓子东边唱去，你就歇歇吧！"

常奇身体横着，声音变得更尖更细——老扣肉大步往前蹿，因为一颠一颠，那歌声就弱一阵强一阵，像树上的知了那样断断续续。

所有人都跟上老扣肉往东跑。我发现老憨扛着枪跑，旁边是"蓝大衣"和铁头，再就是三胜他们这一大群。

快上网了，粗缆上两溜拉大网的人"嘻哉嘻哉"叫着，有些乱，气势也比过去差多了。

这是因为没有老扣肉，也没有常奇领唱号子。

老扣肉"嗵"一声把常奇扔在地上，对准他大声喊道："孙二娘这个鸟儿呀——"

常奇嘴里流着白沫，脸上的脏东西被汗水涂成一溜，淌到细脖子上。他落地时站不稳，一头栽倒在沙滩上。可他倒地那会儿还在唱——这是真的，是我亲眼见的。

老扣肉将他拉起来，对着他的耳朵喊着："孙二娘……"

这一次常奇接上了，唱道："她不是个鸟儿呀——"

"嘻哉！嘻哉！"两边粗缆上的人一齐应道，声音马上大出了许多倍。

老扣肉高兴得乱跑，一会儿东一会儿西，两手往上举着。

一天就这么过去了。天黑时老憨催促我们快些返回，因为他爸火眼急了会揍人的。直到我们离开时，常奇还在起劲地领唱号子：自早晨开始，他已经唱了整整一天。

我因为这一天太累了，结果一觉醒来太阳已经很高了。

爸爸妈妈都问昨天的事情，我就把河头上发生的那一幕从头讲了一遍。妈妈问："那么他们——三胜和常奇到底谁赢了？"

爸爸笑了。

我不知该怎么回答。爸爸说：

"当然是常奇赢了！"

我说："因为常奇总是唱啊唱啊，没法再比下去……"

爸爸说："那也是常奇赢了，你说呢？"

妈妈点头："常奇赢了。"

我们正在讨论，外面的狗叫了起来，原来背枪的老憨来了。他一进门就擦汗，磕磕巴巴的，一个劲儿瞅我。我让他有话快说。他说：

"常奇赢了……"

爸爸和妈妈对了一下眼。

老憨说："这是三胜自己说的。他这样说，他爸就训斥他。他还这样说，他爸就想揍他。"

我心里豁然开朗，拍着手："是啊，常奇真的赢了！连三胜都明白了。"

"可是'蓝大衣'死也不服，说人都唱痴了，那还叫赢？还骂常奇'狗东西，下辈子赢吧'……"

爸爸满脸愤怒地盯了一眼妈妈。妈妈将他扶到里屋去了。

老憨说："不过，不过……"

"不过怎么？你有话快说啊！"

老憨咂着嘴："不过常奇……还在唱哩！"

我跳起来："还唱？这不可能！他这会儿还在唱？"

老憨跺脚："就是！他爸铁头都快急疯了，他妈也急哭了……他爸他妈伸手去捂他的嘴，一松手，他还是唱！"

我进屋跟爸爸妈妈说一声，就和老憨一起跑出去了。

我们一口气跑到了那个村子，去了常奇家里。进门时并没有听到唱歌的声音啊……这个小到不能再小的泥院里，除了有一头猪在咕咕地窜，别的声音都没有。这头粉红色的猪不大，可能刚出生几个月，肉嘟嘟的，像小孩儿一样。我们哪有心情和它玩，只急着进屋。

跨进东间屋的那一刻，我真的听到了唱歌的声音：小到不能再小，只一丝丝响。

原来铁头和老伴歪在炕上，盯着儿子。

常奇仰着脸，嘴巴一动一动，真的在唱……他转脸望着我和老憨，嘴巴还是没有停下来。

老憨咬咬嘴唇，很难过的样子。这样待了一刻，老憨伏下身子说："常奇，是你赢了！"

我说："常奇，停下吧！"

常奇就像没有听到一样，睁着大眼，嘴巴一张一合。他唱得很慢，很弱，已经听不出歌词。我想，他的嗓子就快彻底哑了。我把耳朵对在他嘴上听了一会儿，告诉老憨：

"不过是声音太小，还没有哑。"

铁头招呼老伴："棉儿，熬些糖水去！"

棉儿应一声离开了。她刚离开铁头就骂："'蓝大衣'这个孬物！我要在前些年，非撞他个半死不可！我不怕蹲监！他事事都占高枝，欺负别人没法过……"

棉儿端了一碗糖水吹着，试一试，一手扶起常奇，给他喂水。

常奇喝水时不得不停下，可是喝过了，头一挨枕头又唱起来。

"你说这事麻烦不？为这个还得惊动人家医生？"铁头拍着膝盖喊。

棉儿的意见是等等再说。

老憨说："唱吧，看他能唱几天！"

我们都没有更好的办法。那就只好等了。

好在常奇唱的声音不大，看上去只是嘴巴在动，这倒让人稍稍放心一些。

可是谁也想不到的是，最后常奇一口气唱了三天三夜——这是真的，我和老憨什么时候都能为这事儿作证。

蓝大衣跑马

常奇终于闭了嘴，这让人松了一大口气。

但是三胜出了麻烦：他一天到晚待在家里，不愿上学，也不愿找朋友玩。

老憨去看他，一进门就被"蓝大衣"训了一顿："世上有你这样的警卫员吗？他病了，你不天天来看？"

老憨再也忍不住，就说："我不是他的警卫员，我是他朋友！"

"蓝大衣"说："我看也差不多！是真朋友就得往前靠，不能闪！"

老憨回头对我这说起这件事，气得咬牙："人哪，这辈子让'蓝大衣'当了爸，那就算倒了大霉！"

我问三胜真的病了？老憨点点头，从头说起来。

原来三胜是最早承认常奇赢了的人，心里这样想，嘴上也这样说——一回家就对"蓝大衣"说了。谁知"蓝大衣"一听马上恼了，拍着大圈椅子骂，骂三胜是没骨头的小虫：

"你输给铁头儿子了？咱能输给这样的人家？他头顶插葱也装不成大象！你别忘了，你是正经拜过师的人，你是城里剧团的材料！"

三胜不吭声了，可只一会儿还是说道："常奇赢了。"

"蓝大衣"抖着巴掌，差点搂到三胜身上。他后来气得不再说话，只让三胜躺在地上，出门把那个又沉又大的橡木墩抱过来，一下给三胜压在了肚子上。

三胜给压出了眼泪，就是不唱。

"你说是不是邪了门儿？""蓝大衣"望着老憨："你不是警卫员也算朋友吧，是朋友就得帮忙，那你让他重新唱起来吧，我就看你的了！"

老憨见对方不叫他警卫员了，有些高兴，就答应下来，说："这事儿包在我身上吧。"

"蓝大衣"拍拍老憨的肩膀说："真够朋友！我一看你长这么壮实，就知道俺孩儿交了个像样的朋友。瞧瞧，还有枪哩！再过几年，我就让你当民兵排长，专门管住铁头这样的家伙……"

老憨尽管气愤，还是记住了"蓝大衣"的许诺，回头对我说："真要当了排长，咱的枪就能安上撞针，也就放得响了。"

我才不信那个人的话，不过说实话，对于一支真正的枪，心里也是同样向往的。

老憨真的常常往三胜家里跑了，去履行朋友的职责。因为他总是叫上我一起，"蓝大衣"终于弄明白我是林子里的孩子，也知道了我爸爸是谁。他的脸拉下来了。

老憨拍着胸脯对他说："他是老果孩儿！唱得也好，是三胜的朋友！"

"蓝大衣"伸手摸了一下我的头，不再计较。

我们这天进门时没有找到三胜，转到另一间屋里，这才发现他仍然给压在木墩下。可他嘴巴闭得紧紧的。

"蓝大衣"说："不受苦中苦，难做人上人。人家'大背头'收谁做徒了？还不是看我的面子？我年轻时你们没见，那也算一顶一的演员——村里村外演戏都要找我……"

"蓝大衣"看看地上的儿子，又看看我们，龇着牙。

我立刻问："那你怎么不进城里剧团？"

"蓝大衣"脸涨红了，眼瞪得老大，大声喊道："村里工作多忙！这里离了别人行，离了我能行？别说其他坏人了，就说铁头吧，谁能管得了他？"

我和老憨好不容易才劝说"蓝大衣"把三胜肚子上的大木墩搬下来。可是我们刚坐下说话，三胜又想起了那天的河头比赛，说："常奇赢了。"

"蓝大衣"腾地站起："再胡说就压上木墩！"

三胜不说了。

三胜得病的消息被更多的人知道了，这一天好多人提着点心来看望。他们都赔着笑脸，奉承村头儿，说你这孩子一准是剧团的材料，看看他的大圆脸儿、大耳朵垂儿，一看就是有福的人啊。

"蓝大衣"高兴了。

有一个老太婆倚在三胜旁边，高一声低一声劝说："好好吃饭，人是铁饭是钢。再说输赢也不是这一回，好好练，说不定下次咱就能赢了他！"

三胜点头："嗯！"

这番话在场的人都听见了。"蓝大衣"冲着老太婆嚷："你会说话就说，不会说就闭上母驴嘴！我这辈子就没听过你这样说话的——你说常奇赢了，那我问你，唱痴了也叫赢？"

大家七嘴八舌，都说："唱痴了，那就不叫赢！"

"蓝大衣"的气一时消不了，嚷着："唱歌演戏，这是轻易做得的？这要有遗传，你们信不信？"

人们抬头看着他，后来才明白过来，点着头："那是！那是！"

"蓝大衣"喊叫："铁头拉牛耕地还行，要唱歌不是扯淡？他儿子会是那种材料？我当年——"

他的眼扫在我和老憨脸上，刺得脸发疼。老憨耸耸肩上的枪。

"蓝大衣"从地上拣起一根小木棍，掂了掂，说这就是马鞭，这就是一匹马了——他挥着木棍跑起了圆场，不时地立定、翘起后脚，样子很怪。

老憨小声对我说："他要唱了！他当年真是会演的啊……"

"我一口气冲下五道坡，急急乎心里着了火，叫一声小厮——叫一声铁头你这老王八，我一把拧断你的鳖脖……"

我和老憨都听出他是临时改了词儿，骂铁头呢。老憨笑了。

"我把铁头扔进南鳖湾，我把常奇关牛栏，打马急急赶山路哇，红鬃烈马一溜烟……"

所有人都给"蓝大衣"鼓掌。我没有鼓。我觉得他太欺负常奇一家了。我看看老憨，老憨也没有鼓。

三胜一开始还看爸爸表演，后来就离开了。

一头撞断牛肋骨

老憨旷课逃学是经常的事，但一连逃上几天却不多见。后来我才知道，原来是常奇家要搬柴垛，他帮忙去了。

其实常奇家的柴垛我们早就注意到了，不过后来一忙也就忘了这事儿。谁也想不到老憨还把它记在心上，并且能够说服铁头和棉儿。他的理由是：它在院子里怎么看怎么别扭，还不如搬到院外去呢，这样院里就和老果孩儿家一样，能种上一畦小葱什么的。

老憨这个人嘴不巧，平时话少，但有时却显得格外可信。他对棉儿比画着，学我吃薄饼卷小葱的香甜模样，说："老果孩儿一放学回家就吃，我也尝过，真香啊！"

棉儿最想让常奇快些胖起来，听了有些动心。铁头嫌麻烦，在一边说："常奇多去海边就是了，喝汤吃鱼比什么都好。"

老憨立刻反驳："常奇喝了这么多，胖了吗？能叫的鸟儿不长肉！还是吃小葱卷饼好！"

铁头不再反对了。

老憨用了整整两天时间，招呼破腔和三狗一起干，总算把一个大柴垛子搬走了。

我问老憨有什么收获？他马上做出非常失望的样子，说除了几根钉子、一把破斧头，再就没有什么像样的东西了。

可我总觉得老憨闪烁的眼神里藏了什么秘密。我并不急着追问，因为这家伙有秘密总是藏不久，一得意就会说出来。

我还问了三狗和破腔，他们立刻抱怨："别提了，一到了关键时候他就赶我们走……"

我和老憨在林子里采蘑菇，这是他最高兴的时候。因为一边采蘑菇，还可以找些别的乐子，比如逮一个刚长毛的小鹌鹑、追赶一条花蛇。如果运气好，还能发现一只百灵窝……

那种小草篮似的精致无比的小窝啊，真是美妙极了！

小草篮总是在不经意的时候出现。它一般筑在林子稀疏的地方，比如说一蓬草、一朵野花旁边。如果小窝里正好有几颗带斑点的蛋，那就更棒了！

我们会在离小窝远一点的地方做个标记，只为了以后能够找到它——小鸟孵出，一天天长大，我们会时不时地来看，一直到拿走小雏回家养起来。

　　老憨采蘑菇的耐心不大，常常一头扎到林子深处不出来。他在里面一声不吭待上半天，就为了能偷偷摸摸干点有趣的事——看豹猫撒欢，喜鹊打架，老野鸡聚群……

　　他因为贪玩，篮子是空的，我就给他一些蘑菇。

　　这时他终于高兴起来，揽着我的肩膀小声说："让你猜一个秘密，我在铁头柴垛里发现了什么？"

　　"什么？"

　　"一支匕首！"

　　我吓了一跳。可是从他的表情看，又不像是假的。

　　还没等我说出心里的怀疑，他就从腰上摸着，猛地抽出了一把木把短刀。

　　哦，它看上去并不怎么惊人啊。这真的能算是"匕首"吗？我有些犹豫了。

　　"你知道什么人才有'匕首'吗？特务啊！"老憨绷着嘴说。

　　谁也想不到的是，就在几天之后，民兵把铁头押走了。原来"蓝大衣"知道了这事儿。

　　老憨向我发誓，说他绝不是故意的——只是不小心告诉了三胜，而三胜又不小心告诉了他爸……

　　结果是铁头给关在民兵连部，审了一天一夜。那把"匕首"当然是罪证，老憨再也没有机会得到它了。铁头只说那是当年的一把韭菜刀子，后来不知怎么就不见了……

　　"蓝大衣"拍着桌子问："那你为什么要藏起来？"

　　铁头讲不清这刀子怎么会落在柴垛子里，只是大叫冤屈。

　　铁头放出来以后，身上有了一道道印痕，那是被民兵抽的。他四处找常奇，找到后就把他狠揍了一顿。

　　棉儿上去护儿子，说："你怎么打孩子？"

　　铁头说："他交了些坏人，鼓动咱搬柴垛，才惹出了这么大的祸患。"

这些事的前前后后，是常奇哭着告诉我和老憨的。

老憨回头找来三胜，当着我和三狗破腚的面宣布：与三胜断交！

三胜哭了，说这真的不是他能想到的，他当时不过是在爸爸面前说了搬柴垛的好处——想鼓动爸爸把自家的柴垛也搬一下，不过是这样嘛！

大家听了，也觉得合情合理。是的，三胜不像那样凶狠的人。

老憨开始安慰常奇，说反正都不是故意使坏，你就忍了吧，算是倒霉——"我有一件宝贝，先不说是什么，它早晚要出手的，等到了那一天，我会分一些钱给你……"

常奇将信将疑地看着老憨。老憨指一下我，让我证明，我点点头。

本来这事就算结束了，谁想到一切远没有那么简单。

原来"蓝大衣"是个记仇的人，他一定要折磨一下铁头才好。

"匕首"的事过去没有一个星期，铁头到田里耕地，"蓝大衣"故意让人把一头生牛牵给了他。

"生牛"就是刚刚长大的公牛，脾气坏到了吓人的地步，一不小心就会把人抵伤——曾经有人被"生牛"活活抵死。

铁头不知道这是一条"生牛"，就牵着它去田里干活。谁想它一点都不听话，铁头刚举起一根树枝吓唬了一下，它就直着顶过来！

铁头愣愣神，这才看出是一头"生牛"，一下明白了"蓝大衣"的歹毒心肠。

那会儿铁头全身冒火，身上被民兵抽打的伤痕立刻痛了起来。他把眼一瞪，直盯着那头"生牛"。当它再次冲过来时，铁头先是一闪，然后大叫一声，迎着它的腹部就撞过去！

结果这头"生牛"给撞断了两根肋骨。

铁头拣了一条命，回村找"蓝大衣"算账。谁知他刚走到

"蓝大衣"家门口，几个民兵就把他逮住了。

铁头又一次给关进了民兵连部，这一回罪名更大：破坏耕牛。

老憨哭丧着脸告诉我们："罪名给报上去了，铁头大概出不来了。"

百灵哭了

铁头被关起来，我们这几个人难过极了。常奇有时也到海边上去，但很少唱号子了。老扣肉一生气，不想让他再喝鱼汤。我们一块儿骂老扣肉。老扣肉追打我们，但追了几步就停住了。

老憨说，这是因为老扣肉的儿子和我们在一个学校，他惹不起咱。

三胜在常奇无心领唱的时候就接替了他，这样我们又可以喝上鱼汤了。

三胜有一天特意带了一个大碗，这样只喝掉一半鱼汤，剩下的半碗就让常奇带回去，送给被关的铁头。

我们一致赞扬三胜，并且对他提出了进一步的要求：回家战胜他爸，放出铁头！

可是好几天过去了，铁头还是被关。三胜回来告诉我们说，他爸倒是同意放人了，难的是这事已经报告了上级，那就要等上级批准。不过他爸会催办的。

没有办法，那就只好等下去了。

我们领上常奇一起到河头玩，一直玩到很晚。天一黑下来，常奇就寸步不再离开我们，因为他是有名的"雀目眼"——可是有一天我欣喜地发现：他在黑影里也多少能够看得见了！

"常奇不是'雀目眼'了！"我喊了一声。

老憨扳着常奇的眼睛看啊看啊，嘴里啧啧着。他为常奇高兴。因为那支匕首的事，他一直觉得自己欠常奇一家的。

月亮出来时，河头四周全活了起来。林子里的鸟儿开始唱歌，不会唱歌的动物就发出各种叫声。常奇忍不住吹起了口哨——他的口哨是我这辈子听过的最好、最神奇的了，口腔里好像安放了一只小转轮，想怎么转就怎么转。

常奇吹完了口哨又开始学鸟叫，他这样一叫，鸟儿们就不吭气了，它们大约在判断这只"人鸟"的年龄和性别。

三胜一直听着，嘴巴都合不拢。

老憨今夜因为特别高兴，就当众宣布了一个秘密：在河头西边第三棵大橡树旁，一片空地上有一处百灵窝，这会儿里面正有几颗蛋呢！

这个秘密原来只属于我们两人，这会儿老憨抖搂出来，那是因为太高兴了啊！大家立刻提出去看那个百灵窝，呼呼啦啦往前跑去……

快跑到那棵大橡树跟前时才不得不小心一些：老憨说千万别惊动了窝里的大百灵，它如果正孵小雏，那可怎么办？

我们在空地上走着"之"字，一点一点接近那只窝，直到确信大百灵没在窝里，这才直接走过去。

一只多么完美的小草篮！月光下它显得神神秘秘，像一个密藏的宝物。有三颗带棕色斑点的蛋，安安静静地装在篮子当心。常奇想伸手去摸，老憨赶紧制止了他：

"千万别碰，百灵鼻子可尖呢，它回来一闻就知道被人动过，那样它就不再回家了！"

老憨讲了自己的计划：等到小百灵长出整齐的羽毛时，我们就把它取走，用一只鸟笼养起来！

常奇若有所思，说："大百灵会着急啊……"

老憨抹抹嘴巴："大百灵生蛋可快了，它再生嘛。"

常奇提出的是一个大问题，但我们没有讨论下去。这事儿先放在心里吧——世上有些事儿就是这样，它让人没有办法，于是不得不在心里放一段时间。

从百灵的小窝旁走开，常奇一直没有做声。月亮把空地上的宽叶草照得金灿灿的，一些小虫子躲在草隙里叫。不时有一只鸟被我们惊起来，它从一丛灌木投入另一丛灌木，快得就像投掷石子。

我们往前走，并不急着回家。有一只大尾巴狐狸站在沙岭上看我们，脸庞藏在阴影里，只有半个脊背是清晰的。

老憨摘下身上的枪向它瞄准，它并不惊慌，又看了一分钟左右，才慢吞吞走向远处。

"这家伙知道我的枪是哑的。"老憨收起枪来。

高空传来一阵鸟叫，那细琐灵巧的鸣叫一听就是百灵。大家马上驻足仰脸。看不见什么。尽管是月亮天，百灵也很少这样唱啊。

它的声音尖尖的，有些揪心。

常奇听了一会儿，迎着空中学了一句。

真是神了，那只百灵马上停止了歌唱。

常奇又重复了一遍，空中的百灵就再次唱起来——这时它的歌声缓慢了许多、低沉了许多。

常奇说："这只百灵在哭。"

三胜"嗯"了一声，然后问："你怎么知道？"

"我听出来了。反正它不高兴——它一边哭一边唱……"

老憨回身望望那片空地的方向，咕哝："也许是窝里的孩子被人拿走了——这种事儿不光咱们会干，别人也会干哩。"

我们都同意老憨的估计。

常奇迎着空中的百灵唱起来——准确点说那不是唱，而是像

123

百灵一样鸣叫。他和它相互应答，高高低低，你有来言我有去语，一直持续了大约十几分钟。

这样直到常奇低下头，眼里流出晶亮的泪水。

他说再也不想待在海滩上了，要赶紧回家——他想起了妈妈一个人在家，说她会着急的。

三胜嘴里喷着气，对老憨说："我要找一把钢锯，把民兵连部的铁锁锯开，救出铁头！"

我们看着三胜，不知道这办法是否可行。

老憨又看看我。在他眼里我的办法总是最多的。

我并不认为三胜可以成功——即便真的救出来，铁头还是没处躲藏。我倒想出了一个新的主意：

三胜可以把他爸那件有着双排扣的蓝大衣偷出来，藏到一个地方——如果他不把铁头放出，那大衣就算彻底没了，再也别想见了。

老憨立刻鼓掌。

三胜有些为难："他会狠狠揍我，直到我把大衣交出来……"

老憨哼一声鼻子："忍住疼，就不说！"

三胜低头："我也这么想。可我只怕忍不住……"

"真是孬货！你试试嘛！"老憨的枪托使劲捣地。

三胜不再吭声了。我知道他已经动心了。

交　换

想不到事情会这么顺利！整个过程是这样：三胜夜晚回家后总也睡不着，一直睁着眼看窗上的月亮。越是看月亮，越是想起常奇的哭。这样到了后半夜，他听到隔壁的爸爸在打鼾，就蹑手蹑脚起来了。

他见过那件双排扣的蓝大衣放在什么地方——它就在厢房最里间的一个樟木柜子里，用一床破毯子包了，压在一些衣服下边。他知道只要天冷一点，只要开全村大会或迎接上级来人，爸爸就一定要穿上它。

为了不惊动隔壁的人，他没有穿鞋子，也没有开门——因为这屋门有一个毛病，一动就发出吱呦声。他打开窗子爬出来，迈下窗台时有一只壁虎从眼前跑过，吓得他差点喊出来。

他咬着牙摸到厢房，进去后立刻陷入一片漆黑，什么也看不见。

他闭了闭眼，再次睁眼才看清木箱在哪里。可是最倒霉的事发生了：木箱上有一把小小的锁。

就是这把小锁耽误了时间。好在机智无比的三胜找到了一根火炉钎子，用它撬、撬，撬开了小锁。接下去就不难了，因为虽然黑影里什么也看不见，但那双排铜扣子摸起来再容易不过了！

三胜那晚上觉得一不做二不休，抱紧了那件蓝大衣，打开院门就出来了。他站在门口好一会儿，不知该把手里的东西藏到哪里。

他想最好的办法是交给老憨，可是又怕路远来不及：万一他爸醒来发现他不在，一切全糟了。想啊想啊，终于想起了那个大柴垛子。

就这样，大衣当夜给藏在了柴垛里。

他爸爸第二天一点都没有察觉。老憨得到消息就兴奋地告诉了我们大家，所有人都激动起来。

取这件东西倒也费了些周折——那是拖了两天之后，我们听三胜报告，说他爸去村外开会了，这才趁着黄昏动手。

我们的办法是抬了一个大筐子，里面装满了草，遇到人就说割牛草回来——大衣就藏在草中抬了回来。

他爸开会回家，正遇上三胜坐在门口哭。"你小子又怎么了?"他拉儿子起来，拉不动。三胜哭着说："咱家遭劫了!"

下面的话都是大家你一句我一句想出来的，让三胜从头背书一样背了一遍：一群人涌到咱家，他们是铁头的朋友，再不就是铁头一家的远房亲戚，反正是找你算账来了!

"嗯? 忒胆大?""蓝大衣"喊。

"这些人找不到你，就翻箱倒柜，抢走了那件双排扣的大衣，临走说得明白，你要不把铁头放出来，他们就把那件大衣点把火烧了，让你一辈子都穿不成!"

"蓝大衣"一听就跳起来："我让民兵揍死铁头! 我点上他家柴垛子! 我什么都敢干!"

三胜抹干眼睛说："他们就给大衣点上火……"

"蓝大衣"害怕了，大口喘着，不再说话。

三胜趁热打铁："放了吧，关了这么多天，早晚也得放，别让人说咱仗势欺人。"

"蓝大衣"不以为然，斜眼看着儿子："不仗势能行? 就仗势! 人哪有不仗势的? 嗯?"

"可是咱的双排扣大衣没了。"

"这个嘛，"他爸摸着下巴，"说起来，铁头还真是不值一件大衣钱……"

就这样，铁头第二天就被放回家了。

那件大衣自然也被偷偷放了回去：在一个云遮月的晚上，我们将它扔在了三胜家的柴垛子上。

送回之前我们大家好好欣赏了一番，因为这实在是一件罕见的东西，一旦交出，再要离这么近、这么仔细地看来看去是不可能的。

它的面是一种厚厚的斜纹布做成的——"斜纹布"这种叫法

还是妈妈告诉我的，因为爸爸以前的一件旧衣服就是这种布，只是颜色不同。妈妈说这种布厚实耐用，是真正的好布料。它的里子是小碎花布做的，布料薄一些。

最让人吃惊的还是领子，又大又厚，反面是斜纹布，正面是野物毛皮——究竟是什么野物，我们有一场好争。

老憨说是黑狗皮，破腔和三狗说是獾皮；而我则认为是熊皮。

除了领子，当然就是那双排铜扣了：个个都有杏子大，上面还雕了花纹；不过美中不足的是，最下边一个没了，它由一个黑胶木扣子代替。

我们一直为这件大衣感到难过，还有一点点羞愧的就是这个滥竽充数的黑胶木扣子。

老憨最后说的一句话最好不过了，这也是我们大家的结论。他说：

"再好的东西，只要落到了坏人手里，也非要弄坏不可！"

中了毒鱼针

在与"蓝大衣"的斗争中，我们胜利了。这是多么好的事，真值得庆祝啊。

我们在暗中高兴的同时，还担心那个家伙会有所察觉。三胜说："没有察觉。"他的理由是：爸爸还定时用大木墩压住他，让他躺在地上练歌。

现在三胜最恨自己的师傅。

为了证明那个家伙没有察觉，老憨背着枪，再约上破腔三狗，四个人一起去三胜家玩，要当面试探一番。

我们发现"蓝大衣"对我们一如过去，态度上并没有变化——我们胜利了，可失败的家伙却不知道是谁战胜了他，这不是很美妙的事吗？

老憨过于得意，问了三胜爸一句话，差点使我们暴露："你准备什么时候开始穿那件双排扣的大衣呀？"

我们不约而同地盯着他。"蓝大衣""哼"一声，抬眼瞄着老憨，眼里有一股杀气。

老憨赶紧用挠痒来掩饰。三胜咳了一声。我随口唱了一句忆苦歌。

"蓝大衣"这才吸了一口气，说："等天凉一些再说吧，嗯，有节令的时候……"

我们这才意识到老憨问得多么危险和莽撞：现在天还热着，海边上的人天天光着膀子拉大网呢！

因为实在是高兴，我们在这个星期天设法推开了一切家长堆来的任务：不采蘑菇，不去代销店，不和大人一起浇菜园，只结伙出去玩。

我们四个再加上三胜，还觉得少了点什么；想了想，是常奇。我们一起去常奇家慰问了一番——这已经是第三次集体慰问了。

常奇家里一切恢复了正常，他爸铁头按时骂几句"蓝大衣"，他妈每天为常奇烙一张薄饼，再拔两棵刚长成的小葱卷好递给儿子。

常奇的体重至今没有一点增加的迹象，只不过"雀目眼"的确得到了一定程度的医治。

我们六个人在一起算是不小的队伍了，走在一起很有气势。从外表看这支队伍的头儿是老憨，因为他枪不离身；其实他有很多事情拿不定主意，最后还要听我的。

这天我们从常奇家出来，仍旧直奔海滩。拉网号子还没有响起来，撒网的船刚刚出海。这时候的老扣肉脾气最好，他和看鱼铺的老玉石眼坐在一起，相互捏些烟末卷了抽。他们相互贬低对方的烟末，可又总想抽对方的。

"你这烟不是真正的关东烟。"老扣肉说。

老玉石眼捏了一大撮老扣肉的烟丝，点上吸了一大口，从鼻孔里冒出两股长长的烟柱，说："有一股头发味儿。"

老玉石眼是最能吸烟的人，他的铺子里藏满了各种烟，曾经在冬天没人的时候教过我们吸烟，可惜只有老憨一个人学成了一半。

老憨出神地望着玉石眼，在他身边蹲下。这会儿老扣肉才注意到我们来了，笑眯眯地看着常奇。

我怂恿常奇伸手摸一摸老扣肉脖子上那个肉疙瘩。常奇犹豫着。

我抓起常奇的手，轻轻地放在了那上面。

老扣肉一转头，正好看到常奇急急地收手，就说："爱摸就摸吧！"

常奇得到鼓励，仔细摸了起来。

我也趁机试了试，这才知道它不像看上去那么可怕——从颜色上看金属似的，以为弹一下会发出铮铮的声音，谁知它像馒头一样软，还热乎乎的。我再也不怕这个鱼把头了。

船撒完了网，两溜光膀子的人又站在粗缏旁边了。老扣肉的手举在耳旁，只一挥，队伍里就有人领唱起拉网号子。这只是开始，等大网快上岸了、人更多的时候，那就要常奇和三胜来领唱了。

果然，时候一到，还没等老扣肉转身寻找他们，常奇和三胜就你一句我一句唱起来。我还从来没有听到这种唱法，太新奇太美妙了，可能是天底下最棒的领唱号子。

伏在缏上的人精神头儿大了几倍，"嗜哉"声格外响亮，拽缏的力气也格外大了。

老扣肉高兴得一边跑一边跳，最后也跟上嚎唱。他的声音可真糙。海边上围看的人好像突然就增多了，大家都跟上喊和唱。

中午喝过了鱼汤吃过了大鱼，我们就到河头去玩了。我们准备在河头那湾绿色的湖里洗一会儿澡，再到大橡树旁边那片空地上看看百灵窝——我们已经决定日后不再取走它的幼鸟，但看总还是要看的。

到了河头，把衣服放在树权上，然后一个猛子时扎进去。

常奇像一根带子在水上漂着，水性好极了。他仰泳时竟然还能够唱歌，两手像桨一样拨水时，正好给自己的歌打着拍子。

我和三胜在他的带动下也唱了，可是唱时需要停下游泳，站在水里唱。老憨、破腔和三狗几个不会唱，就嚷着让我们比赛。

三胜生气了。我故意说只和常奇比赛，三胜这才高兴一些。

可是常奇从来不想比赛。他唱歌根本不费一点力气，躺在水里能唱，游在水里能唱，大约扎猛子时也能唱。他放声歌唱时，肚子并不鼓起，只是嘴巴咧得大一些而已。这家伙真是个怪人。

我把他扛在了肩上，发现只比我们家的大鹅重一点点。我把他扔进水里，他就顺势像鱼一样劈开水面，一口气游到了离我们很远的地方。

常奇在远处大声唱着，对着天空。那儿有一只百灵和他对歌。

三胜直直地看着他。我们一时忘了别的，只看着常奇。

正这会儿，突然常奇发出了一句更尖更亮的呼喊——这声音连成了一串，震人耳膜，然后又一点点淡弱下去……

刚开始我们都以为这不过是他歌唱的一种方法，并没有大惊小怪。

可是当他的身子一下歪倒在水里，顺水往下漂流了几米时，三胜马上大叫了一声："不好！"

我们赶紧踢着水往前跑，围拢过去。老憨像个海豹一样扑着，扎入水底，一把将常奇捞上来……

常奇大睁着眼睛，好像走神了，什么都看不见、也听不见了！

老憨抱着常奇往岸上跑，我们都跟在后边。

在沙岸上，我们将他翻过身体，按照游泳课上老师讲过的抢救方法，让他的头垂低一点，一下下拍打后背。他吐出一些水。

老憨和三狗破腚轮番嘴对嘴做人工呼吸。常奇"啊"的一声叫出来，眼睛会动了。

三胜急急地问："你怎么了？你刚才怎么了？"

常奇说不出话，紫色的嘴唇哆嗦着，伸手指了指左脚。

我们这才发现，他的左脚心那儿有一个黑紫色的斑点——老憨扳着看了又看，还对在鼻子上嗅了一通，然后大叫一声："天哪，常奇中了毒鱼针！"

大街摆起流水席

海边上的人没有不知道毒鱼针的可怕！这是人人听了都打抖的一件事——如果要诅咒一个人，最常说的一句话就是："让你进海碰上毒鱼针！"

据说被这种毒鱼针扎中的人，不死也要脱层皮。

如果被扎的人离医院远，又没有得法的人给他医治，那么这个人就必死无疑。以前海边有人专门会治这种恶伤，自从有了大医院，这种民间能人就不见了踪影。

那天我们听到老憨一嚷，全都慌了神。老憨把枪一下塞到我手里，背起常奇就跑。

我们跟在后边，也不问去哪里。跑啊跑啊，一口气穿过了大片林子，又一头扎进了园艺场——看到红色的瓦顶，这才想起要去的地方是园艺场门诊部。

值班的大夫正好是霞霞，她是老扣肉的老婆，一见我们身上沾的海沙、被太阳晒红的皮肤，就知道是从男人那儿来的。她一开始还以为是溺水的人，后来看了是毒鱼针扎伤，马上回身喊了一声。

她从里屋急急领出了一位老大夫，这人以前抢救过这样的扎伤。

老大夫二话没说就取出针管，嘴巴使劲缩起……

常奇在门诊部躺了三天三夜。铁头和棉儿一直陪在身边。

我们几个人每天都去探望。

城里医院也来大夫看过。常奇所在学校的校长来了。校长来的时候常奇已经能够坐起。校长对铁头两口子说："你家常奇是最能逃学的学生！"

常奇出院了。可是他的嗓子哑了。

我们几个一连几天去看常奇，发现他能吃能喝，就是说话嗓子哑哑的。三胜带着哭腔说："这可怎么办啊？你还要唱歌啊！"

铁头恶狠狠盯一眼三胜说："不唱倒也好！"

常奇安慰我们说："再等几天看吧。"他吃妈妈递来的薄饼卷小葱，每咽一口都要费很大的力气。他的病显然没有全好。

常奇挨毒鱼针的事一下传遍了周围的村子。大家都说："这孩子的命可真大！要在旧社会，十个八个也死了！"

当人们知道常奇嗓子哑了、再也不能唱歌时，有的叹息，有的却没有多少遗憾，只说："不叫唤了也好，身上能多长些肉。"

三胜有一天找到我们，说，他爸听说常奇哑了，一下高兴起来，跺着脚在院子里唱戏，还说要快些把这事儿告诉城里那个大背头。

三胜说完又补上一句："我恨大背头！"

"蓝大衣"是个幸灾乐祸的家伙！我们多少有些后悔没把他的那件宝贝烧掉。老憨说，再等几天看看，也许常奇身上的毒还没排完。

我们只好等了。一连十多天过去，常奇的嗓子还是哑着。

这个星期天，三胜和老憨一起匆匆赶来，一会儿破腚和三狗也来了。三胜说，他爸到底叫来了大背头，说是为了欢迎他，中午要在院子外边摆上酒席——只要从大街上走过的人都可以喝上一杯。

我有些不解："这是怎么回事？"

"这叫'流水席'，"老憨吐一口，"他这是显摆啊，是成心做给铁头看的！"

我有些明白了。

三胜说："我爸叫你们也去，说'喊你那些卫士去'……"

破腚和三狗看看老憨，一齐说："谁是你卫士啊！乱说！"

到底去还是不去？大家相互望着。老憨问我，我说这事儿尽管气人，不过去还是要去的，因为我们从来没见过什么是"流水席"呢！

大家一齐鼓掌，说："去去去！"

"蓝大衣"的家在街道一端，酒席摆在了院外，也就摆在了街口上。为了遮挡强烈的阳光，酒桌上方还扯了几块麻袋片。"蓝大衣"和大背头坐在酒桌旁，一人手持一把芭蕉扇，脸上笑吟吟的。

"蓝大衣"一见我们就嚷："快快，过来给师傅敬酒！"

老憨朝我们使个眼色，装模作样端起小小的酒杯，先敬一下大背头，然后自己一仰脖子喝光——他立刻大咳起来，说这是真正的瓜干酒，劲儿大极了。

"蓝大衣"和大背头哈哈大笑。

街上的人三三两两，只要走过来，"蓝大衣"就让他们喝一杯。后来人渐渐多了，酒不够用了，"蓝大衣"就往酒里掺水，说："俗话说'水酒水酒'……"

他和大背头早就半醉了。

人又多了一些。我发现铁头和棉儿也出现了，不过他们恨恨地看了几眼，就走开了。常奇也来了，他站在我们身后。

"蓝大衣"歪歪斜斜站起来，揪着三胜说："唱、唱给老少爷们儿听！"三胜挣脱了。他又让大背头"亮亮嗓儿"，大背头就鞠一个躬，摸摸喉结儿，唱：

"'我家的表叔，数也数不清……'"

这嗓子要多难听有多难听！"蓝大衣"却吹捧说："真金不怕火炼啊！会听的，就能从里面听出味儿来！"

"蓝大衣"说着从地上捡起一根柴棒当马鞭，离开座位。

大家赶紧给他闪出一块空场。他唱道："我打呀马下山哎，好不快活哟，嗻儿哟……叫一声老铁头，你活该吃上狗屎馍，恶有恶报呀，嗻儿哟……以后就别想瞎吱歪……"

大背头拍手叫好。跟上叫好的人稀稀落落。

"蓝大衣"越唱越快，大口喘息，跑了一圈又一圈，最后一头歪倒在桌子上。

开口迎来青蛙叫

许多天来，我们这支队伍只有五个人。缺少一个常奇，就像少了好多人似的。大家无论在林子里还是海边上，都让一个心事压着。

三胜领唱号子的时候不是跑调，就是乱了节拍，这让老扣肉骂咧咧的。

他一骂，三胜就不唱了。他再骂，我们就抬腿往林子深处跑去。

"哈里哈气的东西"正好想念我们了，它们飞的飞、跳的跳，呼啦啦围在我们四周，只不近前。我们吃东西时从来不忘扔一些给它们，这也等于摆了一桌流水席。

我们议论起那天的"流水席"，三胜的脸就红。破腔学唱"蓝大衣"，三狗学唱大背头，大家哄笑一场。只是说到常奇，都没有多少话了。

野物们在不远处追逐打闹，发出呼哧呼哧的声音。树丛里有扑打翅膀的大鸟，响起嘎嘎的叫声。一只野猫从最高的一棵合欢树上迅疾跑下，只为了抢走一块玉米饼……

我们突然想抽烟了，还想喝一点酒。老憨说："说实在的，地瓜干酒真够辣的。"我们之间不少人都试过抽烟，虽然并不觉得它有什么好，可是像酒一样，大概早晚总要学会的吧。

"他们大人净捣鼓这玩意儿，真是活受罪呀。"三狗说。

"那得花不少钱才买得来呢，还要去代销店才行。"破腔说。

老憨看看我，意味深长地说："钱不是问题。"

"你是老财东呀?"三狗问。

"跟你说这些没用，以后你就知道了。"老憨抬头谛听 ——那是一只百灵，它在高处一声不歇地叫着……

我们一次次去找常奇，都被铁头挡在了门外。老家伙瞧瞧老憨肩上的枪，骂咧咧的："一群野物，差点让我孩儿搭上一条命!"

铁头骂人当然不好，但也说出了实情。最让人发笑的是他把我们也叫成了"野物"，这一点都不让人生气。我们就愿和"哈里哈气的东西"在一起。

如果遇上棉儿在家，情况就要好得多。她不烦我们，还问长问短，问老憨家的羊和猪怎样了，问我们家的猫和狗、特别是那只大鹅长到多大了。说到大鹅总是让我兴奋，我告诉她："像我这么高了!"

不管怎样，当我们最后提出要和常奇一起到外面玩时，棉儿就不答应了。她说这孩子要在家里好好养。我们提出可以带上薄饼卷小葱，她还是不答应。

显而易见，这事她和铁头商量好了。铁头这人真是倔到了家。我们琢磨，棉儿和常奇之所以畏惧这个男人，就是因为他的头的确太硬了！我们知道：就连那个不可一世的"蓝大衣"，见了这颗坚硬无比的头，也要有所惧怕呢！

三胜说："我爸有一天喝了酒，说铁头仗着头硬，什么都不怕，只等着犯了王法，再硬的头都得割下来！"

大家吓得咝咝吸着凉气。

为了能领上常奇出门，我们就藏在铁头家院外的树丛里，由三胜学鸟叫——常奇一听就明白，于是就设法溜了出来。

我们一出门就往海边撒丫子跑去。常奇最想念的还是那里。

老扣肉一见常奇就像见到久别的老友，一下抱起他来，还扛到肩上转圈儿。他让常奇唱几句号子，常奇摇头。老扣肉说："总得练，老不开口，不就废了？"

常奇一直没有唱。

大网快上岸时，当"嘻哉"声一起，常奇忍不住，喉结上下滑动着，可就是喊不出声来。三胜领唱了一会儿，看看常奇，也不想唱了。

中午老扣肉给我们鱼汤喝，我们每人只喝了一点点，就往河头那儿走去了。

我们顺着河岸一直往前。有一只百灵一路追着我们，在头顶不停地唱着。三胜停住了步子，对常奇说："听听！它这是引逗你哩！你就试试吧——唱啊常奇！"

常奇犹豫着。

老憨和三狗破腔一齐催促。常奇抿抿焦干的嘴唇，又伸手理一下喉结，鼓起了最大的勇气，放声唱了一句。

哑哑的。常奇不服输，再唱一句。

河里马上有一只青蛙大声叫着："咕——嘎——"

常奇还是唱。

那只青蛙再次叫着："咕——嘎——"

常奇不唱了。两行长长的泪水从他脸上滑了下来。

献　宝

那一天，我们不停地往河水里抛泥块。我们要赶走那只青蛙。

这样只是出气而已，其实并没有什么用处。青蛙到远处鸣叫去了，天上的百灵也不知什么时候飞走了。

最沮丧的是三胜。我们发现自从常奇哑了，他自己也觉得无趣，很少再张口唱歌了。

三胜告诉我们，那天摆流水席时，他爸让他唱，他开溜了，事后惹出了一阵大骂。"蓝大衣"和大背头回到屋里已经是半下午了，两个人在院里喝了醒酒汤——一种用什么树根熬成的褐色汤汁，然后你一句我一句唱着，唱着唱着，大背头嚷道："我徒弟呢？"

这一喊"蓝大衣"也想起了儿子，他把三胜从屋角揪出来，推搡着，骂着，说："原指望你是剧团的材料哩，谁想到你这么没出息，在大街上给我丢人现眼！见见师傅去……"

大背头生气了，坐在大圈椅子上头不抬眼不睁，咕哝说："老哥你看怎么办吧！"

他想使用激将法。

"蓝大衣"果然就被激怒了，顺手给了三胜两个耳光说："你妈死得早，我从来不舍得打你，这回不打不行了！你给我跪下！"

三胜不得不跪下。

谁知"蓝大衣"火气更大了，冲着他喊："你跪给谁？老师在这里，你跪给谁？"

三胜就转向了大背头。

大背头枯黄的手指往上翘了翘，眼睛半睁着："一边躺着去吧！"

三胜心怦怦跳，知道马上又要压大木墩了。他说自己当时真想抬腿跑开，可就是不敢，只好仰躺下来。

"蓝大衣"出门抱来那个大木墩，狠狠地扔在三胜肚子上，砸出了一声干号。大背头朝"蓝大衣"摆摆手说："放墩时要慢、要慢……"

大背头蹲在三胜身边，耐心地说了一通，什么音阶、节拍、重音之类，然后挑着那根指头说："起——起——"

三胜眼泪流了不少，可就是唱不出。

大背头搓搓手站起来，万念俱灰："哭了。大概不成了。"

三胜与我们在一起时不停地骂大背头，说走着瞧吧，只要他们再压大木墩，就别想让我唱一声，连猫叫那样的声音都不会有。

老憨竖起大拇指："好样的！"

他夸过了，又说："不过你爸也不是什么好东西！"

三胜说："我知道。"

"你知道就好！我听我爸说，你爸打年轻时候到现在，不知捆绑了多少人呢！你妈就是被你爸气死的——你不想帮你妈报仇吗？"

老憨喘着粗气，直通通地问三胜。

三胜皱着眉头。这对他来说肯定是一个复杂的问题。

老憨又问了一次。

三胜答不出，转身跑开了。我们一齐喊着，三胜再也没有回头。

一连多少天，我们都在一起商量常奇的事情。怎么办？没有任何好的办法可想。有一次老憨突然盯起了我的鼻子——我这才想起，前一年我的鼻子又痒又糙，急得不行，最后就是被邻村布裙子医生治好的……

我的眼前一亮。

布裙子医生专治一些疑难杂症，是周围所有医院的对头。大约是一年前吧，有关方面不高兴了，一气之下撤销了他的行医执照。没有了那个东西，他再要给人看病就是违法的了。

听说有人暗中去找过布裙子医生，老人说："我这么大年纪了，不敢了。"

老憨提出暗中再找老人看看，也许他回心转意或胆子又变大了呢。我们大家都同意了。

去找老人的一天，三胜也来了——这是他离开我们之后第一次汇合。老憨得意地看看我，然后就一起去那个村子了。

布裙子老人孤零零一个人住在一座大屋子里，这屋子是他早年行医挣下的家产，惹得不少人眼热。他今年到底有多大年纪谁也说不准，据他自己说已经一百二十多岁，另外还挂个小零头。

我们见到他时，他正给自己的猫喂鱼，那猫眼睛发蓝。他把猫放到肩上跟我们说话，猫一动不动。当我们从头说了常奇的情况时，老人拉下脸来，再不做声。

"布裙子爷爷，我们求你了！"三狗说。

老憨也不住声地求着。

老人的白眉毛抖个不停，两手往一块儿并拢起来，往我们面前一伸，说："我再要无照行医，就得这样！"

我看不懂。老憨小声说："就是戴铐子的意思。"

我们就这样失败了。从老人屋里出来，老憨又想起个馊主意，对我说："你不是会画吗？你画个'执照'送他不行吗？"

我跟妈妈学过画画。可是"执照"能画吗？我连连摇头。

老憨第二天把我领到一家压面铺，那里墙上就贴了一张灰绿色的"执照"。他把我往那张纸跟前推了又推。

也许因为太急于挽救常奇了，我回家后真的画起来。我觉得画得一点都不像，可老憨抓到手里看了看，说："一看就是'执照'！"

这次我们一进布褂子老人的门，老憨就喊着："'执照'有了！"

老人取过"执照"看了看，白眉毛抖了抖，一根手指伸进嘴里，沾点唾液在上面抹一下，纸上的颜色立刻脱了一点。老人把它扔在一边说："假的！"

大家相互看了看，全都无话可说。

老憨急得头上生出了一层汗。很长时间屋里一点声音都没有。

又待了一会儿，老憨突然拍了一下腿说："大伙在这儿等我一会儿！"说着就抬腿跑走了。

半个钟头之后，老憨大口喘着进来，一进门就捧着一个纸包说："献、献宝……"

大家愣了一下，然后差点笑出声来。可我一点都没有笑，因为我很快明白他拿来了什么。

老憨当众解开了那个纸包，是一串石头似的珠子。

布褂子医生这回认真起来，从什么地方取了眼镜戴上，仔仔细细看了一会儿。老人没说什么，将这串东西戴在了自己脖子上，笑眯眯的，哼着："嘿嘿。"

"这是宝物吧？"三胜问。

老人摇摇头："也不是什么宝物，就是石头串子。不过我看你们几个孩子心诚，就依了吧——早些领病人来吧！"

高高崖上一棵草

那天布褂子反复叮嘱的一句话是：千万不能让人知道他在瞧

病。我们就反复向他保证："你放心！你放心！"老人伸手指指屋里说：

"你们看哪里还有一把药、一粒丸子？再闻闻，有草药味儿吗？"

我们看了四周，又吸吸鼻子，真的不像一位老医生的家。

老人又说："凡是用来看病的物件，全都给公家人拿走了。"

我们觉得这真不应该。老人在方圆百十里都是有名的医生啊，就因为没有那个"执照"，就得这样？

第二天，我们把常奇领到了这里。

常奇端坐在一个草垫上，老人坐在对面。他让我们都稍稍退远一些，只和常奇一起。一老一少并不说话，这样待了十几分钟，老人才伸手扒开常奇的嘴看了看，仔细瞧着舌头。

老人将常奇的肋骨、胳膊、腿，特别是又细又长的脖子，一一推敲了一遍。

最后他让常奇卧在草垫上，伸手在瘦骨嶙峋的脊背上敲着，就像弹钢琴一样。敲完后，老人用食指在椎骨上边那儿飞快地摩擦了几下，然后放在鼻子底下嗅一嗅……

"到底怎么了啊？"老憨见老人收了手，就奔过去问。

老人让常奇坐正了，指一指他的嘴。

我们都看出常奇的嘴唇是紫色的——不过他的嘴唇一直就是这样的颜色。

"到底怎么了啊？"三胜再次问道。

"西医把他身上的毒压制住了，可就是没有排到外边去。"老人说。

我问："那会怎样？"

"人是死不了，不过今后做事就缺斤短两了……"

破腔把头伸向老人，嘻嘻笑着问："什么是'缺斤短两'？"

"就是不足数儿——做不完全，做不好。"老人耐心地解释。

我们大家都听明白了。真的，像常奇现在，嗓子哑成这样，不是"缺斤短两"又是什么？闲话少问，还是赶紧给常奇治病吧！

我们把常奇过去能唱怎样神奇的歌，从头好好描述了一番。

我们说的时候，常奇就张大嘴巴唱起来，结果沙沙哑哑。

老人又抱起那只猫，把它放在肩上。猫那双碧蓝的眼睛瞪着常奇，伸出通红的小舌头舔着嘴巴。老人"噢噢"两声说："我还真听不出好来。"

三胜就唱了起来。屋盖差点给顶翻。老人一跳，站了起来。

"啊呀，啊呀，这是什么嗓子！看把我的猫吓的……"老人一边喊，一边把四处乱窜的猫揽过来。

三胜停止了歌唱，指指常奇说："我还不及他唱得一半好！"

老人扳着手指说："他这病啊，得七样药才能医治——这当中六样都不难找，只一样难了……"

老憨说："它到底是什么？它就是在海底，我也能把它捞上来！"

"它不在海底，它在山顶。"

三胜说："你就说它叫什么吧！"

老人眯眯眼，摇头："它叫'鸟衔草'，我有十几年没见它的影儿了。有一年上，那时我还年轻，在河头西边那座老铁崖采过——它长在上面，种子是海鸟从大海对面衔过来的……"

老人说着，细细地比划这种草的样子，又用笔在纸上画出来。噫，很像一棵绿豆秧的模样，也生了豆角。

破腔笑了："这有什么难？我攀上去拔来就是！"

老憨也笑了。

老人沉下脸："那崖只有一面坡能攀爬，这些年被海风吹塌了，谁也上不去！别的山上可没见这种草……"

大家一声不吭了。

我发现常奇紫色的嘴唇紧紧地抿着，一脸的绝望。我也找不出什么话来安慰常奇。

从布裙子医生家里出来，大家一脸愁容。我们游游荡荡走着，不知到哪里去才好。太阳还很高，谁也不想回家。

不记得谁走在前边，反正我们一直往北，走入了林子——这时都明白了：大家要一直往海边、往河头走去，一直走到那个老铁崖跟前……

林子里的野物玩耍心太重，它们像过去一样缠着我们，鸟儿在梢头飞飞落落，叫着，总想逗我们；四蹄动物攀着周围的树干捉迷藏，时不时地在树隙里发出一声吓人的大叫。老憨有些烦，拣起一个土块抛过去。

它们四下哄散，其中的一只大鸟边逃边喊："得了得了！得了得了！"

我们穿过林子直奔河头，然后往西。

那座老铁崖很高，雾天里最上边总是缠着白纱，很少有露出崖头的时候。我们记得崖上有很多海鸥，它们在海蚀穴里做窝，人走近了就惊飞起来，发出一声声大叫。

大家谁也没有试着爬过老铁崖，更不要说登上它的顶部了。

常奇一路上时不时地仰脸看天，天上有百灵在叫。

三胜看看百灵，闭口不唱。他不愿让常奇听了难过。也许是我的错觉，也许是真的，我最近听三胜唱歌，总觉得这歌声比过去响亮多了。

我想到了那只沉沉的大木墩，或许是它的功效。但我不好意思说出口。

老铁崖到了。太阳刚偏西一会儿，崖顶上已经有雾了。老人说得一点不错，这崖是陡立的，东西宽南北窄，呈褐红色。因为海风的缘故，它时不时地剥落，周围全是大大小小的落石。

我们在近处仰望，没有一个不绝望。

老憨破口大骂起来。这一次我没有阻止他骂，因为就该骂。

常奇一声不吭地低下了头。

我们围着这崖四下转悠，想找一个能登上去的地方。根本找不到。我在转过一道石棱的时候，突然惊动了一只海鸟，这家伙呼一下从我脸前划过，差点碰伤我的脸。

一些碎石块被飞鸟带得四处飞溅。老憨又破口大骂了。

天很快就黑了，我们不得不往回走。这一天真沮丧啊。

夜里我做了个梦，梦见自己爬到了崖顶，一手摸到了鸟衔草，刚要往崖下来，一失足跌到了深不见底的崖底……我大叫一声醒来了，吓出一身冷汗。

天亮时我去找老憨。因为睡不着时，我想到了一个方法：老铁崖面向大海的一面浸在水里，如果等到海水退潮的时候，会不会露出崖坡啊？我们顺着崖坡往上攀，有没有可能一点点爬到崖顶？

我说出了自己的想法，老憨翻翻眼珠说："妙哇！"

这很像我们家的猫在叫。我们全都是心急的人，当即决定立刻出发去老铁崖！"咱叫不叫上三胜他们？"我问。

老憨想了想说："算了吧，三胜那么胖，去也白搭。"

我们俩就往崖上赶了。估计这会儿正好是退潮的时间，再有一个小时，海潮就会涨起来。所以我们一阵急走，到了崖根已是满身大汗了。

老憨手打眼罩往崖上看，突然惊呼了一声，伸手一指说："老果孩儿，你看！"

我发现太阳照得红红的山崖北坡，也就是从大海里刚露出来的一道陡坡上，有一个不大的人影……"噫？这是怎么回事？"

老憨扯我一把，就往北坡那儿跑。

等我们离近一点时，终于看得清了：老天爷，那个不大的人影不是别人，就是三胜！但我们都看不出他这会儿是往上爬，还是从崖顶下来?

我和老憨一齐放开喉咙大喊。

可惜海浪声太大了,崖上的人一点都听不到。他正手脚并用趴在崖上,稍有不慎就会跌落下来,所以丝毫不敢往旁边转头。

我对老憨做个手势,不让他再喊……

三胜一点点挪动——这时我和老憨都看清了:他正从崖顶往下移动!这家伙成功了——瞧他一只手里攥紧了一大束东西,那肯定就是鸟衔草!

我心里紧张,两手握得紧紧的……

三胜身体匍匐在乱石上,一丝丝往下移动,眼看离坡底只有十几米远了。水浪溅起多高,石头多滑啊。我在心里喊着:"小心!小心啊……"

我和老憨一点声音都不敢出,因为生怕惊动他。可是不幸的是,他最后真的脚底一滑,"哗啦"一声,和着碎石跌了下来!

老憨大叫一声往前跑去……我刚迈步就磕倒在地,手被石棱割开了一道口子。

三胜被我们抱在怀里时,头流着血,一条腿折了……

他的左手,还是紧紧攥着那束"鸟衔草"。

百 鸟 会

一连十几天,常奇都没有回家。铁头和棉儿被我们的一番话给蒙住了:我们说要接常奇到家里去住,除了采蘑菇就是一起上学。

铁头一开始不信,说哪有人白白喂他东西吃?他又不是母鸡,吃了东西会下蛋。

棉儿说："他们孩子就是喜欢一起玩闹，住够了就来家吧……"

其实我们把他送到了布褛子医生那里，整个行动秘密得很。

关于三胜的跌伤，我们彻底杜绝了"蓝大衣"的猜测，让他连一点疑心都不会有——三胜从头到尾咬紧了牙关，只说是去崖上逮鸟跌下来的。

"蓝大衣"瞪着眼问："谁把你领到崖上的？"

三胜说："我自己。"

"蓝大衣"又气得跺脚了，他找不到可以撒气的人，觉得窝囊。

"蓝大衣"信不过园艺场门诊部，就让村里的马车铺了厚厚的麦草，再展开一床大花被，拉上三胜往城里送。

七天之后，三胜从城里拉回来了，腿上安了石膏，还要在床上躺七七四十九天。至于他能不能变成拐腿人，那得过了夏天再看。

我和老憨几个人忙坏了，因为大家要分成两路去看病人。我们去看三胜时，如果遇到"蓝大衣"在，就只好说一些暗语。三胜对我们使眼色，打手势，再不就哼着唱歌。他最焦急的不是自己的腿，而是常奇的喉咙。

有一次"蓝大衣"一直待在屋里，三胜就唱：

"百灵不知还能上天不？我最怕听见它在天上哭……"

我知道这是问常奇有没有治好的希望。可是我编不出合适的词儿。我最后总算唱了一句：

"三胜你只管放心别嘟哝，好东西正在水里煮……"

"蓝大衣"斜着我，粗声问："什么在水里煮？"

我有些慌。我的意思是布褛子医生正在为常奇煎药呢。我说："老扣肉给的大鱼哩，俺家正做鱼汤。"

"妈的，什么时候了还挂记着吃！""蓝大衣"骂了一句，走开了。

我们马上交谈起常奇的病情。三胜问布褛子医生高兴不，说只要他高兴了，那就说明常奇不要紧。我想了想，说布褡子医生一直沉着脸。

三胜的头转到一边，不再吭声了。

老憨安慰他："三胜，你的腿更重要！想想看，常奇哑了嗓子照样还是常奇，你要是一条腿拐了，那就是'拐腿三胜'了！"

破腔忍不住掀开被子一角，去看那条裹了石膏的腿。我们发现这条腿多半都被一层硬壳包住了，露在外面的脚胖胖的，呈紫红色。

三狗抚摸着那只脚，说："就像一块大地瓜似的……"

三胜看看老憨，又看看我，说："常奇不能唱歌，就再也不是常奇了；我的腿拐了，拄着拐也能唱歌啊！"

我们相互看着，都找不出话反驳他。

三胜急着到布褡子老人那儿去，我们让他忍些日子，还答应每天都来看他、告诉那边的事情。

布褡子老人一点都不着急。他平时就和常奇坐在草垫上拉呱儿，说一些不咸不淡的话，我们见了，恨不得揪下他的胡子来。

他问常奇愿喝鱼汤还是吃鱼，认识多少种鸟儿，跟林子里的多少四蹄动物打过照面？

"打过照面"是什么意思？我看看旁边的老憨他们，他们也一脸迷糊。

想不到常奇全都明白，抢着回答说："就是脸对脸看过！嗯，我想想，我跟獾、银狸子，还有——黄鼠狼它们，都'打过照面'。说实在的，它们的小脸离近了瞅都不难看！"

布褡子老人嘿嘿笑，点头："这些物件年纪不大也长胡须，这和咱们人是不一样的……"

常奇说："按老师的说法，这叫'少年老成'吧？"

布褡子老人说："嗯，还不能算吧！"

"那叫什么?"

老人想了想,说:"按当地人的说法,叫'小老样儿'……"

常奇笑了。常奇高兴到了极点,平常也没有这样欢快。

常奇一欢快,我们也高兴了。但我们还是催促布褡子老人快些给人治病。这可不是闹着玩的时候啊!我们极想告诉老人:为了取来这把"鸟衔草",有人差点搭上一条命……不过我们忍住了没有说。

布褡子老人将一些草药捣成糊糊,然后就给常奇抹上去。那些鸟衔草在一个砂锅里熬着,时不时就要喂给常奇一勺。

七天一晃就过去了。第八天我们来接常奇,还没走到布褡子老人的大屋子跟前,就听见屋旁的林子里有百灵在叫。我们不懂鸟语,可是仍然听得出:这只百灵欢乐着呢!

我们东看西看,就是找不到那只百灵,正要往老人屋里走,一丛灌木后边一下闪出了常奇——

原来刚才是他在学百灵叫啊!

这家伙的嗓子多么清亮多么脆生!这家伙不用说全都好了!老憨一下将常奇扛了起来,破腔上去拧他的屁股,三狗揪掉了他的鞋子。

我们兴冲冲跑进布褡子老人屋里时,老人正在闭目打坐,肩上是同样闭目的猫。我们不敢弄出大的声音,就坐在他的旁边,学他那样打坐。

这样直到老人睁开眼。

老憨为了表示感谢,对老人许愿说:今后,只要是从海上搞到了最大的鱼,一定要给老人送来!

老人摸摸胡子说:"我喜欢吃小鱼小虾。"

常奇说:"那就送小的!"

老人从脖子上摸索着,解下了一直戴在上面的石头珠子,说:

"这'宝物'你拿走吧，说不定以后还有用处。"

老憨脸色发红，看看我。

我想到了三胜：他的腿还没好，也许真的有什么用处呢。我代老憨收起了珠子。

在一个星期天，一个不需要逃学的好日子，一个万里无云的上午，我们一伙又往大海上跑了。刚跑了一小段路，常奇就不愿动了：他想起了三胜。他沉着脸说：

"我全都知道了。"

原来这段时间他去过三胜家。他咬着乌紫的嘴唇，转脸看着村子的方向。

我们都没有说话。这样停了一会儿，老憨耸耸肩上的枪说："这么着，我们背他出来——咱以后就轮换着背他，咱不能把他一个人撇在炕上啊！"

所有人都同意。

我们赶到了三胜家，正好"蓝大衣"不在。老憨没有说几句话，上去就背三胜。炕边还有一支拐杖，三狗就扛在肩上。

一路上，常奇唱，三胜也唱。我在他们的感染下，一口气唱了很多。就像发现新大陆似的，常奇和三胜对老憨他们说："原来老果孩儿唱得真好！"

老憨大声说："那是虽然的了！"

常奇又一次纠正："这儿要使用'当然'"。

老扣肉看到许久不见的常奇和三胜，没等喝酒就红了脸。他盯着三胜的石膏腿，说："我说呢！要不你能忘了扣肉老叔？不要紧，过了夏天就能扔拐……"

上网的时候，常奇和三胜又轮换着领唱号子了。在一片"嗜哉、嗜哉"声里，号子又一次达到了高潮。

老扣肉和看鱼铺的玉石眼肩并肩在海滩上跑、叫，还翻了好几个跟头。老憨说："看见了吧，他们欢喜疯了！"

吃过鱼喝过汤之后，我们照例要去河头和林子里玩。

在那棵大橡树旁的空地上，我们特意寻到了那只百灵的窝：它的小草篮里已经有几只长了绒毛的小崽，它们把我们当成了妈妈，一齐张着黄黄的小嘴要东西吃。

喜欢了一会儿百灵的孩子们，又恋恋不舍走开，走到林子深处……我们走哪儿野物就跟到哪儿，这已经是一个惯例了。鸟儿的欢叫声此起彼伏，无论是好嗓子还是坏嗓子，这会儿都想唱起来。

没有办法，这就是林子，这就是"哈里哈里气的东西"！

首先是常奇学各种鸟叫。在它们用心揣摩对手的时候，三胜就开唱了。三胜唱歌时要拄着拐，也许有了它的支撑和依靠吧，他的歌声反而比过去还要响亮！

老憨鼓动我唱，我就唱了。三狗和破腔在一旁议论，说老果孩儿这人哪，唱的最好的还是忆苦歌。老憨制止他们乱说，认为这会儿不是唱那些歌的时候。

越来越多的鸟儿飞拢过来。

晚霞映红树梢的时候，老憨再也忍不住了，竟然也放开粗咧咧的嗓子唱了一家伙。

林子里突然沉寂了。接着是一阵惊人的大笑：四周所有的鸟儿、所有的四蹄动物，都放肆地嘲笑起来……

养兔记

第三章

YANGTUJI

真 能 吹

你如果遇到了一个说话没边、洋洋得意的家伙，那么除了生气之外，简直一点办法都没有。如果他说个没完，你又认认真真地听下来，那就有点倒霉了。

千万别和这样的家伙争论，一点意义都没有。

这些天我们就遇到了这样一个臭小子，他是园艺场一个小头目的孩子，外号叫"小老样儿"。

他的年纪和我们差不多，可是从模样上看，怎么看都像一个小老头儿——不光是眉眼嘴巴像，还有就是他总要做出的一副老成相。

"小老样儿"一直有个野心：当班长。

他跟人闲聊时常常背着手，哪怕谈的是一只蝈蝈、一只小虫，都要拉出一副讨论国家大事的架势。

这一次他谈起了野兔，我刚听了几句就不耐烦了。

因为这正好是我和老憨最熟悉的事儿了，他还在不知羞耻地瞎吹呢！他说自己从小就爱捉海滩上的小野兔回家养，每一次都把它们调教得乖乖的，一个个长得肥肥胖胖，可爱极了。

"春天来了，小野兔又多起来了，我准备星期天再捉几只回来……"他说。

几个同学听得出神，一脸崇拜地围上他。

老憨朝我做个鬼脸。我们也装作好奇的样子，凑近了"小老样儿"。我问：

"如果小野兔不吃东西怎么办？"

这一问恰中要害，因为捉回家的小野兔从来不吃不喝，害怕得要命，连最嫩的白菜叶都不吃一口！

"小老样儿"撮起那张没有血色的嘴，看看我，仰着脖子答："你得让它听话才行。"

"我怎么才能让它听话呢？"

他摸摸自己的头发："这样，你摸摸它，它就知道你对它好了。"

我说："明白了。"

老憨又问："那么，它们如果脾气犟——咱难保不遇到几只最犟的家伙吧，它们饿死也不吃怎么办？"

"小老样儿"眨眨眼："人是铁饭是钢，再饿几天看……先给它水喝……"

老憨像被什么呛着了，往天上看，直翻白眼。

我们离开了"小老样儿"，到一边看螳螂上树。这是一只很大的绿色螳螂，神气得很。老憨说："谁如果能把螳螂养熟了，让它听人的话，我就佩服他！"

我当然同意。

野物是各种各样的，有的很容易跟人交朋友，有的则比较难；有的需要想许多办法才行，有的想什么办法也是白搭。

比如螳螂，它们的三角形小脑袋里到底装了什么念头，我们一辈子也别想弄明白。我养过螳螂，那是一只紫色的好螳螂，用书上的话来说就是"仪表堂堂"了。

我对它可算是一百个好：喂它小虫，还采来带露水的草叶——最后怎么都没用，它不高兴，绝食。没有办法，最后还得放了它。

我们与野物的关系就是这样：再好的心意人家也不买账。比如我们为它们造出漂漂亮亮的窝，再弄来好吃好喝，那些"哈里哈气的东西"非但不喜欢不感谢，还充满厌恶哩！

养兔记 ANGTUJI

这其中最典型、最不好料理的野物，大概就算野兔了。为了饲养它们，我和老憨等人可吃了不少苦头。

关于它们，"小老样儿"唬别人可以，唬我们，那就是关公门前耍大刀了！

咱做梦都想养一只小野兔啊，想在每年的四月里把这事办成——我们一遍遍尝试，总不死心！它们太可爱了，我就不信会有人不喜欢拳头大的小野兔，瞧它们那副模样和神气吧，一个个亲死人啦！

它们的眼睛像小姑娘一样，一天到晚都在害羞。就像一切古怪可爱的野物一样，也同样是小小年纪生了胡须。身上的毛皮像最细的绒绒，摸一下滑腻腻热乎乎。两只长耳活动个不停，那大概相当于雷达的天线吧。

我们知道从哪里才能找到它们。一到四月它们就该出窝了。兔儿妈妈为照顾它们可费了不少心思，一天到晚寸步不离，就是出门玩耍也要带在身边。

但是它们个个都是淘气精，只要一有机会就会跑开，想自由自在一会儿，到处看看新奇——可就在它们这样干的时候，一不小心就出事了。

最可怕就是遇到狐狸和狗獾、黄鼬之类，这些家伙见了小野兔，大概就像我们见了樱桃差不多吧，口水都会流出来的。运气最好的当然是遇到我们了，我们对它们啊，那可以说要多好有多好了！

我们一看到它们的那股高兴劲儿，真是没法形容。那些从来没把小野兔捧在手里的人，怎么都不会明白那种滋味。它们从花生棵或是一大蓬苦草下边溜达出来，三瓣小嘴活动不停，正琢磨什么呢，就被我们捉到了。

这是春天送给我们的最珍贵的宝物！哎哟，小家伙们可吓坏

155

了，小心脏突突地跳。我们千方百计地安慰它们：摸它们的耳朵、亲它们的三瓣小嘴……

可惜怎么也不行，一点用处都没有。它们就是害怕，再就是——生气！

我们回家为它弄一个最好的窝，里面铺了棉花和绒绒草，还摆了最嫩的菜叶和清水碟。能想到的我们都想到了，可就是想不到它们的气性会这么大。

它们蹲在一角，恶生生地看着我们，气鼓鼓的。它们的小胸脯因为生气，不停地起起伏伏。

事情最后总是弄得很僵，弄到特别严重的地步。可是我们就是不能放弃，一直抱有最后的一线希望：小野兔们说不定什么时候就会回心转意了。

糟糕的是，它们是真正的实心眼儿，到死也不会改变主意。

失败的一方肯定是我们。没有办法，最后我们只好把不吃不喝、打定主意绝食到底的小野兔给放走了。

我们常常在书里看到许多有气节的英雄人物，他们至死不背叛不投降，那么坚强！这曾经让我们多么感动多么敬佩啊！小野兔们在这方面真是毫不逊色，它们简直就是近在眼前的、活生生的英雄……

而我们这些捉它们的人，就成了十恶不赦的坏蛋。

"我们是坏蛋。"我对老憨说。

老憨也这样认为。不过我们与坏蛋最大的不同是，我们是真心对小野兔们好的。我们一点都不想让它们受委屈，更不想让它们挨饿受冻。

问题是一切都事与愿违：小野兔们不光不领情，还从头到尾地、深深地恨着我们！

这就是每一次饲养小野兔的开头与结尾，从来没有什么例外——这个过程我们太熟悉了。

所以那个说自己如何养活捉来的小野兔，与它们结下了深厚友谊的"小老样儿"，实在是个不折不扣的吹牛大王。

刺猬换兔

真的，动物生气的时候，我们所有人都拿它们没有办法。

关于野物，我记忆中最难忘的，就是它们生气的问题。

在课堂上作文，如果老师出的题目是"关于某某的问题"，我会立刻想到与动物们相处的那一幕，于是随手就把"动物生气"几个字填到了中间。

因为在我看来，这不仅是个最难解决的大问题，而且一直纠缠着我，让我痛苦和不安。

这方面的事例太多太多了……它们当中，除了野兔最爱生气之外，其他的还有麻雀，它们大概比野兔有过之而无不及。麻雀是最平常的一种鸟儿，它们总在屋檐下做窝，离人最近。这就往往让人误解，以为它们有多喜欢我们呢。其实它们跟我们的关系非常一般。

我有一次捉了一只麻雀，放在笼里，照料得再好也没有了。可它不但毫不领情，还气得要死——小胸脯一鼓一鼓，最后竟然倒在了那儿。

它是气晕了！我吓坏了，赶紧把它取出来，放到树杈上许久，等它缓醒过来……

它们愤怒，它们生气，就是这么简单。如果我们能够彻底认识这个问题的严重性，不再尝试捉来养它们就好了。可惜我们往往做不到——我们太喜欢它们了！

老憨是个动物迷，他几乎试着养过各种能够找到的动物：鱼、虾、螃蟹、鳖……除了这些水族，还有天上飞的鹌鹑鸽子斑鸠——有一次他还养了一只猫头鹰。

那家伙可不是一般的鸟儿，它的脸庞在所有鸟类中是最大的，而且似曾相识：它像猫，又让人想到大姑娘的脸——比如园艺场女工大红的脸。

大红就有这样一张大大的圆脸，所有人见了都夸："多俊的大闺女！瞧那大圆脸儿！"

老憨了不起，因为他竟然设法把那家伙养熟了，以至于放在笼子外面它也不飞。它要吃肉，老憨就千方百计为它找，这倒是件难事。我们商量着，为它取了个名字：大红。

我们那时高兴得就像过节，一有空闲就往"大红"那儿跑。老憨与它亲密无间，喊一声"大红"，猫头鹰马上转头看他。这让老憨在学校和村子里都出了名。

他爸火眼一开始并不反对，后来因为它夜间老要叫，声音有点瘆人，就吓坏了。火眼一辈子胆大，年轻时当过民兵，可就是害怕猫头鹰的叫声。再就是饲养它需要肉。火眼说：

"我还馋酒馋肉哩，咱养不起这个老爷。"

"大红"终于被老憨含泪放走了。

老憨是研究野物的权威，这方面只有我能和他比——我们几年来牢不可破的友谊，也与这些有关。

老憨说："老果孩儿住在林子里，准和野物有一腿，谁也没法和他比。"

"有一腿"这种说法，是指男女之间有不正常的关系，所以这让我十分生气。大家听了，都用另一种眼光来看我了。真要命。

老憨算个野物权威，不过有时也故意唬人。比如说有一次他告诉我们几个同学：只要逮住了一只蚂蚱王，那么整个夏天和秋天，田野上的所有蚂蚱都会听我们调遣，让它们往东就往东，让它们往西就往西。

他说那是一种大个头的"关东蚂蚱"，翻过来看它平平的胸脯上，都有纹路，蚂蚱王那里写了"好汉"二字！

这太诱人了。大家都傻乎乎地去捉大个的蚂蚱，每捉一个就翻过来看它胸部的纹路——不错，所有的蚂蚱胸膛上都有细细的纹路，但是写了那两个字的，我们一个也没看到。

最后大家都失望了。老憨说："谁知道呢，也许那是两个外国字母哩，咱见了也认不得。"

老憨还养过青蛙，一只青蛙比人的手掌还要大，从胖胖的样子来看，它真的生活得很好。它与老憨生活在一起似乎已经习惯了，并不逃走。

老憨喂它蛾子一类的飞虫。我们看它托在老憨掌心里，伸出叉舌飞快取走飞蛾的样子，真是惊讶。老憨为它取名"二红"，即大红的妹妹。

老憨上课时也带着大青蛙，就放在课桌里边，听课时要顺便摸一下。这样过去了一个星期，本来一切都顺利，可惜有一天正上音乐课，老师唱一句，那青蛙就"哇"地应一声，惹得全班哈哈大笑——老师气火了，罚老憨站，还怒冲冲地把那只青蛙一下扔到了窗外。

就在大青蛙被扔掉的那天，我们放学回家的路上遇到了大红。她拦住我们说：

"是你俩把捉来的脏东西取了我和妹妹的名字吗？"

当时我们被问个措手不及。老憨脸涨得发紫，吭哧了一会儿，看看我说："还有这种事儿？"

大红真的生气了，胸脯一起一落，脸上的两个酒窝乱抖："我说你俩听准了，皮痒了就说一声，我会告诉你们家大人，告诉火眼！"

她说完扬长而去。

老憨最怕的是火眼打人。那不是一般的打，而是往死里打。有一次火眼来了酒瘾，再加上生气，见了老憨就一扁担砸下来——要不是老憨跑得快，那一下准会脑瓜开花。

从这天开始老憨就一直提心吊胆的。不过日子一天天过去，好像并没有发生什么。

四月又到了，天一暖和，南风呼呼一吹，人心里就爬起了痒痒虫。这是真的。也就是说，野物们又在海滩上招呼我们了。

"小老样儿"时不时在班里吹牛，这也让人烦心。实话说，这个季节最吸引人的还要算小野兔。它们平时不哼不哈的，三瓣小嘴活动个不停——老憨说那是在"念经"。

对野物同样着迷的同学是破腔，他问："它念什么经？"

老憨说："它念歪经，这么一念，再凶的野物都逮不着它们了。"

四月天是常常想起野兔的日子。星期天，我和老憨破腔三个人去海边玩，刚走进林子里的一条小路，就遇到邻村的两个男孩，他们笑嘻嘻的，见了我们一副得意洋洋的样子。

原来他们手中的篮子里有两只小野兔。

老憨看了又看，问是从哪里捉的？他不停地咂嘴。

他们说：正在沙滩上歇着，随手抚弄一丛苦草，两只小兔就蹦跶出来了。

"真是巧死了，咱要专门去找，说不定得花上一个月哩！"老憨连连叹气。

他们两个见我们不停地伸手抚摸，就警觉地提起了篮子。

老憨舍不得，望着我说："老果孩儿，你身上有钱没？咱买这两只小兔不行吗？"

我没有钱。再说他们会漫天要价的。果然，其中的一个听了马上说：

"五毛钱！"

吓死人！五分钱还差不多……老憨挠着头，想着，想起了什么，就喊："我用两只最好的刺猬换它们怎样？我家里有两只刺猬！"

他们两个低声商量了一会儿，最后勉强同意了，不过提出"要现货"。

老憨说着"那是虽然的了"，蹦起来就往回跑，让我们在这儿等他。

两个邻村男孩坐等老憨。他们以为占了一个傻瓜的便宜，十分高兴。他们议论着，一个说："这个人连'当然'和'虽然'都分不清哩……"另一个说："这么傻的家伙，咱村还没有……"

我一直没有说话。我心里觉得好笑的是，老憨比他俩精明多了。

新家新伙伴

老憨取了一对刺猬，用一个破草篮提回来了。刺猬在林子里并不难找，而且只要看到了，没有抓不来的。小野兔就是另一回事了，它们不光发现难，只要长得稍稍大一点，要逮住就得费些心思。

所以，用两只刺猬换一对野兔，那真是占了天大的便宜。

到了真正交换的时候，邻村的两个男孩相互看着，有点犹豫了。老憨对我使个眼色，说："我的刺猬早养熟了，可这兔子是刚捉来的，咱们这样交换真不合算啊！"

一个男孩立刻不以为然，撇撇嘴巴。

老憨不理他们，只对我说着刺猬："它们一个叫'大兴儿'，一个叫'二兴儿'。两个'兴儿'今晚离开我，会哭哩……"

我说："什么事只要说好就不能反悔，男子汉嘛！"

老憨低头将刺猬递给他们，咕哝着："只好这样了！两个'兴儿'可别想我啊，他们对你俩也一样好……"

我们将两只小野兔取到手里，刚穿过一片林子就跑起来。老憨高兴得手舞足蹈。

"真是棒啊，咱又有两个小家伙了！快来瞧瞧它们的模样儿……"

老憨一手护着篮子，一手推开一簇草叶看小兔。它们缩在一块儿，胆子真小。

"你随口给刺猬编出了名儿，是这样吧？"我问。

老憨亲了一下小兔的头顶，用草叶盖上说："你猜对了。"

我在想什么，这时提议："小兔养到我们家怎样？"

他马上有些犹豫："这个，恐怕得抓阄吧？"

老憨实在作难了，东看西看，最后有了主意，说："这么着吧，你先养十天，我们轮换着——你看怎样？"

我只好同意。

我们家有了两只小野兔。我看得出，爸爸妈妈像我一样高兴，只是他们太忙了，没有足够的时间待在它们身边欣赏。

他们喜欢各种动物，所以我们有一只叫"小美妙"的猫、一只叫"步兵"的狗，还有一只大鹅，叫"老呆宝"。

如今在三种动物之中又多了两只小野兔，这是一个多么好的大家庭！对于这两只小野兔来说，它们从此有了新家新伙伴……妈妈说这样很好，只是不要影响学习。还说，要让它们好好相处、搞好团结。

事实上最后一条也是我担心的方面。我尽快将它们弄到一块儿，第一件事就是开会："小美妙"和"步兵"安稳地坐着，"老呆宝"不时地走动。我首先在它们之间做了介绍，然后讲了目前的形势和任务。我特别强调：

"你们要相互爱护，因为各自都有自己的生活习惯，这需要逐步熟悉……"我这样说的时候，"小美妙"的右眼闭上了。这是不以为然的表情。

"老呆宝"要忠厚得多，虽然它头顶那个杏红色的凸起装满了智慧，但从不轻易外露——我知道这是个了不起的额头，我一个人的时候常常抚摸它。

"老呆宝"的额头稍硬，摸起来有点像人的脚后跟，温温的。

"老呆宝"低头对两只小野兔看了看，说了一句："允！"

我熟悉这种声音，它通常可以翻译为"好"或"是"。

我对"小美妙"和"步兵"没有过高的奢望，让它们主动表态是不现实的，我只希望它们不要在背后捉弄新来者就可以了。"老呆宝"小的时候，"小美妙"常常去拍它的屁股；"步兵"更是过分，动不动就用长长的鼻子将它掀个跟跄……

两只小野兔始终缩在篮子一角。为了不让其他三个家伙没完没了地打扰它们，我用装苹果的硬纸盒做了一个漂亮的房舍，安上了一扇结实的小门。小房子里铺设了草叶和棉絮，还摆上了小碗小罐、鲜嫩无比的菜叶。

我长时间蹲在小房舍跟前，看它们小巧玲珑的样子，端量它们的眼睛和耳朵，抚摸它们小肉球一样的身体，感受那热乎乎的气息和怦怦的心跳。

我在心里说：小家伙啊，你们千万不要像有些小兔子那样，只知道生气、生气。你们看看其他三个，它们在这儿过得多么好……

半夜里，我听到窗外有呼哧呼哧的声音，知道那些"哈里哈气的东西"来探新奇了——"小美妙"和"步兵"一定会向所有野物炫耀一番。

我实在放心不下，就把那个小房舍取回了屋里。

我把它端放在炕上。里面一点声音都没有。我把它们掏出，直接放在被窝里。它们伏在我的肚子上一小会儿，又钻到我的胳肢窝里。

我一动不动，身上痒痒的。它们的小嘴活动时，那两撇胡须就像小扫帚一样扫动着我的皮肤，我要用力忍住痒劲儿。

一夜无眠。一半是因为高兴，一半是因为担心。

天亮后我一点都不瞌睡。在第一缕霞光里，我又仔细看了一会儿：它们穿了浅棕色毛皮大衣，那么谦虚地伏在那儿，一声不吭。

为了让它们适应这个新家，我到林子里采来了苦草，还有一些艾叶——这就使它们能够像在野外居住时一样，到处都嗅到野地的气息。

我注意观察了放在小房舍里的菜叶和水，没有发现一点动过的痕迹。

它们小小的肚腹急剧起伏——老天爷，又开始生气了……

悲　伤

老憨来看了，他像我一样沮丧。我们都明白，如果它们抱定主意不吃不喝，那么结局只有一个，就是像过去一样，将它们重新放回林子里……

我们不记得是第几次经历这样的结局了。我们盯着小房舍里这两个可怜的小家伙，全都束手无策。

"它们真是奇怪啊，怎么就是想不开呢？"老憨搓手，紧皱眉头。

其实何止野兔，一些鸟儿，还有一些四蹄动物，它们差不多个个如此。我说："它们主要是不信任我们……"

老憨说："它们心眼太多，它们是想多了……"

"它们心眼最多了。还有，就是它们最爱自由——祖祖辈辈都在海边林子里跑和跳，才不愿住我们的小房子呢。说实在话，它们对这里一点都看不上眼。"

"它们到底在想什么，咱们可不知道……"

老憨说的一点不错，那些"哈里哈气的东西"都有自己的一套。别看它们长的模样不一样，有的在水里游，有的在天上飞，其实各有高招儿、各有心计。

我细细观察过它们的眼睛——也许只有从这里才能窥探它们的秘密了——

大蟾蜍的眼睛红红的，这让我想起了老憨爸火眼。长了这种眼睛的一定脾气火暴。大蟾蜍盯着人看的时候，会让人觉得它是一个充满计谋的、对什么事都耿耿于怀的老家伙。它是记仇的：谁动了它的窝、谁伤了它的孩子，它将永不饶恕！

蚂蚱的眼睛像麻籽一样，没有黑睛，通常书上叫这种眼为"复眼"：复眼诡计多端，谁也琢磨不透。当它们成群结队飞在空中时，连老鹰都要退让三分。

猫看人时眼神幽幽的，甚至还充满了同情，像是为我们做过的什么事情难过似的。它即便跟人要吃的东西，也那么理直气壮。它撒娇的模样让人受不了，谁也受不了，就连铁石心肠也受不了。

狗的眼睛就像小孩子，又机灵又痴呆，直盯盯地看啊看啊，张着湿漉漉的嘴，哈达哈达喘气儿……我们看着它的眼睛，只看一会儿就要害羞。

说实在的，我们的品质远远比不上它们。我们长大了，坏心眼儿一天多似一天，整个人却会变得更加愚蠢。大人们总是很蠢——想一想真难过，我们自己也在一天天长大啊！

因为大人们比较蠢一点，所以糊弄他们总是简单的——而要糊弄野物，这才是最难最难的！

比如现在，我们对这两只倔强的小野兔，就一点办法都没有了……看来我和老憨又要失败一次了，而那两个与我们交换刺猬的男孩，他们或许真的比我们要聪明一些。

老憨又开始想念那两只刺猬了，说："什么野物都比不上它们忠厚。"

我同意他的看法。

老憨又说："它们太忠厚了，所以有时候就要受气——黄鼠狼本来拿刺猬没有一点办法，围着它跳来跳去，就是不敢招惹……"

"它们害怕那一身尖刺！"

"黄鼠狼急了，就冲着刺猬放屁……"老憨厌恶地说。

我笑了。

老憨说："这是真的！别说刺猬了，就是一只老牛，都要被黄鼠狼的屁臭坏！有一天我们家牵来一头牛，它哭了半夜——我爸是能听出来的。"

"那是怎么回事？"

"就是呀，我爸半夜爬起来说，真怪了，这牛哭什么？又没打它，又不缺草料。他生气了，要去牛棚里教训它一顿。我也去了。刚到了那里就觉得不对劲儿。我爸喷喷鼻子，说怪不得，牛是被黄鼠狼的屁臭着了……"

是的，在所有"哈里哈气的东西"当中，刺猬最厚道，黄鼬最顽皮，它的鬼心眼用也用不完。

一般来说，野物们对人只是好奇，不会动什么坏心眼。心怀歹意的只是极少数，不过对这些可要远远地躲开才好。所以家长对孩子们在野外乱窜这种事，仍然放心不下。

最近的例子是园艺场东边的一个村子里，那里有一个孩子总也长不大，十七八岁了却只有五六岁的娃娃那么大。关于他的故事家里大人讲了一遍又一遍，目的当然是要吓吓我们，让我们知道林子的可怕。

据说那人小时候看到了一个不该看到的野物。

那一天他在林子里割草，正割得高兴，一抬头看到不远处有一个披了长发、不男不女的家伙。那家伙一直用后背对着他。他喊了一声，那家伙还是用后背对着他。

他再喊，那家伙就回过头来——

割草的孩子只看了一眼，马上就给吓昏了。

原来那家伙不是人，也不是野物。那张脸啊，要多难看有多难看，比狼脸还长，还伸着一根紫红色的舌头。

那是一种林妖，就和大山深处的山魈差不多。

割草的孩子回家就躺在了炕上，浑身的骨节都吓散了，再也无法站立。为了让孩子重新长好骨节，家长请来了医生，为他做了一张石膏床，他要一天到晚躺在这张床上……

这是个吓人的故事，让人听一遍就再也忘不掉，所以我们只要进了林子深处，大多数时候都结成了一帮一伙。

"兔子算是最好的动物吧？"我问老憨。

老憨点头："兔子、刺猬、鸽子、鹌鹑，还有獾，都是仁义的东西……"

我知道他有一整套关于动物的理论，那都是来自一个叫锅腰叔的老人——那个人养了许多动物，天生跟野物亲。

所以我在绝望的时候与老憨商量：是否把这两只可爱的野兔送给那个老人呢？老憨摇头——原来他早就问过了，那个老人也没有办法。

于是我们只剩下了一条出路：放掉它们。

这是一个阴雨天，下着淅淅小雨。我和老憨把两只小兔装在一只草篮里，一直携到林子深处。我们找到一片槐林，在一丛茂密的苦草棵跟前停住了。印象中它们最喜欢在这种草棵旁边嬉戏玩耍。

小兔子被放开的一刻，并没有马上跑开——它们仰头看着我们，鼓着小小的胸脯……显而易见，它们还在生气呢！

锅腰叔的鬼院

现在要说说那位奇怪的、与野物交往密切的老人了。他在周围的村子里是独一无二的"怪人"，也是一个无所不能的人。

他一开始是老憨的朋友，后来才成了我的朋友。我们一开口只喊他的外号：锅腰叔。

锅腰叔并不太老，只有五十多岁——可是看上去至少有六七十岁。在海边看人的年龄是最难的，因为他们有的早早被海风吹皱了皮肤，被太阳烤焦了头发，这当中就藏了不少假老头儿。

老憨是这样认识锅腰叔的：有一天他追赶一只野兔，一直追到了一个村边的小泥院，那儿被树木遮得黑乎乎的。他正要闯进去，一个背筐子的老汉拦住他说：

"你的胆子可真大！你敢进鬼院！"

老憨犹豫了一下，还是进去了。也就是那一次，老憨发现了这个地方：这个黑乎乎的小院里不只有野兔，还有许多其他动物。

原来这个锅腰叔是个饲养野物的大王，什么都养，而且与各种野物都有不浅的交情。比如谁都无法养得活的野兔吧，在他这儿竟然听得懂话，他一拍手，它们就围到了他的身边。

那天老憨看傻了眼。

原来他从母兔开始养起，所以小野兔一生下来就待在他的旁边了，在它们看来，他就等于自己的老爸了。至于最早的母兔是怎么来的，那就说来话长了。

锅腰叔的小泥院是一个动物王国，他自己当然就是一个国王。和一般人不同的是，这家伙没有老婆。"有老婆多碍事？她们这也管那也管的，烦不烦死人！这世上只有傻瓜才娶老婆哩！"他这样说。

他的话让我在心里嘀咕了半天：我如果将来娶一个老婆，那么也就成了一个傻瓜。看看园艺场和四周的村子吧，傻瓜简直到处都是啊！

我爸爸也是傻瓜？

想一想就让我耳红心跳，因为我也暗暗想过，打谱将来也要找一个"老婆"的。这事儿当然只有夜里才想——找谁呢？我想到了园艺场的大红，如果她的年纪再小一点，那大概是最合适不过的了——瞧她的脸庞多大啊，还有两个酒窝！

我们班还有个最漂亮的女同学叫"紧皮"，她也不错，平时蹦来蹦去像只小鸟儿。她常常用眼睛的余光来看我——她这样看我一次，我就会好多天想着她。

看来，将来我十有八九也要做一个傻瓜了。

锅腰叔每天出工干活，回来就照料鬼院里的动物。这里不光是牛羊猪狗、猫和鸡等一样不缺，还有野兔和獾、鸟和乌龟、野鸡和鹌鹑、一群蜜蜂——甚至还有一条大蟒蛇！

谁就近见过大蟒蛇？"夫夫、夫夫"，它能发出这样吓人的声音呢，浑身圆滚滚亮闪闪，常常斜着眼看人。我们一般是躲开它，看一眼马上离开……

我们数了数，这里的野物大约有二十多种。

老憨第一次领我进小院时，我差点惊得叫出来。天上飞的、地上跑的、水里游的，什么都有啊，而且都是这老头儿一手养成的，都与他熟得不能再熟。瞧他故意给我们露了一手：站在院角的水洼边上一拍手，鱼和乌龟都探头探脑看他。

他对它们指指点点说话，一只大麻雀就落到他的肩上，伸出长嘴一下下啄他的头发呢。

这里的每一只动物都对锅腰叔感情深厚，这只要看一眼就明明白白了。这里有一只粉红色的小猪，它像狗一样，聪明懂事，锅腰叔走哪儿它跟哪儿，他坐下，它就将两只前爪搭到他的膝上——有一次还伏到了胸前，与他脸对着脸。

这只猪被锅腰叔收拾得干干净净，全身没有一点灰垢气。他搂着它不停地上下抚摸，拍拍它的脑瓜告诉我们："它叫'小物'，是全院里最精的一个人。"

我们笑了。我们发现"小物"长了一对大双眼，看生人还有些害羞呢。

锅腰叔把院里的一切动物一概称之为"人"。说到羊这个"人"，他说："它是个好心眼的人。"说到刺猬，就说："这人一点脾气都没有。"他叫那条大蟒为"憨人"，说："别看它一身衣服吓人，其实老实得很，连乌龟都能爬到身上欺负它。"

"怎么欺负？"老憨凑近了问。

"它咬'憨人'的耳朵！"

我们横竖都看不到大蟒蛇的耳朵在哪里。

因为这条蟒蛇的名字里有一个"憨"字，所以老憨马上觉得亲近了许多，长时间蹲在它的跟前。

尽管锅腰叔一再夸它老实，我还是对它有些恐惧。我害怕看它的眼睛，更害怕它偶尔伸出的舌头。

我对那只叫'小物'的粉色小猪有些偏爱。我心里承认，这是我所看到的猪中最聪明最俊俏的一只。"小物"有一双善于思考的眼睛，通情达理地看着一切，而且很可能是这个院里仅次于锅腰叔的一个角色。

"小物"咕咕哝哝地在不同的动物之间穿行，及时了解它们的一些情况，以便及时通报给锅腰叔。

"小物"凑近我时，我惊讶地发现——它身上——主要是从口腔那儿，散发出一阵阵奶香。我告诉了老憨，他过来嗅了嗅，说："嗯。"

我们对此表示了惊异，锅腰叔就说："只要不乱吃东西，它们个个都不难闻。"

小院的一角有一间窗户很小的屋子，遮在了一棵老榆树后边。老憨小声告诉说："那就是鬼屋。到了天黑的时候，鬼就从这间屋里出来，满院子游荡，走路飘飘的。"

"啊，原来是这样！你见过？"

老憨伸伸舌头："我晚上单独不敢进来——要是你和我一起，说不定就敢！"

可是老憨自制过一杆枪，虽然从来没有放响过，但那毕竟是一杆枪啊！

第二天晚上我真的约上老憨去鬼院了，特别叮嘱要带上那杆枪。

老憨不光背了枪，还提了一包东西——我捏了捏，发现是一包地瓜干。我问他这是干什么用的？他笑而不答。

一进鬼院，那只粉色"小物"就来迎接我们了，而那只狗却站在旁边看着，慢慢摇着尾巴。

"小物"直接把我们领到了院角的小屋，用小小的尾巴吧嗒吧嗒拍着屋门。门吱呀一声打开，锅腰叔出来了。他一把拿过老憨手里的那包东西，隔着粗布捏弄一下，说："中。"

我们一块儿进屋了。锅腰叔举着一盏昏黄的油灯往屋角走，我们跟上。说起来没人信，角落里有一扇破烂床板，挪开床板竟然露出了一个地洞——我们踏着土阶往下走，一直走到了一间屋子里！

这里可真是让人大开眼界啊：一个大锅灶，上面反扣了一个缸、一只盆子，还有一两根管子连接着什么。我凭感觉判断这是一台古怪的机器……

老憨指我一下，对锅腰叔咕哝一句："你只管放心，他是最可靠的人！"

锅腰叔把灯举得离我的脸非常近，好像要进一步看清我是不是可靠一样。这样看过了，他才伏下身子，把手里的东西放进一个有托盘的秤上，嘴里咕哝着："四两六钱整……"

老憨也凑上去看秤，点点头。

锅腰叔搓搓手，开始小心地取东西：用一只小小的铁舀颤颤地盛出一些液体……

液体倒进一只粗瓷小碗里时，我马上闻出是酒！我倒吸了一口凉气！

老憨无比得意地指着那一小碗浑浑的酒说："喝吧！"

我犹豫着。锅腰叔说："第一口先要舔舔……"

我伸出舌头沾了一下，真辣！我马上大咳起来……

老憨哈哈大笑，端起那只碗，一饮而尽。但很快，他也大咳起来。

回去的路上老憨告诉了我一切秘密：原来这里是锅腰叔酿私酒的一个地方，他也是方圆几百里唯一能干这个事的人！他讲完了有些喘，愣着眼，问：

"你知道酿私酒是什么罪吗？"

我摇摇头。

他的手往下一砍："死罪。"

我吓得头皮一麻，一声不吭。

老憨说下去："这事儿最早被这个村的村头儿知道了，那人就说要依法办事，杀了锅腰叔。锅腰叔吓哭了，不过死到临头多了一个心眼，发发狠，答应说，从今以后就让村头白白喝他的酒——就这样，村头不光没有杀他，还下了一道指令，不让任何民兵来这座小院里胡窜。"

我仍然不解，问："你是怎么知道这些的？"

"我是追兔子追来的——有一天他喝得醉醺醺的，就被我撞上了。他后来让我尝了酒，还教我怎么从家里偷瓜干换酒，慢慢也就成了朋友。这事如今你也知道了——你可要做个义气人，死也不能说出去！"

我答应了。

"这是掉脑袋的事！"老憨又说。

我再次点头，发誓。我想起了什么，问老憨："咱为什么不能从锅腰叔那里讨一只小兔回家养？"

老憨摇头："那可不成。锅腰叔一毛不拔。你没见我用瓜干换酒时，他连一两一钱都要算好吗……"

四月槐花开

四月里，任何事情都变得麻烦和有趣。你只要不怕麻烦，那么四月就是最好的月份；反过来，你是个不耐烦的人，那么四月就是很糟糕的日子了。

有的人要一点一点挨过这个月份，有的人就在四月里过得欢天喜地。

我和老憨几个朋友不怕麻烦，所以我们虽然有时也怪烦的，但大多数时间还是高高兴兴的。

四月不同于别的月份，这时成天被关在校园里会格外焦躁，这时肯定得想想办法。当然了，我们最想做的一件事就是逃学。不过近来我们的老师有些不对劲儿，这一点我们都看出来了，私下里议论过，都说对她要小心一点儿。

疤眼老师到底好看还是丑陋，大家看法不一。因为有时觉得她丑，有时又觉得她俊。我一辈子都没遇到比她更难判断丑俊的人了。

她的左眼稍稍斜视，不过这得在她十分专注的时候才看得出来。当她漫不经心地与人说话时，脸上也就一切正常。不过正常的时候她并不好看。

我知道，只有她的左眼往一旁斜去的那一会儿，才显得特别可爱。多么精神、多么有趣啊。她这时比平常显得更年轻了，就像小女孩儿一样，没有什么心眼儿。

这时的老师并不严肃，因为她的神气充满了好奇，一只眼在关注眼前，另一只眼却表明她已经在想很遥远的事情了——你看着看着，不由得就要和她一起想，让思绪飞得远远的。

她胖胖的，鼻尖上永远有几颗汗粒，这也是让人感到亲近的地方。

我们担心的是她已经弄清了那几次旷课，并且早就记录在案，只等找个机会与家长谈谈，然后好好收拾我们一顿。

让我们格外不快的是，她最近对"小老样儿"有点另眼相看。以前她对所有夸夸其谈的人都不抱好感，谁要聚在一起吹牛，都要小心地躲开她。

可是近来"小老样儿"放肆得很，比比画画大讲野兔，她竟然就站在旁边听，嘴角还有一丝笑意。

老憨一直在动心眼，他主动提醒班长说："时候到了，以前四月都去海滩采药了，搞勤工俭学……"

我听得明白，也在一旁催促说："班长快些对老师提个建议吧，再不出门，采药的季节就过去了。"

这样说过以后，还是一点动静都没有。

窗外飘来阵阵槐花的香味，蜜蜂成群地掠过。大柳莺在树上弄出细小的、十分诱人的声音。可以想象大海滩上各种各样的事情都在发生，野物们一年里最欢腾的日子已经来到。

我们做课间操的时候，从操场上不经意间就能找到一些有趣的、诱人的东西：

一只黑色的大花蝴蝶缓缓地从眼前飞过，可就是没法去逮，因为它很快越过了边界，飞到果园里去了。

一只长嘴食蚁鸟飞快地沿操场边缘跑动，那模样使人想起演员在台子上跑台步。

蜥蜴多起来，它们在离人一两米处不再往前，只抬头细细观察、嗅着气味——它该有一只多么了不起的鼻子啊。

一只黑猫刷刷爬上操场边的杨树，显然是在炫耀自己的身手不凡、以及比我们多得多的自由。

"今晚等月亮出来，咱去海边吧？"

老憨走近我，发出一个大胆的倡议。

一般说来，只要不是与家里大人一起，不是成群结队，夜晚穿越林子是不被允许的。说实在话，这种事也的确不是百分之百地安全。

因为夜里是那些"哈里哈气的东西"说了算，它们这时候在林子里过得最快活。如果只有一两个或三四个人，又是十几岁的孩子，那么进了林子很可能就要受到它们的欺负。

野物和人是一样的，比如爱捉弄生人，出一些人的洋相，这都是经常的事。所以常常有人在林子里迷路，发生一些古怪的事情。有些事情让人害怕，有些事情却会让人后悔一辈子。

老憨看出了我的犹豫，就加上一句："我要背枪的。"

他那支自造的枪根本放不响。不过放得响又能怎样？就连真正的猎人也常常被捉弄——几年前有一个人去林子里打猎，大白天就迷了路，最后昏倒在草丛里，结果被"哈里哈气的东西"脱个精光，赤身裸体爬出了海滩。

四周村子里的人和野物们斗了几十年，赶跑了一些坏东西，留下了一些好东西、不好不坏的东西。比如恶狼现在极少见到，但却并未彻底绝迹；狐狸等四蹄动物很多，其中有些家伙会时不时地干点坏事。

家里大人们一遍遍说着林中要诀，那其实就是"林中规则"，是专门用来预防和对付各种不同野物的：

走在林子里，如果有一双手突然搭上你的后背，你千万不要以为是老朋友打招呼，不要回头——这是一条狼，它正等着你回头时咬断你的喉咙呢！

在林子深处看到特别俊俏的姑娘不要动心，那一般来说都是狐狸闪化的，她会把你迷得昏头昏脑，痴乎乎地跟上就走！

遇到獾，不能被它憨乎乎笑眯眯的模样给骗了，不能跟它闹玩——它会不停地胳肢你，让你笑、笑，直到笑得你上气不接下气，笑死……

家里人的这些告诫，最使我害怕的倒不是咬人喉咙的狼，而是媚人的狐狸和胳肢人、直到把人笑死的獾。因为我们一家就生活在林子里，一出门就是树，我不由自主地就会考虑"林中规则"——

比如我走在路上，难免就会碰到一个姑娘，而且会遇到很漂亮的——比如大红。我虽然心里明明白白这是园艺场的女工，但就是赶不走狐狸的阴影。

我和同学以及园艺场工人闹玩的时候，对方少不了要胳肢我——这时我笑啊、笑啊，笑个不停，笑得上气不接下气……我马上会想到獾的用心，于是立刻吓得面无血色。

尽管我对夜晚去林子有些犹豫，但仍然还是难以抵挡它的吸引力。到了晚上，我开始心痒，最后就说要和同学们一起温习功课——妈妈一般是不会阻拦的；爸爸心眼稍多一些，他如果正在看书，那么从眼镜上方射来的目光比较有穿透力。

但我不会傻到迎着他的目光去看，我会转开脸，嘴里若无其事地哼上一段小曲。

只要跑出院门就好办了。不远处是一只不伦不类的鸟儿在叫，那就是老憨。

我们在浓得呛人的槐花香味中跌跌撞撞往前走，就像喝醉了酒一样。这是因为高兴啊。我们在这样的夜晚想干什么就干什么：偷东西、在沙滩上躺着数星星、去海边看鱼铺老人、去锅腰叔的鬼院……

一切任人挑选，就看我们的兴趣了。

今夜月亮出得慢。我们要等它升到树梢那儿才成，不然就是我们在明处，而"哈里哈气的东西"在暗处了——这些家伙在黑影里眼神特别好使，这是它们的特长！

我们这段时间故意走得慢一些，有时还要倚到一棵大杨树或大橡树上谈一会儿。

自从那天尝到了酒的滋味，以后就再也忘不掉了。我问老憨："你偷着喝酒了，可是一直瞒着我，不够朋友吧！"

老憨攥紧了枪的背带，吭吭两声，说："我不过是试试，不敢的。我爸鼻子最灵了，他要闻到味儿就坏了——他会逼我一天到晚去弄酒。"

"喝醉了是什么滋味啊?"

老憨低下头："我也不知道。我爸喝醉过，他醉了就是睡，嘴里发出'渴——'那会儿他就什么都不知道了，你把他抬到林子里、河里，他都不知道了……"

"那还不要误事呀？"

"那是虽然的了！要不我爸早就是很大的官了，就因为当民兵那会儿，有一天喝醉了酒，失了职，结果就给赶出民兵连部了。"

"什么叫'失了职'？"

"我爸那天晚上要盯一户人家，没盯住。"

我心上一沉："该不是盯我们家吧？"

"不不，那是什么时候啊，咻！"

月亮升起来了。我们抬腿往前跑去。只听得一阵呼啦啦的声音，这可不是我们两个人的脚步啊。我和老憨一齐停下，那呼啦啦的声音也立刻没了。

老憨对在我耳朵上小声说："'哈里哈气的东西'，准是它们，随上我们跑……"

快到海边了。在一片低低的艾草地上，月光银晶晶的。这里真静啊。这么静，我们都不好意思蹦跳和喊叫了。我和老憨倚在一棵合欢树上，喝起了一壶假酒——老憨随身带一个酒壶，里面装的其实是水。

月亮升到更高的时候，我们都听到了几声吱呦，就像一种特别的口哨声。我们一抬头：老天爷啊，艾草地被月亮洒上了一片银光，上面奔跑着、跳动着多少只兔子啊！瞧它们今夜高兴成什么样了，一对对一簇簇，相互之间刚打个照面又赶紧分开，来来去去就像在场上打排球似的！

我似乎真的听到了它们欢快的叫声，瞧它们像是刚刚打了一个好球，兴奋极了，飞快地跑到一起，各自把一对前爪举起来，相互一碰，嘴里发出一声："耶——！"

我在心里学它们那样，悄声喊道："耶——！"然后也和老憨碰了一下手掌。

它们还亲嘴儿呢，亲得吱吱有声！

我们看得清清楚楚：有一整排青春年少的野兔提起前爪，站直了身子，让一个从中穿过的年纪大的野兔挨个儿亲了一遍……

我和老憨那时都惊得一声不吭。我们从来没有在四月的夜晚，在月亮大明的艾草地边待上这么久，也不知道兔子们会高兴成这样！原来它们在这样的夜晚一刻也不得安闲啊，原来它们在尽情地闹腾啊……

怪不得啊，四月里就是不同凡响！这会儿，整个海滩到处开满了槐花，这时候谁要闷在屋里，那会是多么傻的人啊，那就连兔子也不如了！

不声不响的老憨正在低头想事，也许这会儿和我一样：想当一只野兔！

这就是议论

看一群群兔子蹦跳吵叫、唱歌、相互拥抱亲嘴儿，不知不觉就过了半夜。月亮偏西了。我们该回了。

可是当我们往回走的时候，这才发现步子沉沉的，不知不觉多绕了一个弯儿——正往东南方向走去。

"再走就到锅腰叔那儿了。"我提醒老憨。

"锅腰叔就锅腰叔！"

我抬头看看月亮——说心里话，今夜真不愿回家啊，真想待在外面过上一个通宵啊。人哪，就是这么不自由，就是这么倒霉，连在野外待上一晚都不行！

我们真的不如兔子幸福。

老憨鼓动我："明天是星期天,今晚多玩一会儿不怕什么。"

我不再说话,只往前走,一边走一边想那天喝过的酒。我问:"那天锅腰叔给你盛了多少酒啊?"

老憨翻翻眼,想了一会儿,说:"大约是八钱……"

"准确吗?我能算出一两瓜干换多少酒……"

老憨笑了:"你的算术好,凡事都要算个准确。"

我承认是这样。其实我的特长不光是算术好,还有唱歌和跑——我至今还没有遇到比我跑得更快的人,这也是老憨最嫉妒的;再就是"造句"好,这自然连带着作文也好——

说到作文我也有些烦心的事,并不是样样都顺。就是说,我的作文也有弱项,用老师的话说,就是:"叙述"好,"描写"也好,只是"议论"不行……

我只一会儿就算好了:一两瓜干能换锅腰叔一钱七分三厘九——四舍五入,就算一钱七分四厘吧……

这合算吗?我需要知道村代销店是怎样交换的。谁知当我这样问时,老憨立刻笑了:

"公酒和私酒当然不一样!那得我爸换才行,我是从家里偷了瓜干啊!还亏了你算术好,连这个都不明白吗?"

我明白了。可我还是觉得有点不对劲儿,说:"锅腰叔八成是个地主老财,他在剥削你呢!"

"可是人家会造酒,要不连村头都护着他呀?"

刚到那个被树林罩得乌黑的小院跟前,狗就狂叫起来。老憨打了个口哨,它就不再叫了。

一会儿门开了,锅腰叔说:"啊哈,好家伙!这么晚又来了!"

老憨一进门就说:"这回我可没带瓜干,我们是从海滩上来的——快弄口酒赶赶寒气吧,先赊着账!"

我听了十分惊讶：老憨真是个老油子，已经学会了"赊账"！

锅腰叔问："真有那么大酒瘾？小小年纪……"

正说着，那只粉色"小物"过来了，伸出鼻子拱动老憨和我。

锅腰叔把它抱在怀里，亲亲它的脑瓜。

老憨笑眯眯的："我们老果孩儿算出来了，你像地主一样剥削我们。"

锅腰叔不高兴了，盯我一眼。我在暗中拧一把老憨。老憨大叫，指着我叫道："我们老果孩儿不光'算术'好，'作文'也好——就是'议论'不行……"

野兔和刺猬围过来。那条大蟒"憨人"在不远处发出"夫夫"声，让人听了身上发冷。"小物"在锅腰叔怀里睁大一对大双眼，两只前爪叠起来，很悠闲的模样。

锅腰叔从裤兜里掏出一些零嘴儿撒在地上，野兔和刺猬都去寻觅。

"如果老果孩儿'议论'得好，就会好好说一下你的'一钱七分三厘九'了！"老憨口中有威胁锅腰叔的意思。

锅腰叔抱着"小物"站起来，咕哝着："'议论'不行，那就不成了……"他挪动着，拍拍"小物"，放下它，往院角的小屋那里走了。

老憨揪我一下，跟上去。

这次锅腰叔没让我们进屋。待了一会儿，他端出了一小碗酒，放在院中一个石墩上。"足有一两，"他说。

其实老憨并不能喝，他抄着手，只是吮了一点点。他很得意。这可能受了他爸火眼的影响。剩下的酒主要被锅腰叔喝了。

老憨讲起了我们今夜在海边上看到的兔子，讲它们吱吱欢叫、亲嘴拥抱的样子……锅腰叔拍拍腿："就是就是！它们就是这样！"

他红红的眼睛盯着我，笑了。我后退一步。

锅腰叔喝了酒很高兴，看看老憨，大声说："'议论'还不容易？'议论'就是有话直说！"

老憨的目光有些发僵，嘴半张着看锅腰叔。

锅腰叔伸出大手，喊了一声："开始'议论'！"然后就一下一下挥着手说起来，不再看我们，好像只冲着满院的野物讲话似的——

"不光人有好时候，什么都有好时候！人家兔子到了四月就是过节，老婆孩子一大家子都出来了，在野地里可着劲儿撒欢，闹腾个通宵不睡！这么好的月亮天，谁睡谁是大傻子！"

他说着声音渐渐高起来："我锅腰叔就是一只老兔子，大月亮天里从来不睡！我喝上酒，火苗就在心里燎、燎！我锅腰叔就是一只老兔子，这话我对你们、对两个小毛孩儿说个清楚好了！嗯，我就是一只老兔子精，活了一百三十多年，毛儿都白了，想怎么就怎么，我谁也不怕！我是……"

我看看老憨，发现老憨也吓坏了，他往后连连退了两步。

锅腰叔却上前一大步，大手继续挥动："咱接上'议论'——他妈的村头算个什么东西？还不如我'小物'身上一根胡子，不如'憨人'拉的屎！想白喝我的酒？没门儿！我火气上来，说不定哪一天先咚咚灌上八大碗，然后一家伙把他杀了——我杀了他……"

老憨再次往后退去，小声叫着："锅腰叔……"

"我杀了他还要好好'议论'！我要从头数叨他做下的一堆好事儿——欺负孤儿寡母，吊打七十岁老头，吃了我不知多少兔子肉……"

锅腰叔骂着骂着，突然不吭声了。他仰脸看着月亮，一溜长泪从鼻子两边流下来。

我和老憨一齐叫着："锅腰叔……"

他扳住我和老憨的头，使劲扳，直到把我们按弯了腰。他哭得更厉害了，一边哭一边说："那霸道家伙宰了我的兔子当下酒菜，杀一只又一只。我是当孩儿一样养大了它们啊！从今春起，我再也不养兔子了，再也不养了……"

地上的两只兔子仰脸看着我们。

锅腰叔擦擦泪："你俩把它们取走吧，就这会儿，就今夜，拿走吧……"

"我们……"老憨有些犹豫。

"全拿走吧！"

喜出望外

就在这个四月天，这个月亮大明的夜晚，我和老憨拥有了两只野兔。这是多大的喜事！

从锅腰叔小院走开的一路，我们都激动不已。

"这就是'议论'。'议论'就是有话直说！"——我永远也忘不了锅腰叔的话。

也许从今以后，我再回到教室里作文的时候，也就学会了"议论"——我也要"有话直说"！

老憨一路上有些沉默。这家伙也在想什么心事。谁经历了今夜能不好好想一想呢？谁能想到最吝啬的锅腰叔心里装了这么多秘密呢？

原来他是闷着啊，一直闷着，只有今夜喝上酒，忍不住了，实在忍不住了，这才"议论"起来——一家伙全"议论"出来了！

他说的那些事多么吓人哪！

"那村头是个挨千刀的坏人。"老憨说。

我点头："原来，锅腰叔并不是个小气鬼呀，他把这么好的两只宝兔一下送给了我们！"

老憨"嗯"一声，低头去看篮子里的两只兔子。我们都蹲下来看。

它们伏在那儿，有些悲伤。它们聪明得很，当然知道从此要永远离开心爱的小院了。可是没有办法啊！

我咕哝说："你们俩放心吧，我们一定会好好待你们，不让任何东西伤害你们！如果不信就等着看吧！"

老憨低着头，一边抚摸兔子的两只长耳，一边说：

"我真不该提那酒的事，真不该说'一钱七分三厘九'，我觉得实在对不起锅腰叔啊……也许以后我会多偷些瓜干给他的。老果孩儿，咱对不起锅腰叔，你说呢？"

我完全同意他的话。我真的没话可说，因为都是我的错。我依仗"算术"好，就胡乱计算起来。我以后应该计算别的，而不能计算这样的小事情。

我从小就追求准确，这是对的。但是不能为了准确，就伤了一个好老人的心哪！

我没有说话，只低头看月光下的兔子。

我发现它们两个已经很大了。是的，它们长得像模像样了。我不由得又想准确一些，这是我的一个特点——我说："回家后我们要仔细量一量，看它们体长多少……"

老憨点头："这都是锅腰叔对它们好啊。你看，它们一点都不怕我们。这真是一对宝兔——它们还会生出孩子，那时我们就有小野兔了！这样的好事以前谁敢想啊！你敢想吗？"

我一点都不敢想。我问："你还记得'小老样儿'怎样吹吗？"

老憨说："等着吧，等我们有了小野兔的一天，咱就一人揣上一只上学去，让他看看什么才是真家伙……"

我几乎一夜没睡，因为太兴奋了。我甚至想：人这一辈子如果全是这样的夜晚，那该多好啊！

黎明时分我才迷糊了一会儿，天一放亮就爬起来。

爸爸妈妈已经在院里欣赏那两只宝兔了。"小美妙"和"步兵"，还有"老呆宝"，都围在旁边看。爸爸凡事一定要问个究竟，他问这是怎么回事？我省略一些，隐去一些，只说这是一个叫锅腰叔的老人送给我和老憨的。

"他为什么要送给你们？"

"因为友谊。"

妈妈笑了："这得多深的友谊啊！你们两个毛孩儿……"

我严肃地说："老憨与锅腰叔早就熟了，他们的友谊才深呢！"

正说着老憨就来了，这家伙和我一样没有睡好，一进门就搓眼，但兴冲冲地。他连招呼都不打，一下就扑到兔子跟前，咧着大嘴，口水差点流出来……

这一天我们好好量了一下它们的体长：（不含尾巴）一只三十八点二公分，一只三十五点三公分。

星期一上学时，我觉得神清气爽，痛快极了。我想老憨和我一样。我注意看了疤眼老师，发现她比过去好看了。她甚至可以说是和大红一样俊的姑娘……

可惜她已经结婚了，她的男人叫"金牙"。这是不太让人高兴的事。我们都不喜欢"金牙"。

今天说来也巧，有作文课！好了，咱就试一试吧……

作文课的命题是广泛的：可以写"快乐的一天"。这真是天大的巧事——世上的事情就是这样，人要走了运气，事事都顺，好事来了，想躲都躲不开！

还有人比我和老憨更快乐的吗？当然，这其中有些细节是要藏起来的。我们只需从头写写"快乐"——暂时不透露得到两只大兔子的秘密——只写月光下一群兔子可着劲儿撒欢、碰手、"耶——"

这还不够吗？

关键是我会不会"议论"。想到锅腰叔的"有话直说"，我立刻就有了办法，也有了无数要说的话！我想说的真是太多了，从学校到老师、到园艺场、到大海边……

我要说多少话才能说得清啊！有些事情我很愤怒！有些事情我不同意！有些事情我烦死了！还有些事情，我需要仔细想一想……

我发现自己的话匣子突然就打开了，说也说不完！没有办法，再长的作文总要结束啊，我的另一些"议论"只好留给下一次了。

我意犹未尽地交了作文。

我觉得那么痛快。因为我"有话直说"了。

隔了两天，我们的作文簿批下来了。我发现老师红色的批语中有一句："'议论'很好"……我的眼睛一下迷蒙了。

更想不到的是语文老师——一位穿了中式衣服的男老师，比爸爸年轻得多的人，找我谈话了。

老师让我坐在桌旁，和蔼地看着我。他以前从来没用这样的眼神看我。他的眼神里有疼惜和喜欢，这我是不会看错的。不要说人的眼神了，就是兔子的眼神我也不会看错！他这样看了我一会儿，问：

"你还有很多话要写，是吧？"

我点头，想说"当然了"，但没有说出来。我想说的是：我要说的话多极了，这才是刚刚开头呢！

老师像在想什么别的，这会儿抬头看了看窗外。那儿是一棵又高又大的杨树。他转脸重新看着我，说：

"你非常会'议论'，这很重要。不过……"

"不过怎么了？"我马上听出了他的不安，脱口就问。

"哦，没有什么。我是说，真正好的作文，就要有勇敢的'议论'……"

我听明白了一点点。我接上老师的话说："我不过是'有话直说'。"

老师的手按在我的肩膀上，说："是的，就是这样！"

回家的路上我高兴极了。这是真正的高兴。多少好事儿全加到了我的身上：有了两只兔子，学会了"议论"，得到了老师的夸奖……

而且这全是毫无准备中获得的，也就是说，喜出望外！

难　产

我和老憨约定：每人饲养兔子一周，轮换进行。

第一周还没过完，我就发现了一个很大的秘密：这两只兔子原来是夫妇，也就是说，它们是两口子！它们相依相偎的样子真是让人害羞啊。自然了，它们少不了要亲嘴儿……

它们甚至教坏了我们家的"小美妙"，它在没人的时候也要亲一下兔子。"步兵"好在没有这么多闲心，它主要是顽皮，故意让别人难堪而已——有一次两只兔子激动起来，正要接吻，它突然出其不意地将爪子伸过去，结果两只兔子都同时亲在它脏脏的爪子上。

最忠厚的还要算"老呆宝"，它长长的脖子使其居高临下，看得清兔窝里发生的一切。但它从不干涉两只兔子，它们想怎样就怎样。

它们长得可真快，只五天的时间就增加了三公分。其中的一只好像还变得更壮了。

妈妈有一天指着那只变粗的兔子说："它早就怀孕了，它很快就要做母亲了。"

我完全没有思想准备。这可是一件天大的喜事：我们就要有小野兔了！

"它会生出多少只小兔子？"

"三只，也许四五只。"

"太好了！如果我们家有了一小群兔子，咱们的小院就热闹了……"

妈妈皱皱眉头："猫狗鹅，再加上它们，是够热闹的！"

"还会有另一些'哈里哈气的东西'，它们到时候都会来玩。动物都是喜欢扎堆儿的，到了半夜凑近窗子，就会听到它们'呼哧呼哧'、'哼滋哼滋'——它们都哈着气说话，一会儿也闲不下来……"

我想象着那样的场景，差点说出：

"我们要能有锅腰叔那样的一个院子多好啊！我们的院子太小了！"

我没有说。因为我知道，我们的小屋和小院的面积都是被严格限制的，能有眼下的样子，还是园艺场和林场的头儿格外开恩呢，他们准许我们住在这里，已经是谢天谢地了。

"好孩子，一定得规规矩矩啊！"这是妈妈常说的一句话。这主要是提醒我，担心我太顽皮招来什么祸患。

我记得有一次问妈妈："怎么才算'规规矩矩'呢？"

妈妈也说不出。她只要我听话，不要太闹，对所有人都有礼貌。

我发现她和爸爸就是这样。他们甚至在家里说话也从不大声。

爸爸知道母兔怀孕的事也很高兴。不过他说："咱这里有一群兔子可怎么办啊？这院子太小了。它们还会再生，越生越多的……"

爸爸皱着眉头。这真的是一个问题。好在这个问题不难解决：老憨家里有一个比我们大好几倍的泥院，那里养再多的兔子都不成问题。

可是我舍不得让它们一直待在老憨那儿，不想让老憨太得意。

爸爸妈妈议论了一会儿也就算了。他们现在主要是观赏它们可爱的模样，看它们跑跑跳跳、不停地活动三瓣小嘴。

它们草色的皮袍多么光滑，摸一摸舒服极了。它们的气息就像野地里的金盏草，有一股药香味儿。"步兵"可能对这种气味格外敏感，总是凑近了嗅个不停，越嗅越爱嗅，就像抽烟多了有了烟瘾一样。

老憨知道不久之后就要生小兔的事情，高兴得跳起来。他抱起母兔，细声细气地安慰它，还一口气说了不少动听的话，然后就找锅腰叔去了。

他从锅腰叔那儿回来说："顶多再有二十多天就成了，这是他捏着手指头算出来的。锅腰叔对这两只兔子的事儿知道得一清二楚。他让我们喂它们最好的草叶，再加些有营养的东西……"

一周过去了，兔子搬到了火眼的小泥院里。火眼一看到胖胖的兔子就两眼放光，说："好家伙！"

"你爸会对它们好吗？"我悄声问老憨。

"他最懂得侍弄动物。你瞧我们家还养了羊和猪。"

但愿火眼不会对宝贝兔子发火。因为我们都知道，这个人发起火来不得了。还好，他笑眯眯看兔子的模样真不错。

二十天的时间太长了，这段时间有点折磨人了。我只要一有工夫就待在老憨家的小院，注意观察它们的一举一动。

我发现它们真的友爱体贴，不愧是一对夫妻，是即将做父母的兔子。公兔瘦长，母兔圆胖。公兔总是围着母兔走动，提前拉出了保护一家人的架势。

母兔活动起来明显笨重了，常常待在一个地方不动。

火眼为两只兔子在小院的一角做了窝，还将这个角落用一块废弃的渔网围起来。他说：

"到了小兔生出来时，林子里的野物就要来对付它们了，有些家伙最凶不过！"

我问都有哪些可怕的野物？

"黄鼠狼，野猫，山狸子，鹰……说起来多了。说不定是什么，因为世上没有比小兔再老实的了，谁都想占它们的便宜。不是吗？"

我想也许是的。不过我们会全力保护它们的。它们在野外自己生小兔时，不是也活下来了吗？看来总会有些办法的。

火眼指着他围起的渔网说："这东西最避邪！有了这东西，那些野物就不敢来这里打主意了——凡是野物疑心就大，一见了这网就会想：是不是要捕咱啊？哎呀还是离这里远些吧！"

但愿如此啊。

火眼挤挤眼："它们瞅一瞅，也就走开了。"

老憨也说："我爸最懂这个了！他说得肯定对！"

我赞成火眼的话，从心里佩服他。我知道有这样的围网真是不错。但我也明白，这样一来，野兔们再也没有机会到我们家去了——不，也许小兔长大一点时，我会拿两只回家去养。

二十天好不容易到了。火眼和我们一样关注这件大事。

可是那只母兔尽管做好了一切准备，没事了就去火眼为它铺好的一片软草上待着，但停了一会儿，最后还是失望地走开。

又过了两天，还是没有生。

第三天，母兔长时间伏在草上，但从早到晚再到黎明，仍然还是没有生。

老憨急火火跑到锅腰叔那儿去了。只一会儿锅腰叔就到了。火眼连个招呼都没打，可见两个上年纪的男人不怎么友好：他们对视了几眼，没说什么。

锅腰叔蹲下看看母兔，又抱到怀里翻了肚子看，伸手按按它的腹部，说一句：

"难产了……"

火眼喊："你说什么？"

锅腰叔说："就是产不下了。"

"你当它是女人生孩子？还有这理儿？"火眼冲着锅腰叔发火了。

锅腰叔咬咬牙："没有办法。人和兔子的道理是一模一样……"

洼洼脸老太婆

天底下再也没有这样倒霉的事了！那天我们一听锅腰叔的话，全都傻了眼……

"还有没有别的办法？"脾气大得吓人的火眼软下来，问锅腰叔。

锅腰叔抽起了烟，蹲下来。

"都什么时候了，你还抽烟！"火眼又烦了。

锅腰叔说："他家老弟，我也没有办法。以前也遇到过这种事儿，一点办法都没有，母兔和肚里的小崽都保不住……"

火眼一听这话就摔东西，把喂羊的小瓷盆摔成了好几半。那只羊看一眼火眼，叫着："咩咩……"

锅腰叔说："他家老弟，这实在也是没法的事啊！"

锅腰叔走了。我和老憨急得搓手。我们看着那只母兔，心里难过死了。

火眼蹲了一会儿，突然嚷起来："找接生婆去——找她试试，也许这种事儿她行！南村有个叫'洼洼脸'的老太婆，你俩快抱上兔子找她去！快去……"

我和老憨什么都不想，立刻将母兔装到了篮子里，一口气跑出了院子，然后一直向南。

我们跑到南边的村子，一进巷子就打听"洼洼脸"……

"接生婆？"

"嗯哪！"

他们指了指一条窄窄的巷子，在它的尽头有一个草顶小屋。

院门紧紧关闭。我们拍了半天，这才发现门上挂了一把大锁。多么倒霉啊，这可怎么办啊。我们蹲在了地上，一时再也没有主意。

邻居的一个老太太看见我们，知道了是怎么回事，就说："她成天出门接生，谁家快生娃娃了就得找她。再等等吧，也许她一会儿能转回来。"

我们只好苦等。

不知等了多久，巷口上出现了一个细高个子的人，这人走路一扭一扭。近了，原来那是一个老太婆：脸真的有些洼，戴了一顶黑呢帽，帽子前边钉了一块黑亮的玻璃片。她每只手里都握了一个鸡蛋。

当她弄清我们来找她干什么时，立刻恼了："我不给兔子接生！"

我们苦苦哀求，好话都说尽了。

她磕打牙齿，往上翻着白眼："就这么空着手来了？人家还给我两个鸡蛋哩！"

原来那两只蛋是她接生的报酬。我和老憨立刻嚷：这太好办了，只要能救下我们的兔子，你要多少鸡蛋都行！

洼洼脸老太婆开了锁，提上篮子进了院子。我们紧跟着她。她的小屋只有两间，除了锅灶就是炕。她把母兔放在炕上，然后烧起了热水。

可怜的母兔啊，瞪着一对大眼，谁也不看，呼呼急喘。

洼洼脸试着按按母兔的肚子，又伸平手掌在它眼前晃了晃，转脸问："难保母子全都平安，你俩就选一样吧！"

老憨慌了，哭丧着脸看我。我说："母子都要！都要平安！"

老太婆擤擤鼻子："能保一样就烧高香哩！"

她索性不再理我们，最后还嫌我们碍事，把我们推出去，关到了门外。

我们真是作难：害怕看到母兔难受的模样，又是担心，一步都不想离开。我开始在心里祷告——我知道村里和园艺场的老人一遇到什么害怕的事，就这样咕哝：老天爷啊，保佑吧，保佑吧！

老憨把耳朵贴在门缝上听，说什么也听不到。我的心怦怦跳，头发梢上滴下汗来。我真可怜那只母兔啊，它是多么好的一只母兔啊，我简直不敢想它遭难的样子。

也许是错觉，我突然听到屋里发出"吱"的一声长叫。我猛一推门：门从里面拴紧了。

如今一切都交给这个洼洼脸老太婆了，我们只有苦等，苦等。

不知过了多长时间，院里响起沓沓拉拉的脚步声。我和老憨一直趴在门缝上。洼洼脸老太婆抽开门闩，我第一眼看到的就是她染红了的手指！

老憨像走在黑影里一样，小心地往前挪步子。我也一样，有点不敢进屋。洼洼脸在后边咕咕哝哝，说了什么我一句都没听清。

我看到那只母兔的身体瘪下去了，静静地躺在一块塑料布上，下身有一点血渍。它的身旁是一块沾了血的布头。我叫它一声，它一动不动。

老憨看过母兔，又探头看一旁的草篮：里面有三只粉色的、刚长出一点绒毛的小兔，它们在轻轻活动，像害冷一样瑟瑟发抖。

"能保住小崽就不错了，我差点累死！看我背上的汗！"洼洼脸转身让我们看她洇湿的后背。

我盯着母兔，心里发酸。我忍住了没有流泪。我对老憨说："咱们……快些走吧！"

　　洼洼脸老太婆抽起了烟："就这么走了？我折腾了半晌，这辈子也没干过这么蹊跷的事……我抽了烟往它鼻子上吐一口，它就不住地打喷嚏、打喷嚏。这是给它鼓劲儿哩！我听说，那些兔子精没有一个不喜欢吸烟……"

　　老憨恼了，握起拳头："你敢折腾母兔？"

　　洼洼脸老太婆急急躲闪一下："孬孩儿！大婶的烟就是催生的药啊！你俩要会抽烟，还用跑我这里？嘁！"

　　在我眼里，这会儿洼洼脸老太婆就像一个会使妖法的人。我只想赶快离开她。我去拉老憨。老憨还握着拳头。

　　我们出门时，洼洼脸老太婆在后面喊："别忘了送两个鸡蛋来——至少两个！"

　　老憨不吭一声。

　　老太婆又喊。我忍住了，回身应一句："我们答应。"

羊 妈 妈

　　我和老憨走在林子里，心情有点"悲喜交加"——我在课堂上做过这样的造句，而只有今天才算真正理解了它的含意。

　　一边是死去的母兔，一边是三只颤颤抖抖的小兔。"去的时候还那样，"老憨闷着嗓子，"这会儿这样……"

　　他不停地抚摸躺在篮里的母兔。三只小兔想吸奶水，那样子让人难过。

　　"把母兔埋了吧，就埋在这棵大杨树下边。"我站下不走了。

　　老憨也觉得这棵树不错。他动手挖了起来。我揪来一些苦草，又寻来有药香味儿的艾叶，将母兔小心地包裹起来……

我们给它立了一个小小的坟头——我们以后会找到这棵大杨树的。

火眼一直等在小院里,他趴着墙头往外望,老远就喊:"怎么样了?成了没?"

老憨应声:"三只……"

火眼跑出来,一把夺过篮子,低头看了说:"嗯,大半就是这么回事啊!"

老憨说:"那个洼洼脸是坏东西,她吸了烟熏它,让它打喷嚏……还跟咱要鸡蛋哩!"

火眼一边端详小兔一边说:"那得给。那是规矩。"

他看了一会儿又忧愁起来,摊开手:"小兔不能吃草,这还不得饿死?"

我路上也想过这个问题,这时看看近在咫尺的羊:它身边的小羊早就送走了,它每天都要产下一大瓶奶呢……我马上说:

"让羊给它们当妈妈吧!"

老憨立刻把小兔拿到羊的跟前。

羊多么和善啊,我这会儿相信它什么都懂,瞧它马上凑过来,亲起了三只小兔。我觉得羊妈妈在笑、在点头。

老憨拍拍它的头:"该你露一手了,就看你的了!"

火眼蹲在一边抽烟,磕磕烟斗过来,捏了捏母羊大大的乳房,自语:"该中哩……"

我和老憨轮番托起小兔,想让它吸点乳汁。结果我们给累得满头大汗,毫无办法。我们很快知道这是不可能的事——羊妈妈的乳头太大了,而小兔的三瓣小嘴又太小了!

"妈的,真他妈的不行!"火眼不耐烦地离开了。

我们后来又将奶水挤在碗里——可小兔根本就不会喝!

老憨失望了,他焦急中竟然自己喝了一口,然后对准小兔的嘴去喂——结果小兔给弄得满身满脸都是乳汁，却没有吃到嘴里。

羊把一切都看在眼里，"咩咩"叫着，那是责备的声音。

"叫什么？我看你也没什么更好的办法。白长了两只大奶子啊！"火眼没好气地瞪着羊。

羊妈妈用脸一下下蹭着小兔，奇怪的是这样一会儿，一直颤抖的小兔竟然渐渐站稳了，然后就像模像样地蹲着。

我和老憨劝着、推着，让羊趴在地上，然后把三只小兔放在它的身上。奶水的气味果然吸引了小兔，它们几乎一丝不差地就能找到乳头。最后的问题还是乳头太大了：三瓣小嘴与乳头的比例悬殊。

"这要难死活人了呀！"老憨嚷。

"咱们到哪里去找更小的……乳头？"我也感到时下面临了非常紧迫非常困难的大事。

老憨想啊想啊，皱着眉头。后来他看着我说："看来我们只好去找老师了……"

"求他们帮忙？"

"他们一定有办法。他们每天教我们嘛。"

我觉得这是有道理的。但我同时也认为，在对待"哈里哈气的东西"这方面，他们也不见得比我们俩更有办法。

回到家里，我把一天来怎样抢救难产母兔的事跟妈妈讲了。妈妈说我们家的猫，就是"小美妙"，如果这时候有奶水就好了，可惜它是一只雄猫。

从身体的大小来看，它们之间相互照料是最合适不过的。

"可是猫不会喜欢小兔的，它不光不肯帮忙，说不定还会咬它们呢。"我有另一种担心。

妈妈说："它要把小兔当成自己的孩子才行。"

养兔记 YANGTUJI

妈妈回忆起以前园艺场的一条狗，说当年那条狗就为两只没有母亲的小猪喂过奶，把它们喂得毛皮油亮亮的。

妈妈还说到了许多类似的例子：林子里的狐狸和野狸，甚至是一些鸟儿，它们之间常常相互照料失去母亲的孩子。"它们真好，有时比人还好。"

"那么这三只小兔如果不是落在我们手里，林子里会有别的野物帮它们吗？"

妈妈点头："大半会有的。"

晚上，妈妈铺开纸，开始画什么。她在安静的时候，沉默的时候，就会画点什么。她用毛笔一下下蘸着墨汁……她画出了一只小兔、一丛草叶。

爸爸在一旁看了一会儿，又回到了另一间屋里。爸爸在这时候要看书。

我突然想起了什么：如果用一支毛笔蘸了羊的乳汁呢？小兔子会不会吸吮呢？

我说出了自己的方法，妈妈马上高兴了。她立刻抚抚我的头发，说："那你试试吧，快试试去吧！"

当我赶到老憨家小泥院的时候，火眼已经睡下了。老憨守在三只小兔跟前，又把那只公兔抱到它们旁边。盛了奶水的一只小碗就放在手里，他一会儿往小兔嘴边送一次。

我把手里的毛笔浸在奶水里，然后挨近了小兔的嘴巴。只见小兔的三瓣小嘴蠕动起来，红色的小舌头也露出来了——它真的开始了吸吮！

老憨惊喜大叫，跳起来，兴奋地搂了一下羊的脖子。羊说："咩咩！"

老鼠仇敌

五月是让人骄傲的一个月份。我的作文簿上总是写满了红色的赞美，这全是因为我出色的"议论"。

我发现只要打开了话匣子，只要"有话直说"，也就有了说不完的话。我差不多"议论"了一切——

园艺场、林子，特别是各种野物。我对"哈里哈气的东西"有各种看法，包括我的许多观测，我与它们相处的经历，都好好"议论"了一番。

有一次不小心，我的作文簿被爸爸看到了。他翻了一会儿，眉头立刻皱起来。他把我叫到一边，说："孩子，可不要乱发'议论'啊！"

"我没有乱发啊，我不过是'有话直说'。"

"人有时候是不能'有话直说'的。你不明白……算了孩子，我们不说这个了……"

爸爸只说了半截的话，反而让我费解和着急。

我找到妈妈，一开口就透着委屈。我说："我刚刚学会了'议论'，可是爸爸不让我'议论'！"

妈妈不信："他怎么会不让你'议论'？你'议论'什么了？"

我给妈妈看了作文簿。妈妈看得高兴。但是她看了一会儿，脸上的笑容就不再有了。妈妈叹一口气：

"你说有些动物比人还好，人在许多方面不如它们，要向它们学习；你还说大人比孩子蠢，说人如果总是长不大就好了……这会让许多人不高兴的！"

"我只是'有话直说'啊！这是我的心里话，我刚刚学会这样说。"

妈妈又叹一口气："人在世上，有时候真的不能'有话直说'……"

"为什么不能？"

妈妈看一眼爸爸的屋子："就是不能……"

我不吱声了。我似乎明白了一点点。可是我想，如果心里有了话而不能"议论"，会生病的。我肯定会忍不住的。那怎么办呢？

仅仅是这个问题——我是说关于"议论"本身，我有多少话要说啊！

爸爸妈妈不在屋里的时候，我就对"步兵"和"老呆宝""小美妙"三个尽情"议论"了一番。我说："你们听好了，我现在要开始'议论'——"

我清清嗓子，挥着手大声说道："人如果不能有话直说，全说出来，就是不诚实的人；人不诚实，就连'哈里哈气的东西'也不如啊！难道不是吗？"

它们三个全都没有异议。我了解它们。它们很严肃地看着我。

我一口气议论了许多许多。它们稍稍惊讶地看着我，一动不动地坐在那儿……

在学校里，老憨和我因为怀了共同的秘密，一见到"小老样儿"就想逗逗他。老憨问他："'小老样儿'，你这一段养了多少小野兔啊？它们都长大了吧？"

"小老样儿"挠挠头："嗯，功课一忙就……它们还不错。再大一些就……"

"就怎么？"

"就……嗯，交给我爸了。"

老憨忍住笑："交给你爸干什么？杀了吃肉呀？"

"小老样儿"背着手，点头："那是自然的。"

"怪不得你长这么瘦，原来吃兔子肉啊！"

我笑了。"小老样儿"极为气恼地看我一眼："你笑什么？"

老憨站到他和我之间，嘴里发出"唷、唷"赶牲口的声音，说："'小老样儿'别急，你看看咱这是什么？"

我发现"小老样儿"只低头一瞥，立刻就被吸引住了。我知道那是什么——老憨把小野兔带到学校里来了。

"小老样儿"低头看个不休，我正好看到了他头顶的三个毛旋儿。我在心里咕哝：一个旋儿好，两个旋儿坏，三个旋儿是无赖——怪不得你这么能吹牛呢！

他看着看着就要伸手摸，老憨灵巧地闪开说："这东西你反正有得是，也不稀罕了。"

"小老样儿"哀求："让我摸一下吧！我只摸一下！"

老憨仰着脸说："不行！"

"小老样儿"咂着嘴。

老憨凑到我跟前说："老果孩儿，你想不想摸摸这东西？"

我一点头，他就凑得更近了。我好好摸了几下，说：

"哎呀，热乎乎的，这身皮衣真滑溜啊！"

"小老样儿"恶狠狠地说："不让我摸，我就告诉老师！我还会告诉校长！"

老憨翻着白眼对我说："我怎么这么害怕哩？哎呀妈呀，我吓死了……"

整整一天过去了，老师都没有找老憨。疤眼老师甚至赞扬了老憨，说他听课再也不东张西望了。我知道老憨一只手在课桌抽屉里摸着小野兔时，那模样肯定是很专注的。

因此我们也知道："小老样儿"是个胆小鬼。

第二天是个周末。黎明时分我想着这一天该怎么消受，因为昨天爸爸妈妈都没有安排新的任务。我想如果带上老憨去找海边上的朋友玩多好啊，就在衣兜里装上我们的宝物——

如果遇到园艺场那个"破腚"，一定要让他看，但不能让他摸。"破腚"是个掏鸟迷，所以屁股上总有划伤。他兜里的鸟儿就是只让人看，不让人摸的。

这样想着，天大亮了。

老憨在我刚吃早饭时就赶来了。爸爸开他的玩笑，问为什么没有背枪啊？他鼻子吭吭着，一手紧护衣兜。妈妈说："别捂那么紧，没人抢它的——让我看看长大了没有？"

老憨哭丧着脸："阿姨，你看看吧！你看这是昨晚……"

一只小野兔给直接放在了饭桌上，妈妈想阻止已经来不及了。它就趴在桌子中央。

我惊讶得呼吸都放得轻轻的：它左边耳朵上有一个豁口，身上还有血迹和伤痕，两撇好看的胡子也折断了两根……

"早晨起来就这样了！我爸一瞅就说坏了，这是老鼠干的。幸亏小兔有劲儿，厮打了半晌。看这儿——"老憨捧起它的前爪，那里的一根手指也受伤了。

妈妈发出心疼的啧啧声，回里屋取来了红药水给小兔抹上。

"老鼠真狠，它们想干什么？"我问。

老憨咬着牙："它们想吃了小野兔！我爸的网、窝，都挡不住它们，因为它们会挖地道……"

"可是老鼠吃粮食嘛，它们又不是黄鼠狼。"我有些不解。

"不不，那些大个的老鼠、更坏的老鼠，它们就吃小兔——有时连鸡都敢吃！"老憨恨得咬牙彻齿。

我们这样交谈时，爸爸一直没有说话，这会儿目光落在了一旁的"小美妙"身上。它一直在专注地看着桌上的小兔。

爸爸指了指"小美妙"。

谁是最好的卫士

"你这小孬物，不用急拉火烧的，用不了一个月它仨就长大了，到时候你想待在这哩，俺还不让哩！"

火眼指点着渔网围起的空场，骂里面的"小美妙"。

我对火眼骂"小美妙"十分不快。它多么可爱。它突然被囚在不足四五个平方米的地方，也实在是件难受的事——虽然这里有一只大兔子和三只小兔子做伴。

"小美妙"平时在我们家的小院里过的是什么日子啊，它愿意待多久就待多久，玩腻了，一纵就可以跳出去，可以爬树，可以一口气跑进林子深处。

它即便在小院里待一整天都不会烦："步兵"和"老呆宝"会陪它玩。"步兵"是它的崇拜者；"老呆宝"生性憨厚，可以让它吊在脖子上、骑在背上。

我们的小院里有蚯蚓打洞，有蝴蝶飞来，还有蜘蛛结网。

我开始同情"小美妙"了。可是没有办法，这个艰巨的任务总要有人完成，而最合适的人选显然就是它了。我说：

"忍耐一下吧伙计，这事也就只能靠你了——火眼说了，顶多一个月，这活儿就算干完了。"

"小美妙"说："呜呀妙呜！妙呜！"

老憨问："它什么意思？"

我说："它问关我网里干什么？干什么？"

老憨看看火眼。火眼说："就得关你！随便进出？你是听话的人吗？你待不了多会儿就得跑开。这个我还不明白？"

我和老憨不再说什么。火眼显然说得有道理。

"小美妙"只好接受一个月的禁闭，这也没有办法。它向我投来的目光中，除了求援，还有一种极大的屈辱感。

我们离开了一会儿。当我和老憨再次转来时，发现"小美妙"正将出窝玩耍的小兔子当成老鼠一般：猛地扑过去，先按住一瞬，又抛到了头顶。

老憨大声呵斥起来。

我隔着围网训斥："这是决不允许的！你再不高兴也不准这么干！这会玩出人命的！火眼看见会把你揍个半死……"

"小美妙"拉着长脸，怏怏地躺在了一角。

这样一天天过去，老憨告诉我：小野兔们再也没有遭遇鼠祸，就连黄鼠狼也不敢来了。这之前有黄鼠狼光顾过，那才是更危险的家伙。

可是"小美妙"的情况有点不太好。妈妈问过它的情况，我说："不太美妙。"

它基本上消极怠工。后来连饭也不吃了。

我对妈妈说了它的情形，妈妈说："取回来吧，让'步兵'去替换它吧。"

当我牵上"步兵"进了小院时，火眼马上不高兴了，说："胡闹，狗咬耗子多管闲事！"

我强调"步兵"有多么聪明：只要讲清楚了，没有什么它干不了的；再说"步兵"更有劲儿，它打得过老鼠、黄鼠狼以及所有的来犯之敌！

火眼被我说服了，盯着"步兵"，吐出了一个字："哼?"

我和老憨都明白，这虽然表达了一定的怀疑，但总算是同意了。我们赶紧把"步兵"弄到了围网中。

它进去以后看看我，目光里的不快十分明显。这我早就想到了。我说："你就忍耐一下吧，要当个勇敢的卫士，最好的卫士，没有耐心哪行？这也是任务啊！"

"步兵"在我说这些漂亮话时，闭了闭眼；再次盯住我时，眼白很大。它的眼神里有一些嘲弄，那意思最明白不过，它在说："是吗？那你为什么不做这样的卫士呢？"

我对老憨说："咱们要上学，还要忙很多事情，不然这点事儿咱俩捎带着也就干了，是吧？"

老憨说："嘁！那还用说？那是虽然的了！"

可是这事过去没有两天，老憨找到我说："'步兵'也不行啊！"

我问怎么了？老憨说他爸好几次要打"步兵"。

我赶紧去了火眼的小院。刚进门，就听到火眼骂咧咧的："有这样干的？你想跑？门儿都没有！"

他见了我火气更大了，指着渔网说："这里，还有那里，都被它扯了洞！它是想跑啊！"

火眼把撕开的破洞重新弄好，气呼呼的："不想干不要紧，搞破坏不行！再敢撕网就揍！就揍！"

我问："你揍它了？"

火眼瞥瞥一边的木棍："正准备揍！"

我松了一口气。我对"步兵"说："破坏农具是不对的，你要明白啊！"

火眼说："这不是'农具'，这是'渔具'，要罪加一等的！"说着又指指里面："猫耍弄小兔，狗耍弄大兔，小兔它爸吓得不敢出来哩！"

老憨在一旁说："'步兵'用鼻子顶大兔，还往它身上撒过尿……"

这就是严重的品质问题了。我很生气。显然，它无法继续待在这里了。可是以后怎么办呢？时间刚刚过去一个多星期，再有二十多天才算完成任务。

焦急中我竟然想到了"老呆宝"——这是我们家唯一可以派得出的……谁知我吞吞吐吐刚说出这个意思，火眼就嚷：

"你得了吧！你得了吧！"

可是我没有别的办法。我说："那我就不管了……"

"不管？不管不行！不管你赔我的网好了！"火眼很认真的样子，一点都不像开玩笑。我觉得他真是个可怕的人。他以前差点打死老憨，现在我信了。

我说："我认为'老呆宝'行。我也只有它了。"

火眼不吭声。老憨立刻催我回家牵"老呆宝"。

"老呆宝"一进门就嘎嘎大叫，火眼说："这个傻玩意儿会干什么？"

话是这样说，火眼还是将它关在了网里，严厉地说："告诉你，一不准打它们，二不准让坏人溜进来。只要出了事，就是你的不是，你给我听准了！"

"老呆宝"面无表情地昂着头，一声不吭。

一天天过去。我来看过"老呆宝"，发现它一如既往，见了我只是凑近了，小声说一句："允！"

我看出它并没有不高兴，也没有太高兴。它过得平平常常。

火眼却伸着拇指夸起来："这家伙才是好样的！有这家伙在，黄鼠狼、老鼠，还有野狸子那一伙，谁都别想来了！"

我悬起的一颗心落下来。

火眼一直举着拇指："个子高就是有威！有一天晚上我亲眼见一只黄鼠狼在墙上探头，人家'老呆宝'走过去一伸脖子，那家伙吓得吱溜一下逃了！嘿嘿，原来是这么回事儿……"

我心里无比自豪。

原来这才是最好的卫士。

命 名 日

三只小兔都长大了，再有不久就会长得像它们的爸爸那么大。不仅是大，而且胖胖的，毛色簇新。"老呆宝"不需要一天到晚守在一边了，那面围网也可以撤掉了。

当我把"老呆宝"从这面围网里解放出来时，它只是用力扑动了一下翅膀而已。

"老呆宝"跟着我往家走的样子，引来好几个人的观望。他们发现一只大鹅紧步快跑，一直尾随着我，身子摇摇晃晃，一步不离地跟上来，真是好看。他们说："看哪看哪!"

我有点骄傲了。我觉得只有我们家才有这样一只忠诚的大鹅。

半路上，没有人的时候，我蹲下来，它就停下了。它看着我，不知道我想干什么。我按按它额头上那个杏红色的凸起，它害羞了。原来它也会害羞。

我说："'老呆宝'，你真是个有耐心的好人。"

它说："允!"

我们重新赶路。这条林中小路通向我们的小屋，与老憨的村子离开有一公里多一点。我和老憨是走这条路最多的，其次就是爸爸。他要到那个小村里做活。一路上常常有一些"哈里哈气的东西"在明处或暗中观看我们——有的长时间不吱一声，然后突然大喊一声，吓我们一跳。

这会儿有一些眼睛藏在树叶后面，我不看也知道。它们分别是沙锥、海鸥、树鹨、鹌鹑、野鸡、灰喜鹊、黄雀、红脚隼、野鸽子……还有豹猫、狐狸、黄鼬、獾等等。

它们之间由于对人的好奇，而忽视了对方的存在：雀鹰忘了捕鸟，豹猫也看不见野鸽子。

所有这些野物中，胆子最大的是啄木鸟。它正以捉虫为名转到离人最近的地方，直着眼睛瞧人——当人去看它时，它就笃笃敲几下树干，装模作样地忙活一会儿；人一转脸，它立刻又伸出小脑袋来瞅。

这条小路旁边，就连小蜥蜴也藏在草叶下看人，它的不远处往往就是目光阴沉的蟾蜍。螳螂在一个宽叶草下边倒悬，它的三角形小脑袋转动起来灵活极了。鼹鼠从长长的地道中撬开一条缝隙，吸一口新鲜空气，看看行人，打一个长长的哈欠。

这一次它们觉得最好看的是我身后的"老呆宝"，议论纷纷："瞧见了吗？这家伙可不经常出门啊！"

"是啊是啊，胖成了什么，走路扭得太厉害了！"

"这家伙翅膀不小，可就是不会飞！"

"也许会飞，不过咱没看见罢了！"

"哟哟，这家伙是不是大雁留下来的？"

"也许是，模样倒也差不多。"

"嘿，压根儿就是两码事！人家大雁是天上的好汉……"

各种议论掺在风里，只有我一个人能听得懂。这是我的特殊本领。没有人相信我有这样的本领，我也不会告诉别人。我只有一次告诉了妈妈，那时候我还小——她认真听了，摸摸我的头发说：

"好孩子，这才是了不起的本领，你一定别让这种本领丢了。"

我记住了妈妈的话，经常练习这种本领，所以至今没有丢掉。我早晨或晚上躺在炕上，有时赖着不愿起来，就为了听听外面"哈里哈气的东西"在说些什么。

它们不经意说出的东西，有时候真的能够发生。

我最忘不了的是有一年秋天，天就要冷了，我一大早就听见林子里，我们小屋四周的野物们叽叽喳喳，它们议论得十分热烈。我渐渐从中听出，它们在说爸爸。

一个声音说："瞧着吧，晚上他们会来找他的。"

另一个说："他们会呵斥他、推搡他……然后……"

"然后怎么？怎么？"

一个更粗的嗓子响起来，像是野鸡的声音："他们把他，揪到了台子上去……嗯……"

我那个早上有些害怕。我没有告诉爸爸也没有告诉妈妈。因为我还不能确定事情的真假。我只是小心地等待。

结果那个秋天的晚上真的发生了那样的事情，也就是说，"哈里哈气的东西"，它们议论的事情都——应验了……

那个屈辱的时刻不仅让爸爸难过，也让我的日子不好过。在学校，疤眼老师看都不愿看我，一些同学也离我远了。这些日子里只有老憨陪我玩，他像个卫士一样，站在我的左右。

"老呆宝"离家二十多天，一回来就受到了全家的热烈欢迎。爸爸妈妈夸它，抚摸它，喂它最好的菜叶。"小美妙"用缩进了尖甲的小巴掌拍它的脸，以示友爱。"步兵"围着它跳了两圈，表达了最大的热忱。

"我们需要无名英雄！"爸爸说。

我说："三只兔子都长大了，它们已经喜欢上了'老呆宝'。它走的时候谁都舍不得，一个兔子跳起来搂住它，另一个兔子在地上打滚……再一个兔子……"

我发现自己说不清楚。

如果"大兔子"是指它们的父亲，那么孩子们还需要一个名字。这就像我们人一样，我们不是都有名字吗？

我说："'老呆宝'离开时，兔子父亲带领三个孩子送出了院门——它们还要往前跑，被火眼喝住了。"

"要把它们养大可真不容易啊!"妈妈说。

傍晚发生了一件有趣的事:老憨从林中小路走来,身后竟然跟了那三只兔子。当时我正在路上,一抬头就看见了他,还有身后的兔子。

"哎呀,它们可真懂事,它们像小狗一样,能跟上你出门溜达?"

老憨说:"当然了!这是肯定的,这是我们从小养大的,它们什么都懂,我们也懂它们。这一个、那一个、另一个,它们脾气都不一样……"

我说:"该给它们取个名儿了,就像你叫'老憨'一样,它们长大了就该有自己的名儿。"

老憨点点头,正襟危坐在一截粗粗的木桩上,开始琢磨这事儿了。他想了一会儿想不出,说:"还是你来弄吧!"

我这会儿一直在想死去的母兔。我想:要在某一天把它的孩子领到小小的坟头旁边……我还想到了洼洼脸、锅腰叔——这三只兔子活下来可真不容易!

"为什么活下来这么难?"我问。

老憨一愣:"你说什么?"

我没有回答。我只顾想下去。我心里有很多话要说——我知道,我又要"议论"了。可惜这不是作文的时候。我从头想了公兔母兔离开锅腰叔小院的日子,那是因为有人要吃掉它们;火眼给它们围网,再让"老呆宝"看住它们,还是因为怕被吃掉……

三只兔子围过来,它们蹭着我的腿,一会儿又打起滚来,一直看着我。我知道它们在用这种方法表达自己的亲热,告诉有多么爱我。我一只只拍着它们的脑壳,说:

"你们仨可真不容易啊……"

老憨哈哈大笑:"多么怪的名儿啊,不好听不好听!"

我说:"它们真不容易啊!"

"这就是你取的名儿?"老憨问。

"就算是吧……"

十万火急

那天剩下的时间里，我和老憨把四只兔子领到了我们家：兔子爹和三个"真不容易"：它们个个毛色鲜亮，又肥又大，没有一个不懂事，真是惹人喜爱。

是啊，谁想不喜欢它们都没有办法：像猫一样温柔，只是不那么顽皮；听人说话的神情十分专注，只是我们不知道它们是否听得懂；它们的胡须稍稍长于猫和狗，因而也更加滑稽。

我和老憨专门讨论过兔子的胡须：它们长成这么一副可笑的模样，极有可能是老天爷犯的一个错误。

老天爷可能最初只想让它们更多地获得一些尊敬吧——瞧它们小模小样的，一张小脸太幼稚了，于是就给它们添了两道胡须，认为这就会让它们变得老成一些。

可是想不到这一来弄巧成拙，它们看上去反而有点可笑了——无论谁，一旦长得可笑，就再也不受尊重了。

真的，我这时候才想起来：好像没有谁尊重过兔子吧?

而我们人类走的正是一条相反的道路：尽可能地去掉胡须。这种变化是一点点发生的——我看过图片，古代的人就像兔子一样，胡子从长出来的那天就好生留着；再到后来，比如现在，人一长出胡子就要赶紧刮掉!

这样做的目的是什么? 就为了看上去更年轻?

可是"年轻"又有什么好呢? 这其中又隐藏了什么新的算

计呢？

这如果是一个算术问题，那还说不定有多么难呢！看来人世间的学问真多，多到了谁也弄不明白的地步。

我和老憨历数一些有胡子的"哈里哈气的东西"，发现它们数量巨大：几乎所有的四蹄动物都有两撇胡子，就连有的鸟儿和鱼也有。

像水里的鲶鱼和泥鳅、海豹，它们为什么还要长胡须呢？这多么没有必要，又是何苦来的呢？

我和老憨唉声叹气，这会儿被胡子的问题给难住了。我们突然觉得这真的是一个问题呢。

关于这个问题，因为太深奥，我们将在某一天找个最佩服的老师，专门请教他一下吧。

领着兔子串门这种事，在我和老憨来说一半是炫耀、一半是感谢。

我们最想听听他们的赞扬。如果有谁说一句："嗬啊，真好的兔子啊！"我们就会心花怒放好一阵子。夸兔子就是夸我们。

我们知道要等到这一天有多么难——它们仨的名字就叫"真不容易"！

洼洼脸老太婆得到了我们四个鸡蛋。

我们本来还想送得多一点，但它们实在太难得了。火眼养了两只鸡，其中只有一个时不时地下蛋，所有的蛋还要由他本人登记造册——除非是犯了馋病、老憨生病，谁也不准吃掉一个。

鸡蛋要留下换零花钱、换酒。

据老憨介绍，他爸火眼的馋病一旦犯起来可不得了！世界上再也没有谁比火眼犯了馋病更吓人的了，那简直要闹个天翻地覆！

他会把家里翻个底朝天，只为了找到一点解馋的东西。平时有了什么好东西，他会小心地放好——专等馋病来到时救急。

火眼总在什么地方偷偷放起一点豆腐干、咸鱼之类，去代销店买回一点烧酒，然后就大吃大喝起来。如果一时没有了下酒的东西，他就会急得两手乱抓。

他从年轻时就这样——早年当民兵时，一天夜里站岗猛地犯了馋病，就逮了几只青蛙烧了吃，结果黑灯瞎火不小心误吃了一只癞蛤蟆，害得头上生了两个秃斑。

老憨说："我爸养羊养鸡，都是为了解馋。赔本的事儿他才不干。"

"那是为了喝羊奶吃鸡蛋，养兔子呢？"我有些紧张了。

老憨摇头："兔子？兔子就是兔子啊！"

我们带着"真不容易"来找洼洼脸老太婆玩，是因为她救下了兔子，瞧如今长成了这么大，真得来好好感谢她哩！

老太婆沉着脸："用什么感谢呢？两个空口小白牙！"

老憨说："前些天不是送来了四个鸡蛋吗？"

老太婆说："喊！"

老憨转转眼珠，咂咂嘴："我爸说那四个蛋里，有一个是蟒蛇蛋，千万别孵出小蟒蛇来呀！"

洼洼脸老太婆慌了："啊？这怎么看得出？"

她迅速搬出一个小箩筐，在里面扒拉起来。呀，这里面的蛋可真多！她把最上边的四个取在手里，睽着眼看我们。

老憨说："煮熟了才能知道。"

她赶紧煮蛋……煮熟了，她问："这哪里看得出啊？"

"这样，"老憨磕开一个，放在鼻子上嗅嗅，说："有腥气的就是……"

他细细地品尝了一个。正要去抓第二个时，洼洼脸老太婆终于想明白了，马上回身去摸一根棍子。

老憨扯我一下，抱起"真不容易"，护着头就往外逃……

直到跑出了巷口，我还有些后怕。那根棍子如果打过来，我们的脑袋也就开花了。我责备老憨，他挠着头皮说："没有办法，我那会儿也犯了馋病……"

是的，也许那病会有<u>遗传</u>的吧。我因此有些遗憾，不过又觉得没有什么：有个犯馋病的朋友也不错。

我们逛游了半天，又回到了火眼的小院。想不到一进门正遇到火眼发火，他胡乱踢着院里的盆盆罐罐，于是有一只小泥碗从老憨头顶上唰地飞过去。

老憨吓得一低头，小声说："坏了，我爸馋病犯了！"

火眼因为找不到一点零钱，也找不到那四个鸡蛋，所以没法到代销点去换酒，正急得团团转。

他朝儿子怒吼，当然是质问四个鸡蛋的去路。我也慌了。火眼盯住我，嘴里发出："哞？"

像牛叫一样。我支支吾吾一会儿，终于编出一套谎话："是这样，火眼叔，有一天我们见一条大蛇，它从鸡窝里出来……"

火眼凝住了神。

老憨大受启发，接着编下去："蛇，哼，肚子老大，我们就把它打死了，埋在了林子里……"

火眼大骂起来："那准是蛇吞吃了我的鸡蛋，有一年上……蛇是最恨人的东西！"

火眼骂了一会儿蛇，就出门去了。

老憨说："我爸一准是找代销店赊酒去了。今年他已经赊了好几回，就看这次能不能成。"

我要走时，老憨让我留下。我觉得他有点害怕……

大约过了一个星期，老憨突然急匆匆地闯进我们家，吓得"步兵"跳起来。我刚要问话，他就喊了一句："老果孩儿……"

原来老憨是来报告一个十万火急的险情：他爸火眼一大早起来就磨刀了！

"他要干什么？"

老憨带着哭腔："他要杀了那只公兔！他还说，明年就会生出更多的兔子了，这只正肥……"

我呼一下站起："那可怎么办啊？他又犯馋病了？"

"肯定犯了！我把它们都带来了——不过时间长了他会找来的。放到林子里也不行，它们自己还会跑回小院的，它们早就把那里当成了家……"

"这可怎么办啊！"我遇到了一个最大的难题。我想着，最后说：

"咱把它们送远一点怎么样？"

"我试过，也不保险，它们早晚总能找回小院……"

一坛瓜干酒

我和老憨经过反复讨论，最后的结论是：既然火眼犯了馋病，那么根据过去的经验，无论如何也是没法阻挡的，唯一的办法就是让他大吃一场，先熬过眼下这一关再说。

"以后的事，再慢慢想办法。"我安慰老憨。

爸爸妈妈正好不在家。我和老憨一起翻找了盛食物的地方，发现了一块玉米饼、一点稀粥，还有两个咸菜头。

"这些东西不行，要有肉。"老憨十分肯定地说。

我后来又在抽屉里找到了几只小干虾、一点粉皮。老憨看看、嗅嗅，说："这也许有点用，先带上吧。"

最后，我们不约而同地想到了锅腰叔的鬼院。已经好多天没去了，还真是有点想他。我们知道，锅腰叔那儿什么东西都有，特别是酒。

说到酒，我们都想起了"一钱七分三厘九"，担心他的吝啬——如今手里连一片瓜干都没有，他又怎么会给我们酒呢？要知道锅腰叔与代销店不同，他是轻易不赊酒的。

不管怎么说，我们还是去了那儿，当然带上了"真不容易"一家。

嗬，小院里真是热闹，首先是粉猪"小物"上来欢迎我们，接着是那只乌龟。大蟒"憨人"躺在自己窝里，嘴里又发出"夫夫"声。羊抬起头，一边咀嚼一边说："咩咩！咩咩！"

锅腰叔说："你们可有些日子没来了！哦哟，瞧瞧这些兔宝贝吧……"他弯腰抚摸它们，又蹲下捧起它们的小脸儿看。

"真不容易"对他的过分亲热有些不习惯，侧眼看着我和老憨。

老憨安慰它们说："不要紧，这是你仁的姥爷。"

锅腰叔对老憨的话不太高兴，嘴角动了动。他喜欢兔子，但又不愿当兔子姥爷。

老憨磨磨蹭蹭，最后还是说出了此行的目的：爸爸火眼突然犯了馋病，要吃兔子肉，而我们实在没有办法，只好来这里救急：赊一些酒、拿一点肉。

锅腰叔到底还是个吝啬鬼，一听这话就火了："你爸犯了馋病来找我，我又找谁去？告诉你小子，一滴酒也别想骗了去！什么犯了馋病，到底是你爸还是你俩犯的，还得另说着哩！"

我和老憨都傻了眼。他偏偏在这会儿怀疑我们，真不是个时候啊！

老憨开始发誓，说如果这次哄骗了他，就让自己游泳遇上毒鱼针，上树让树杈捅了屁股！

"我知道你发了毒誓，不过这也没用。就算你爸犯了馋病，我的酒也是用瓜干一滴一滴酿出来的，哪一滴都不容易——真不容易！"

他最后一句说出来时，三个兔子误以为在喊它们呢，一块儿围上来，抬起了前爪……锅腰叔瞧了瞧，脸色立刻和缓下来，把它们搂住了。

"多好的小兔啊，它们的爸眼看要被杀了，它们早晚也得这样……"老憨搓着眼睛。

锅腰叔不吭声了。这样待了一会儿，他站起来："实话实说，我这里也没肉啊，我又不杀生！我这里只有酒是现成的……"

我说："那就先赊一些酒吧！我们肯定会拿来瓜干的！"

老憨直眼看着他。

锅腰叔放下三只兔子，嘴里咕哝着："我算倒了大霉啊，我自从跟你俩有了交往，破费还少吗？我又不是地主富农……"

他一边说一边往院角的小屋那儿走。我高兴极了，递给老憨一个眼色。

老憨声音里透着愉快："锅腰叔，你幸亏不是地主，你要是，谁敢和你来往啊！你是个多好的人啊，今后我俩就是你最好的朋友了，谁也别想超过我们对你好！这是肯定的！"

锅腰叔回头看了老憨一眼，说："得了吧！酿酒靠瓜干，再好听的话也变不成酒……"

老憨点头："这倒也是——老果孩儿，人家锅腰叔说得一点都不假！"

在小屋底层，锅腰叔小心地从一个小酒坛里往外倒酒。刚盛了一点，锅腰叔就要过秤。老憨说："这么小的酒坛，全赊给咱不行吗？这回是救急啊！"

锅腰叔说："那可不行！"

我们央求起来，说看在兔子面上，你就答应了吧，再说我们顶多一个星期内就把瓜干全拿来！

锅腰叔叹了一声，又骂了一句。这就是答应的意思。我们抱起"真不容易"，让它们的胡子去蹭锅腰叔的脸。

抱起一坛酒，这才觉得还缺点东西。可是我们知道锅腰叔真的没有肉。老憨说：

"锅腰叔，你是最有办法的人，就不能在院里好好找一找吗？你随便找一点什么都行啊！"

锅腰叔抱着膀子说："这回没法了，这回我真的什么都没了！总不能让我杀了'小物'吧？"

粉色"小物"的大双眼东看西瞅，可能没听明白。

老憨盯着地上的刺猬说："有了，不行就杀一只刺猬吧！这总该行吧？"

我明白老憨在使用激将法，这不是他的真心话。

锅腰叔火了，指着老憨的鼻子："你这个坏人！你这个坏人！"

他骂过了，开始回身往小屋那儿挪蹭。我偷偷往老憨腰眼上捅了一拳，老憨快乐地叫一声："哎哟！"

锅腰叔从屋里走出时，手里提着一条咸鱼。

一坛酒，一条咸鱼，世上还有什么东西能比它们更有效地治疗馋病呢？

放　生

出了锅腰叔的门，我们边走边合计，想着怎样尽可能地把事情做好。

细细想来也许没那么简单，因为最大的问题是：火眼以后还会犯馋病的，我们总不可能每次都按时为他准备好一坛酒、一条咸鱼吧？

这事还得从根上解决才行。根在哪里？想来想去，根还在这三只兔子身上。

"兔子太老实了，它们活着就得被欺负！"老憨十分难过。

"我们家会好好养起它们的，不过你爸还会找来——他不会饶过它们的……你爸比老鼠黄鼬还坏！"

"这是真的！老果孩儿，你这些年里见了，他多凶啊，火了就往死里打我……我有时真想报仇——我和他算不算有仇？"老憨的嗓子突然沉了。

我摇头："还不能算'有仇'。就算是有一些'恨'吧。"

"那我就恨他吧！我十分恨他！特别是有一天半夜，就是他往死里打我那天，我恨了他好大一会儿……可是天亮上学了，又不太恨了……"

我对这种事儿也不能肯定。因为我不恨爸爸，虽然有时候不喜欢他。我爱妈妈，可以为妈妈和别人拼命！而为爸爸，那就不一定了。爸爸和妈妈可能总是不一样的。我想了想说：

"那就多少恨一点吧，先这样决定吧——以后的事，以后再说吧。"

关于火眼，我们基本上就得出了如上的结论。

可是最根本的问题仍然没有解决：火眼以后再犯馋病怎么办？

"真不容易！真不容易！"老憨叫着。

他一喊，它们就一齐看着他。

我心里这会儿甚至有些后悔，就是不该养它们。因为我们没有能力一直保护它们、保护到底。可是我们又太喜欢它们了——我们真的喜欢"哈里哈气的东西",真的是不能没有它们啊……

这是一个天大的难题。这样的难题要难我们一辈子吗?

最后我又想出一个新的方法:狠狠心,将它们送给别的人家吧!

老憨勉强同意,说:"送给谁呢?锅腰叔的鬼院多好啊,还是有人打它们的主意,谁能保护它们?"

我竟然想到了"小老样儿",因为我发现在学校时,他真的喜欢它们,尽管这人太能吹了。我问:"送给'小老样儿'怎样?"

老憨剧烈摇头:"不行!只要是吹牛的人,都信不过!"

那么给谁呢?给"破腚"?大红二红?一个一个想过,都不合适。

我甚至还想过了疤眼老师:她没有孩子,如果能把它们当成孩子,那不是很好吗?但我没有说。我知道她不会饲养它们的。

老憨最后真的狠了心,看着我说:"其实送给谁都不如送给林子……"

我点头:"是啊,因为它们原来就是林子里的。它们和'哈里哈气的东西'在一起才会高兴!"

老憨抬头看着我,又低头看看它们,"送出去,它们还会找回来——如果咱把它们送远些,一直送到河头那儿,你看行不行?"

我发现老憨脖子都涨红了,这说明他真的下了决心。我有些感动了。

我们往前走,没有踏上回家的小路,一直往北。

各种野物尾随我们进入林子深处,想看热闹。我们没有心情和它们玩了,因为心里焦急。一场告别就要开始了,这让我们很难过。

我们不得不狠下一条心，不得不这样。

老憨听着四周的各种声音，低头对四只兔子说："听见了吧？都是'哈里哈气的东西'……"

我一声不吭。我心里难过。

就快走到河口了，再往前就是一片开阔地了，那儿有无边的艾草和茶草。左侧是几棵又粗又大的橡树，是我们平时最喜欢的地方。

我们互相看一眼，站住了。

老憨把大草篮放倒：首先出来的是那只大公兔，再后来就是"真不容易"。它们仰头看天、看四周，鼻子嗅个不停。这该是它们满意的环境吧。

我们轮番抚摸它们。老憨说："伙计，我和老果孩儿一到星期天就会来这里。我们会先打一声口哨，这样——"

他把手伸进嘴里，发出了一声响亮的口哨。

公兔带领三个孩子往最近的一棵橡树蹦跶过去了。

我招呼一下老憨，然后头也不回地奔跑起来……

河的那一边

"我这会儿不太恨我爸了，"老憨大口喘气，坐在林子里。我们跑得太累了。老憨说的对，我们必须快些跑，因为兔子跑得比我们还快——它们一旦发现了什么，一定会急急地追上来的。

他拍拍身边那个小酒坛，问："咱尝尝怎么样？"

我这时真的相信馋病也会遗传。我阻止了他："说不定还会有大用场的。"

"反正兔子放跑了，我爸再急也没办法了。"

"他会往死里打你的。"

老憨摸起了屁股——那里显然是重灾区。

"我又恨我爸了……"老憨说。

我们往回走去，都不太说话。我知道老憨和我一样，心还留在河口那儿。可是真的没有办法，它们要长大了，要离开，难过不难过都得这样了。我有很多话要说，现在只好憨在心里。哪一天作文的时候，我会好好议论一番。

天不早了。我和老憨各自回家了。因为暂时不需要酒和咸鱼，老憨让我把这些东西先存放起来。

这天夜里我做了一个梦：梦中那只公兔率领三个孩子又回来了！它们先是去了老憨家的那个小院，因为院门紧闭，又找来了我们家。最早发现的是起早的妈妈，她看到"小美妙"和"步兵""老呆宝"围在一起，它们中间是"真不容易"父子，一个个身上沾满草叶和露水……

这梦逼真得很，我整个早上都在想。恰好这是一个星期天，我准备一会儿就去那个小院。

可是还没等我出门，老憨就找来了。他显然是一路跑来的，满头是汗，一进门就急急地说："快去我们家看看吧，不成！不成！"

他揪着我出了院门，这才细细地说出来：

"昨天回家不久，俺爸就从酒里醒过来了，他一睁眼就问兔子哪去了？"

"是啊，这怎么办？"我一听也急了。

"我吓坏了，就糊弄他说，刚才那会儿还见过它们哩……我装做去院角那儿找，我爸就说不用找了，下午找过了，准是让老果孩儿拿回家了……他说天亮了就来你家看看。"

"他一会儿真的能来吗?"

"不会来了——早晨一开院门,它们都回来了!我爸一见就说,原来它们是出门转悠去了,以后这院门可得关个严实……"

老憨快要急哭了。

我们一边说一边走进了林子。当我们踏上那条小路,意识到正在往那个小院走去时,这才想起了酒和鱼。我让他等一等,就飞快跑回家取了它们。

我们进门时,火眼正蹲在院子一角看那四只兔子。他一转脸看到了我们,又看到了酒坛和鱼,马上喜上眉梢。他故意问:"什么好东西啊?"

我说:"火眼叔,这是一坛酒、一条肥鱼。"

"你家好东西真多……嗯,让我看看!"

火眼把酒和鱼抓在手里,一边咕哝"我当民兵那时候",一边去揭酒坛的盖子。他深深一嗅,忍不住就喝了一口:"真是好酒啊!这是正经的瓜干酒,一滴水都没掺……"

火眼不再理我们,拿着东西进屋去了。

老憨斜一眼屋子,指指它们。

我一时毫无办法,心里干着急。

待了一会儿,我和老憨小心地走到窗前,踮着脚往里看——火眼正喝干了最后的一滴酒,咸鱼也吃光了,脸色红红的,歪在炕上。

我们进屋后,一声声叫他——开始还有应声,后来他就呼呼睡过去了。

老憨推他一下,他也不动。

"这回他真的醉了!他以前没醉成这样……"老憨一脸的惊喜。

显然这是挽救小兔的最好时机——一旦火眼醒来，再要让它们离开，恐怕就没有机会了。

"你到过河的另一边吗？"老憨突然问。

我明白了——它们一旦送到了河的另一边，就再也回不到这个小院了。不过那要走很远很远的路，我们俩，还有我们同学，谁也没有到过那里——在我们的心目中，到了河的另一边，就等于到了真正的外乡。

但我和老憨都明白，这是唯一可行的好办法。

老憨瞥瞥炕上的火眼，说："他要醒来怎么办？他会四下里追我们的……"

"他不会想到我们去了河西的。"

老憨摇头："那也不保险。要让他追上，非把我打死不可——他会往死里打的……"

他这样说着，瞄上了屋角一根粗粗的绳子。我明白了，他想把火眼绑起来。

我有些犹豫。

老憨急了："快呀，咱们还要赶路哩！"

我们把火眼捆了个结结实实。我们从来没有这样捆过人。

其他事情不再想，只急着将四只兔子装到大草篮里，然后就往林子深处一阵急跑……

我们跑了许久，直到太阳偏斜才找到那座河桥。

河西的林子多密啊，这里的树木简直密得吓人——不错，这儿真的是一个陌生的世界。

我在心里说："'真不容易'啊，你们和爸爸一块儿在这里生活吧，这个地方看起来挺好的——也许，也许我们今后还能见面——我和老憨会一块儿来看你们……"

我的眼泪差点流出来。我什么也没说。

……

整个事情就是这样。

它们终于没能再回小院里来，总算脱离了虎口。我们想念它们，它们也会想念我们。

那天火眼醒来，老憨作为一个撒谎大王，编造得相当不错，可以得一百分！他说：

"爸，咱家遭抢了！他们把你捆起来，把咱的好兔子给抢走了！"

火眼将信将疑，转转眼珠说："他们只抢兔子？"

老憨说："那是虽然的了！瞧咱家的兔子多肥！谁的兔子也没有咱家的肥……"

长跑神童

CHANGPAOSHENTONG

第四章

铁　脚

几年前，也就是我更小的时候，不小心听了一个故事，结果差点让这个故事给害了。我这样说可能有些夸张，但你们听下去也许就像我一样担心了。

看来故事不能随便听，因为有的故事实在是可怕的。

故事的可怕，不是指它说了神神鬼鬼，比如一个妖怪拉着二尺长的舌头之类，不是这个；有些故事恰恰相反，它们听起来蛮像那么回事似的，可就在这其中藏下了害人的东西——这东西只要进了你的心里，就会一点一点祸害你。

祸害我的这个故事，听起来再平常不过了，它不过是讲我们这个海边上，很早以前有个奇人，他特别能跑，快得连跑赢兔子都不在话下。

老天爷啊，兔子跑得多快啊，再好的狗都追不上海边的兔子，就连天上的雄鹰也很难对付它。你想一想就知道那是怎样一个人……

关键在于后面的话：这人由于一直在海边沙滩上跑啊跑的，最后竟然练出了一双铁脚！

概括起来，就是这"铁脚"二字害了我。什么是"铁脚"？就是脚上生出了一层硬壳，它从此再也不怕磕碰，什么满滩遍野的酸枣棵、一丛丛的荆棘，都不在话下，都不必躲避。

也就是说，人家跑起来从来不在乎有什么东西挡路，只直接往前闯就成！

只要在海边上生活过的人就会明白，有一双铁脚是多么重要！因为海滩上到处都是扎人的东西，你不得不绕开它们，如果直接踏上去，就是穿了再好的胶鞋也撑不了多久——很快一双脚就会给扎得稀巴烂！

在海边一带，我有几个小小的、不太起眼的特长——私下里说，这也许算是了不起的长处吧。但是因为凡事不能太张扬了，所以我总是说自己没什么了不起——

我只不过是跑得快一点，耐力好一点；再就是，唱歌好一点：不管是谁，只要听我唱上三五句，保准就会张大嘴巴出神地盯住我看；还有，就是我的心眼比一般人要多那么一点点：不论是周边园艺场还是村里的孩子，他们只要与我相处的时间长了，都要听听我的主意。

就凭这几项特长，我在海边的孩子们当中就变成了一个相当出色的人物。不过越是这样，我越是静悄悄的，不太声张，所以一般人也就不太注意我。

同学老憨算个狡猾的家伙，这人粗粗壮壮，豪气，实际上是粗中有细的。他站在大伙中间，一看就像个领头的。不过他在大多数时间还要听听我怎么说。

我这三个特长当中，"心眼多"这一项早就被老憨接受了，所以他也就成了最大的受益者。至于说剩下的两项，唱和跑，他也是最知道底细的一个。

我要默默练成"铁脚"这件事，他是第一个知道的。

我在林子里蹿、在海边滚烫的沙子上穿行时，即便被什么磕碰了、被热沙烙得两脚发红，也始终不吱一声。我装作没事人一样。老憨明白我在忍耐、我要干什么。

"等咱老果孩儿练成的那一天，咱想逮什么就逮什么，谁敢不服？"老憨给我打气。

有人在一旁鼓励是非常重要的。因为说实在话，尽管远大的目标有了，磨炼的过程也真够我受的：一双脚给弄得伤痕累累，有一段时间总是带血。我平时将它藏在鞋子里，不让爸爸妈妈看见。最严重的时候，我就不得不用纱布包扎一下。

有一次我的脚发炎了，那是小脚趾，我为它不得不去了一趟园艺场门诊部。

牺牲总是难免的，这是我从小就明白的道理。一些英雄人物做出的事迹、他们的故事，就和"铁脚"的故事一样——起码在道理上是一样的。

英雄的故事已经深深地扎根在我的心里。

功夫不负有心人。半年之后，我的脚有了变化：首先是脚后跟那儿——这个地方本来就是皮糙肉厚的，这一来就更硬了，敲一下真的有点儿金属感。脚的外侧变得艮艮的，虽然还远远算不上坚硬，但一般的粗砺它是不在乎的。十个脚趾个个够意思：它们前端就像包了一层铁片！

最不争气、最难办的，只是脚趾缝隙。它们嫩嫩的——而酸枣棵和荆棘刺起脚来却从来不管什么部位。这真是一个难题。

为了解决它，老憨建议我在细沙上跑，因为脚板深陷下去的时候，细沙总往脚趾缝里钻挤摩擦。

总之，在磨炼"铁脚"的前前后后，他成了我唯一的参谋，也成了半个教练。

跑啊跑啊，不管不顾地跑下去。老憨如果和我一起奔跑，总要被我落下很远。但他从来不想和我比试这个——他在乎的是摔跤，这才是他的强项。他一旦搂住了我，我马上会想到一只狗熊。

这家伙臂力强大，搂上谁，谁也就完了，那简直是不战自败。他把你往胸口那儿一勒、一箍，你就得赶紧告饶了。

这里需要解释的是"箍"字：它本来是指木桶镶的那道铁边，木桶有了"箍"才能结实、散不开。老憨的胳膊就像"箍"一样有力！

老憨从来不和我在跑上较劲儿，反过来还以我为豪，说：

"看看咱的老果孩儿，飞毛腿！你们谁是好样的就追他呀！"

他在一群人中煽动不停，其实是想让他们在追逐中失败和丧气。

结果没有一个不认输的。

渐渐，我奔跑的美名也就传了出去。这让我既高兴又害怕。怕什么？不知道。

首先是疤眼老师找我了。她非常重视班级荣誉，找我谈话说："好好努力吧，在学校运动会上给全班争气！"

我当时并没有一口答应，不是不愿意，而是从来没有想过。我心里说：这是多么小的一件事啊，这事一点都不难办！

疤眼老师在结束谈话时还提到了爸爸妈妈，问："他们也能跑吧？要知道这都是、这往往是——有遗传的呀！"

我赶紧摇摇头说："不，不是，他们走路不快不慢……"

尽管如此，回家后我还是问了他们：以前跑得快吗？他们说：不，不快。

门都没有

看来凡事小心一点是完全必要的。我说过，我的名声传扬出去之后，让我既高兴又担心。

果然，不久麻烦就来了。

邻校一个和我差不多大的男孩儿，叫李金，有一天突然来到了我们学校。疤眼老师急急地把我从教室里叫出来。

我很烦，因为当时正上作文课呢，我在"描写"了一段之后，正开始尽情地"议论"……

我知道肯定有什么大事，不然她才不会这样莽撞。

去了老师办公室我才知道，原来是为了这样一个家伙。李金的眼睛斜得厉害，比疤眼老师厉害多了，而且很不好看。刚开始我在心里埋怨老师：就因为遇到了同样的斜眼，你就这么重视他啊？

过了许久我才知道，这可不是斜眼不斜眼的问题，这个李金是区教育助理的外甥，怪不得呢！

斜眼李金穿了运动服、紫红色针织衫、白球鞋，手里还提了一对带铁钉的怪鞋——我当时见了这鞋子有些好奇，后来才明白：原来这就是大名鼎鼎的"跑鞋"！

也就是那会儿我才知道，凡正式比赛都要穿"跑鞋"，这还是第一遭听说。完了，再好的脚、再有劲的腿，一旦套上了这样的怪鞋，那还不要全完啊？我深深地厌恶和惧怕，我讨厌鞋底上那几串钉子！

当时斜眼坐在椅子上，上上下下打量了我一番，然后才拉着领导那样的腔调问我："听说你练田径了？"

我对他吐出的词儿有些陌生，以至于把"田径"两个字听成了"田鸡"——因为我听爸爸说过，南方人把青蛙叫成"田鸡"……我在脑海里急急地思索，想弄明白他是什么意思？

难道他在问我和同伴们近来捉青蛙的事吗？是啊，我们不光捉，还常常搞青蛙跳远比赛……

我说："是的，田鸡很多……"

斜眼笑了。疤眼老师笑得更厉害。

我有些懵。这是怎么回事？当时我的脸肯定红得到了脖子根儿。没有办法，都怨这家伙穿得太正经了，让人看了心里有些紧张。

疤眼老师止住了笑，正色说："他问你练长跑了？"

"啊，是这样！直接说不就得了！"我一不高兴，马上就不再羞涩了。我说："也没什么练不练的，我们在海边上一直就是这样跑的。"

斜眼与疤眼老师飞快对一下眼，说："嗯，不管怎么说，你在本校参加一下比赛还可以，正式的大运动会，那是不行的……"

我立刻说："我从来没参加过那样的大会。"

斜眼吐了一口气。

疤眼老师有些急，说："要参加，要参加！以后如果在全校拿了名次，就去区里、市里的运动会！"

斜眼嘴角挂上了一丝冷笑，问："以前找过专业教练？"

我摇摇头。我觉得这家伙满嘴怪话。

"那怎么成！"斜眼放下手里的铁钉鞋，做了一个扩胸动作，然后大口地呼气、吐气。我看愣了。我知道他在做"专业教练"的动作。这在我看来更怪了，还有些可笑。我笑了。

"你笑什么？"斜眼停住了动作。

"我，"我不知该不该明说，最后还是说出来了，"这多麻烦啊！"

"什么？麻烦？"斜眼声音变大了。

我看看疤眼老师，壮了壮胆子说："快跑就是了，怎么还要这样？"我边说边扩了一下胸："我们从来不这样……"

斜眼严厉起来，指一下我，对疤眼老师说："他完了！"

我除了惊愕，还有点委屈和不解，看着疤眼老师。

斜眼根本不想再听疤眼老师和我说话，只连连说："我说你完了就是完了，你完了！"

我想既然"完了"，就该回教室去了。我对疤眼老师说一声"正上作文课呢"，说着立刻转身。谁知斜眼上前一步，一把揪住我说：

"我告诉你，你想当压径冠军，这事连门都没有，也趁早别打那个谱儿！你听明白了没有？"

我的胳膊被他扯痛了。一股火从脚底那儿升起来，我猛一下挣开他的手说："你要干吗？"

疤眼老师救火一样上来阻挡："哎呀呀，你，你怎么能这样！人家这么远来指导你，觉得你还算个材料……"

她咕咕囔囔，脸色通红，鼻尖上全是汗粒。

我不说话了。我知道她是被对方穿的这身衣服，还有手里提的铁钉鞋给唬住了——我当时不知道这个斜眼是教育助理的外甥。

我仍旧要回教室。

疤眼老师说："走吧，你俩到操场上，示范一下，再跑。"

"我得回去作文……"

疤眼老师不耐烦了，推搡着我："走吧走吧，那没用。这才是最大的事！"

斜眼一动不动。疤眼老师讨好地看着他，他却背着双手，说："他这样的也想搞田径？门都没有！"

飞鱼鳔

我从学校回来，妈妈看出我不高兴。她问我怎么了？我说没怎么。

我不想把不快的事情告诉她，这是我在心里一直叮嘱自己的。我可不想让她再添忧愁。她说："噢，那你笑一笑。"

我就笑了，高声笑了。然后我回自己的房间去了。

我一个人在屋里想：真倒霉！我从来没想搞什么"田径"，也没想当什么"冠军"，这种烦人的事儿完全是自己跑上门来的！

我也不想穿铁钉鞋，因为我早晚会有一双铁脚。我在黄昏的光色下好好地看了看这双脚，发现它们已经有点模样了。

第二天是周末，不用再和老憨他们约定，我们照例会到海边去：先是在打鱼人那儿游荡一会儿，然后就撒开丫子大跑起来。

一开始总是一伙人一块儿跑，渐渐一大群人就给我远远地甩到了后边。他们只在远处观望。

这一天，我让老憨一直提着鞋子——即便跑到荆棵里也不穿。而过去我在矮小的灌木丛里奔跑时总要穿上鞋子，因为那里的酸枣棵和棘子特别多，快跑时要躲闪根本就来不及。

今天我的心里闷了一股火。

跑啊跑啊，先踏着离海浪两三尺远的沙带一直向前，吓得一群海鸥呼啦啦飞起来……这样跑上一个来回，一块儿跑的人差不多都喘得要命：有的躺在沙子上，有的哎哟哎哟叫，反正都跑不动了。

我这会儿正来劲儿呢，干脆转头就往南边灌木棵里跑去。老憨在后面喊："鞋子！鞋子！"我像没有听见。

我疯了一样，一下下跨过矮小的灌木，见了带刺的酸枣棵就飞身一跃。但有几次我还是被扎中了，可是我咬咬牙，并没有停下。

"好家伙，铁脚练成了呀！快看铁脚呀！"

背后传来了老憨粗粗的嗓门。

我继续往前飞跑，老憨的声音一点点变得遥远了，断断续续……后来我好像听到他喊：

"哎呀，哎呀，又一个呀！又跟上一个呀……"

我一回头，一下愣住了：身后不远处真的跟上一个人——他在追我！这人瘦瘦的，个子比我高一点，年龄大概差不多。

他是从灌木后边斜插过来的吧？我发现他渐渐接近了，然后一直跟在离我两三米远的地方，穷追不舍！

而且更让我震惊的是：他竟然也没有穿鞋！

我被突然出现的挑战激发起来，一阵巨大的力量在心底涌动，让我几乎不再躲闪脚下的尖刺……

不用说，这场没命的奔跑会有多么凶猛。

我身后的瘦子总算被甩下了一段——不过那只是很小的一段距离。我再也跑不动了。当我停下的一刻，这才发现脚上已是血迹斑斑……我咬住牙，趴下，借着灌木的掩护擦去了全部血渍。

我坐了一会儿。大家欢叫着赶过来。我装作没事人一样，眼睛在寻找那个瘦瘦的、一直跟在身后的男孩。

他也受了伤，一瘸一拐走到我身边说："你跑得真快，真快！哎呀，你真能跑……"

这时我才看清：他瘦得皮包骨头，一根根肋骨都看得清；大眼陷在眼眶里，头发有些黄——他的肚皮差不多与后背贴在了一起，就像一点东西也没有吃过似的。

他笑眯眯地看着我，心直口快的样子，这会儿又说："我早就听说这边有个最能跑的人，今天就来了。他们都让我和你比一比、比一比——原来我跑不赢你哩！"

老憨哈哈大笑："又来了一双铁脚啊！这是老果孩儿，你叫什么？"

瘦子旁边的一个人替他答道："他叫兴叶，是俺学校最能跑的，六千米长跑冠军！想不到吧？"

我直眼看着这个叫"兴叶"的人，说："想不到！"

大家正热闹的时候，兴叶坐近了我，帮我拔掉脚上的几根尖刺。他脚上的尖刺已经拔过了。我忍不住，伸手按了按他的脚后跟：真硬。

兴叶笑了，有些不好意思。

一会儿大家都散开了：拉渔网的号子一阵猛似一阵，他们就往那儿赶去了。

兴叶却一直和我待在一块儿，不愿离开。他深陷在眼眶里的大眼黑亮黑亮，不时看我一下，十分友好的样子。我有点喜欢他了。

跑过这一阵，我有些饿了，习惯性地从衣兜里摸了一下。没有吃的东西。

他从口袋里掏出一个小布包，解开，里面是一块黑黄色的东西：半透明，散发着逼人的腥气。这不像能吃的食物。

他递给我，我赶紧闪过了。

"能吃的，你吃一点吧！"他先掰下一点嚼着，很费力的样子。

我像他那样掰了一点点填到嘴里：啊，又腥又咸，还有点苦……

"这是什么？"

"'飞鱼鳔'，是我爸从海岛一个亲戚家弄来的，吃了它会跑得更快……"

我停止了咀嚼，看着他。

兴叶拧着眉头："这是真的！我从来没告诉别人，我爸不让说……这是海边的秘方，是老辈人传下来的……"

"还有这事儿？"我瞪大了眼睛。

"嗯！我爸说以前那时候经常要躲'海贼'，跑不快的就得遭殃，后来有心眼的人家就藏了这东西！"

我听得合不拢嘴，好好端量了一会儿"飞鱼鳔"——嗅一嗅、敲一敲。我稍稍怀疑的是：飞鱼我见过啊，它们就像从水中钻出的小鸟儿一样，可惜飞得不远也不快。我表示了自己的怀疑。

兴叶马上摇头："不，不是你说的那种飞鱼。这是老洋里的飞鱼，它们个头大着呢，飞的时候像箭一样！"

"哦，那什么才是'鳔'呢？"

兴叶仔细地解释起来："你看到桃树杏树上面流出的黏东西吧？大概和它差不多吧——大飞鱼吐出'鳔'喂小飞鱼，小飞鱼就有劲儿跟上飞了。"

"小飞鱼怎么没吃它？"

"有时候小飞鱼吃不到，'鳔'就粘到了礁石上，被出海的人采到了。"

我明白了，惊叹一声。

兴叶说："这都是闯大洋的人才能采到的，我们海岛亲戚家才有……"

我完全信了兴叶的话。我耐心地咀嚼着，用力咽下这苦苦的东西。

"我从小就瘦，也跑不快。爸爸硬是让我吃它，说：'孩子你给咱争口气啊！'我吃了半年，真的成了全班跑得最快的了！我爸高兴啊，他的腿有毛病，最盼望的就是我能跑得快！"

我们分手时已经成了好朋友。我们约定：要到对方家里去玩。

当我表示特别想去看望他爸爸时，兴叶低下了头，不再吱声。过了很长时间，他说："我爸外号叫'滚蹄'……"

"'滚蹄'？这外号太怪了！怎么会有这样的叫法啊？"

"你看见就知道了……"

滚　蹄

因为与兴叶的友谊，还有对飞鱼鳔的好奇，我真的急于见到他们一家。我从来没有想到还有让人跑得快的"药"，比如说藏在民间的这种秘方。我原来以为那只是因为"特长"，再加上苦苦锻炼才成的。

我这会儿不怀疑"飞鱼鳔"的作用，就像不怀疑兴叶的诚实一样。

瞧他多么瘦啊，却能在荆棘丛中飞跑——他是我这些年里遇到的唯一的对手，唯一可以比试一下的家伙！

我心里特别感谢的是，作为一个对手，他却这么信任我：第一次见面就赠我"飞鱼鳔"……

我们约定了在一个地方见面，然后一块儿往他家走去。我心里十分兴奋。

那是离我家四五里远的一个小村，就在海边上，全村都是一些披了海草的房子。这些房子真小，远远看去就像一簇簇老蘑菇一样，老得已经没人去采摘它们了。

兴叶家的小院用一种乌黑的石头砌成，当中还夹杂有一些蜂窝样的怪石——我认出是海里的珊瑚。小院窄，房子小，院里有猫，还有两只鸡。

进屋时，由于室内地面太低，光线又太暗，我迈步快了点，差点崴了脚。我不由自主地喊了一声："我的妈呀!"

兴叶大声嚷着："来了，爸，妈，我的好朋友来了……"

我的眼睛一点点适应了光线，这才看清屋里的人，赶忙叫着"叔叔阿姨"……

兴叶爸爸坐着，妈妈过来招呼，叫着："孩子!"

他们像兴叶一样，第一次见面就对我这么好。

兴叶爸一直坐着，微笑说："噢，外地人，外地人。园艺场里的人家?"

我不明白他的意思。因为我从很小就来到这里，与爸爸妈妈不同，我的口音一点外地人的影子都没有。我说："我们一家住在林子里，只我们一户人家。我们不是外地人……"

兴叶在一旁对我解释说："当地人都叫'大叔大婶'，你叫'叔叔阿姨'。"

我一下明白了。我这样称呼是受家里人影响——只要来了客人，爸爸妈妈就说："叔叔阿姨来了!"

兴叶爸终于艰难地站了起来，这使我马上看出他的一条腿是瘸的，而且非常严重。他往前每走一步，那条有毛病的腿都要费力地拖拉，一只脚仿佛要在地上滚动一下才能站稳……

我心里说一句："滚蹄!"

"滚蹄"让我脱下鞋子，他要看看我的脚——我马上知道自己的吸引力在哪里了。我照办了。

兴叶妈也围过来一起看。这时我才发现，她的眼睛害着眼病，像糊了一层东西。

"噢，是这样的脚！不错，它是练出来的啊……听说你跑得比兴叶还快！还快！海边上还从来没有遇见哩……"

"滚蹄"伸手叩了一下我的脚板，夸赞起来。

"我家'滚蹄'什么都不看重，就盼兴叶能跑！"兴叶妈说。

"大叔，兴叶一定跑得比我还快！"

兴叶妈高兴了，说："孩子，你喊他'滚蹄'就行了，都这样喊惯了，也顺口。"

我说："'滚、滚……蹄'叔！我说的是真的……"

"滚蹄"点头："一块儿练吧，这也是咱的指望啊！听人说了，谁跑得快，谁就能保送进'踢校'——去了那里，一辈子也就什么都不用愁了！"

兴叶吸吸鼻子对我说："是'体校'，你知道的。"

我一点都不知道。不过我一瞬间明白了事情的全部意义。我的心跳有些加快。

兴叶说："听说五里地跑上十七分多一点儿，体校的事儿也就把里攥了！你一准能行的，你去运动会上一试就知道……"

我高兴得真想抱住兴叶，因为是他告诉了我：世上还有这么好的事！可是我又想起了那个斜眼对我的判决，心立刻沉了一下。

"滚蹄"来到院子里，在明亮的光线下绾起裤腿，让我从上到下仔仔细细看了一遍那条坏腿：上边一截还马马虎虎，到了膝盖下边就变得像胳膊一样细；再下边，就是脚踝那儿，又开始变粗，像裹了一层海绵——一只脚弯得厉害，所以脚板着地时就得滚动一下……

"我跑不快，可是我生了个孩儿跑得快！"他放下裤脚说。

我心里为他难过，可是找不到安慰的话。

接着兴叶妈和"滚蹄"你一句我一句说着过去，让我从头知道了这条腿的故事：

当年海边每年都要来一帮"海贼"，这些人抢东西，杀人放火无恶不作。有人说"海贼"是从海里爬上来的，也有人说是专门在海边上流窜的恶人。反正这一类人如果跑到山里，就改叫"山霸王"了。

只要来了"海贼"，村里人就得赶紧跑，跑慢了就全完了。

那是一个大雾天，天刚到半晌，小"滚蹄"正在屋外捆海草，忽然听到村头有人喊："快跑啊，快跑啊，'海贼'来了！"

当时爸妈都去了岛上亲戚家，留下他一个在家看门。他什么都不顾了，抬腿就往街上蹿。街上的大人小孩儿都背着东西跑，这让他想起屋里还有一点钱、一块玉米饼。

他返身回屋背上东西，出门时大家已经跑远了。

小"滚蹄"一个人拼命地跑。他往西，想跑到河的另一边。跑啊跑啊，什么都不管不顾，心都快跳出来了。

后边的脚步乱乱的，那是"海贼"赶上来了。一个比他大不了多少的小"海贼"，手里握了一根带钩的木杆，瞪着眼睛追过来。

小"滚蹄"如果再快一点点就好了。他拐弯，小"海贼"也拐弯；他跳过路上的石头，小"海贼"也跳过……

最后两人相隔只有两步远了，小"海贼"伸出带钩的木杆，一下就勾住了他的裤带。

他被扯翻在地，接着就是一顿暴打——小"海贼"专打他的腿和脚，骂着："叫你跑、叫你跑，你这辈子都别想再跑！"

"滚蹄"说："那个小'海贼'呀，我琢磨不是人生的，他两眼火红，还闪着绿光……"

一对少年知己

我说过，我身上有三个"特长"，其中有两个没什么大用——唱歌，人家听过了也就算了；心眼多，也帮不了什么；而只有跑得快这一条，那还可以等等看。

兴叶对我的两大帮助是：一，提醒千万别再练铁脚了，因为跑得快不在于脚的硬度，相反要好好保护它才行，别再磕了碰了；二，赠我一块"飞鱼鳔"。

他说："我爸还要从亲戚那儿弄来一些，我会分给你——不过千万别让我爸知道这事儿，他对你再好，'飞鱼鳔'还是不会给的。"

我心里无比感动。我想不出这么多年来，除了妈妈和爸爸，还有谁会这样无私地对待我。我在心里暗暗说：我会把你当成最好的朋友。

我觉得以前的老朋友，比如老憨他们，在某些方面都不如兴叶让我亲近。这是真的，是我心里最真实的感受。

因为我们有个共同的理想、共同的目标，并且能够相互帮助和激励。

我在家里不断地说到兴叶，妈妈就说："你一定要好好待他啊，还有就是，不能因为有了新朋友，忘了老朋友。"

这是当然的了。我最多的还是约上老憨去海边玩，去逮鸟捉鱼之类——不过只要兴叶找我，我就会扔下一切，和他在一起。

我们在河头、在没有人的沙岸上奔跑，你追我赶，心里想的嘴里谈的，全是那个美妙的未来。

我问："'体校'里边是什么样子？全要穿针织运动服、发铁钉鞋吗?"

"那当然了! 吃饭也是有要求的, 有专门的人管营养, 还有人指导我们运动……"

"说实在的, 我讨厌那种带铁钉的鞋子。"

"为什么? 穿上它更好比赛呀!"

我看着他: "你穿过?"

"没有。这大概得正式比赛、进了体校才行吧。"

"我就不穿! 我肯定不穿! 我不穿也照样跑过那个李金……"

接着我就讲了斜眼李金那天对我的训斥。

原来兴叶知道那个人的底细: 这人仗着舅舅的权势, 一心要当田径冠军, 只要发现周围有谁跑得比他快, 就恨谁、泄谁的气。

"这人太坏了, 有一天去我们家, 还骂了我爸, 说我'门都没有', 威胁说, 我的一只脚早晚也要变成'滚蹄'……"

"这家伙真该揍一顿才解气。我要告诉老憨。"

兴叶有些害怕, 长时间不说话。后来他才吞吞吐吐说: "我们不能招惹有铁钉鞋的人……"

我不再说什么。我不甘心。

我们跑累了, 就仰躺着, 看一天的白云, 看飞鸟。我们甚至讨论了怎样像鸟儿那样飞翔——飞一样奔驰……兴叶认为这是最后的事, 眼前主要是学兔子和獾:

"兔子才那么一点身个, 跑得比我们还快! 獾平时跑不快, 可是一急也快极了, 我见过……"

兴叶原来这么善于动脑! 我心里钦佩他。他仰躺着, 瘦瘦的身体显得那么薄。我用手测量过, 他最薄的地方, 比如肚子那儿, 只有四指厚, 大约六点二公分左右。

可是他的肚子真好看, 就连肚脐也好看。从肚脐往下, 有一线极细极细、非得离近了才能看得清的绒毛……

我那么喜欢兴叶。我不知不觉讲出了自己的很多秘密，比如我的"三大特长"——我甚至还讲了另一个正在形成，正在表现出来的"特长"——

它也许不算什么，它也许真的值得骄傲！我是说自己作文的时候，除了擅长"描写"和"叙述"之外，如今"议论"起来也能够滔滔不绝，赢得语文老师一个劲儿赞扬。

说到这些，兴叶不好意思地说："我全不在行……"

我倒想在这没人的时候听他唱几句。我一再鼓励，并答应教他一手。他实在拗不过，就唱了两句。

尽管是好朋友，我还是不得不说：这是天底下最难听的歌唱了。我马上放弃了教他的念头。可是让我想不到的是，兴叶竟然让我履行承诺，也就是说，让我指点他一下。

我挠了挠头，说："任何歌儿都是有个曲调的……"

兴叶马上说："这我知道！"

我笑了。因为他不知道怎样才能使自己开口时不跑调。

我一笑，兴叶就不高兴了。他很难过的样子。我也因为嘲笑这么好的朋友而自责。于是我们尽可能不再接触这个话题。

回家后，我忍不住掏出了那块宝贝：黄黑色的半透明的东西。爸爸妈妈都不认识它。我先让他们保密，然后就告诉了它的来历。

妈妈很快就相信它的效用，说一定是兴叶说的那样；爸爸则多少保留了一点怀疑。他问：

"吃它就能跑得快些？"

我不敢肯定。因为这事儿要准确，就必须比较和测量。而测量跑速，我知道要在操场上，要由体育老师手持一块特别的钟表——它叫"跑表"。

但我强调说："身上如果更有劲儿，跨的步子就更大、更快。"

妈妈说："就是啊，凡事都得一点一点来，不能一口吃成个胖子。"

为了答谢兴叶，妈妈和爸爸都说该给对方一些礼物。我看过兴叶家的小房子，里面好像什么都没有。他瘦成了这样，也说明了一些问题。

妈妈会做各种各样的饼：春天，她将地瓜粉和白面掺起，再把槐花摊在里面，做成"槐花饼"；夏天，她用一层麦子面再加一层玉米面，卷起来做成"金银饼"；秋天，她把地瓜瓤儿包在面皮中，做成"大甜饼"；冬天，她摊一层白面又摊一层地瓜粉，中间是芝麻和花生，做成"香果饼"。

有了妈妈，我们家就有吃不完的各种好饼。

爸爸说："如果没有你妈妈做的饼，我早就饿坏累坏了，我以前没有做过农活……"

当然了。没有妈妈的饼，我就不愿吃饭，也就不想上学，更没有力气跑。

我带一些饼送给了兴叶，那是最好的礼物。

从那以后我就经常和兴叶躺在沙滩上吃饼了，吃过之后身上有了力气，再琢磨怎么跑。

兴叶有一次把饼拿回家去，再次见到我就告诉我："爸爸妈妈说，这是他们一辈子吃过的最好的饼。"

我和兴叶形影不离。我们在一起无话不谈。

爸爸妈妈都高兴了，他们评价说：这真是一对少年知己！

健步如飞

秋天说来就来。秋天可不是个平常的季节，因为每个秋天都有一场"大戏"上演：全校秋季运动会。

大操场上锻炼的人多了，比我们年级高的、低的，都在做着各种各样的准备。

夏天被雨水冲坏的跑道修好了，跳远用的沙坑铺上了崭新的沙子。

疤眼老师的眼睛常常瞟着我，我则故意不太看她。我知道她想说什么，无非就是那套老话："马上要看你的了"，"时候到了"；再不就是："你发挥自己的特长吧！"

她说出来的、没说出来的，我全都知道。要不说我的心眼儿多嘛。她对班级荣誉无比重视，而且在她看来，还没有什么比体育比赛更重要的。

"体育不行，就是弱班！"她说。

"可是如果我们学习好呢？比如，我们作文好呢？"有的同学就这样问过。他真是问到了我的心眼里。

疤眼老师眯眯眼说："那没什么用。"

我琢磨她的话，最后明白了一点：在运动会结束的一天，园艺场老场长要亲自给冠军发奖——这可是大事！老场长就从来没有为作文好的同学发过奖……

老场长一年到头戴一顶帽子：冬天皮帽，秋天布帽，夏天纱帽。传说他年轻的时候害过癞痢头，头上有好几个秃斑。不过他很和蔼，准确点说，他是一个害过癞痢头的好人。

疤眼老师见了老场长就想哭——她见了级别稍高一点的领导，哪怕谈的是并不悲痛的事，两眼也要湿漉漉的。没有办法，就是有这样的人：一见了领导就想哭嘛。

全校对这场运动会的重视，随着日子的临近而变得越来越明显了。老憨的苦恼也日益加重了，对我说："你跑，我呢？"

我本来想说"你摔跤"，但又知道没有这个项目。

我又想到了铅球和铁饼——以前他也有过这样的尝试，但基本上是失败的。他有力气，也能扔远，可惜一扔起东西来就没了方向，有两次差点砸到裁判头上，闹出人命。

从那以后老师判定：这个人臂力超群，但不适宜参加任何体育项目。

我想着怎样才能不伤好朋友的心。我答应找空闲时间来操场上与他专门研究这个问题。

空闲时间就是指同学们都离开的时候。这段时间操场上空无一人，我们就可以从头试着干点什么了。

他在双杠上攀着，像个狗熊。这是不必试的。他在跳高那儿蹿动了两下，也撤了。只有投掷项目让他信心百倍，但他一抄起铅球或铁饼，我就得远远地躲开。

但有一两次他扔得真准，也真远，于是我们商定：报这个。

我报了一百米短跑、五千米长跑。

短跑我没有把握，因为平时在海边上跑，就从来没有短跑这回事，一跑就是满海滩撒开丫子。对于长跑，我不仅不怕任何人，还嫌这跑道太平整太干净了呢——

如果上面坑坑洼洼、再有些挡路的石头和荆棘，那才好呢，那样我也照跑不误。

运动会这一天，红旗招展，人群涌动。不光是园艺场里的工人和家属全来了，就连附近村子也来了不少人。我的好朋友兴叶专门赶来给我助阵。

参加比赛的同学很少穿运动服，一向都是穿一条短裤、一件背心。也没有穿铁钉鞋的，只是穿胶底运动鞋。听人说，如果参加区里的大运动会就完全不是这样了——那要正规得多，几乎每个选手都要穿铁钉鞋——我一想这个器具就有点头痛。

我的后背上也钉了一张纸，上面是红笔写下的一个大阿拉伯数码。

"到检录处点名了"，"二十八号，二十八号"，"各就各位"……满场里全是大喇叭在喊这一类话的声音。

　　这样的话平时从来不说，这时听起来有点怪。我在这些又古怪又别扭的呼喊里，变得兴冲冲地。

　　兴叶一直和我在一起，掐着腰，好像他自己就要开跑似的。他看着在跑道上试跑的运动员，一副瞧不上的眼神。我也瞧不上：看他们，想象中听到了发令枪，然后往前一冲、减速、停止、再往上蹿跳……

　　这像闹着玩似的，管什么用呢？

　　我说："看样子，他们有点害怕了。"

　　兴叶点头："你跑时不用急，慢慢来……"

　　"慢慢来怎么成啊？"

　　"我是说不用慌，平时在海滩上怎么跑，现在就怎么跑。"

　　这也正是我想的。

　　终于轮到我了。一个举枪的男老师喊着："各就各位——"

　　"砰"的一声，大家撒开了丫子——真倒霉，果然有人心急，抢跑了，结果还得从头再来一遍……

　　抢跑的永远都不会是我，这辈子都不会是我。我就像在海滩上一样沉着，怎么会抢跑呢？

　　跑啊跑啊，这么平整的跑道也太简单了，我甚至不愿停下来，就一直跑下去好了——不少人一齐喊着：冲线了，跑完了，你快停下吧！

　　我还是往前跑……最后我觉得差不多了，这才停下来。

　　兴叶对我说："真棒啊！你比他们快多了。不过你差点多跑了一圈儿！你忘了这是比赛吧？"

　　我说："怎么会忘了？是跑道太短了。"

　　兴叶大笑。

　　一百米，我跑了十三秒十五！

　　我说过，百米绝不是我的强项。但即便这样，我仍然破了全校的记录！疤眼老师这次不是想哭，而是真的哭了——老场长没来她就哭了，哭得没有声音，不过她擦擦眼睛，又笑了。

兴叶在没人的时候小声问我："吃了'飞鱼鳔'没有？"

"没有，还没有。"

"待会儿是五千米了，吃不吃？"

"不吃。用不着。"

"对，好钢要用在刀刃上，等区里开运动会时再说！"兴叶握握拳头。

五千米的发令枪打响了！我简直跑得懒洋洋的——只是别人看不出而已，在他们看来我是一路飞跑、飞跑，一直冲在前边。他们一齐叫好……

其实我不太用力，因为根本用不着。瞧脚下这条跑道，干净光滑得有点不像话，这根本就不费什么力气嘛。

只是到了快要结束的时候，我觉得呼吸有点逼人——嗓子眼好像窄了些——这一下我似乎生气了！我一生气，也就没命地跑了起来！我跑得多快啊……

后来兴叶告诉我：最后一圈儿我的速度简直是惊人！如果单以这一圈的速度来论，世界冠军也比不上你！

我这次一共用了十六分十五秒！最后的零头总是"十五"，多么怪啊！我也不知道这个成绩怎么样，只是一见迎头走来的疤眼老师，一切也就全明白了：她又一次哭了。

我再次破了全校记录。

全　靠　腿

疤眼老师摸摸我的头，又试试我的脉搏。"我怎么摸不着你的心跳？"她的一只眼稍稍斜着，显得那么好看。

我不答话。在关键时刻，我觉得心跳是停止的。因为有时候它实在忙不过来，我也就索性不再管它了。在海滩上跑的时候就是这样。

这是我掌握的独特方法。

我的项目全部胜利完成，这才记起了老憨的事。我抬头四处张望。当疤眼老师明白了我在找谁时，立刻沉下了眼皮，嘴也噘了起来。她咕哝：

"别提老憨了，他的铅球把裁判的脚趾砸伤了——幸亏是小脚趾！"

我开始吃了一惊，后来又笑了。我不再理她，转身就往投掷场跑。兴叶跟在我的后边。

老憨满头大汗坐在一边，我一看他的样子就知道出事了。因为他从来没有这样老实过。

我问怎么回事？他不说话，伸手往一旁指了指。

离我们十几步远的地方，一位老师半仰半坐，后背靠在一把椅子上，两手捧着左脚：小脚趾上包了洁白的纱布。

"如果再歪一点，就、就坏了……"兴叶磕磕巴巴的，可能想到了父亲"滚蹄"。

运动会发奖时，我是最风光的一个了。癫痫头场长来了，他亲自给我颁奖，像对待一个大人那样跟我握手，还问我是谁家的孩子。

我报上了妈妈的名字，因为她在园艺场做临时工，也算他的员工了。他一时记不起来，只说："噢噢，噢噢！"

发奖会后，疤眼老师对我说："你听老场长怎样夸你、夸你妈吧，这多好啊！"

我也高兴。可是老场长什么时候夸过我妈呢？她是太兴奋了，可见人一兴奋过了头，耳朵就不好使了——这种情况是经常发生的吧。

我在场长发奖的时候，想就近透过他头上的纱帽，看清那几块秃斑，但没成。我只注意到他长了又大又肥的鼻子：往下垂着，显得整个人都很忠厚。疤眼老师的鼻子与他完全不同：尖尖的，很不忠厚。

不过疤眼老师在赛后的一场谈话中，给了我巨大的希望和信心。

我永远不会忘记她的许诺、她对我展示的美好前景。那一刻我甚至感到后悔和羞愧，因为我以前背地里和老憨说了不少她的坏话。

她原来是这么善良、这么爱护自己的学生啊，瞧她一切都为我着想。我也像她见了老场长一样，两眼有点湿漉漉的了。

我回家后就对妈妈复述了这场谈话，但只说了其中的主要部分。其实当时她咕咕哝哝说得可真多，她太高兴了。

那会儿她让我在对面坐好，又拉拉我的手，这样我就坐得非常端正了——凡是重要的谈话，人就要这样坐好。她说：

"你知道这一跑会怎样吗？你知道这一跑的意义吗？你肯定不知道！"

我说："我不知道。"

"是啊，你怎么会知道？以你这样的成绩，只要保持下来，哪怕不再提高，也会被保送进高中！而以前，你是不可能继续升高中的……"

我的心怦怦跳。我忍住了没有失态。我太激动了。

"我把你的成绩告诉了我男人，他一开始不信，后来又觉得我哪能骗他？他也说，不得了真不得了，说你会被保送升学的！我那口子在教育局……"她喘起来。

我记起来了，那个人镶了金牙，我和老憨背后叫他"金牙"。我们对他一点好印象都没有。

"你的前途大着哩，我对那口子说，你还没受过专门训练呢，还没穿上铁钉鞋呢！"

我马上脱口而出："我不穿铁钉鞋！"

她没在意我喊什么，继续说下去："知道吗？你这辈子就全靠腿了！只要跑得快，就什么都有了……"她用力拍拍我，加重了语气：

"你好好跑，别的不用管，好好跑，只管一直跑下去，听到了吗？记住了吗？你这辈子全靠腿了！"

我听得明明白白。我深深地点头说："我记住了，我全靠腿了……"

疤眼老师结束谈话时，再次摸摸我的头发，拉拉我的手。

我是一个最能跑的人，这个早就不是什么秘密了，但在运动会之后又完全不同——因为我究竟怎样能跑，是经过了仪器测量的，是有准确数字记录的！

村子和园艺场的人遇到我，就停住脚步端量一下，说："就是你？"

我平静地回答："就是我。"

他们用很长的时间打量我的腿。

园艺场女工大红嘻嘻哈哈凑过来，上来就揪我的耳朵，还攘一攘我的腿，兴奋得两个酒窝都抖，说："听说你跑得比兔子还快？"

我的脸红了。我不喜欢女的这样挨近我、摸我。

我们班最好看的女同学叫"紧皮"，她也赞扬我了，但她不说话，只用眼睛的余光看我——这才是让人心跳的大赞扬。

兴叶和我在一起时，除了重温那一次次感动，就是讨论未来的事情了。我们的目标多么远大多么诱人！我上高中，他上体校——这方面我们俩简直一模一样：全靠腿了！

他说："吃'飞鱼鳔'吧，一次只吃一点点。"

我同意了。我开始极其认真地对待运动会的事情了。因为那个目标正在变得如此地真实、如此地接近。

我的速度是经过了仪器测量的，所以一切也就更加可信。我这人一直强调准确，只要准确了，那就是重要的和可信的。

我以前之所以对于"飞鱼鳔"的作用将信将疑，主要是因为它缺少一种准确的测量。同时我也知道，这是难以测量的。唯一的根据只是兴叶的长跑能力——

他如果失去了"飞鱼鳔"又会怎样？

但我不能不信兴叶的话，因为他是我最好的朋友，这一点越来越确定无疑了。

"飞鱼鳔"又腥又苦，我每次都要用力咬下一点点，细细咀嚼，费力地咽下去。

兴叶特别提到一个令我们不快、而且有点厌恶的人：教育助理的外甥李金。他说："区运动会他也要参加的。他发誓一定要夺冠军……"

"他发誓就能吗？"

兴叶皱着眉头："他说'就能'！"

"他靠什么？铁钉鞋和运动服？"我一脸的嘲笑。

"主要是铁钉鞋吧，也许还有别的，我也说不好……"

我安慰兴叶："别怕他，我们靠腿，我们全靠腿！"

备 战

我告诉老憨：今后很长一个时期，我和兴叶就是备战全区运动会了！

"那是个什么玩意儿？"老憨翻着白眼问我。其实他什么都知道，不过是故意搞笑罢了。他这个人一点都不憨，我说过，他是个粗中有细的人。他在以这种方法抵挡另一件尴尬的事：砸伤了裁判的小脚趾。

还有一点可能就是，他对我和兴叶更多地在一起有点嫉妒。我们注意常常叫上他一起，但因为切磋的问题太专业化了，老憨听不进去，总是不能够深入参与。

老憨最适合做的，就是在我们跑的时候，在后边为我们加油，喊着："真好样的啊！真不得了啊！比兔子都快啊！"

我和兴叶听了他的呼喊确实来劲儿，但问题是我们只一会儿就跑远了，他的呼喊很快就听不见了。

从有利于观众加油这一点来看，运动会的跑道设计是合理的：它是圆的，这就可以让喊话的朋友站在一个地方不动，也不断有机会给运动员鼓劲！所以，我和老憨讲好，当我和兴叶参加区运动会的时候，他可一定要去！

老憨拍着胸脯："你们听好吧，单是我的嗓门，也要让那些小子吓得两腿发抖！"

我特别指出了斜眼李金的危害——我一度真想请他揍一顿这个狂妄的家伙，只是忍住了。兴叶在一边说："那个人太霸道了，他在自己学校说一不二，从一开始就有了铁钉鞋！"

老憨一直瞪眼听着，说："那好办，等他跑过来时，我就喊'完了完了，你完了'……"

在临近区运动会的前两个月，最麻烦的事来了：疤眼老师请来一个满脸横肉的男人做我的教练。我暗地叫这个人"横肉"。

我问兴叶："你遇到这样的怪事没有？"他说还没有。

这个男人三十多岁，是从外校来的，据说工作十分繁忙，完全是看在"金牙"的面子上才来帮忙的。我却一点都不感激。我不要任何教练，就像我也不要铁钉鞋一样。

我只要兴叶和他的"飞鱼鳔"——主要是兴叶，如果没有他，"飞鱼鳔"我也宁可不要。

每天放学以后我都不能回家，也不能找老憨他们玩，更不能在星期天约上兴叶去海边。这使我烦透了。

"横肉"让我没完没了地扩胸，大口吐气，这和那个斜眼李金做过的动作一模一样。他还让我每一步迈出的时候，都要有一个高抬腿的动作——

"跑起来就像马一样，明白了吗？你平时观察一下马怎样跑！"

我不敢反抗"横肉"，因为我不愿得罪疤眼老师。我想上高中，就是这样。

"横肉"让我围着操场没完没了地转圈，还手拿一只跑表喊："加速！加速！"

这个笨蛋，谁不知道加速啊？可一直加速谁受得了？我的心脏提抗议了，它怦怦跳、跳，它已经在骂我了。

"加速！加速！"横肉喊着，然后猛地一按手里的仪器。

我喜欢所有的仪器，因为这是科学，这是测量准确数值。可是仪器一旦落到了"横肉"这样的人手里，我们也就倒了霉。我忍了一会儿，真想躺在地上装死。

我就不"加速"！

"横肉"大失所望。后来他专门对疤眼老师说："也许没有什么希望了。"疤眼老师这次偏偏不听他的，说："我不信。"

因为她是亲眼看见我在全校运动会上怎样创造奇迹的。所以她找到我，告诉了"横肉"的话。我对她说："'横肉'不懂长跑这种事，他让我学马，而马是四条腿……"

疤眼老师瞪大了眼，左眼又开始斜了。

我趁热打铁："如果再让他训练下去，运动会上的冠军就没影了！"

她吸着凉气："这，这怎么办？"

我说："相信我吧，我，我们，都有自己的一套训练方法——我们得到大海滩上去，这才是动真格的!"

她将信将疑地看着我，不再说话了。

这样，我终于又能经常和兴叶一起到海边上去了。老憨许多时候也和我们在一起，这真是愉快极了。我们不必时时刻刻在操场上转圈，而是仰躺着看天，听海浪，迎着海鸥来上一嗓子，高兴起来才开始跑——

一口气从海滩这一边跑到河头那儿，再飞快转回，因为不能让老憨等急了——他一急会骂人的。

兴叶躺着玩时，又讲起了他爸"滚蹄"，这引起了老憨的极大兴趣。他提出哪一天一定要去看看兴叶爸——我知道，他是好奇那只沾地时先要滚动一下的脚。

对于这只"滚动的脚"的产生过程，老憨问得很细。当他知道是一个年纪不大的小海贼，用钩子勾住了飞跑的兴叶爸时，就说：

"那你们以后跑的时候，也要想着后边有这样一个小海贼——这样你俩跑到哪里都能得胜，别说全区，就是全县也没人抵得过!"

我觉得老憨这次没有说错。我说："那个斜眼李金不是也要参加吗？他就是小海贼了!"

"他就是!"兴叶说。

第二天上学时，疤眼老师又把我叫到办公室了。她笑吟吟地看着我，让我心上有些发毛。这样待了一会儿，她说：

"不让你猜了，给你得了!"

她一转身，椅子上露出了一簇东西。

原来是一双崭新的铁钉鞋!

老天爷，我哭笑不得。我越是害怕什么、讨厌什么，什么就越是出现。

她说："这是我们两口子送你的礼物，就等着你拿冠军了!"

我又紧张又吃惊，因为完全没有预料。我一直认为这种铁钉鞋不是什么好东西，它起码不该是我穿的。而且，不知为什么，我还觉得这是天底下最不吉利的东西。我说："我……"

"快拿去呀!"

我咬咬牙说："我不要。"

她生气地一沉脸，但很快又笑了："别，别这样不好意思，来，好孩子，先穿上我看看呀!"

她从来没有这样对我好过。她的称呼让我差点晕过去。我不由自主地挨近了她，任她摆弄，不知怎么就把鞋子穿在了脚上。

可是我不会走路了，一瘸一拐。

"走啊，大胆走啊!"她在一边督促。

我不得不快些脱下来。我说这得回去慢慢琢磨才行，这不是一般的鞋子嘛。

全区运动会

最先知道我有了一双铁钉鞋的是老憨。他一见我哭丧着脸，再看看那双怪鞋，就说："这不是好东西。"

老憨先穿上它，然后费力地往前走了几步，说："这不是成心要把你的脚弄坏? 我敢说这肯定是个晦气玩意儿，不管你信不信。"

我说："那天李金来找我，他没有穿，只在手里提着。"

"提着看看，用来晃人的眼还差不多!"老憨说着脱下来，用一根树枝挑着。

回到家里，爸爸妈妈得知了老师的奖赏，十分感谢。妈妈说："你该知道，她对你寄托了多大的希望。你要好好努力，千万别让老师失望。"

离全区运动会的日子越来越近，兴叶一有时间就和我到海边上去。我们尽管不算紧张，但练习长跑的时间还是比过去多了。他每天都问我："吃过'飞鱼鳔'了吗？"

我点头。我和他一样，每天只吃一点点。

"你觉得怎么样？"

我如实说："还像过去一样。"

"这就对了。我爸'滚蹄'说了，这劲儿是一丝一丝入了心的。"

我不明白。兴叶就解释："入了心，就有了心劲儿；如果只是一时的作乐，那就只管用一小会儿……"

我于是问："那么用来短跑不是刚好吗？"

兴叶摇头："我也说不清。反正心劲儿最好。这是我爸'滚蹄'说的。"

老憨几乎每天都用树枝挑着那双铁钉鞋来海边。他的身边围了不少男孩，他们都对这双鞋子感到好奇。他们问它的作用等等，他就给他们胡乱讲解：

"穿上它能飞檐走壁，偷东西也抓不着！"

大伙儿"啊"的一声。

他又说："谁惹了咱，蹬他一脚，他腔上就有一些洞眼，疼不死他？"

大伙儿又"啊"了一声。

我和兴叶跑远时，他追不上，就把铁钉鞋挂在一个树杈上玩起了游戏：让大家抛土块去打鞋子，谁打得中，就算打中了一只大鸟。

区运动会终于开始了。

疤眼老师带我们去会上，她一开口就问我带了铁钉鞋没有？我说那是当然的了。"它在哪儿？"她十分认真。我指了指后面的老憨：他正背在肩上。她笑了：

"瞧，还没当上冠军呢，就有人专门提鞋子了，这么大的份儿!"

会场设在十里外的地方，这儿是煤矿学校附近，周围还有好几所学校。到底是更大的运动会，场上搭了专门的台子，有红布拉起的横幅，还有三个扎成一束的高音喇叭。到处嘈杂极了。

兴叶比我来得早，他已经换上了背心。他见到我高兴得很，使劲捏了一下我的胳膊。我知道他没有说出的一句话就是：放心吧，谁也跑不过我们，我们是吃了"飞鱼鳔"的人!

我也用力捏了他一下。我用这个动作回答他：当然了! 就是这样!

我们以这种方式互相加油，然后就各自回到自己的代表队了。老师在赛前最后一次给我们打气，并说了一些注意事项等等。

我们学校的带队人就是疤眼老师，她这次表现得信心十足。我坐在她身边，不说话，但同样有信心。我们围着她，脸上有一种"各保其主"的神气。

一会儿来了一个四十岁左右的男人，同学们呼一下站起。原来是"金牙"。我不喜欢这个人，因为光是金闪闪的牙已经够烦人的了，他嫌不够，还留了背头。我装作没有看见。可是他专门找到我，说："哦，在这儿呀，有决心吗?"

我只点头，不愿开口。

"跑鞋呢?"

我回头找老憨，老憨坐在几米之外。我指指他。

"哦，很内向哟。"当他看清了老憨确实背了一双铁钉鞋，这才有些放心，说："现在该穿上了。"

大喇叭又吵闹了，什么"到检录处点名了"这一套。我们都站起来。

疤眼老师说："鞋子鞋子! 快! 怎么还不穿?"

她突然变得这样威严，瞪着我。我一转脸，看到"金牙"也在看我。

我只好穿上老憨递过来的铁钉鞋。

我真后悔平时没有穿上它练习，这会儿一沾脚觉得难受极了。我心里想：多么奇怪啊，世界上还有这样的破鞋……

我后背上又钉上了一个大大的阿拉伯数字。我往"检录处"走的时候，觉得脸上刺疼难受，一抬头，看见了身穿大红运动服、脚蹬铁钉鞋的斜眼李金！

他先盯我的脸，再盯我的脚——当他看见我也像他一样穿了铁钉鞋时，目光里立刻射出一道杀气。

我的心怦怦跳。奇怪的是，我真的有点害怕这个家伙。我转脸寻找老憨，没有看到。

在一百米的起跑线上，我们一共有七个人。这其中没有兴叶，我知道他只报了五千米。我一开始就坚持只报五千米，因为一百米不是我的强项。可是疤眼老师非坚持让我报不可，还说："上次行，这次就行！"

"各就各位——"

"砰"的一声，又有人抢跑了。还得重来一遍。

我跑起来时，就觉得像踩在了一丛丛的荆棘上。每一下都深深地扎进去了——当然是铁钉扎进了土里，但还是觉得不对劲儿、觉得别扭！我跑着，大口呼气——我终于明白为什么斜眼李金他们，还有教练他们，一开跑就要这样大口呼气了，原来是让铁钉鞋给气的！

我真想把这鬼鞋甩下来——我果真甩起来，但甩了两次没有甩掉，因为它给带子紧紧勒在了脚上！真是倒霉啊，我甩不掉它！

这是多么倒霉的一次百米比赛！我根本就顾不得超过别人，从头到尾都在想法对付这双铁钉鞋！

直到跑完了一百米，我还是没有甩掉它。

我失败了，铁钉鞋胜利了。我落在了最后头。我听到了一个人凑近了，发出嬉笑，一边笑一边说："你完了！你彻底完了！"

斜眼的跑鞋

最早走到我这个失败者身旁的，不是别人，正是兴叶和老憨。老憨盯住我的脚说："还不快脱！"

他的话提醒了我。我不顾一切地脱下了它。我刚把它扔到地上，老憨就冲着它吐了一口："呸！"

兴叶说："五千米不穿它了。你是不习惯啊。再说你主要是长跑。"

我一直没有说话。我抬头寻找那个李金——我忘不了他的诅咒。我对他们重复了一遍他的话。老憨问："他在哪儿？"

有个穿红色运动服的家伙正在一边的空闲跑道上蹿跳、蹦、扩胸、大口呼吸……正是那小子。他脚上那双铁钉鞋特别显眼。老憨的目光一瞄上他，就笑了。

老憨迎着他走去，我喊了两声，老憨就像没有听见一样。

我和兴叶在离他们十几米远的地方看着。

老憨走近了李金，走得很近，也做对方一样的动作：扩胸、大口呼吸，同样往上蹿跳、蹦……李金每次厌恶地躲开一点，老憨就靠近一点。

李金气得跺脚时，老憨几乎是迎着他的脸大口吐气，一定是发出了"噗，噗"的声音。李金跺脚、再走远一点，可老憨一直跟住他，左右扩胸、蹿蹦、大口吐气……

我和兴叶都笑了，同时又有点担心。

离五千米项目开始还有二十多分钟，我和兴叶不得不走开。

正走着，兴叶突然凝住了神，朝旁边指了一下。

我们都愣住了：李金领了两个人，其中一个还背了带刺刀的枪。我的头皮一麻，小声咕哝一句："民兵！"

那三个人怒冲冲地走去——正是奔着老憨去的！我的头有些发懵，拉着兴叶就赶过去。

那两个民兵伴在斜眼李金的左右，围起了老憨。他们厉声斥责老憨，说他破坏运动大会。老憨刚辩解了一句，斜眼李金就狠狠地踢了他一脚。

老憨骂："你这个狗斜眼，敢用铁钉鞋踢我，看我不拧下你的头来……"

两个民兵扭住了发怒的老憨。斜眼李金又踢了老憨两脚。

我和兴叶一齐涌上去，证明老憨的话是对的：他刚才也在做准备动作，不过是扩胸、蹦蹦、大口吐气……背刺刀的人怒冲冲地指着老憨问：

"他是运动员吗？"

我一时哑口无言。但我很快反应过来，大声说："他是我的教练！"

斜眼李金哈哈大笑："鬼话，这个大胖子能当教练？"

兴叶马上证明说："是的，他真的是教练——"说着指指我："他，全校百米、五千米纪录保持者！"

李金往地上吐着："开玩笑啊，他算什么啊……"

正这会儿疤眼老师咋咋呼呼地走来了，喊："都什么时候了，还在这里磨蹭，五千米就要开始了，你还不快……"

兴叶对两个民兵说："这一下你知道了吧？这就是带队老师！"

疤眼老师揪着我就走，眼里全没别人，一边走一边说："心里别有负担，失误谁都有的，只要发挥正常——你的鞋呢？"

她突然一低头，发现我赤着脚，立刻慌了。我转脸寻找老憨说："看，他们找他的麻烦，是他带了我的鞋子……"

"老憨，鞋子！"她严厉地吆喝着。老憨应一声，去一旁找鞋子了。那两个人不再管老憨。

疤眼老师在我耳边说了些什么，我都没有听得太清。一方面是太吵了，另一方面我一直在注意两个人：老憨和斜眼李金。

老憨过来了，疤眼老师训斥说："你连一双鞋子都看不住？一会儿到那边站好了，好好给他加油！"老憨低头说："是。"

她紧盯着我，有些生气。我不得不再次穿上它。但我心里说：一离开她，我就要脱下来！

在五千米的起点上，一溜站了八位选手。大家在做最后的准备。我看到了斜眼李金，他正狠狠地盯住我。我一转脸又看到了兴叶。

我坐下来，抓紧时间解开鞋带，把它们放到一边——我正犹豫谁来保管它们，抬头四处张望。我多么希望老憨就在旁边啊。正这时，突然觉得有一阵风吹过，接着有人一蹦、一冲，噌一下从我面前窜过去。

一阵钻心的疼痛……我的脚被那家伙的鞋钉扎伤了！我捂着脚，看清窜去的人正是斜眼李金，他故意瞅准一个机会踏在我的脚上！

我叫着，血从手指缝流出……

兴叶听到了我的喊声，赶紧扑过来，喊着："果孩儿！伤哪了？"

我使劲按住几个出血点。

"啊！这怎么办啊，快来医生啊，快包他的脚啊……这怎么办，五千米就要……"

不知谁应声找绷带去了。兴叶一直按住我的脚，他的手上也沾了血。我说："是李金，他故意用铁钉鞋踏我。"

兴叶咬着牙，不住地点头。

跑去拿绷带的人还没到。除了兴叶，许多人并没有注意发生了什么。

"各就各位——"

我突然听到了喊声，一下推开了兴叶。我咬紧牙关站起来。

兴叶嚷着什么，可我再也听不见了，任何声音都听不见了。我的耳朵只紧紧捕捉一个声音：发令枪的响声。

"各就各位——"

"砰"！我觉得一颗心也随着爆开了。我的脚一点都不痛了。我的两眼眯着，仿佛盯住前边这片茫茫海滩：有荆棘，有酸枣棵，它们一下连一下刺着我的脚板，疼死了。

我不是要练一双铁脚吗？铁脚还怕它们吗？我咬着牙，在心里小声喊："我是铁脚！我真的是铁脚！"

他们吓坏了

我眯着眼，前面的跑道就模糊起来，接着真的像长出了一丛丛灌木和苦草棵、荆棘。我遇到它们就跨过去，再不就直接踏上去。一束束尖刺捅向我的脚心，钻心地痛，再后来我根本不在乎它们了。

我觉得洒了几滴血，这没什么。有几只兔子从灌木中窜出来，它们是被我惊跑的。

真是太好了，我就盼有几只兔子跑在前边——天底下还有这样的好事吗？由兔子领路，那么你就算交了好运，你就跑吧，你肯定跑得飞快！因为你不是和人，而是和它们这些小乖乖在比赛，那就有趣多了，来劲儿多了！

"小兔儿乖乖，把门儿开开"，我唱起了小时候的儿歌。我那么高兴！

老兔子一点点被我甩到了身后，只剩下几只青壮兔子。它们用四蹄扒地，长耳朵在风里摇动，一直到飘得水平。它们的眼睛一开始是灰绿色的，再后来是淡红色的——这说明它们急了，发火了！

嘿，兔子们火了，瞧它们一见有人追赶就火了。它们在海滩上是长跑霸王，没有任何东西可比的冠军，谁想超过它们，那真是"门都没有"！

我什么也不管，我就是我，我既然来了就得飞跑！我就是兔子，起码这一会儿我就是兔子——兔子大王，谁也比不过的一个大家伙，我的两只长耳朵也在风中飘平了……

跑啊跑啊，随着一阵鸡飞狗跳，终于冲出了一片荆棘棵，然后向着一片平坦的沙道、湿漉漉的沙道冲过去。

我在转弯、转弯，渐渐又看到人群了——我知道他们一伙都在前边等我返回来，这时已经在那里狂喊了。我最想听到的就是老憨的粗嗓门……

人群的狂喊把一切都淹掉了。我搓搓眼，只想看到我熟悉的人……好像有兴叶在不远的地方，他原来在伴我疯跑；一溜溜人站成了人墙，里面好像闪过了疤眼老师！她张着大嘴在喊，喊了什么听不清。

我左看右看，张望着，看到离我稍远的地方，有一个影子在窜——他不是别人，正是斜眼李金！没错，正是他，瞧他也转弯了，一转弯就与一个胖胖的人挨近了，那人正是老憨！

我总算见到老憨了，他这会儿干得正来劲呢，迎着跑近的斜眼李金大声怒喝："你完了！你彻底完了！"

我重新眯上眼睛。眼前的棘刺又出现了。可是这会儿什么都扎不痛我的脚了，因为铁脚真的练成了。我听见老憨在身后撕破了嗓子大喊：

"老果孩儿啊，你飞起来了！飞起来了！就连兔子都追不上你啊！快跑吧，飞起来了，兔子都不是对手！老果孩儿这回长了翅膀……"

　　我又开始转弯了。每到转弯的时候我都得睁大眼睛，因为转得太急会一头扎进海浪里，这可不是闹着玩的事。我睁大双眼，眼前的沙滩刷地一下退远了，变成了一马平川——它们就像被分理成的田垄一样，一条条整整齐齐。

　　我脑子里马上明白过来，这是在跑道上，这是在全区运动会上。

　　大约跑了三分之二的里程了，我有点埋怨嗓子：它一到这时候就变得有点窄，于是就让我生气！我一生气就火了，索性不再理它。我张大嘴巴，不管嗓子，只顾猛跑。

　　还有心跳，这么快，想从嗓子眼里蹦出来。我也不理心跳了。

　　我对付它们的办法一直是这样：不理它们，就是说我一旦火了，不要呼吸也不要心跳。

　　我不理它们，不需要它们，两条腿就像安了飞轮，身体就像一条飞鱼。只有这会儿我才明白了"滚蹄"的话："飞鱼鳔"的劲儿是入了心的！

　　"砰"的一声，传令枪爆响。我知道这是最后一圈了。玩命的时候到了，兔崽子们！我干脆闭了眼睛，不再听老憨和疤眼老师，也不听所有人的呼喊。

　　我只和一些冲劲十足的兔子、身强力壮的兔子摽上了，它们的两只长耳朵飘啊飘啊，就像指引我前进的红旗。后来我才明白：原来它们不是来和我争抢第一的，而是赶过来帮助我的！

　　它们从很远的大海滩赶过来了，因为它们听说今天有一场好拼，就起早奔来帮我了。

　　兔子永远是我的好朋友！兔子就和兴叶、老憨一样，什么时候都是我信得过的朋友！我真是没有和它们白白交往一场啊！

　　因为只顾得追赶兔子，压根就没想过五千米终点这回事，也没在乎那条横扎的布条——我甚至在冲过它的时候还有点生气呢，嫌它拦路碍事，只一股劲儿追赶我的兔子。

它们眼看就跑得没了踪影，我还是往前赶……

一阵阵声浪围过来，我不得不睁开眼睛。他们一齐朝我大喊大叫：

"停下吧，停下吧，没了，结束了！"

"别累自己了，早就冲线了！"

"这是怎么了？疯了？瞧他跑疯了！"

"快看跑疯了的人啊，这人停不下了！"

我搓了几次眼，这才看清老憨和兴叶——他们身边就是疤眼老师！我一看到她，立刻就醒过神来……

我被几个人抱住了。老憨在我耳边大叫："老果孩儿啊，你太棒了，你棒死了！你差不多超出他们半圈儿——超出兴叶小半圈儿，超出斜眼李金多半圈儿！你真是棒死了……"

他们架起我来，我一声不吭。

疤眼老师哭得不能说话。她身旁站了"金牙"。这个男人令人厌恶，因为他在给一边的人下命令："快些，手脚麻利些，快叫医生！叫他们来！"

我一生气就咬着牙眯着眼。"金牙"喊得更厉害了。疤眼老师只是哭，一边哭一边说："你别吓我们啊，吓死我们了，你快睁开眼吧！"

我偏偏不睁眼。只有老憨和兴叶知道我在玩什么把戏，他们一点都不慌张。

两个医生跑过来了，他们穿了白大褂，耳朵上挂了听诊器，手提医疗箱，一跑过来就把听诊器按到我的心窝那儿。凉凉的，痒痒的，我只想笑，咬住了牙才没有笑出来。

"看，牙都咬紧了，恐怕不妙……""金牙"在一边说。

医生两手抖着放下听诊器，说："根本就没有心跳！"

另一个医生说："呼吸也不太有！"

疤眼老师"哇"一声大哭起来。

这时老憨伸手在我的腋窝下胳肢了一下，我再也忍不住，终于笑出来……

丛林里的秘密

爸爸说："我们一家自从搬到这个半岛上、林子里，还从来没有这么高兴过！"

是啊，真是扬眉吐气了。远远近近的人都知道林子的孤屋里出了一个"飞人"。

"嚯，这'飞人'，那一天脚都破了，流着血，结果还跑了第一！"

"他才不在乎什么破不破的，反正是个野物，成天在海滩上痴跑哩！"

"听说他不穿鞋子就跑了，也许是被操场上的碎玻璃什么的给扎破了……"

"听说连穿了铁钉鞋的助理亲戚都跑不过他！"

"别说穿铁钉鞋了，穿飞火轮的哪吒都跑不过！破了全区记录——也许还有全国纪录！"

"没准儿什么记录都破了，这得问问懂行的人才知道……"

各种传说四处都有，它们从村子和园艺场汇集一起，又涌进学校。同学们都用特别的眼神看着我，已经顾不得嫉妒了，而是一齐赞扬我、羡慕我。

老憨比我还高兴，好像他真的是我的教练，由他一手发现了我、训练了我。他总是走在我的身边，当别人挨近时，就伸手把他们拨开。

我有一次问欢天喜地的疤眼老师说："我到底破了什么记录啊？"

"什么都破了。"

"这怎么会呢？这不会吧？"

她鼻子上可爱的汗粒又渗出来，喘着："怎么不会？我男人正在查，就快查出来了！"

最令人难忘的是园艺场老场长，他戴着那顶人人都熟悉的灰色纱帽出现了。同学们一见他的影子，都知道是来找我的。他们估计得一点不错。

这次老场长径直走进办公室，然后就让老师叫我去谈话了。

老场长从头问了我的饮食情况，还有其他一些杂七杂八：几点睡觉？几点吃饭？吃什么？有什么其他爱好？

当他问到还有什么要求时，我的脑子立刻乱了！因为这一问不要紧，我一下想起了无数的事情，因为我的要求太多太多了！我首先想让爸爸像妈妈一样，也到园艺场做临时工——他到附近村子里干活时，有人对他很粗暴……

我还想到了一些更细小的事，比如看一下他头上的秃斑——这不是存心要搞恶作剧，而是两年前老憨就与我打赌，说老场长不是一般的秃斑，而是真正的癞痢头……

我自然不敢提出这些要求，只是往他头上多看了几眼而已。

结果我因为脑子太乱，一时想不清，到最后也没有提出什么像样的要求。

老场长走开时，咕哝了一句，从身后摸出了一个大包，拉开拉练，拿出了一套红色的针织运动服！我的心扑扑跳起来……

如果他的礼物到此为止也就好了，谁知这只是刚刚开始——接下去他又掏出了几个笔记本、一支钢笔——最后是一双崭新的、稍大号的铁钉鞋。我一看见它就有些丧气了。

"祝你取得更大的成绩！"老场长正了正灰色纱帽，拍拍我的头说。

直到他走开，我的情绪都没有恢复过来。

我直盯盯地看着桌上的礼物，最后故意不看铁钉鞋，只看红色的运动服和其他，这才高兴了一些。

但我还是将这双铁钉鞋收起来了。我用一张报纸包得严严实实，再夹到运动服里边。我在琢磨它的用场。

回想老场长与我的谈话，知道他除了关心我，再就是想了解一下我的秘密——究竟是怎么获得成功的？他肯定以为我藏下了什么秘诀。

难道我没有秘诀吗？我敢说没有吗？

当然是有的。谁能没有秘诀呢？只是有的人嘴浅，一不小心就说出来了，而有的人一辈子都不说，到死都不说——这两种人我都不喜欢。

我会一点点将秘诀讲出来，因为他们只要晚一点知道这秘诀，也没有什么，那会儿再想利用这秘诀已经来不及了；而那些到死都不说出秘密的人，也未免太狠了一点吧？

咱可不当那样的狠人！

我的秘诀就在海滩和林子里。这方面，老憨和兴叶知道得一清二楚。

也许在兴叶看来还要加上"飞鱼鳔"，但说心里话，我总是有点怀疑它。那只能算十分之一的秘诀吧。因为同样吃它，兴叶比我吃得更早，却在赛场上比我慢了小半圈。

当然兴叶也十分高兴——为我高兴，也为自己：他毕竟是全区运动会的亚军啊！

我回想起来，那一天最让我得意的，还有灵机一动说出的一句话："老憨是我的教练！"

我这会儿一想起来就觉得可笑——我自己任命了这样一个二百五教练！可是既然这样说了，也就不再后悔，而且还觉得十分有意思。

　　他在关键时刻为我出了气，帮了大忙，难道还没有当教练的资格吗？

　　我故意对同学们说："老憨是我的教练！"

　　我这样说时，连疤眼老师都被唬住了。她有很长一段时间不敢随意呵斥老憨了。其他的同学也用另一种眼光打量老憨。而老憨则明显地骄傲起来，不光对他人，就算对我，有时也居高临下地说话了：

　　"老果孩儿，你要这样"；"老果孩儿，你要那样……"

　　我终于忍不住，提醒他："这样可不好啊！"

　　老憨不好意思了。不过他说："咱们一块儿到林子里吧，什么教练不教练的……"

　　去海边时，老憨总是背着那双大号铁钉鞋。因为我已将老场长赠给的这个礼物转赠给他。以前的那双鞋在全区运动会上弄丢了，就是在发令枪打响的那一刻丢的——无论老憨还是我，还有兴叶和疤眼老师，并没有感到特别的惋惜。

　　老憨背上这双鞋绝不是因为喜欢，相反是同样讨厌它。他愿意带上它，一方面这是老场长赠的，另一方面也可以表明自己"教练"的身份。

　　在海边人多处，他背上的这双崭新的铁钉鞋格外引人注目。

　　从此以后，我和兴叶开跑之初，老憨一定要在身后大声吆喝一句："各就各位——砰！"

　　然后一群人都跟上跑，像过去一样，跑不了多远，也就只剩下了我和兴叶两人。不断有兔子被我们惊起来，它们像箭一样射出，一纵就跳到了灌木的另一边。

　　我们一路紧跟，也像它们一蹿、一纵，奋力跳过灌木。它们仍然跑在前面，那么灵巧地绕开树木和各种荆棘。

我们盯紧它们，生怕失去追逐的目标——前边长时间摇动着一丛白色的花儿，那就是兔子尾巴！

"别让它跑丢了，快呀，快呀！"我听见兴叶在喊——不，我听见自己在喊——其实谁也没有喊，这是我们装在心里的话。

我们张大嘴巴喘着，谁也说不出一句话来。

永远追赶前边那丛颤抖的、白色的花儿，这就是我们的秘诀。

我和紧皮好

我说过，我们班没有比紧皮长得再好看的了。这是真的。

她和我一般大，是园艺场的孩子，我妈也认识她。我妈有一次在家里夸她，说这是谁家的孩子啊，长得这么好看！"就像大姑娘似的，水灵灵的眼，羞答答的！"

妈妈夸她，还说她有礼貌，见了总是脆生生地喊一句:"阿姨好！"

她见了老师和校长打敬礼的样子，真是好看极了。

我对老憨说："紧皮打敬礼的模样，最标准了。"

老憨不往心里去，因为他讨厌打敬礼。有一次他不得不打，就装作擦汗，伸手在额头那儿胡乱抹了一下，算是应付过去。

不过老憨突然说了一句："你得感谢紧皮啊，人家那天为你出力可不少！"

我的脸有些红，问："她、她出什么力了？"

"那天在全区运动会上，她为你加油，喊得嗓子都哑了。"

"这不可能！我怎么没听见？"

老憨歪歪嘴巴："咳！我就在她旁边——也许是我的嗓门把她的盖住了……"

　　我听在心里，不再说什么。我后来真的想起来：运动会以后的几天，她的嗓子好像有点不太清亮。原来是这样啊！我心里想：我一定要当面感谢你啊。

　　我想找一个合适的机会。因为我才不愿让别人说长道短。要知道我们班这些人少见多怪得很，动不动就胡乱议论：谁和谁好了、谁与谁飞眼了。

　　那样的谣言一旦传开，怎么解释都没有用，再要让人忘掉，起码需要三到四个星期。

　　有一天放学后，天还没有黑，我走在园艺场的路上。因为这是杏子成熟的时候，这一段放学总是很早。我要到妈妈做活的地方，然后和她一起回家。

　　我就是这样，一个月里总有几天特别想和妈妈多待一会儿。这可能是我吃奶的时间比较长吧，爸爸曾嘲笑我，说我两岁半那会儿，还想趴在妈妈身上吃奶。

　　我走着，听到后边有脚步声，回头一瞄竟是紧皮！我故意放慢了步子。

　　她从我身边走过，偏不与我说话。我咳一声，她就说："咳什么？"

　　我说："感谢你紧皮！"

　　她愣住了，站在那儿，书包悠悠晃晃的，问："又怎么了？"

　　"那天你为我加油……"

　　她笑了。她笑的真好看。我这才看出，她长了又小又整齐的牙齿。

　　"呀，你那天跑得真快啊！你是咱班的英雄——这是老师说的！你真了不起——你知道吗？"

　　紧皮皱着眉头问，那种认真的、好看的样子，任何人都没有。

　　我如实回答她："我不知道。"

她的眉头皱得更厉害了：“你真的不知道？”

我很为难。我怎么会撒谎呢？我真的不知道这种事。我说：“我只是有几个‘特长’……”我说到这儿意识到什么，赶紧闭上嘴巴。

她笑吟吟的：“听说你还会唱歌？”

我低下了头。当我再次抬头时，发现她正用亮晶晶的眼睛盯着我，眼睛里充满了好奇。

我说：“等没有人的时候，我唱给你听……比如说，等晚上出来玩的时候。”

“你不想让别人听吗？”

“当然了，谁想让别人听呢？”

我们约定：晚上到一棵大白杨树下玩，我唱歌给她听。

自从有了这个约定我就不安起来。因为我从来没有和女同学单独出来过，尤其是晚上。我甚至不想回家吃饭了，就在这路上来回走，一直到天黑、到月亮升起来……

饭后，我对家长撒谎，说要到老憨那儿玩，然后就跑出来了。

可是刚出门，老憨真的迎在了小路上。我恼怒了，问：“你怎么来了？天黑了还要教练吗？”

老憨委屈极了，掐着腰看我，不理我。我后悔惹了他，只得好言相劝，说你先回吧，我有别的事——等会儿再去你家！

老憨懵头懵脑，还没有反应过来，我就跑开了。

一口气跑到园艺场北边，找到那棵最大的白杨树。月亮升得真慢。我等着她，心里想：难道我真的要唱歌给她听吗？这会使我难为情的；再就是，如果她把我专门来唱歌的事说出去，同学还不笑话死啊。

正想着她就来了。她的脸庞在月亮下显得红扑扑的，就像苹果。

刚一坐下她就让我唱：“你快呀，说好了嘛。”

我没法拒绝，就清清嗓子，小声唱了起来。不知为什么，我一开口又唱起了忆苦歌。这种歌专门用来回忆旧社会的苦。我一直唱着，一低头发现她已经哭了。她一哭我唱得更用心，然后自己也哭了。

我抹抹眼泪，停止了。

好长时间我们都没有说话。最后我想起了一个新的话题，就问："你为什么叫这样的名字？真怪呀！"

她听了，马上将我的手拉到自己的手背上："你揪一下，再揪揪自己。"

我试了试，她的皮真的很紧。而我的皮比她松。

我还想多揪几次，她躲过了。

她看着天上的月亮说："再有一年我们就该上高中了——我们如果还是一个班多好啊！"

我的声音低沉了："我还不一定呢……"

"你一定的！"

我看着她："因为，听说——听说我不一定能上高中的……"

她吸了一下鼻子，面向着我："我们是好朋友，我不骗你——我听说了，只要你能在全县运动会上跑得一样好，就肯定会上高中的！这叫'保送'……"

"'保送'？还有这样的事？"

"嗯哪，嗯哪，嗯哪！"

只能跑到那里

自从紧皮告诉我是个"英雄"以后，我就有点不一样了。我从来没有像现在这样目标明确——跑跑跑，一直跑到高中的大门里！

我想象和她一起读书的情景，心里无比高兴。

我和老憨兴叶都是朋友；我和兴叶还是一对"少年知己"。但是我还从来没有和女同学做过朋友，所以一想就兴奋。

妈妈问我："你怎么这么高兴啊？"

我说："我也不知道。"

我不想让妈妈知道和紧皮在白杨树下唱歌的事，它应该是这段时间里最大的秘密吧。我不会告诉任何人。紧皮可能也不会。

是的，我以前想过：自己将来也会像大人一样，有个媳妇。但那一定是很遥远的事情。让紧皮当媳妇是最好不过的了，但我敢对天发誓，我们现在只是好朋友。

她大概相当于"女兴叶"吧，但还远远不算"知己"，因为我们现在还做不到无话不谈。

我唯一的知己是兴叶，这是不会变的。兴叶到我们家来玩，妈妈总是给他一些饼。我也到兴叶家去玩，他的爸爸妈妈待我就像自己的孩子一样。

他们家里，一面墙上贴了兴叶得来的亚军奖状，柜子上摆了一摞笔记本——这都是运动会发给的奖品。

"听说老场长还送你一身运动服、一双铁钉鞋？""滚蹄"问。

我说："是的，运动服要到全县运动大会再穿，铁钉鞋用不着的。"

"滚蹄"抽着烟："嗯，鞋底要不利索，怎么能穿哩！敲掉了钉子也许中用……"

兴叶一边听了直笑。

兴叶妈说："我孩儿你笑什么？你爸说得哪点不对？"

我也笑了。

"滚蹄"磕打烟斗："兴叶要能上'踢校'，我这一辈子的心事、我们全家的心事，也就没了……"

我默不作声了。我抬起眼睛时，和兴叶的目光对在了一起。

两人心里全都明白：我们没有别的办法，我们只有跑、跑，一直跑进那两所学校的大门！

天一点点热起来。海上又有了拉渔网的人。

每天海边上的人都多得不得了，拉网号子喊得人心上发急。这号子声一响我就坐不住了，总想一撒丫子跑到天边去。我的脚发痒，心上发痒，全身都发痒。

我这痒劲儿只有让太阳晒一场、再让汗水冲刷一遍才行。

我在号子声里跑起来，一口气跑到海滩深处。如果老憨和兴叶他们不在身边，那就一个人都没有。但我只要惊起一只兔子，再也不觉得孤单了。我一直跟在它的后边。

我紧紧跟上，全忘了要跑向哪里。

汗水流进了眼里，我不停地擦汗——再一睁眼，兔子已经跑没了影儿……我这才发现来到了一个陌生的地方，这地方我从来都没有来过。

一片片黑松林，一棵棵老橡树。

有一幢泥屋在一丛槐林里，我好奇地看着它。正在犹豫是不是走进去时，门打开了，从里面出来一个拐腿老人。他一见我的样子就说："追兔子了？"

他真是神了！我说："是呀！你怎么知道？"

"看你喘的！海滩上有不少兔子，你这么大的孩子不懂事，见了就追。其实兔子是追不上的，你没听说：'火车不是推的，兔子不是追的'，它是追不上的……"

老人真有意思。我笑了。

老人从衣兜里掏出一把花生，我吃起来。原来这是一个看林子的老人，一天到晚就住在林子里。"你没有老婆？"我问。老人笑笑："咱没有那东西！"

他这个说法逗得我笑个不停。

老人又说："告诉你吧孩子，兔子跑起来，别说是人了，就是狗都追不上！能追上兔子的，只有鹰！你要追上兔子，就得学鹰！"

我不解了："可是鹰会飞啊！"

"这不就得了？你心里得琢磨事儿，想想兔子怎么能跑那么快？人为什么就不行？鹰是怎么飞的？人怎么就不行？"

我愣住了。因为我从来没有想过这样的怪问题！我相信兴叶也不会想过！因为兔子就是兔子，鹰就是鹰啊！

老人说："我看了一辈子林子，和野物打交道也是一辈子了，腿弄伤了；我以前跑得和兔子一样快！我就想啊，这小兔子跑那么快，是因为它有四条腿，咱人呢？只有两条！"

我望着他，说："对，人是两条。"

"两条腿跑得过四条腿吗？这就得加上两只手——要不怎么一跑起来，人的两只手就紧着摆哩！人跑得快不快，除了两条腿，再就看两只手了！"

我还是第一回听到这样的话！

"还有鹰，它有翅膀。人的翅膀变成了两只手——人只要会使这两只手，也就等于有了翅膀！"

我听不太懂，不过我觉得这老人家一辈子在林子里，不知追了多少兔子，他的话一准有些原理。

老人磕磕牙说："要跟上兔子，先琢磨它的四条腿；要跑过兔子，先长上鹰的翅膀……这么着吧，你跑跑我来看，来，你跑跑！"

我被老人牵着手领到了一块空地上。老人一挥手说："跑！"

我不顾一切地跑起来，好像又在追一只兔子了。

老人喊："停！"

我喘着走回来了。老人说："还是手的毛病——你的手使不上劲，腿是好腿啊！你的手要跟上腿……"

发 令 枪

从老人那里离开，我跑一阵走一阵，一会儿把自己想象成一只兔子，一会儿是一只鹰。

奇怪的是我真的跑得比以前快了——如果这时候有一个跑表试一下就好了！我像箭一样射向前方，我简直在飞翔！

我无比兴奋地找到了兴叶，仔仔细细地描述了林中老人和他的泥屋。兴叶说："咱快去找他啊！再叫上老憨！"

我们三个人一起找了许久，再也找不到那个泥屋了！老憨背着那双铁钉鞋，气冲冲的："你连这个也记不住？他不就是个看林子的老头儿？"

我们终于遇到了一个林中土屋，可是叩开门，出来的却是另一个人——同样是看林人，但不瘸也不矮，而是一个瘦高个子，就像麻秆一样。

老憨和兴叶都不再抱有希望了，说：算了算了，咱自己练得了。

不久兴叶告诉了我一个消息：那个斜眼李金从全区运动会上下来，气得发了狠，让那个助理舅舅请来了全县最有名的教练，这会儿正天天练呢！

老憨点头："看来没有教练还是不行的。"

兴叶继续讲下去："那个教练本事大着哩，他训出的冠军数都数不清。他那儿什么仪器都有，针织运动服和铁钉鞋、跑表，那都是小意思。人家每次都咔嚓一声，放地上一个铁架子，这叫'助跑器'……"

我和老憨都听傻了眼，问："什么器？"

"起跑时它要安在地上，再把一只脚蹬上去，发令枪一响，那东西就狠狠推人一下——少说也推出十来米，这不就比咱快了？"

老憨嚷起来："这不中！这叫什么！这还是比赛吗？"

兴叶点头："我问了，人家说凡是正规的大比赛，这都是允许的。"

我关心的是另一个问题，就问："赤脚也允许吗？"

兴叶摇头："没问过，大半是行吧。"

老憨想起了什么，大笑："听说东边村子里出了个精神病，身上一丝不挂，到处跑，谁也追不上。后来给他穿上衣服，他就再也跑不快了……"

我觉得这不是个笑话。穿的衣服越多就越碍事，这就像在海里游泳一个道理。于是我说："参加全县运动会时，如果允许，最好只穿一条短裤。"

兴叶问："这倒是好，不过运动员后背的编号钉在哪儿？"

他提出了一个没法解决的问题，于是讨论也就停止了。

老憨开始扩胸、大口呼气，还往上一蹿一蹦，吹哨子，下起跑令。我和兴叶飞一样扎进了海滩深处，只在遥远处听着老憨有气无力的哨子声。

兴叶跑得飞快，我觉得他就是一只兔子。我想象自己是一只鹰，双手如同翅膀一样劈开空气：俯冲，贴近地面，迅速超越兔子。

当前面出现一丛丛的荆棘时，只有兔子才能灵巧而快速地转弯，俯冲下来的鹰只好再次腾空，眼睁睁着兔子冲向更远。

我和兴叶轮换扮演兔子和鹰的角色。我们决定，在全县运动大会上，就采取这样的策略。我们信心十足。

全县运动大会只有十天的时间了。

我和兴叶所在的学校全都让我们停了课，抓紧时间集中训练。区教育局为我们派来了专门的教练，教练提出一个致命的要求，就是要穿铁钉鞋，还要学会使用助跑器。

第一次使用助跑器时，我因为用力过猛，竟然在空中翻了个筋斗，落地后却照样往前跑去——教练马上喝停说："这样耽误工夫，不要翻筋斗。"我说："我也不愿意啊，是脚底这东西太猛了！"

教练为我一次次做示范：他蹬住助跑器冲出的一刻，两手下垂，头往前拱！这多么像鹰滑翔、像大鱼抢浪的动作啊！

我明白了，同时也知道：一切器具其实都是在模仿那些野物，即那些"哈里哈气的东西"而已。所以我和兴叶这样的人，因为对它们太了解太熟悉了，于是各种器具反而成了最大的累赘！

我还想到了铁钉鞋：因为人的脚底太光滑，脚趾又太短，不像"哈里哈气的东西"，所以跑快了就容易不同程度地发生"滚蹄"，所以就要借助铁钉鞋了！想到这些，我说：

"我不适合它们，我上场时不要器具……"

教练听不懂。他找来疤眼老师，她听了叹一口气说："这是个野性孩子，我拿他也没办法。嗯？"

她稍稍歪斜的左眼对教练使了个眼色，教练就走了。

我和兴叶一有空闲就凑在一起。他带给我一块"飞鱼鳔"，它闻起来更腥更臭了。我掰下一点嚼着，皱着眉头咽下去。

那场有关命运的大赛啊，要来就快些来吧！

妈妈为我做了更多更好的饼，我除了自己吃，还送给兴叶。

到了他家，"滚蹄"在院里一拐一拐地走，又讲起那个害他一生的"小海贼"："你跑时，就当他还在后头紧追哩，这回非要逃个没影儿、逃到天边去不可！"

兴叶妈搓着眼说："好孩儿，你爸说得一点都不差，千万记住啊！"

我不得不打断他们的话说："现在没有'小海贼'了，现在是斜眼李金！"

"滚蹄"说："都一样，反正后边准有个坏东西在追，这是铁定不移的事！人这一辈子就得快跑、快跑，慢了不中……"

"人这一辈子就得快跑快跑！"这是我后来一直记住的"滚蹄"的话。

奇怪的是这话一直忘不了，回到家脑子里还是有它。我问自己：发令枪没响，难道也要跑吗？

我实在搞不懂"滚蹄"的话，就对妈妈和爸爸说了。

爸爸沉着脸，抬头看看窗外——他在看远处，也许是看很远的那道山影吧……他说：

"其实呢，人一生下来，发令枪就响了……"

这一夜我没有睡好。因为我讨厌发令枪。

鹰折翅兔断腿

只要是运动会就有入场式：所有运动员教练员、都要排成队，在音乐声里绕着场子走，走到主席台前还要向他们笑眯眯招手。

"台上坐的都是大官。"兴叶对我说。我仔细看了看，见上面还有留背头的"金牙"。于是我对兴叶的话有了怀疑。

兴叶走在紧靠我的地方，小声问："吃了吗，'飞鱼鳔'？"

还用问吗。从昨夜到现在，我一直在吃这种又腥又臭的东西。我吃得都想呕吐了，肚子咕咕叫，这是提抗议。我深夜对肚子说："忍一下吧，我比你还讨厌'飞鱼鳔'，就像讨厌铁钉鞋差不多！"

到底是大运动会啊，瞧多少观众啊！这么多人，回头再也找不到老憨和紧皮了。但他们都来了。我一想到他们就激动。就为了这两个人，我也要像鹰一样飞起来、像箭兔一样射出去！

这个运动会啊，谁能想到来了一只雄鹰、一只箭兔？

这是两只可爱的"哈里哈气的东西"，两只创造奇迹的"哈里哈气的东西"！

尽管看不到老憨和紧皮，我还是用力在人群中找啊找啊。我如果这时候看到他们，听到他们的声音，那该有多好！我望眼欲穿……我想起了什么，对兴叶说："老憨还背了我的铁钉鞋呢！"

这是真的。因为我怕疤眼老师、怕老场长伤心。老场长在今天这样的日子里一定也会来的，说不定就坐在主席台上呢。

我在这一年多的时间里喜欢上了疤眼老师，觉得她比园艺场的女工大红还要美丽可亲。我再也不在背后说她的坏话了。我已经习惯了她在激动时发出的呼呼喘气声了：她总是喘着跟在我的身后，问准备得怎样？感觉怎样？有没有信心？

这次她仍然走在我的左右，问寒问暖。她终于又问起了铁钉鞋："你这次真的、真的不穿了？打定主意不穿了？"

我说："是的！"

她这次并没有强迫我穿，这使我高兴。"你感觉怎么样？"她又问。

我想说肚子不太舒服，但又怕暴露了"飞鱼鳔"的秘密，就忍住了。

在上场之前半个小时，我又看到了斜眼李金——像上次一样，他还在一段空闲跑道上做着最后的练习。不同的是这次真的有一个人在旁边教练，那人一会儿走近他耳语几句，一会儿又离开一点看他扩胸、大口呼气……

我永远不解的是，怎么永远是这一套啊？这一套谁不会？

斜眼李金终于看到了我。我发现他的眼里闪过一丝仇恨和恐惧，以至于不得不迅速将目光从我身上挪开。我想：知道害怕就好。

我这次参加的项目仍然如旧：一百米和五千米。本来我要舍弃一百米的，一方面因为上次那个倒霉的记忆，另一方面它也确实不是我最擅长的。

但是疤眼老师和男人"金牙"一商量就定下了，说这等于出海的人"打两网鱼"——说不定哪网就成了；还说按运动学的原理，前边的跑等于是"热身赛"。

可是我早就热得不行了！我的额头渗出了越来越多的汗珠，这使我不舒服！兴叶进场前最后一次看到我，问我脸色怎么那么黄？我也不知道。

我的肚子越来越痛了，有点忍不住，就抓紧时间去了趟厕所。我跑肚子了。

在一百米起点那儿，有人噼里啪啦放上了一些小铁架子，那就是助跑器。我要求将自己的去掉。我一直蹲在那儿，这样肚子好受一些。

"各就各位——"

我等着那一声"砰"——没有。真是别扭啊。

"各就各位——"又一遍吆喝……终于——"砰"！

我撒开腿猛跑！我从一开始就是一只兔子，一只箭兔……可是我只跑了五十米左右，突然觉得腹股沟那儿狠狠抽了一下，就像有一道细线勒在了兔子的前腿上……我只好用三条腿跑，因为我是一只箭兔，我不在乎这个。

三条腿的兔子还跑这么快，我相信海边上所有的人都没有见过！跑啊跑啊，其实连一步都不想跑了，我恨不得立刻冲线！

欢呼声加油声搅成一片。

有个人过来搀扶我，他是兴叶。他一下下擦我额上的汗。我不关心其他，只问第几名？兴叶答："第四名。"

我对兴叶说："我是一只三条腿的兔子。"

兴叶拍拍我的后背，安慰我。我蹲下来。我没有说绞疼的腹部。我咬住了牙关。

疤眼老师笑吟吟地过来，说："不要紧，百米不是你的强项，你的强项是五千米……喝些水，准备好，放松！"

她递来一瓶水，我一口都不想喝，推开了瓶子。

这样一直到再次上场。

我又和斜眼李金碰头了，这小子穿了红色运动服、铁钉鞋，就在我旁边的跑道上。他咬着牙，不正眼看我。我也咬着牙，我在忍受疼痛。可是没有人看得出我成了三条腿的兔子。

我寄希望跑起来时，那条伤腿能够恢复，那样又变成四条腿了。

我想起了"滚蹄"，想起了爸爸妈妈，还想起了老憨和紧皮。我不敢使他们失望，就更加用力地咬住了牙关。

是的，不管你愿意不愿意，发令枪总是要打响的。跑吧，死命一拼的时候终于到了！我好像看见遥远的原野上——简直是在天的尽头，有一扇铁青色的大门，它就是高中的大门，敞开着，我正迎着它跑去……

我跑啊跑啊，一直渴望的奇迹没有出现，我还是一只三条腿的兔子。不仅如此，当跑过两圈之后，我感到那条细细的线勒得更紧了——它阴险极了，总想缚住我的另一条腿。我挣扎、骂，奋力往前……

那条可怕的细线最终还是把另一条腿勒住了。

我成了一只两条腿的兔子！我只好往前蹦、蹦，就像一只袋鼠似的……我真的听到观众席上发出一片惊呼：

"看哪，老天爷，这是怎么回事啊？他蹦啊蹦啊……"

我在万分绝望的时刻终于想到了鹰！是的，我好比一只俯冲下来的鹰，不巧遇到了一片荆棘，必须迅速提升，升到高空……

我的双手就是翅膀，我想借助气流托起自己，来一个滑翔！可惜我上升的时机没有掌握好，双翅冲向了迎头掠过的一丛荆棘！

鲜血哗一下流个满身，一身羽毛都变成了红色。一阵剧痛让我浑身打抖。但我忍住、忍住……

我觉得翅膀发出咔吧咔吧声，那是骨折的声音。筋脉露出来了。

当双翅折断的一刻，我会一头栽到地上……最后的那会儿，我又一次看到了原野的尽头，那里有一扇铁青色的大门——但它不知什么时候紧紧关上了。

梦　醒

我记得自己是被担架抬走的。我站不起来，所以最丢人的事就这么发生了：我要躺在担架上离开，而且在这么多人的目光下。

我不敢想老憨和紧皮在那一刻的沮丧和失望。

我被抬到一辆车上，又给小心地挪进一座大房子、一间满是药水味儿的屋子里。几个穿白衣服的进来了。

后边的事一辈子都不想提。我就像一只待宰的小猪一样，给按在了床上。我真的像小猪一样哼着、哼着，浑身喷上了药水。

那个令人屈辱的时刻一共延续了一个多小时。我给打了针，吃了药，睡过去了。

醒来的时候已经是下午了。床边是泪水潸潸的疤眼老师，还有老憨和兴叶。

没有紧皮。我忍不住问了一句："紧皮呢？"

疤眼老师不知道这是谁的乳名，所以没有反应。只有老憨知道我在找谁，就对在我耳朵上说："她不高兴，你受伤以后她就离开了，她回家了。"

疤眼老师说："你是严重肌肉拉伤，有好几处呢！你得正经养一养了……不说了，好好养吧！"

她直眼盯着老憨，原来他还背着那双大号铁钉鞋。

兴叶一声不吭。他坐在我的床边，人有点木，那双眼睛陷得更深了——呈灰蓝色，鼻子很高。这一刻我才发现，兴叶有点像外国人。

不知为什么，我这一会儿不喜欢他了。

我觉得他不是我的"少年知己"。为什么感觉他这么陌生这么疏远？为什么？我也不知道。我把脸转向了一边。

可是兴叶偏要坐过来。他嗓子低低地说："我的肚子也难受……我只跑了第四名……我离自己的记录还差不少呢！"

我没有说什么。我不知该怎样鉴定他的成绩——也许在全县运动会上，第四名已经是了不起的成绩吧？我不知道。我脑子里乱极了。

兴叶看着我。我再也忍不住，拉他一下，对在他的耳朵上说："我恨'飞鱼鳔'！"

我是第二天才回到家里的。爸爸妈妈没有等到喜讯，反而迎来一个折翅断腿的儿子。我最初连拐杖都不能挂，是让老憨从车上背到屋里的。

我的泪水在眼眶里打转，可就是不让它流下来。

一群鸟儿在窗户上吵着，它们什么都知道了。窗外，还有什么呼哧呼哧的声音，这使我明白：整个林子里"哈里哈气的东西"都得知了这个不幸的消息。

它们围住了这座小屋，有的是关心和探望，有的则是取笑。

一直沉默的爸爸终于说话了："孩子，运动员受伤是经常发生的事，这没什么大不了的，养好了再说。"

我会一直感激爸爸。

爸爸抚摸我的头发，捏捏我的肩膀和胳膊，拍拍我，走开了。

我一直在床上躺了三天，总算能拄着拐杖站起来，能走到院子里。猫和狗一块儿亲近我，它们像是什么都懂。它们安慰人的方式就是用头拱我、舔我的手。

我等着扔掉拐杖的一天。

刚刚能自己走路的时候，我就沿着林子里的小路一直往北——我没想过要去哪儿，而是不由自主地就踏上了大海的方向。

我走得气喘吁吁。我想跑——哪怕是小步跑也好，可惜步子稍微跨得大一点就痛。

我坐下来歇息。正擦汗，听到了后边有脚步声——原来是老憨赶来了。

"我知道你要到海边去，你不会上学……你看，我猜准了！"

我们一块儿往前走。老憨性子急，不得不一次次停下来等我。又听到拉网的号子声了，他高兴得蹦了一下："再也不用闷在屋里了！出来玩多好啊！一辈子都不上学才好哩！"

老憨得意地告诉我：他说要陪我养伤，疤眼老师竟然同意了！

"她这回比你还难过！她还背后埋怨老场长呢……"

我吃了一惊："这是怎么回事？"

"她说老场长给的是大号铁钉鞋，没法穿，这才酿成了祸患！"

"什么呀！"我想说全怨该死的"飞鱼鳔"，但话到嘴边又忍住了。我说出的是：

"这一下兴叶成了，他是第四名，上体校大概没问题了，老'滚蹄'的梦没有白做！"

"那个斜眼李金跑了第五名，他没什么指望了。他还整天'噗、噗'扩胸哩，整天穿红色运动服……"

我这会儿并不关心斜眼李金。

我们在拉网的人群那儿转了一会儿，见了熟人也不想打招呼。我们沿着海岸一直往西走，前边有一群起起落落的海鸥。

一个男孩儿坐在一块礁石上，原来是兴叶！我轻轻呼吸着，怕他听见似的。我正想绕过他往前，可他一抬头看到了我，立刻大喊一声：

"果孩儿！"

我站住了。

老憨咧着嘴："咱们仨又在一块儿了！巧的是谁也没有约谁，不信你问他吧！"

老憨又在一边蹦蹦跳跳，一会儿扩胸，一会儿大口呼吸、往上蹿动。我们都知道他在模仿斜眼李金。他离得远一点时，兴叶突然说了一句：

"上体校的事吹了——这次只收前三名……"

我没有吱声。停了一会儿，我从兜里掏出了一块黑溜溜的东西，在手里掂着。

我看着兴叶，想看清他脸上的表情。

他一副梦醒的样子，睁大两眼，朝我伸出了手。

我还给了他。

兴叶往海边走几步，然后猛一抡手臂，把它扔到了海里。

沉重的心事

我的腿再也不痛了。我试着跑了几次——慢慢地跑，从林中小路一直跑到老憨家，再跑回来。我的小腹处、大腿内侧有些发僵，还隐隐地有些不舒服。

我又出现在学校操场上了。疤眼老师欢天喜地，说："就不能服输！就不能'一朝被蛇咬，十年怕井绳'！准备秋季运动会吧，那又是一个大机会啊！"

ogniニ

ITHER

可是只有我知道，我的恢复期会是很长的——上次她找来的那个男教练又来了，他用跑表测试了一下，我的百米成绩只有十五秒二；五千米成绩十八分三十秒……一切都差得远。

而且更可怕的是，就在这次咬着牙测试之后，一连好多天小腹、大腿根部和内侧都在疼。

我担心又一次拉伤，就去园艺场门诊部做了检查。大夫的话让我吓了一跳："你绝不能急，必须一点一点来，也许再过一个夏天，你才能快跑……"

"现在就快跑会怎样？"

"那就一辈子都别想跑了……"

整整一天我都没有说话。我被一个沉沉的心事压住了。如果不能在这个秋天参加运动会，我上高中的希望一点都没有了。

我在操场锻炼的时候，紧皮的身影终于出现了。她自从县运动会结束后，再也没有单独和我说过话。但我知道她一直留意观察着，像过去一样，只用眼睛的余光看我。

她站在那棵杨树下，双手压在后背上。她的小鼻子挺挺的，轻轻呼吸着，胸脯一起一伏。

我缓缓跑着，跑到她的身边刚要停住，她就把背转向了我。

我只好继续往前跑。

我又一次跑到了她的身边，她又将后背转向了我。我终于不再跑了。我直接转到她的前边。她不抬头。我问：

"我们不是朋友了吗？"

"你还会是冠军吗？"

我如实说："不一定。"

"我只要冠军做朋友！"

我心里难过到了极点。我多么想和她做朋友啊！我忍了忍，最后商量说："那么，亚军不行吗？"

她的目光很冷，看也不看我，只望着远处说："不行。"

我只好走开了。这一天我会永远记住——不是她，而是她的话。

我走开的那一刻知道了：我们之间肯定不再是朋友了，因为我连这个秋季运动会都不能参加，更不要说做冠军了。还有，我的恢复期可能比想象的还要漫长，也不太可能在明年升上高中。

真是绝望啊。不过彻底绝望了也好，这个沉沉的心事可以丢开了，不然会白天晚上压着我，让我喘不上气来。

这个心事从那天被抬下来时就有了。我一直在心里盼她能来看我一眼，哪怕不说话也好——因为我们是朋友啊！可是没有，从来没有，她在我养伤的日子里一次没有出现……

我从操场走开时，心里又难过又轻松。

算了，下一次我不会是冠军，以后也不一定。从今以后我明白了：人的一辈子永远也不要找这样的人做朋友，她（他）是瞄着冠军来的，而不是我，所以就不能做朋友！

老憨永远都是我的朋友，因为他在我失败得一塌糊涂时，还一直为我背着那双铁钉鞋……

由老憨又想到了兴叶——我的心立刻收紧了。我有一个更沉更沉的心事压在那儿，这就是关于兴叶、关于"飞鱼鳔"。

我不敢想象失去一个少年知己，不愿失去，更不敢想为什么失去……在被人从运动场上抬下的一刻，我突然害怕去想"兴叶"两个字！

因为我又记起了那个共同的梦想，想到了我们发誓要靠两条腿跑进那个梦想里……是的，体校的名额是有限的，也许机会的大门不会同时向我们两人敞开——于是，所以，他就给了那块致命的"飞鱼鳔"！

而最让我不能原谅的是，我以前曾明确表达过这样的心愿：我没有去体校的奢望，我只要顺利升上高中就行……

多么残酷啊。我不敢想这样的结局。

这个夜晚我睡不着。我许多时间都在想兴叶——他是我的少年知己啊！我听着隔壁爸爸的鼾声，又听听窗外……夜深了，"哈里哈气的东西"正在外面玩。我悄悄爬起来，轻轻开了门。

我一刻也不能等待，我必须在今夜，而不是明天，就要找到兴叶！

我要向他敞开心事，我要向他说个明白！我不能让它像铅一样压我、一直把我压死……

出了院门，先是蹑手蹑脚走了一会儿，接着就大步跑起来。腹股沟那儿又隐隐发痛了，可是我全不在乎了。

一口气跑到了那个小村，几条狗给惊动了。我一直跑到了那座小海草房子跟前，在院外喊了几声，又绕到离窗子更近的地方喊。

先是"滚蹄"在屋里问了一声，然后就是兴叶的应声了。

月亮刚升起来。我和兴叶沿着屋旁的水渠慢慢往前走。

兴叶似乎知道了我今夜在想什么，他一声不吭。

我们坐在了渠岸上。我的腿一阵钻心的疼。这样沉默了一会儿，我终于从头说起——我一口气说出了全部的疑虑……

兴叶一开始瞪着大眼看我，后来就仰脸看天。我发现了他的眼睛里有泪水，晶亮晶亮。

我突然不想再说一个字了。

兴叶站起来。他好像要离开的样子。

我握住他的手："我想歪了！我以为你故意用'飞鱼鳔'害了我……我今夜不来说清楚，会难过死的……"

兴叶并没有走。他让泪水流下来，说："我一辈子都不会对朋友那样做的，死都不会！我没有想到我爸把'飞鱼鳔'当宝贝一样放着，它变质了，是它害了我们……"

他哭出了声音。我们抱在了一起。我们的泪水相互打湿了后背。

好男儿不流泪

这就是那个夜晚，它会让我记上一生。

我一直有点自豪的是自己这三个"特长"：唱歌、长跑和心眼多。可是我的"心眼"也许太多了，于是就用在了知己身上，用歪了。

它给了我忘不掉的羞愧和疼痛。

我竟然那样去想一个"少年知己"，多么可耻啊。我当时伏在他的肩上哭啊哭啊。兴叶也在哭，他是因为委屈和难过，我是因为羞愧和自责。

爸爸和妈妈从小就告诉我：好男儿不流泪。不仅是自己不哭，还要远离那些动不动就哭的男人。

可是那个夜晚我什么都忘了。我们那会儿都不像个好男儿。

我那天抬头看看月亮，擦擦眼睛，在心里对自己说：我再也不哭了。那夜我们哭了，这实在是因为特殊的原因。以后绝不会这样的。

那夜我们一直在渠边上走着，一直走到了黎明两点。我们有时沉默，有时低低地说几句。最后要分手了，我们约定：从明天开始，继续海边的训练，一切还要从头做起！

"兴叶，你的前头有一个明确的目标，是吗？那么好吧，你就迎着它往前跑吧，丝毫都不要丧气！"我总想告诉他一句话，它就是爸爸不小心说出来的：人哪，他一出生，发令枪就放响了！

这是多么可怕的一句话啊，它可怕，是因为它说得太准确了！

我们所有的人，谁愿意在发令枪下活着啊？可是没有办法，只要生下来就得跑、跑，像一只兔子那样，一直不停地跑下去……

我们离那个秋季运动会还有多长时间？月亮下，我们扳着手指算着、计划着。

后来的日子，只要有一点时间，我就约上兴叶到海边去。一切都像过去一样，老憨随上我们，身边是一群起哄的朋友。

我们先是在拉渔网的人群旁耽搁一会儿，然后就沿着海岸往西跑——所有两腿有劲的、有耐力的、决心大的，都会跟上我们，其余的就不得不停下来。

老憨不像过去那么咋咋呼呼了，他常常冷着脸，因为他现在真的将自己当成了一个教练，并且觉得责任重大。他依旧口含铁哨子，背着那双大号铁钉鞋，时不时地挥动手掌，喊"各就各位"，发出那声致命的——"砰！"

我们自觉地听从他的指挥。我们真的认为他要优于疤眼老师为我们找来的专业教练，更要好于斜眼李金身旁那个"噗噗"吐气的家伙。

他皱着眉头，处心积虑地为我们着想，想着怎样才能变成一只箭兔。

我不敢像兴叶那样不顾一切地疯跑，只是陪他一段——当他真的往前冲刺了，我就放缓了步子。我知道自己必须放弃备战秋季运动会，忍受漫长的恢复期。

我们琢磨过海滩上所有的野物、所有"哈里哈气的东西"——不论是四蹄动物还是飞禽，都成了我们研究的对象。

我们甚至连小小的鹌鹑都不放过：别看它总是害羞一样钻在树隙下边，当它遇到危险时，就会一溜飞跑，瞧它一眨眼就能蹿出几十米！

因为树棵和灌木使鹌鹑无法展开双翅，它只有跑到开阔的地方才能起飞，而这之前就全靠两条腿了——它的双翅一会儿参着一会儿缩起，脖子一会儿平伸一会儿高昂，整个过程配合得多么巧妙啊！

　　还有雄野鸡起飞前的助跑：肥重的身体、长长的彩色尾巴，都没有妨碍它惊人的速度！它跑、跑，只有到了起飞前的一瞬才慢慢伸展双翅，然后就是——腾空而起！

　　飞禽有翅膀，但是它们差不多都能够飞跑——有什么比得上一种小鸟，就是小沙锥的飞跑呢？这小家伙见了人也懒得飞，总是快跑快跑，就像一只带翅膀的箭兔！

　　我们愿自己能够疾跑，还想象自己能够飞起来——飞与跑相加，也就是"飞跑"！

　　我们要飞跑！

　　海边的四蹄动物中，田径冠军当然是兔子。可是豹猫在极短的时间内会超过兔子。豹猫应该是百米之王，而兔子应该是长跑之王。

　　我和兴叶瞄着五千米，所以我们心里都装了一只兔子。

　　兴叶一遍遍与我讨论一个重要的问题，就是我能否赶上这个秋季运动会？如果失去了这个机会，那就不可能在明年升入高中。

　　显而易见，开启那扇铁灰色大门的钥匙，就藏在了这个秋天。

　　我不知试过了多少次，腿、腹部，还要一阵阵隐痛。我最后明白：自己必须忍受，必须放弃这个诱人的秋天了……兴叶的泪水在眼眶里打转，但总算没有流下来。

　　为了阻止兴叶再次提起那个话题，我有时不得不谈一些高兴的事。我和他谈前一年园艺场和煤矿联合组成一个少年艺术团的事——那时我和老憨都去报考过。兴叶对老憨的这个经历大为惊讶。

　　"这怎么可能呢？"他问。

　　我说这是千真万确的，老憨被选中，那是要他专门扮演坏人——后来因为打架才被干除；而我，因为爸爸的牵累，第二轮就被淘汰了。

　　兴叶为我们俩惋惜，一声声叹气。

我为他唱起了当年参赛时唱过的歌，一支又一支唱下去。我最擅长唱忆苦歌——即便将所有人都唱哭，自己也不会流泪。我的忆苦歌如果在月亮下唱，只需三五分钟，所有的人听了都会哭的。

"你为什么唱得这么动人？"兴叶惊讶地盯住我。

"我也不知道。我觉得这样的歌天生就该是我唱的……"

兴叶模仿我唱了几句，很艰涩，就停住了。

我们的歌声很快将老憨从远处引了来。他背着铁钉鞋，大口喘着说："哎呀，我在那边等你们跑回哩，谁想你们在这儿搞文艺了……"

"你听见了？"兴叶问。

"老果孩儿一唱，我离那么远听了还想哭哩！"

我瞧瞧他的眼睛，问："你真的哭了？"

"没，心里想哭，忍着呢！'好男儿不流泪……'"

各就各位

全县秋季运动会的那天，我们学校仍然派出了自己的选手。疤眼老师和校长因为我的缺席，极为懊丧。他们在会前一个月竟然又找来不同的教练试过，还拉我到医院去体检一遍。

最后的结果当然是否定性的，他们很不高兴。

疤眼老师第一次到我们家，劝我忍住伤痛"拼上一回"，还对妈妈说："这孩子就这一个机会了，不能在大运动会上拿名次，就不能得到'保送'。"

妈妈不听这番话已经够难受的了，于是不再搭话。

我心里清清楚楚，自己如果这次冒险参加了，可能不仅要倒在运动场上，而且还要一辈子告别长跑……我摇摇头。

可是随着运动会的临近，我心里的兴奋不安也一天天增加。

我和老憨几乎每天都要见到兴叶。我们的希望全部寄托在他的身上了。从他那儿我们得知消息：斜眼李金仍然要参加秋季运动会。

老憨骂："这个狗东西！"

我却没有吭声。说真的，我对这个人的顽强有点佩服了。

但我同时也认为，他绝不可能是兴叶的对手。

运动会开幕的那天更象一个节日。那天早晨我亲手把妈妈做的饼送给了兴叶，"滚蹄"和兴叶妈也煮好了家里唯一的一只鸡蛋。

兴叶上路前，"滚蹄"瞥瞥我，从衣兜里摸出了一块黑溜溜半透明的东西，被兴叶拒绝了。

在我的印象中，这次的运动会要远远隆重于上次。多少红旗啊！多少高音喇叭啊！我还注意到，穿红色蓝色运动服的人明显多于过去，穿铁钉鞋的人也多起来了。

我对兴叶有些担心，但这种担心只是一闪而过。

那么多选手在抓紧最后的一点时间练习、让教练指导。在空闲跑道上蹿跳、扩胸，发出"噗噗"声的人简直多极了。我们想看到斜眼李金，但看了好久都没有找到他。

我们学校的选手仍然由疤眼老师带队。他们待在一角，有点无精打采。我和老憨只在那儿待了不一会儿，就去找兴叶了。

兴叶穿了过去那件背心，脚上是一双胶底单鞋——一切都像过去一样。他们学校的带队人和教练正在给他说什么，他只是点头。当他的目光转到我和老憨身上时，两眼立刻变亮了。他直接奔到我们面前。

带队的那个人追过来说："干什么，干什么？"

兴叶指指老憨说："他是我的教练。"

老憨当着几个人的面膜起了肚子，做了一个扩胸的动作，"噗

"噗"吐气，什么话都没说。带队的一脸惶惑退开了。

我问兴叶："感觉怎样？"

兴叶握握拳头。我用力拍一下他的后背。

五千米的项目作为重头大戏放在后边。开始是百米短跑。我和老憨惊讶不已的是，这一次那个斜眼李金竟然也报了百米！他一连抢跑了两次，可见求胜心切！

我一直盯住了他踏在助跑器上的铁钉鞋——随着"砰"的一声，比赛开始了。

这家伙跑得好快啊！但有人比他跑得更快。我和老憨这会儿终于看出了斜眼李金的致命伤：屁股太大。

这是真的。在经过了长时间的刻苦训练之后，如果一个人的屁股还是这么肥大，跑起来又扭动不停的话，那么要夺冠几乎是不可能的。

冲刺了，斜眼李金是第四名。

这对他已经是相当不错的成绩了。我心里有点为他高兴。

"马上到了五千米了，该看咱们兴叶的了！"老憨开始摩拳擦掌。我有些小小的紧张，但没有表现出来。

我一遍遍看着我们选手的方向，想在旁边看到一个人：紧皮。没有，一直没有看到她。我问老憨：见到她了吗？老憨擦擦鼻子："没。她上次来，就为了看你得冠军。"

重要的时刻来到了。五千米起跑线上站起了一溜人，他们当中就有兴叶和斜眼李金。我注意到，这些人中穿铁钉鞋的几乎占百分之百；穿红蓝运动服的占二分之一。

发令枪响了。跑吧，兔子们！

他们一开始像兔子，耳朵往后抿着，跑上一两圈以后就变成了山羊。只有一两个始终像兔子，跑啊跑啊，不松劲儿也不竖耳朵——兔子只要一竖耳朵就完了，那就说明力气耗得差不多了，快要顶不住了……

我和老憨屏住呼吸，眼睛一直没有离开兴叶。好啊，他是一只真正的箭兔，看双耳一直抿得紧紧的，四蹄并用——那双手虽然没有着地，可那跑姿总让人想到四蹄扒地！

他身后紧追不放的是一个穿红色运动服的瘦子，这家伙也算一只兔子。剩下两圈了，兴叶终于将身后的那只兔子甩下了三米远。"哦哟，哦哟！"老憨咧着嘴巴叹息。

随着一声枪响，只剩最后一圈了。这时老憨兴奋地跺起了脚——因为场上的兴叶两臂摆动的姿势好像改变了，不再那么快那么有力，而是两肩稍稍向上缩起——这只有最熟悉他，同时又有场上经历的人才看得出！

我马上想起了一只鹰——一点不错，我敢打赌，这会儿的兴叶心里是装了一只鹰的……

冲线了！兴叶绝对第一！而且很可能是破纪录的一次胜利！

最后我和老憨才注意到斜眼李金，他得了第六名，成绩差强人意。他的问题仍然是屁股。

我和老憨很想拥住兴叶，可是围着他的人太多了……这时候大喇叭报起了喜讯：兴叶果然破了全县记录、全市记录……

他真的是一只箭兔、外加一只雄鹰！

……

故事的最后结局不出所料：兴叶顺利地上了体校；我自然没有升到高中。

但令我欣慰的是，一直在许多年里，我们学校以及区运动会的五千米记录，仍然是由我创造的。

还有一件微不足道的小事，就是我把老场长赠给的那套红色运动服和大号铁钉鞋，全都给了兴叶。他在体校用得上。

另外，不久以后，兴叶也开始使用铁制的助跑器了。

抽烟和捉鱼

CHOUYANHEZHUOYU

第五章

一支队伍

大海滩丛林茂密，里面有大大小小的河汊，有无数稀奇古怪的动物和人。这里发生的一些神奇的事情，是永远也说不完的。

"不玩不知道，一玩吓一跳"，有些怪事，没有深入到林子里好好玩过的人，是无论如何也想不到的。

毫不夸张地说，我们在林子里经历的那些事情，有时真的像大人们说的那样，要"硬着头皮干"，也就是说要冒点生命危险——不要说我们，就是大人们讲起大海滩上发生的一桩桩奇事，还免不了要龇牙咧嘴，一看就知道他们当时是吓坏了！

正因为危险，所以我们只要深入林子深处，少不了就要结成一帮一伙的，绝不单走独行。那些敢于独来独往的家伙，大半都是满脸凶气的猎人，他们仗着肩上有枪，身上有杀气，所以胆子忒大。

人如果一辈子在林子里转悠，那肯定会知道许多秘密，有非同常人的经历，连看人的眼神都不一样呢。那些常年住在林子里的看林人，他们和古怪的野物精灵交往久了，打眼一看就不是一般的人。

这些人个个都很怪，反正和村里人不一样。他们当中，有的其实早就在暗中和野物结成了一伙——这个秘密以后再说。

不过只要我和好朋友老憨在一起，只两个人就敢往林子深处钻。但这要在大白天，一到了晚上就不行了——那时候树影一簇簇把星月遮住了，黑咕隆咚的什么都看不见，就等着出事吧。

所以无论是园艺场还是周围村庄的孩子，谁也不敢轻易到林子深处去，他们总想找我们这样胆大的人结伴儿。

老憨说:"学校一放假,咱就把队伍拉起来吧!"

我明白他的意思。每年夏天,周围的矿区、村子以及园艺场,一群群孩子都要结成一帮一伙的,这就形成了不同的队伍,成天活动在林子里、大海边上。

队伍之间动不动就冲突起来,有时打得可凶呢。

夏天是最危险的日子。可能因为太阳火辣辣的,人给晒得心痒手也痒,总忍不住想干点什么吧。打、打,打上一个夏天。关于打架的故事真是太多了,说也说不完。有些打斗是要动家伙的,所以头破血流是常事,过了很久以后回想起来还要后怕呢。

不过尽管是这样,我们最喜欢的季节还是夏天。

一到了夏天,家里大人就变得提心吊胆的。爸爸妈妈总是担心我在外边弄出什么事。妈妈一遍遍叮咛:"好孩子,千万不要招惹人家,不要出事啊。"

"不会的,肯定不会的!"

我的回答总是十分干脆,这反而让爸爸生疑。他盯着我,像要把我心里的诡计盯穿。我赶紧吹起口哨,逗弄一下猫和狗,装作没事人一样。

其实我那会儿想的是:我和老憨就要带起一支队伍了,这事儿可不能耽搁,因为我们绝不甘心让这个夏天白白溜过去。

跟我们关系最铁的就是破腔和三狗,他们二人是老憨的崇拜者,还有园艺场老场长的外甥李文忠——这家伙斯斯文文,有点呆,不过最听我的话。

另外有几个家伙,他们到了夏天要和海边拉渔网的人在一起,但偶尔也会加入进来。

这样,我们的队伍人数最多时就能达到十五六个,它虽然不是海边上最大的一支,但也算最强的一支了。

老憨背了一杆像模像样的枪,可惜只是个放不响的摆设,所

302

以尽管看上去挺威风的，但日子长了也就没人当回事。

去年夏天我们与一支队伍冲突起来，对方倚仗人多，让我们吃了一场结结实实的败仗：老憨的头给打破了，三狗的屁股本来就疤痕累累，那一回又挨了十几棍子，肿得不成样子。

队伍之间动手厮打的原因很多，如掏鸟、捉鱼、逮野兔时，难免就要撞到一块儿，磕磕碰碰；就连唱歌吹口哨这类小事，弄不好也要惹恼了对方。反正大家闲着没事，随便找个理由就能打起来。

有了队伍就要打仗，不打仗要队伍干什么？打完了仗再和好，这也很有意思，反正一点都不难做。

怕就怕真的积起深仇大怨，那样麻烦可就大了。比如同伴受了重伤、因为参加打斗被家长狠狠揍过——一旦发生了这样的事，两帮人整整一个夏天都难以和好，而且十有八九要相互盯紧，变成海滩上的一双"对头"。

夏天里，还是应该有个"对头"才好，因为这样一来也就热闹了。这时候虽然危险了一点，但是整个假期会因此而变得轰轰烈烈，绝对不会白过。

眼下这个夏天有点怪，它从一开始就懒洋洋的。或许是去年夏天打得太凶，家长管得太严，所以不少人也就缩回去了。看看吧，直到现在，小半个夏天都快过去了，还是找不到一个像样的"对头"。这事看来有点麻烦。

老憨试着挑衅过邻村的几个孩子，他们的反应都不太起劲儿。真是怪啊，大家的脾气都变得比以前好多了。这也够烦人的。

"可能是他们有别的事，再不就是家里逼着他们一天到晚干活，没工夫好好玩一场了。"老憨说。

我却认为主要原因是对方给打怕了——去年那次交手，最后一仗动了粗棍，老憨一时火起，把人家领头的鼻子给打得血糊拉拉的，结果不得不背到园艺场门诊部去包扎……

过了那样几个夏天，老憨也就成为海边上一个出了名的坏人，不少家长都叮嘱自家孩子：不能走近，更不能招惹那个粗黑的家伙。

其实我们这些朋友都知道，老憨是个义气人，他的心眼一点都不坏。

大人们一般来说要比孩子们愚蠢许多，他们想出的计谋总是不顶事儿。比如他们故意分配给孩子一大堆活，想用这样的办法缠住他们的手脚，让他们无法跑到远处去、不能拉帮结伙。

其实我们只要心里发痒，还是会撒开丫子跑走，谁也关不住。我们好比一群野羊，到时候就会咩咩叫着冲出来，一路上撒着欢儿。

我们几个当中，总有谁的家长要他采蘑菇割草，做一些老掉牙的烦心事。大家通常不管这么多，总是先跑到一起再说，先痛痛快快玩上一场，直到天快黑了才一齐动手帮忙，把那些烦人的任务草草完成。

每年夏天的玩法都有点不一样。如果有了强大的"对头"，那么每个人都会精神多了，一天到晚动心眼儿：研究计谋、加强武装。

我们曾经用竹条制作了一批弓箭、用细长结实的木杆做了长矛。这些武器的实用性非常一般，不过每个人手里只要有了一件家伙，胆子就大，而且看上去也像那么回事。

今年夏天比较一般，好像一直没有战斗的迹象，所以大家也就提不起精神来。

破腚是掏鸟的能手，他因为干这个上瘾，频频爬树，不止一次把屁股划伤。他常对老憨报告一些鸟的消息，什么橡树林里的花斑啄木鸟叼虫子进窝了——这说明小鸟孵出来了；哪里发现一个百灵窝了，他已经仔细做上标记了……

三狗对捉鱼入迷，这家伙至少掌握了五六种捕捉河鱼的秘方，而且大大方方地贡献给了老憨——老憨又将其中的三种私下里传给了我。

李文忠与护园工人是朋友，所以他总能将早熟的苹果带给大家。有一种叫"五月红"的苹果，一入初夏就长出了红色的花纹，咬一口甜得全身发抖。李文忠的口袋里总是少不了几个"五月红"。

我们这支队伍通常由老憨领头，发号施令。不过如今失去了"对头"，眼瞅着要过一个最没意思的夏天了，所以他就懒懒散散的，最终也玩不出什么新花样。

有一天他在河湾那儿洗澡，玩了一次装死，把我们吓得不轻：他靠惊人的肺活量潜到水下，然后闭着眼浮上来——大家惊呼着，七手八脚把人弄上岸时，发现他的一双眼睛已经斜刺上去。三狗吓哭了。

还有一次老憨躺在沙滩上晒太阳，一转身将破腚的裤子扯下来——破腚越是叫唤，老憨越是按紧。我们都希望看到一个破烂不堪的屁股，结果却让人大失所望：

上面只有三两道像样的疤痕，其余都是浅浅的，不太明显。

吓人的计划

老憨作为我们一伙的头领，个子粗大，力气如牛，火了能一口气骂出一长串吓人的粗话——骂人当然说不上好，不过人有时候被逼无奈，不骂还真的不行。

在海边什么气人的事儿都能遇到，这时候实在忍不住了，老憨也就开骂了。他是这方面的能手。

我们大家在一块儿时，老憨常常装出说一不二的样子。这在战斗期间很有必要，但在平时也就不行了。他除了偶尔能听进我的一点意见，其余谁的话都不听。

去年夏天老憨算是够威风的：背着一支放不响的黑杆长枪，还在腰上别了一把韭菜刀子。

因为一旦遇到了"对头"，两边真的开始对垒，他就是司令。那时无论谁向他说什么，都要先喊一句："报告司令！"

这些事儿现在想起来多少有点好笑。不过那时要打仗，一帮人在一起总得有个头儿，有个说话瓮声瓮气的人，这方面非老憨莫属。

可惜现在是和平时期，打打杀杀的机会少了，平心静气讲道理的时候多了——而讲道理是我的强项。还有，老憨在海边的一些做法越来越荒唐，比如装死和捉弄破腔这类事做多了，威信也就不如从前了。

有时候大家会静静地听我讲。因为我心眼儿多，遇到事情比一般人沉着，所以更加靠得住。而老憨毛毛躁躁的，常常拿不定主意，最后不得不说一句：

"还是听听老果孩儿的吧，他的心眼儿多。"

他最早在我的名字前边加个"老"字，让所有人都模仿起来——有时老师走神了或高兴了，也那样叫起我来。这对我并没有造成什么实际性的损害。

老憨勇敢胆大，这是公认的。他除了夜间不敢一个人到林子深处去之外，其他事情样样敢做。

无聊的夏天一天天过去，闷得人身上长满了痱子。老憨终于忍不住了，有一天突然找到我们——可是他一开口吐出的那个古怪念头，把我们吓了一跳！

他提出的是一整套吓人的计划：打劫"狐狸老婆"！

我们愣愣地看着他，真不敢相信自己的耳朵。

当大家最后听明白了是怎么一回事，他到底在说什么，很长时间没有一个人敢应声。

于是老憨就用挑衅的目光看着我。我也没有吭声。

因为这个"狐狸老婆"不是什么动物，也不是一般的人——要说清楚这件事情，还真要费不少口舌。

简单点说，这家伙一开始也算林子里的一个老户，不知从什么时候起独自待在莽林深处，五冬六夏都不出来。可他既不是猎人，也不是采药的人。

这个家伙啊，不要说我们，就是村里人，熟悉他的也并不多——只知道他是这样一个怪物：身子长得像麻秆，又细又高，瘦得皮包骨头。与这家伙打过交道的人，说起他来都是副惊嘘嘘的模样。

有一位猎人吓唬我们，说他的眼睛像铃铛，牙齿像钢钉，看人的时候死死盯住——目光一扫到你的身上，你就得瑟瑟发抖。

我们问："如果他一直盯着你看呢？"

"那就得吓得尿裤子了，最好还是趁早躲开——撒腿快跑！"

他还说："招惹了他的人总是遭殃倒霉，因为你就是跑开了也不行，他会穷追不舍，一口气追到底，别想他会半路上饶了你。你还能跑到哪里去？他在这片林子里住了一辈子，随便一棵歪脖子树、一条小路，都是他的密友，它们帮他不帮你。"

他最后说："谁要是得罪了'狐狸老婆'，那也就完了。"

关于这家伙，海边上越传越神、越传越吓人，那些话都和猎人说得差不多：与"狐狸老婆"作对的人从来没有一个赢的，往往还没闹清是怎么回事哩，就被糊里糊涂地捉去了，然后就任其折腾了。

那家伙折腾人的方法不知有多少种，讲起来吓死人。

不过他究竟怎么折磨人，都只是一些传说，没人将亲身经历仔细讲出来——可能因为他们一个也没有活着回来吧……

这些传闻让人听了既害怕、又好奇，总觉得怪有趣的，让人一辈子都忘不掉。这样的凶险怪事就像有毒的宝物一样，平时就存放在林子深处，只是没人敢伸手去摸一下。

不管怎么说，平时我们只要进了林子，总是远远躲开那片黑乌乌的地方——那里由密密的槐林和杂树林子组成，密不透风。从里面常常传出各种怪叫，像鸟叫，又像什么活物受刑时发出的惨叫。

那声音谁也没法模仿，谁也说不明白。

有时候我们正在林子里玩着，突然会感到一阵害怕，那大半是因为那片黑色的林子——都知道它的中心住了一个魔鬼一样的，半人半妖的家伙。

我们平时不光要远离那个地方，而且谁也不敢张嘴提到它。

不过事情怪就怪在这里：我们进了林子，越是害怕，就越是要往那个方向打量。一些鸟儿从那里飞出来，一些怪叫从那儿传过来，我们都在默默地看和听，长时间驻足观望。

传说中，那片黑乌乌的林子早就被"狐狸老婆"搞成了一个王国，那地方要多怪有多怪，里面什么都有：千面鸟、百足虫、长大红冠子的蛇，还有南方才有的孔雀、水桶粗的巨蟒……

总之那里尽是一些千奇百怪的，吓死人不偿命的危险物件。这些物件平时既供他玩耍，又用来防身，都是他王国里的成员，个个都按他的眼色行事。

如今的"狐狸老婆"独身一人，早就习惯了在自己的王国里称王称霸，这家伙说一不二，过着花天酒地的生活。

传说那里有一个园子，里面有花生地瓜、馋死人的无花果、各种瓜果梨桃——特别是有一种拳头大的蜜杏，咬一口甜得人满地打滚……

我一直在琢磨老憨——这个人如果不是疯了，就是被"狐狸老婆"园子里的好东西给馋坏了。

可是我们无论怎样胆大、怎样嘴馋，还不至于打"狐狸老婆"

的主意；不光是不敢接近他的王国一步，即便是私下里闲扯到他，也多少有点提心吊胆的。

我们都觉得老憨真的疯了！

我最后终于憋不住，提醒他说："咱还是忍一忍吧，最好玩点别的——就是'狐狸老婆'请咱去，咱还得躲远点哩。"

大家一齐应和我的话："就是啊，这可不行！这可不是乱来的……"

老憨翻翻白眼，做出一副嘲弄的样子，说："是吗？这么吓人啊？你们真的尿了裤子？"说着故意来摸我们的胯部，我们赶紧闪开了。

"你们不敢我就自己去了，到时候再后悔可就晚了！"

我们不会后悔。他会讨来大蜜杏吗？让人多少有点难受的是，这位好朋友和鸟儿一样，早晚要倒霉在嘴巴上。

那个"狐狸老婆"啊，还是让我们远远地躲开吧！

"狐狸老婆"

关于"狐狸老婆"的各种传闻，我们主要是听打鱼人讲的。其中说得最多的，就是看鱼铺的那个老玉石眼了。

这个老人与"狐狸老婆"的年纪差不多，两人是不共戴天的仇人。

一说到"狐狸老婆"，玉石眼就恨得咬牙切齿，说："怎么不让海滩上的滚地雷打死他？"

"这个藏在黑林子里的家伙，他到底是仙灵还是妖怪？是动物还是一般的人？"

　　海边年轻的打鱼人总要问这样一些问题。玉石眼听了，马上吐一口唾沫说："啊呸！他什么都不是，他是不得好死的家伙……"

　　也有人说玉石眼的话不能信，因为仇人之间说话总是往狠里来，怎么吓人怎么说。他们私下里说："玉石眼与'狐狸老婆'有大过节！"

　　"什么是'大过节'？"我们问。

　　那些人答："就是有说不清的大仇，两人结下了解不开的'疙瘩'。"

　　"什么是'疙瘩'？"

　　"就是大仇大冤……"

　　他们越说让人越糊涂。我们最想弄明白的是：好生生的一个人，特别是一个男人，怎么会给一只狐狸当起了老婆？

　　他们讲啊讲啊，我们还是听不明白，就问："他是男的，怎么就成了狐狸的老婆呢？这恐怕是弄错了吧？"

　　"不会错，这是海边上谁都知道的事，怎么会错呢？"

　　后来听得多了，这才多少弄明白其中的一些曲折事情——

　　因为海滩实在是太大了，林子又密，里边的古怪事情就多，多到了让人怎么也想不明白的地步。人啊，哪怕将这里的秘密弄通了一点点，也要花上半辈子的时间，而且还要敢于相信才行。

　　就像"狐狸老婆"吧——一个老男人，怎么就会给狐狸当起了老婆？

　　这里面的秘密可能真的是太大太大了，大到了谁也说不清的地步。

　　据玉石眼说，狐狸和人有许多不一样的地方。比如人，男的总要找个女的做老婆，而狐狸就不一定了，特别是一些老狐狸，它们年纪一大，免不了就要糊里糊涂的，所以有时也就分不清男人和女人。

还有一个原因，就是在它们眼里，村里的男人女人原本就差不多，脸儿光光的，于是一不小心就会弄错。

雄狐找雌狐做老婆，而雌狐看中了村里的男人，就会扮成一个女的来找他——这方面的例子多得不得了，是海边的人都听说过的；只是反过来的故事就没人说了——雄狐看中了人又会怎样？

据说雄狐年纪一大，也就分不清男女了。事情就是这么怪！雄狐年纪越大办法越多，差一点的只是眼神：它也许会把看中的男人掳走，压根不听他的分辩，也不管他愿意不愿意。

结果有的男人哭哭啼啼，最后还得跟它们过日子，为它们忙一些家务。

狐狸和人一样，也有家务。虽然不完全是洗衣做饭这一类事，但也差不了多少。总之，做了它的"老婆"，还是要伺候雄狐的吃喝拉撒睡，就和女人在家里做的一模一样。

老雄狐对抢来的"老婆"格外恩爱。它恩爱的方法外人不知道，只有被抢走的男人自己知道。

就这样，有一只老狐狸在海滩上活了一百多年，反正老得很了，办法当然也多得很。它有一天看中了林子里的这个瘦高个子男人——可能它觉得这样的身材实在是好吧，就抢来做了自己的老婆。

开始的日子这男人不愿意，喊啊叫啊，连死的心思都有了。后来迫于老狐狸的威力，只好胆战心惊应付下来。他反复说自己是个男的，不适合做它的"老婆"，可是那只老雄狐不光听不懂，还觉得他这样推推拉拉的，越发显得可爱了。

原来狐狸和人有许多不同的地方，看对方的眼神以及标准，都大不一样！在一只老狐狸看来，这个瘦高个子男人模样好，性格也好！它对抢来的老婆要多恩爱有多恩爱……

男人也试着找机会跑过，只是老狐狸很容易就把他背回来了。

最后看林子的男人不得不接受狐狸的恩爱，一起吃着大鱼大肉，渐渐也就有了感情，终于不再急着离开了。

反正日子一天天过下来，由跑不成到不愿跑，再到留恋对方，多半年的时间也就过去了。

一个男人只要给狐狸做了老婆，日子长了，性情也就全变了。比如说他从此再也不对别的女人好了——传说看林子的男人过去也有妻子，后来再也不愿见她了。

那女人自己留在看林人的窝棚里，很快就委屈死了。

从此看林人更是一心一意给狐狸当老婆了，与它和和美美过起了日子。狐狸对这个瘦高个子男人喜欢得不得了，一有工夫就给他洗脸——狐狸洗脸从来不用水，只用舌头舔。

它每天都把看林人细细地舔上一遍，把他的一张脸舔得亮晶晶的。

前边说过，在老狐狸眼里，人与人之间男女分得不太清楚，在它看来，人的眉眼都差不多！照理说看林人有络腮胡子，只是在老狐狸看起来一点都不明显：它自己脸上全是毛，胡子也比他长多了！

它对比着看来，觉得这个男人的小脸儿已经很光滑了，跟女人没有什么两样！

看林人吃它的用它的，也生出了很深的感情，最后再也不愿分开了。

可是海边的人都知道一个老理儿：两口子如果好过了头，那就麻烦大了，因为"恩爱夫妻不到头"！就这样，这只老狐狸和抢来的看林男人一天到晚恩爱，结果还没过上两三年好日子，老狐狸就没了。

它是累死的，也可能是吃东西噎死的、生病死的，反正后来看林子的男人又变成了孤单单的一个人，只好重新搬回了自己的那间小屋。

探 营

老憨一旦打定了主意，除了我，谁劝都没有用。可这次连我也劝不住了。

我说："大家都舍不得你啊，我们还要在一块儿好好玩呢，你怎么就不想活了呢？"

老憨先是做个哭丧脸，然后又说："那我就一个人去吧。本来大家一起行动，有个三长两短也能互相帮一把——可你们几个这么胆小，我就只好自己去试一试了。"

我很长时间没再说什么。因为已经无话可说。他不光不听我的劝告，还反过来埋怨，这就没有办法了。

看来老憨这个夏天真的是凶多吉少了！

因为忧心，也为了尽最后的一点朋友情谊，我经常在老憨出没的小路上溜达，以便找机会做最后的一次挽留。可他一直没有出现。我心里一阵欣喜：大概他在最后的时刻终于想通了，打消了那个冒险的念头！

可当我再次约他去海边玩时，才发现一切都没有改变，他只是更加精心地做着准备：制作了一把强力弹弓，还在身上藏了一支锋利的小刀。

"这样是不抵事的，你太冒险了！"我说。

老憨看看我，只把小刀掖得更紧了一些。他大概不想再跟我费什么口舌了。

出于友谊和责任，我又说："连村里和园艺场的民兵，都不敢去招惹他！"

老憨这才哼了一声：“算了吧，那个'狐狸老婆'最早也是村里的人，不过是藏在林子里久了罢了，怕他什么！民兵，那又怎样？我爸年轻时候也是民兵！”

“可他是'狐狸老婆'啊，你连这个都不懂？”

“嘁！等着瞧吧，我就是牺牲了，也不要你们管，不要你们为我报仇！”

他已经开始说气话了。想想看，如果他真的牺牲了，我们会待着不动吗？说什么也要和"狐狸老婆"斗个你死我活！到那时候，就不是我们和那家伙斗了，而是整个学校、整个园艺场与周围村庄的一件大事了。

老憨在我的反复劝说之下，最后答应先不去招惹他，而是要设法去那个神秘之地侦察一番再说——

“这总可以了吧？”

他为自己的周密计划而得意。我还是阻拦他。不知怎么，我心里有个预感，就是这个夏天要出大事儿了——他真的着了魔，说不定这次就要有去无回。

没有办法，一切都是命啊。

我们大家只好等待那个结果：有一丝丝侥幸，更多的还是不安和悲伤。一种大祸临头的感觉缠着我们。

这样过去了一个星期。

周一早晨老憨找到我，一副蔫蔫的样子，眼角里却藏了一丝得意——没有人比我再熟悉他这一套的了，所以我只一眼就看出有什么事情发生了。

果然，老憨待了一小会儿，故作平静地吐出一句：“我去了那里一趟。”

“你说什么？去了那里？可是……你怎么就囫囵着回来了？”

老憨揉揉鼻子：“你还指望他咬去我一条胳膊、一条腿？”

我不知道。事实上倒有可能是更坏的结果呢。我没有说。我总觉得他不会像原来一样地、毫发无伤地从"狐狸老婆"那儿离开。

难道他只远远看了几眼就跑回来吹牛？这也不可能——仔细些看，还是能感到他的神态变了。

老憨不想一下子讲出全部的经过，而是像过去一样，总要拿捏一下，吊吊我的胃口。我偏偏不问他。

这样僵持了一会儿，他再也憋不住了，叹了一声："老天爷啊！"

他惯于耸人听闻，所以这样的开场白也在意料之中。我不动声色。

"那家伙，我是说'狐狸老婆'，不过是个好老头儿——也许装成了一个好老头儿吧。反正他没有把我怎么样。咱走进了那片黑林子，啊呀！原来是这样！原来……"

老憨说着抬头望向远处——那正是黑林子的方向。

我催促他："说细发些，到底怎么回事？那里有千面鸟和百足虫，有大蟒蛇和孔雀吗？"

老憨挠挠头："别问了，我干脆领你去一次，不就什么都明白了？这叫'探营'，只要打仗就得这样。"

我有些犹豫。我在想他的话有几分是真、几分是假。我看了一会儿他的眼睛，最后不再怀疑了——他骗人时不是这样的眼神。

接着他一直引诱我，还使用了激将法。我怕他小看我，嫌我胆小，后来心一横就同意了：一起去探营。

这是一天下午，我和老憨去了黑林子。依照老憨的建议，我们这次准备了一点礼物：一小包烟末。老憨说，据他观察，那家伙嗜烟如命，这方面一点都不比玉石眼差。

"他一口接一口吸烟，烟瘾特大哩。"老憨说。

老憨从哪儿找到这样一包烟末，让我感到好奇，因为他爸对烟末从来管得死死的——烟末在海边和酒差不多，只有在代销店才能买到一点点，而且贵得要死。

"是从你爸那里偷的吧？"

他点头又摇头："你就好好猜吧。"

这谁能猜得出。抽烟这种事儿，我们在看鱼铺的玉石眼那儿试过，除了辣得连声咳嗽之外，还留下了许多想念：想那种辣劲儿、那种奇怪的滋味。玉石眼当时说："抽烟最好了，所以烟叶儿才贵。"

老憨从兜里掏出那包棕黄色的烟末儿，说："好看吧？等从'狐狸老婆'那儿回来，我再告诉你这是怎么回事。"

这家伙总喜欢搞出一些秘密，其实在他那里，真正算得上秘密的事情几乎没有。

深入老穴

一踏进这片黑林子，我的呼吸就有点发紧。说真的，如果不是和胆大包天的老憨在一起，谁也别想把我引到这里来。林子太密了，几乎没有阳光，到处又阴又湿。

四下里好像都藏了"狐狸老婆"的密探，它们一直在暗中窥视我们。一些"哈里哈气的东西"暂时停止了吵闹，在树隙里探头探脑。

脚下不一定什么时候发出"吱"的一声，那是被我们踏中的蘑菇在叫。一只只大鸟给惊飞起来，它们飞去的方向就是"狐狸老婆"的老穴。

狗叫声紧一阵慢一阵，野鸽子在远处大声吵嚷。说不定什么时候就有一条蛇从近处蹿过，让人头皮一阵发麻。

　　我亲眼看见一只黄鼬在一棵老榆树后面瞅了我们一眼，然后飞速跑回了林子深处。

　　我们走了多半个钟头，这才看见一道黑色刺槐扎成的篱笆，上面缠满了蓝色的牵牛花。老憨站在篱笆跟前，对我使个眼色，小声说："好好看吧！"

　　这是一片篱笆围起的园子，里面有杏子树，大部分都摘过了，只有一两棵上还闪着红色——那就是让人心里发紧的大蜜杏啊！我差一点流下了口水……

　　杏树旁边是樱桃，可惜这种更加馋人的东西早就摘完了。

　　四周是西红柿和黄瓜、各种甜瓜，一股诱人的气味一下子扑进鼻子……

　　老憨挨近了我，使劲捏了一下我的手。

　　我们绕过园子，又来到另一个园子：到处是地瓜和花生，一看黑旺旺的秧子，就知道下边结满了果实——它们有不同的吃法，找个地方拢堆火烧得香喷喷的，那该多来劲儿！

　　烧新鲜花生和地瓜的滋味，没有尝过的人就别想弄明白。

　　我知道老憨心里在打这些好东西的主意，这会儿肯定是这样——像我一样，他已经在想象中点火烧东西了。

　　我从心里佩服起"狐狸老婆"，他的老穴果然名不虚传，瞧有多少馋人的东西啊！一般来说，这样的地方一旦让老憨瞄上，也就危险了——可惜这里是"狐狸老婆"的王国，谁也不敢招惹；所以这不过是白白嘴馋一场，早晚还是要打消念头的。

　　第二个园子不远处就是一座矮矮的大屋顶草房，是厚厚的苦草做成的屋顶，大得好像随时都能压垮整座屋子。那就是"狐狸老婆"的老窝了。

　　老憨领我从四个方向看着屋子。我们仔细看它南瓜大小的窗、厚木头做成的门、半截石块半截泥土垒成的墙……正看着，突然听到了"呜呜"的声音，原来是一条大狗朝我们瞪眼，发出了警告。

老憨扔给它一点东西，它低头嗅一嗅，开始吃起来。

老憨掐着腰，声声叫着："大叔！大叔！你在家吗?"

待了一会儿，小南瓜窗上发出一声吆喝。老憨应一声，对我说："进去吧。"

老憨一迈过门槛就说："大叔，我领了个朋友，给你送好烟来了!"

屋里黑乎乎的，暗影里一个沙沙的声音说："噢噢，那好。"

老憨一边往前一边掏着衣兜，把礼物拿在手里。

这时我的眼睛适应了一会儿，总算能够看清屋内的一切了：屋角有一个大草墩，上面坐了一个六七十岁的老人，果然瘦瘦的，腿真长，这会儿正吸一杆烟斗。

老人加紧吸了两口迅速磕掉，对老憨伸着手："烟，拿来!"

老憨赶紧递上了那包烟末。

老人的一双大眼深陷在眼眶里，亮得吓人。这双眼睛盯着烟末，马上往烟锅里倒了一点儿，用大拇指使劲揉着，"刺啦"一声划了火柴点上。

他深深地吸了一口——刚吸进一半，就一连声地大咳起来。他咳啊咳啊，眼泪都咳出来了，最后一不小心，红色的烟末撒到脚背上，烫起了一个水泡。

我吓了一跳。可是他不慌不忙从墙上解下一个黄色的油瓶，倒出一点擦上，水泡眼瞅着就没了。他打量着冒烟的烟锅说："咦，我没有抽不了的烟！这是怎么了?"

老憨赶紧笑眯眯地凑上去："大叔，这烟劲儿大呀!"

老人又轻轻吸了一口，还是咳。可是他并不服输，试着再吸一点，也还是咳。

　　在"狐狸老婆"断断续续吸烟的时候，我和老憨在小院里转悠开了——原来小院左侧有一道小门，从这小门穿过，就来到了一个热闹地方：

　　一个带棚子的更小的院子，养了许多野物，兔子、鸡、羊、鸽子、鹌鹑、大鹅；还有一个个槐条编成的大粮囤子……这让我想起了另一个村里的锅腰叔——那人不光养了各种野物，还偷偷酿私酒呢。

　　我吸了一口凉气。

　　回到屋里时，老憨对老人夸张地介绍我："大叔，我今天给你领来的这个人可不得了啊，他家不光烟末儿多，他还会捉鱼。"

　　说到这里老憨在我和老人之间一指，盯住我说："知道吗？大叔不爱吃海鱼，就爱吃河鱼，这是那些年养成的口福儿……"

　　我想"那些年"，可能就是给狐狸当老婆的日子吧！也许狐狸是不吃海鱼的。但我不敢多嘴。

　　我只好顺着老憨的话胡诌，说今后一定给大叔捉来好多河鱼！

　　就这样，我们在老穴里待了一会儿。看来"狐狸老婆"真的不像传说中那样凶悍。我大大地松了一口气……

　　回来的路上，老憨笑着告诉我：那包东西不是烟末，是兔子屎！

　　我愣住了。我不信。

　　老憨说："就是这样，你看到海滩上那些兔子屎了吧？把它们弄成细末就成。现在村里人有的抽不起烟，犯了烟瘾就要抽它哩，不过要掺上一些树叶，它劲儿太大了……"

　　"那有多脏啊！"

　　"喊，一点都不脏！小兔吃百草，再经小肠小胃一消化，那真是再好也没有了！不过就是辣了些……"

　　"那你没尝一下？"我被老憨说得动心。

　　"那是虽然的了！我什么都尝过，这个以后再说……等到咱们所有人全都学会了抽烟那天，那该多带劲儿啊——我们齐刷刷叼上烟斗，那该多带劲儿啊！"

老憨一高兴，又一次把"当然"说成了"虽然"，他是故意的。

我琢磨着，说："好像是这样。不过从哪找这么多烟斗啊？"

老憨说："这个好办。这个一点都不难办！"

智 斗

我和老憨探访了"狐狸老婆"的老穴，剩下的事情就是我们大家一起出动了。不过我对这件事的结局还是没有把握。

我提出去那里玩玩可以，冒险的事一点都不能做：千万别动他园子里的东西。

老憨说："嗯，这就得等等看啦。"

"为什么要等等看？看什么？"

老憨咂咂嘴："看我们能不能忍住这股馋劲儿。如果咱们见了'狐狸老婆'园里那些好东西，眼都不眨一下，一点都不馋，那不就简单了？"

我心里同意他的话——真的是这个道理。因为说实在话，我见了树上的大蜜杏也流过口水，当天夜里就想过好多次。多好的大蜜杏啊，园艺场里都没有见过。

第三天，老憨很快将几个好朋友找到了一起，指着我说："你们听听老果孩儿怎么说吧！我们俩一起找了'狐狸老婆'，还送他一包礼物。那家伙一点都不可怕——他让人怕吗？老果孩儿你说说。"

我点头又摇头。因为我也说不准。想想看，给狐狸当过老婆的男人，怎么说都让人头皮发麻。因为这事一想起来就别扭。

老憨对他们挤鼻子弄眼，推推搡搡的。后来大家总算约定：明天一块儿去那个地方。

第二天一早老憨就来找我，还提了一条腥味刺鼻的河鱼。他说这是三狗捉来的，算是我们的新礼物。

我说："你这家伙真有心眼儿，以前怎么没看出来呢。"

老憨高兴了。他对别人夸赞他"心眼儿多"这一类话是最爱听的。

我们等了一会儿还是不见其他几个，老憨就说："他们也许自己去了，咱俩走吧。"

我们又一次进入了"狐狸老婆"的老穴。这回老头子早就站在院里了，好像正等着我们一样，使我和老憨反而有点心虚。老人离几十步远就认出了来人，喊：

"是那两个孩儿吗？"

"孩儿"两字叫得人心里高兴：眼前这位老人与一般的村里人没什么两样啊。我愉快地应了一声。老憨举起了手里的鱼。

老人伸出一根棍子把鱼挑过院墙，放到眼前仔细看着，说："噢，鲫鱼！"随后咕哝说：

"鲫鱼大了就是宝，大清年间，百姓吃半尺以上的鲫鱼犯法哩，那要留着进贡的……"

他伸开手掌度量着，看这条鱼够不够半尺，嘴里发出满意的"嗯嗯"声。老憨劝他："没事的，你吃多大的鱼都不犯法！"

他还是度量着，松了一口气说："不够半尺。"

老憨问前几天送他的烟末怎么样？他说："劲儿偏大。"老憨又问："你的烟给我们尝尝行吗？"

老人从兜里摸出一点。

老憨变戏法一样从腰上抽出一支小小的烟斗：一颗橡实挖空

了，上面插了一根苇秆。

我在心里发出了惊叹。老憨不动声色地将烟末装入烟锅，然后点上火，轻轻吸了一口。他不敢使劲吸到肚里，只是小心地试了一下……

他把烟斗插到我嘴里。我小心之极地吸了一口。真说不上好。

这么辣，为什么有那么多人想吸？真是不解。我推开了烟斗，擦着嘴说："真苦，呛人！"

老憨大笑。

"狐狸老婆"用力看我一眼，不说什么。

我从盯来的目光中，立刻感到了锥子一样的狠劲儿——它能扎到人的心里去……我马上想到了关于他的吓人传说，就在心里琢磨：如果是真的，如果他只给我们讲出一点点，那该是多么惊人的故事啊！

他当然不会说，而我们谁也不敢问。

老憨抽着烟，嘴里不断地往外喷着烟雾。我知道他主要是装装样子。

突然，老憨冒冒失失问了一句："大叔，有人说——村里人都说，你以前给一个老公狐狸当过老婆……"

我听了心上一颤！正像我担心的那样，老人一听到这话立刻站了起来，大声喊道："谁敢这么胡说？天打五雷轰的，谁说的？嗯?!"

我吓得不敢抬头。

老憨的脸涨得通红。他肯定也后悔、害怕了。

老头子仍然大叫："这是人话吗？想想看，人是人，狐狸是狐狸，人怎么能给它当老婆？再说了，我是一个男的！"

奇怪的是老憨在这暴怒中能够渐渐冷静下来，咕哝说："有人说，上年纪的狐狸分不清男女……"

"那是放屁！它看不出我是男的?"

正说着，老人听到了什么，麻利地转身出门——原来外面的狗在狂吠。

我和老憨跟他来到了院子。我发现老憨的额头很快渗出了一层汗——狗向着西边大叫，老头弯腰拾起一把镰刀，身轻如燕，刷一下跳过了篱笆。

我和老憨紧紧跟在他的后边。

我们跑到园子里，发现那棵杏树下边有许多折下的枝叶——这说明刚才有人在偷大蜜杏！

老人只弯腰一瞥，然后不再停步，只往前追赶起来。他在树隙里跑得可真快！谁见了也不会相信这是一个老人，瞧他穿越林子时灵巧得就像一只狗獾。

我很快发现前边二三十米远的地方有几个人，而且一下从背影上认出了李文忠、三狗和破腚……我全明白了。

原来刚才是老憨故意在屋里惹火老人，以便让他们三个在外边动手——这么大的行动，之前却对我瞒得严严实实。

显然一切都是他们事前计划好的——让我吃惊的是，老憨这一次虽然莽撞了点，但真的是有勇有谋，心眼儿一点都不缺。

追了一会儿，前边的几个还是领先几十步远。老头站住了。我原以为他要放弃这次追赶呢，谁知刚一立定，他的两腿立刻拉成了弓式，然后"唰"一下抛出了镰刀。

镰刀打着旋儿飞过几棵树，只差一点就砍在那些人的头上！

这老头儿真狠！我和老憨都吓蒙了，一齐发出"啊"的一声……

这会儿，他才露出了"狐狸老婆"的原形，我们后退几步，唔唔几声，胆战心惊地告别了老头儿。

我和老憨赶紧跑开了，头也不敢回……最后我们特意转了一个大弯，才呼呼喘着，设法与三狗他们汇合。

一路上我都埋怨老憨：你真是太冒险了！你就那么馋吗？

老憨不做声。他显然也有点后怕了。

我们一伙儿在一片柳树下坐了，喘息了一会儿，才开始享受来之不易的胜利果实：一捧又红又大的蜜杏。

说实话，我们从来没有吃过这么甜的大蜜杏。

齐刷刷的烟斗

大家很快学老憨那样，每人做了一个烟斗：橡实挖空了，再镶上苇秆。这种烟斗看上去怪模怪样的。我们每人叼了一支，咬在嘴里往上翘着，倒也神气。

烟斗弄好的第二天，我们就一块儿去了海边，专门在人多的地方转悠。无论是买鱼的人还是拉网的人，见了我们齐刷刷叼起的烟斗，都喊："咦，怪了，看这些抽烟的孩子！"

我们听了，相互看一眼，然后一齐装上烟末、点火、吸一口，向空中徐徐吐出烟雾。

"看这烟斗，都一模一样哩！"

"真是怪了，这是学了哪一套啊?！"

无论他们怎样议论，我们都不搭理一声，只大摇大摆地在海边穿行，面色庄严，谁也不笑。

我们专门到看鱼铺的玉石眼那里去，他是我们的老朋友了。海边上白天热闹，一到了晚上就清闲起来，那时候只有老人一个人闷在铺里。

他最欢迎我们。特别是冬天，海边很冷清，大雪一降下来，一连十几天都看不到一个人。

玉石眼对我们好，他铺子里的好东西随便吃，什么冬天里的咸蟹子、鱼干、地瓜糖……只有一样东西他多少舍不得——烟叶。

他抽烟不像别人，不会在烟斗里按上结结实实的一撮烟末，而是从枕头下边或别的什么地方摩挲着，抽出一张烟叶，拧下一点搓一搓，放到烟斗里。

"给俺吸一口不行吗？"老憨这样恳求老人。

玉石眼不答应，说你抽烟还早了些。但他经不起大家一再要求，就将烟杆儿往每个人嘴里插一小会儿——我们总是在它挪开之前抓紧时间吸上一口。

那种辣味儿啊，"呸呸！"大家都吐了。

玉石眼很不高兴，说："好好的烟，就这么糟蹋了！"

我们知道，他的烟全是从赶外海的那些人手里弄来的。赶外海就是去远处打鱼，而不是在岸边上拉渔网，那要驾船到深海里去。

那些人常常停靠一些大码头，所以就能带回各种好东西。

玉石眼是个见过大世面的人，出手大方，于是也就有了很多的好朋友。那些人从远处来到这里，什么稀罕物都舍得送给他。

玉石眼在一个冬夜里告诉过我们一个天大的秘密：那些赶外海的人不光给他捎来烟叶、打火机、甜饼，还要在合适的时候给他捎来一个老婆。

这使我们惊讶极了。我们虽然不算经多见广，但仍然知道这种事情会很难。"老婆"也是随便捎来捎去的吗？这让人半信半疑。

当然我们十分同情玉石眼，觉得他实在是太孤单了：一年年独守这个鱼铺，自己做饭，夜里连个说话的人都没有。

老人吹过那句大话一年多了，也还是一个人。看来那事儿不太好办。

我们一齐钻到玉石眼的铺子里，嘴里叼的烟斗还冒烟呢。他一见我们立刻惊得瞪大了眼睛："老天，真吸上了？"

我们不答话，一齐磕了烟斗。老憨翻翻白眼，说："你以为怎么呢!"

　　老人瞅着我们,笑了:"大概吸的是兔子屎吧?"

　　他太瞧不起我们了。我们才不会吸那种东西,因为它太辣了。我们吸的是一般的干树叶,只吸一下,不往肚里吞咽。

　　我们准备有了真正的烟叶,真的学会了抽烟时,再试着往肚里咽。这是我们的一个计划。这个计划可能要在玉石眼这里落实。

　　老憨举着空空的烟斗说:"玉石眼老叔,你就给我们一点烟叶吧,听说是关东烟……"

　　"吓,小小年纪,知道什么是关东烟……"他拒绝了。

　　老憨急得直挠头,用目光向我求援。

　　玉石眼说:"别的好说,要我教你们抽烟,老师和家长知道了,还不剥了我的皮啊!"

　　"你也说得太吓人了!我们什么时候出卖过朋友?"老憨拍着胸脯。

　　"我还是不干。外海人捎来一点好烟也不容易,不能让你们的小嘴糟蹋了。"

　　我这时一急,说:"你不教我们吸,也会有人教的……"

　　玉石眼瞥我一眼:"谁?"

　　老憨想堵住我的嘴巴,可惜动作稍慢了一点,我一句话就脱口而出了:

　　"'狐狸老婆'!"

　　玉石眼一愣,然后夸张地一仰头倒下,躺在地铺上说:"完了,你们算是完了……那人浑身是毒,能毒死两头牛啊!你们敢抽他的烟?"

　　这样喊过之后,老人睁开了眼,试探着问:"真的去过他那里了?"

　　老憨只好老老实实承认了。

玉石眼一个扑棱爬起来，拍着腿说："啊呀！啊呀！这可不得了啊，这可不得了啊……他是这围遭儿最坏的人了，你们是我的朋友，我才要管！我可不敢眼睁睁让你们害在他手里……"

老人说着哭起来，放下烟斗，一下下擦着眼泪。

所有人都吓得大气不敢出一口。三狗看看破腔，往角落里缩了缩身子。

玉石眼擦过了眼睛，叹着气，转身找出了拇指大的一片烟叶："你们轮换着抽吧，不过就这一回了……不是不舍得，是太早了——要抽烟，起码还要等上两年……"

老憨说："你就当两年过去了吧。"

"一年里有四季呢，哪能说过去就过去？"老人还在擦眼，看来他太恨"狐狸老婆"了。

这样过了一会儿，他盯着铺角黑漆漆的地方，咬着牙关，吐出了几个字：

"'狐狸老婆'，那是我的仇人！"

仇深似海

我们坐在鱼铺里，长时间吓得一声不吭。说实话，我们从认识玉石眼到现在，还从来没见他这样恶狠狠地说过话。我们都知道他讨厌"狐狸老婆"，可就是想不到他会这样恨他。

本来都是独身的老人，都住在海滩上，做不成朋友，也不至于结这样的大仇吧。

这里面的秘密还不知有多少呢。看来大人的秘密总是那么多——我不由得要想：自己也在一点点长大，到了年纪这么大时，也会有这么多的秘密吗？更令我好奇的是——我将来是不是也会有一个仇人？

我对自己的将来既好奇又害怕。

还是听听玉石眼怎么说吧——只要我们不说话，安静下来，他就会一点一点全说出来；我们要是一连声地问，他反而要闷起来，闷上几天、几个月也是常事。他们大人真是怪啊。

"那个'狐狸老婆'差一点把我害死，你们可要为我报仇啊。你们这么多人，长大了为我报仇不难的……"

玉石眼就这样打开了话匣子。可是他一上来就交给我们这么大的一个任务：报仇！这种事儿说说容易，要做起来多么难啊！杀了他？这可不行，这是连想都不能想的事。再听玉石眼接下去怎么说吧：

"我原来是一个福人儿——四周村子里谁都知道这个。你们知道什么叫'福人儿'吗？就是说我有个好老婆，她长得大眉大眼的，一笑脸上俩酒窝！女人一有酒窝就宝贵了——这你们知道吗？"

我回答："知道。园艺场有个叫'大红'的姑娘，她脸上就有酒窝。"

"那行，知道就不用我多说了。我老婆十来岁时就有酒窝，跟上了我还有。我来海边看鱼铺子，她不嫌孤单，一起跟了来。你们几个想想，女人哪个不爱热闹？可她就能跟我住到这个地方，白天晚上听海浪扑啦扑啦响。"

三狗说："听你讲故事多好啊，还有鱼吃！"

玉石眼点头："那不差。夜里，幸亏我有说不完的故事，要不，嗯，哼，嗯……"

他吞吞吐吐的时候，我在想：他关于女人的话可能是对的，因为大红就是最爱热闹的人，她最愿做的一件事，就是把我们引到她的宿舍里打扑克，一赢了牌就按住我们亲脑壳……

"坏就坏在后来——人这一辈子如果交了个坏人做朋友，那就算完了！我这一生最后悔的就是认识了他——那个看林子的孬人，这人又瘦又高，胸脯凹凹着，全身上下没长四两肉，一看就知道是个馋痨饿鬼……"

我们知道他在说谁，盯着他往下听。

"那孬人就像从来没吃过一口像样的东西似的。我可怜他，让老婆煮鱼熬汤，还把喷香的烟叶递到他手里。你们猜怎么样？这家伙又喝又抽，一句客气话都没有，只半年脸上就油滋滋的了。他不过每次给我捎来一把干蘑菇，这东西林子里有的是……"

老憨听到这里马上说："老果孩儿住在林子里，他家四周蘑菇最多。"

"就是么，也不是什么宝贵物件。可我老婆吃上了瘾，一天到晚熬蘑菇汤，还跟上那家伙去采蘑菇。有一回她烫伤了，他就给她用一种油抹好了，嗯，怪灵的油儿——这事儿就这么开了头……"

玉石眼擦了擦眼，抿抿胡子："就这么开了头。采了没有两天，我那口子就回来跟我说，她想住到看林人的屋子里去。我一时没听明白，说咱的铺子挺不错的，你住人家屋里干什么？"

我们屏住呼吸听下去。

"后来才知道事情坏了。我恨那个孬人，又舍不得老婆。你们不明白，人一辈子娶个有酒窝的老婆不易啊！我一夜一夜不睡，劝她留下来。她就是不依。我们两口子抱在一块儿哭啊，哭啊……看看，我被这个孬人害成了什么！"

李文忠、三狗和破腚也听明白了，一块儿骂起来。

老憨说："该把那人的草房子点上火！"

玉石眼使劲抿着嘴，抿成了一条线，鼻孔也拉宽了。他的大手拍着膝盖："老婆哭成了泪人，哭得人心疼，最后我一拍大腿说，得，你走吧，想我的时候就回来看看！走吧，我送你去！我包了一些干鱼，扯上她就往外走……"

老憨嘴里发出"啊"的一声："真的走了？"

"走了。我亲手把她交给了那个家伙，临离开时对他说：孬人，你听好了，这个有酒窝的女人是天底下最好的，你要她就得一辈子对得起她，要不，你的头就不在自己脖子上了——明白不？他说了'明白'二字，还伸手往脖子上比划了一下。"

李文忠一直在听，这会儿难过得流泪，玉石眼怜惜地摸了摸他的头。老人点上新的一锅烟，慢慢说下去：

"'狐狸老婆'本是该杀的，都怪我一时手软啊……事情是这样，我老婆跟他过了不到三年，他就被林子里的那只老狐狸看上了——这倒不是什么稀奇事，狐狸缠人的事多了；怪就怪在那是一只老公狐，它要把他掳去当老婆！"

"他就同意？"李文忠问。

"他为了吃好喝好，舍下女人，一走就是三年。三年里那个女人天天哭，眼都哭瞎了，最后死在了林子里……"

"啊，原来是这样！"老憨的身子往前探着。

"我天天找，直到老狐狸死了，他回到小屋的那天。我一把揪住了'狐狸老婆'，用一把飞快的镰刀逼在他脖子上，问记不记得当年发的誓了？他说记得，一边说一边流泪，我这心就软了，手一松镰刀掉在了地上……"

玉石眼的故事讲完了。他擦一把眼，磕了磕烟锅。

这是我们听过的最真实、最让人伤心的事了。这种事竟然就发生在眼前，而且两个当事人我们都认识！

"你们要替我报仇！"玉石眼说。

我抬头看看老憨，正好碰上了他的目光。看来老憨很气愤，却又一时不知该怎么做……我心里想：能不能为老人报仇不敢说，但我们以后一定会好好帮助这个老人——

他每天想得最多的就是酒了，海边上湿气大，他真的要喝酒。那我们就设法搞些酒来吧……

玉石眼看着我们说："你们都是念过书的人，知不知道'仇深似海'这个词儿？"

我想了想，对老憨说："好像是'情深似海'。"

玉石眼摇头："不，是'仇深似海'！说的就是我和'狐狸老婆'，这错不了的……"

瓜干和酒

这几天里，我们有许多时间都在商量怎么对付"狐狸老婆"。

因为除了玉石眼对我们的影响之外，再就是那只飞过来的镰刀！

那一天多凶险哪，只要稍有闪失，那么三狗李文忠几个人就得有一个脑袋开花。我们至今想起这事儿来，还要倒吸一口凉气。

老天爷，世界上怎么会有这么凶狠的一位老人？他不让我们偷大蜜杏倒也罢了，竟然甩开镰刀砍我们的头！

那把镰刀让我们想到了玉石眼——他当时不是要用一把镰刀割下那家伙的头来吗？结果他的头没有割下来，他倒想来割我们！

这样一想就格外愤怒。李文忠说："难道，他，这个'狐狸老婆'，就没人能管得了他、他吗？"

老憨说："咱这个夏天主要就是对付他了。这也是为玉石眼报仇。不过你们几个他是认识的，以后到他那里去就得小心了。"

我也认为那一天"狐狸老婆"从背影上盯紧了他们，以后也许会辨认出来。不过他会不会对我和老憨起了疑心？这还不敢说。

我建议他们：以后接近那个老穴时要穿不同的衣服，或者干脆反穿衣服——颜色一变，老家伙就记不起来了！

我们对玉石眼最大的意见是：他对烟叶的吝啬。三狗说："我听说人一老了就变得不大方了——将来我们也会这样的——老人都是以物换物的，你给他这样，他给你那样。"

老憨马上拍手："太对了，三狗真是聪明，一说就说对了！这样吧，我们弄一些酒去换他的烟叶，那总成吧！"

没有人对他的话表示怀疑。都知道有一个地方可以搞到酒，那就是锅腰叔的小院——他在那儿酿私酒，可他同样是个吝啬的家伙，每一滴酒都得用瓜干去换。

问题是：我们到哪里弄瓜干去？

我很想让老憨回家去偷些瓜干，但又说不出口。因为有一次老憨这样干了，结果差一点被他爸火眼打死——老火眼打人下狠手是有名的，他火气上来抄根扁担，劈头就砸！他家里仅有的一点瓜干，还要留着去代销店换酒呢。

三狗家里有一点瓜干，答应偷出一些。但以后怎么办？没有瓜干就没有酒，没有酒就帮不了玉石眼，也搞不来他的烟叶。这都是一环扣一环的事啊。

最后，我们终于不约而同地想到了"狐狸老婆"——想想看，这家伙每年该收获多少瓜干啊！穿过他的小院东门，那里面有一个个大槐条囤子，囤子里必定装满了瓜干……

不过，我们怎么弄来他的瓜干呀？

大家都急得挠头。如果把老家伙摁住，然后用口袋装走瓜干就行了。但这不是个稳妥的办法——那将十分危险。

商量了半天，最后一致的意见是：利用老人以物换物的特点，用河鱼去换他的瓜干。

"狐狸老婆"爱吃河鱼，还说半尺以上的鲫鱼是宝！

剩下的事情就是搞清楚那家伙到底有多少瓜干？不然就是空

欢喜一场。

侦察的事情照例落在我和老憨身上。我们不得不硬着头皮跑一趟了，因为到现在为止还不知道他是否起了疑心。这家伙当过狐狸的老婆，那就会有狐狸的心眼。

为了不太心虚，我们去的时候照旧提了一条鲫鱼——尽管鱼的个头比上次小一点。

那条大狗恶狠狠地看着我们，嘴里"呜呜"的声音比过去还大。老憨扔一点东西给它，它一边吃一边还要"呜呜"几声。好不容易冒险进门，只见"狐狸老婆"一声不吭坐着，不理我们。

我的心嗵嗵跳。

老憨举起手里的鱼，一直举到老人脸前。

"腥歪歪的，放一边去吧！"他没好气地说。

老憨赶紧放在了地上。

"那天的杏子好吃不？""狐狸老婆"阴着嗓子问。

老憨身上一抖，我赶紧用膀子扛了他一下，这就掩饰了两人的紧张。我好不容易定了定神，笑着说："大叔那天没给我们杏子吃啊。"

老人站起来，眼里放出一道凶光："那几个小子没给你们尝尝？他们独吞了不成？"

我和老憨马上表达了十二万分的委屈："大叔说哪儿去了。我们和他们不是一伙的！我们还想逮住他们交给你呢，一直追了好远——这些家伙跑得可真快，就像飞毛腿……"

他又盯了我们几眼，伸手去摸一旁的烟斗了。他吸着烟，像在琢磨事情。

老憨不再吱声。我对老憨说："大叔真能冤枉人啊！咱逮了这么大的鱼都不舍得吃，跑大老远的送来，结果还被赖上了！咱们走吧，咱拿上鱼走吧！"

我说着就去拿地上的鱼。

"狐狸老婆"一下站起，挡住了我。

"老果孩儿说得一点不差，俺走了！"老憨也弯腰去拿鱼。

"嘿嘿嘿！"他笑了。这笑声真的像狐狸。他笑过了，说："不过是逗逗你俩哩。再说了，我也不会白吃你们的鱼啊！"

老憨鼻子酸酸的，带着哭音问："那又能怎么？你这里又没什么好东西给我们……"

老人伸出烟锅四下指着："你俩看看这里，喜欢什么就跟大叔说。"

我和老憨抑制着兴奋，故意装作很不情愿的样子，东院西院看起来。我们夸了一会儿兔子和鹌鹑，又夸那条忠诚的狗。最后我们终于找到了盛瓜干的大槐条囤子！老憨掀开囤子盖说："一条鱼换一捧瓜干怎么样？"

"那得看是多大的鱼了！""狐狸老婆"站在我们身后说。

我说："一定不比今天的鱼小！"

交易就这样达成了。我们离开的时候，心里乐开了花。

结果第二天我们就捉了两条鱼。

第三天，我们用两大捧瓜干，从锅腰叔那儿换到了二两三钱烧酒。

捉鱼六法

由于第一次只搞到很少一点酒，就没有送给玉石眼。老憨提议我们大伙也该庆祝一下：烧一些鲜花生鲜地瓜，你一口我一口喝它怎样？

二两三钱酒，如果落到玉石眼手里，还不一仰脖儿就没了？

老憨爸火眼那儿有一只很大的葫芦盛酒，另一只小葫芦就被老憨用上了。从锅腰叔那儿换来的酒装在这只小葫芦里，摇一摇发出咣咣的声音。

他说这只葫芦能装半斤酒——"咱只要有了半斤酒，就送给玉石眼。"

大家都同意。

约定了第二天去河边享用花生地瓜，还有酒，度过这了不起的一天。想啊想啊，结果夜里高兴得差一点睡不着。

天亮了聚到一起才知道，每个人都同样兴奋。我们先是设法搞来花生和地瓜，这并不容易——一到这个季节就有了护田人，这些人又叫"看泊的"，一个个都凶巴巴的。

像过去一样，先由老憨下达指令，再由我堵好他指令中的一些漏洞，将每个步骤都弄好——我们要钻到半人高的玉米棵里，借着它的掩护移动到花生和地瓜田里；我们要分散开来，事成后在指定的某处河岸碰头……

事情总是顺利无比。太阳刚刚升到树梢那么高，我们就点起了炊烟。几个人坐在河岸的漫湾处，这里有又白又细的一片沙子。

我们用粗一些的树枝搭起小葫芦架的模样，上面铺起细一些的干树枝，然后堆上干草，草上再摊开一层花生果——等架子烧起来，细细的干树枝烧断时，一颗颗熟透的花生果就掉到架子下面来了！

地瓜难对付一些，这要耐住性子才行：用细细的树枝和干草混在一块儿，把地瓜塞进去，点上火，等烧旺了之后再用一层湿草盖好——

湿草烤干的时候，里面的地瓜一准变得又软又香。

等待地瓜烧熟的这会儿，正好是吃花生喝酒的时候。酒葫芦在几个人手里传着，大家只舔了几下。老憨有一次喝了一大口，结果眼泪全呛出来了。

所有烟斗都点上了，里面装的当然不是烟末，而是晒干的大丽花瓣和豆叶。我们吸一口赶紧吐出来，再吸，再吐。

无论是喝酒还是抽烟，都是大人们中间兴起的最愚蠢、最让人受罪的事儿。不过这种倒霉的东西既然发明出来了，我们也不能示弱。

每个人吃得小嘴黑乌乌的，然后就干这一天里最大的事情了：捉鱼。

这方面谁也比不上三狗，他干这个已经出了大名。可惜他只能捉河鱼，而海边这一带只吃海鱼，所以三狗的地位并不高。

三狗捉河鱼喂鸡鸭和猫，再不就养在自家的水缸里——他妈伸手舀水，不小心被受惊的鱼溅了一脸水，回头还要骂三狗。

老憨一夸三狗，三狗就神气了，这会儿三两下脱掉衣服，一头扑进了河湾。老憨让我们看好。只见三狗扎进水底一会儿，突然像个轮子一样在沿岸那儿转起来，一条条大鱼小鱼就接连不断地被扔到了岸上……

我知道三狗捉鱼有六种方法，我只懂得其中的三种。比如眼下，他就使用了最常用的一种：在沿岸"水草胡子"里逮。那些搭在水里的芦苇和其他草叶中总是藏有一些半大的鱼，如果手快就能捉到——

要有一把卡住鱼鳃的本事，不然滑溜溜的鱼到了手里也要跑掉，所以这个功夫是硬练出来的。

第二种方法是遇到不深的水湾时，跳到里面浑搅一通：那些鱼当然受不了浑水汤，只好把小嘴伸到水面上——只要你眼尖，就一定会发现一合一闭的小洞洞，然后再逮它们就容易了。

可惜这样逮到的，十有八九只是二指长的小鱼。

第三种方法又笨又狠：将鱼引到一条又窄又浅的水汊里，然后用秸秆做成草坝，几个人撅着屁股推草坝，一直推到水汊尽头，那就没有一条鱼可以逃脱了。

这几种方法都是老憨告诉我的，听起来挺好，试了试基本上没什么用处。

剩下的三种才是三狗的拿手好戏，是不费劲儿就能成功的秘诀，所以他轻易不会示人。

我们看三狗捉了一会儿鱼，就鼓动老憨也露一手。老憨推脱了一下，就跳到一条水汊里，像打瞌睡一样来来回回地走，并不动手。

我们催他："快呀，你磨蹭什么？"

老憨搓着眼，打着哈欠，腰弯了弯，突然一扬手，就是一大把鱼！

这些鱼在岸上活蹦乱跳，看得人眼傻！这是怎么回事？它就发生在我们大家的眼皮底下啊。

"老憨你是怎么弄的？讲一讲不行吗？"破腔等他上了岸，就一声声追问，差不多都要央求了。老憨揉揉鼻子，看看我，撒谎说："没什么，不过是手快。"

我知道他这是胡说。

正问着老憨，河道里的三狗不见了。大家担心他出事，就慌起来。只有老憨蹲在地上抽起了烟斗。

我们一直盯着水里，只见扑拉一声开了一朵水花，三狗从水中伸出头来，一只手撸一把脸，一只手里是一条足有半尺长的大鲫鱼！

这条大鲫鱼啊，是我见过的所有鲫鱼中最大的，而且浑身闪着金光！

"这条大鱼，至少得换来'狐狸老婆'两斤瓜干！"老憨拍了一下膝盖。

受三狗捉到大鱼的鼓舞，老憨剩下的一段时间兴奋起来，往脚上胡乱缠了几道青草拧成的细绳，就跳下水去。他在水里小心地、一步步稳稳地走，不一会儿就"哎哟"一声，弯腰掏出一条鱼来！

我们看傻了眼。李文忠问我："这是怎么回事？"

我当然答不上来。这和变戏法差不多！

鱼捉得够多了。我们一块儿到岸边草地上找鱼，多少有些失望：由于我们过于注意河里的人了，就没有提防岸上的野猫！这些家伙原来一直伏在草丛里，什么都看在眼里，瞅个机会就把鱼叼走了！

还好，剩下的鱼也有十几条大的。小的没什么用，想了想，趁它们还没死，又扔回了河里。

这段时间闷在火里的地瓜也熟了。大家吃着地瓜，又试着喝酒抽烟了。

这一天真是高兴极了，有烟有酒，还有香喷喷的地瓜——什么都好，就是有人将捉鱼的方法藏起来，太不够意思、太不好了。

朋友之间能这样吗？

我和李文忠的气最大，逼他们快点说出来。

三狗和老憨实在没有办法，最后让我们发誓不告诉别人，这才从头讲出来。

原来老憨在水汊里来回走动时，只为了吓唬里面的鱼，它们一害怕，就要钻到汊边的一些洞里——在水际线那儿有许多这样的洞，为了捉鱼，可以提前多挖几个这样的洞。它们在里面越积越多，只要伸手一掏就是一把，不足之处是小鱼较多。

老憨在脚上缠了草叶绳，那是为了不让脚底板发痒——要知道人的脚抬起落下，总会踩到伏在沙子上的鱼，只不过鱼一动，脚心就发痒，然后脚一抖，鱼就跑开了——脚上缠几道草绳，脚板心就再也不痒了，鱼自然也就跑不掉了。

至于三狗潜水时逮到的大鲫鱼，那首先要学会在河道里找大螃蟹洞才行——洞子如果有碗口那么大，肯定住了大个的螃蟹；如果是一条更大的鲫鱼，那么它就专找这样的洞穴住下来，螃蟹就得挪窝儿了⋯⋯

抽烟老行家

大鲫鱼真的是宝——我们一见到"狐狸老婆"就明白了。

他对我和老憨的疑虑其实并没有打消，这一点我们心里有数。后来我们和他做成了一笔笔买卖，就是用河鱼换瓜干之后，那种猜疑还在。

"狐狸老婆"看我和老憨的眼神让人害怕——他在那里抽烟，却要偷偷瞥我们。目光阴阴的。我差一点就把心里的求饶声吐出来：

"老天爷啊，你千万别再这样看人了，这会把人看穿的啊！"

可是这一次，当我和老憨手提那条金色大鱼进了小院以后，"狐狸老婆"的鼻子就往上仰起来了。他不是看见，而是闻到了宝贝的味道。

"这是宝啊！"他把它放在院子里的几片树叶上，伸手抚摸着：

"它的名儿叫'黄鳞大扁'，有大滋养哩！当年我要有了它，也就不会卧炕不起了⋯⋯"

他想起了往事，但没有说下去。

"我们为弄来这个宝贝，只差一点儿就完了！"老憨夸张地举着手，像被人缴械一样，真可笑。

"狐狸老婆"问："怎么了？"

"快淹死了！"

我趁机说:"这条鱼只换两捧瓜干,说什么也不公平吧?"

"狐狸老婆"咬着嘴唇:"五捧吧!"

老憨说:"不换。"

"狐狸老婆"犹豫了一会儿,说:"六捧。"

我们没有再坚持,说就这样办了,然后提上瓜干赶紧离开了。

我们直接去了锅腰叔的小院。

这次换得的酒,再加上原来剩在葫芦里的,足足有了半斤!

我们几个兴高采烈地去了玉石眼那儿。当时拉渔网的人还在,我们就把葫芦放在衣襟下边遮遮挡挡。可是玉石眼见了我们还是没好气地嚷:

"毛头崽子,忙着呢,滚一边去!"

他恶声恶气的模样真让人恶心。老憨不解地看看他,气呼呼要走,我就暗暗拽住了他。

好不容易才等到拉鱼网的人散去,玉石眼立刻像换了一个人似的,喜眉笑眼地把我们迎进铺子,说:"了不得!拉渔网这些人鬼精鬼精,他们要是闻到了酒味儿,哪里还有我的份儿?我就为这个赶你们哩!"

我估计得不错。

老憨在耳边摇一摇葫芦,又在玉石眼耳边摇一摇。

玉石眼没等喝到嘴里眼就红了。他急着要抢到手里。老憨说:"这不行,你得先把烟叶拿出来!"

玉石眼唉声叹气到里边摸索了一会儿,拿出了两张金黄的烟叶。

它真是好看,有一种扑鼻的香气。我们都凑到一块儿研究这张烟叶了,那边的玉石眼却咕咚灌下了一大口酒,舒服得马上呻吟起来。

老憨先揪下一块烟叶塞进烟斗里,大家也那样做了。

一片咳嗽声。眼泪都出来了。真怪,无论是烟还是酒,都让人流泪。看来这些大人喜欢的东西，我们一时还制服不了它们。

可是我们不愿认输。轻轻吸一小口，然后马上吐出来。老憨没有吐出来，但我知道他是骗人：并没有咽下肚子，而是留在嘴巴里。

玉石眼喝得脸色通红，然后怕我们反悔似的，将酒葫芦藏了起来，回头对我们说："抽上了？我得教教你们！"

他揪下我们的烟斗插到自己嘴里，美美地吸了一大口，使劲儿咽到肚子里，只一会儿又从鼻子里一丝一丝流出白雾……

我们大家都愣住了。

正在出神时，突然玉石眼"啊啊"叫着，将大朵的烟雾从鼻子和嘴——说不定还有眼睛和耳朵里呢——一块儿喷了出来……他说：

"这叫'七窍生烟'！"

他喷了再吸，还将腮帮鼓得像一个皮球，将大嘴缩成小小的，仰向天空，吹出一个个大小相同的烟圈儿……

他就这样玩弄着把戏，看得我们目瞪口呆。

"不瞒你们说啊，因为咱都是老朋友了，说话不用遮一半露一半。告诉你们吧，我才是抽烟的老行家！"

"什么是'老行家'？"李文忠问。

老憨代玉石眼回答："傻蛋，就是最能抽烟的人！"

"那是一点都不差，"玉石眼伸着烟斗比划："在这一片地方，无论是海里的还是林子里的，除了人还有野物，都来跟咱学抽烟、要烟抽！"

三狗眼瞪得老大："你是说'哈里哈气的东西'？它们还会抽烟？"

玉石眼得意地眯上眼："它们烟瘾可大了！比如说兔子，它们年纪一大睡觉就少，半夜三更来找烟抽，我就得搓搓眼，爬起来给它们装上一锅。唉，要不说当个看铺人也不易嘛……"

"还有什么野物要烟抽?"破腔问。

"多了,獾,老猫,连鸟也是一样——有一年冬天,正下着大雪,一只老花喜鹊来抽烟,结果被烟呛着了,一整夜'咔咔、咔咔'地咳,弄得我睡也睡不好。"

我感兴趣的是海里面有什么会抽烟? 问他,他就捋捋胡须说:"海豹,海猪,还有老乌贼,都是抽烟的好手。"

我们笑了。

"你们只知道乌贼肚里有乌黑的墨汁,就不知道那是被烟熏黑的! 最能抽烟的是老龟,它能趴在我的铺子里抽一个通宵,一句话都不说……"

我们听得出了神,对他的话真假不分。如果是真的,这太出奇了;如果是假的,可他说的时候一丝不笑,一件件说得有头有尾,清清楚楚。我心里琢磨:可能是半真半假吧。

"烟是我的老伴,酒是我的老友,两样东西缺一个不行! 我在大冬天一个人趴这铺子里,没有它们怎么行? 我以前说过,我的老婆被'狐狸老婆'拐走了,从那以后我就成了一个老光棍儿。"

老人声音低下来。我们听得也难过。

"熬不过去啊,我就一天到晚抽烟,这才抗过来。那个狗东西后来给狐狸当老婆去了,把好生生的女人扔在家里——她来找我,想回来跟我过哩……"

老憨马上激动了:"那多好啊,那别让她走啊!"

玉石眼摇头:"不不,这可不行! 当初说好了的,走了就是走了——我这人说一不二,男子汉就得这样!"

我们恍然大悟地"啊"了一声,一齐钦佩地看着他。

最后我们让他快些教我们抽烟吧,他说一声"好",又转身喝了一口酒。整个鱼铺里除了酒味就是烟味儿。

半夜鱼铺故事多

天乌黑乌黑了，一眨眼就这样了，这可怎么回家啊?

我们焦急起来，怕家里人急着找我们。玉石眼劝我们说："我和你们这般大，说在外面睡就在外面睡! 男子汉嘛!"

老憨说："可是，我爸会打我啊!"

"那我就留一口酒给他。他这人见了酒就不打你了。"玉石眼对火眼真是了解得透彻。

老憨笑了。我们都不再急着回家了，起码是不好意思说了。

玉石眼挽起袖子做饭了，说要好好熬一锅鱼汤给我们喝。他把大白天挑选好的红鲷鱼、针鱼扔进锅里，又将整块的姜和整根的大葱扔进锅里，用一把大铁勺到一边的罈子里舀了什么，然后又到锅里搅着。

白色的蒸汽往天空飘去，铺子里外都是鱼的鲜味儿。

满天的星星出来了。熬鱼汤的大铁锅就在铺子外边。玉石眼挥着大铁勺说："我这口大锅能做给一百号的拉网人吃饭，你们信不信?"

"当然信了!"三狗说。

"四下林子里还有几百只野物哩，它们到了半夜都凑过来，想喝剩下的鱼汤、啃几块骨头，我就特意把锅盖敞开……"

老憨哈哈大笑："它们真喝呀?"

"那可不是么!"玉石眼说："第二天早晨起来一看，锅底都给它们舔亮了! 咱做饭的手艺好啊……"

鱼汤在锅里咕咕滚动时，玉石眼又将旁边一盆调好的玉米面挪到跟前，抓一把在手里一团，"叭"一声扔在了铁锅上部。

他扔着，一眨眼大铁锅四周就贴满了玉米饼。

鱼的鲜味儿、玉米饼的香味儿，它们合起来往鼻孔里钻！

夜已经深了。我们吃玉米饼、喝鱼汤，还跟上玉石眼喝了一点点酒！我们咳嗽，流泪，大笑。过瘾！这么好的夜晚，从来没有过的快乐啊！

老憨一个劲儿鼓动，说："老果孩儿快唱歌吧，快唱唱吧！"

没有办法，我只好唱起来。玉石眼以前没有听过，这会儿眯着眼，连连点头说："嗯，中哩，就像海狸子唱得一样……"

我立刻不唱了。

三狗和破腚都哧哧笑。

玉石眼拉着脸："嗯，真哩，有一年冬天每到了半夜就有海狸子趴在岸边唱。它唱得我心里好酸哪，因为那时我没了老婆，听着听着就哭了。我知道这只海狸子大半也没了老婆，它心里难过嘛！"

我明白了，因为我刚才唱的是忆苦歌。它是海边人专门用来回忆旧社会的苦日子、用来诉说辛苦的一种歌 —— 我这人有点怪，一开口就是忆苦歌，这也是我最擅长的。

玉石眼说下去："常住在海边上，各种朋友都得交往啊，这里到了冬天人少野物多，它们像人一样，有的脾气好些，有的品性孬些。那些好的离开怪让人想念的，那些坏的一点好事都不干……"

我又想起了掳走看林人的那只老公狐狸，问它是不是最坏的？

玉石眼摇头："它不过是糊涂罢了，看错了人。其实'狐狸老婆'那种瘦干干的模样，长了一双死人眼，有个什么好？我有时想，人和野物相老婆的标准真是不一样啊！"

老憨想起了什么，说："'狐狸老婆'不吃海鱼，他最喜欢河鱼。"

"这就对了。那只老公狐狸保准住在河边上，它和他做了夫妻那一阵子，就成天抓河鱼吃。都是习惯。"玉石眼取了烟斗吸了长长的一口烟，又饮了一口酒，拍着腿：

"要紧是忠啊！我在海边这里多少年，来的闺女媳妇不算少，因为我年轻时候眉眼实在是英俊！说到野物，它们闪化的精灵比一般闺女还要俊……可咱从来没动过心。"

老憨"扑哧"一声笑出来。

"一天半夜有个大圆脸闺女扑进铺子里，说是走迷了路，要在这里宿下。我说那可不行，这是男人的地方，再晚也得送你上路。就这么，我硬是把她送走了。其实呢，这不是那么回事儿……"

"那到底是怎么回事儿呢？"李文忠问。

玉石眼磕磕烟斗，火星儿不小心弄到了屁股下的破毡子上，只一眨眼就冒起烟来。大家惊呼着，帮他扑打。他喘着，定定神说下去：

"她分明是只狐狸，就住在这海滩上，早就看中了我，想嫁给咱哩……验证这个的方法，就是让她吸烟喝酒，等喝醉了、烟也吸多了，后屁股那儿就多出了一截儿尾巴。"

我们一齐大笑。

"所以说我和你们不一样，我在海边上住得久，离了烟酒就不行。烟酒对我有大用哩！"

我说："知道了，你用它们逗弄那些'哈里哈气的东西'！"

玉石眼点头又摇头："我说过嘛，酒是老友，烟是老婆，我一辈子就是离不开它俩了。"

玉石眼晃一下酒葫芦，说一声"不多了，要留着下一顿喝呢"，就回身藏在了铺角里。

他让我们吃香喷喷的玉米饼，自己却不吃，只喝了不少鱼汤。他最爱的是烟和酒。刚刚藏了酒他就不说话了，盯着前边黑乎乎的海滩，说一句：

"它们都在暗里瞄着咱们哩！"

我们都顺着他的目光去找，什么也看不见。

玉石眼叹一声："你们看不见。这得闭上眼，然后就能听见它们伏在黑影里丝丝喘气儿啦。它们在琢磨我们今夜想干什么，还想占点小便宜什么的……"

三狗问："什么'小便宜'？"

老人没答，只说："它们的脾气也不一样，有的大大方方，有的小里小气。去年我有一杆崭新的烟锅——那是花竹杆儿、瑠璃嘴儿的，就给一只老兔子偷走了。我自认倒霉……"

大家都笑得肚子痛。

玉石眼咂咂嘴："还有一年上，我在这铺子前抽烟，一到了半夜就有个小胖娃娃跳跶。我揉揉眼，他又钻到地底下去了。我一打瞌睡，他就用一根棘子捅我，真烦人哪！"

老憨正半卧在地上，这时一下子爬起来问："那是什么东西？小妖怪？"

"是啊，我也纳闷儿。一连好几天，它折腾得我不得安闲。后来天亮了，我就到它钻地的那周遭儿好好看了，见一个沙包上长出了几片叶子。我就挖啊挖啊，你们猜我挖出了什么？"

"挖出了什么？"

"白白胖胖的粗根根，像小孩儿胳膊，一扳流白汤，舔一下怪甜的。像藕又像山药。我那天正好有些饿，就把它蒸了吃。又香又甜啊……后来我才知道，那是一棵老茯苓精，吃了长生不老的！"

大家发出了"啧啧"声。三狗快要吓坏了，嚷着："一个挺好的小孩儿，你就蒸了吃？你也是妖怪？"

破腔也愤愤地说："太惨了！"

玉石眼用烟斗磕磕他们的头说："那是闪化的，不是真的小孩儿。"

我琢磨着，不知是悲是喜。关键问题是：蒸的时候它痛不痛？它有知觉吗？我和老憨小声讨论这个，老憨也说不准。

玉石眼得意地眯上眼说："我和别人不一样，我吃了那物件，是不会死的——我说这话不是吹牛，你们都可以作证，我如果说了瞎话，有一天死了，你们谁都可以找我算账！"

老憨一愣，接着笑了，问："去哪里找你呀？"

玉石眼仍旧挥着手说："只管找我算账！

它们不胜烟酒

我们仍然没有学会抽烟、喝酒。不过总算有了一点点进步，比如说不再怕它们了。

我们几个人当中数老憨进步快：能喝很少的一口酒，还能让吸进的烟从鼻子里冒出来。

我们平时上海滩林子里玩，总是叼着齐刷刷的烟斗，高兴了就点上抽几口。我们最为自豪的是：烟斗里是真正的烟末，而且是外海人捎来的关东烟！

我们还有一只酒葫芦，里面是一晃啷啷响的瓜干酒！

有一次我们在林子里遇到了一个猎人，这家伙背了枪，所以我们不敢小看他。他见我们叼起的烟斗，就说："倒也像个样子。"

这句话刺激了我们，就让他抽一口试试。结果猎人呷呷嘴囔："真好烟啊！哪里弄的？"

我们当然不会跟他说的。

猎人的挎包一角被血染红了，这使我们有些恨他。为了捉弄他，我们转身找了几颗兔子屎装到烟斗里，再次给他抽，把他辣得两眼流泪。

离开前，我们还用一条桑树根把他绊倒在地上，一丛酸枣棵把他的额头刺破了。

这一天剩下的时间，我们又去河里捉了一些鱼：同样是小的放进河里，大的留下来，准备回头带上找"狐狸老婆"。

坐在河岸上抽烟，讨论着"狐狸老婆"和玉石眼。那个鱼铺老人已经是我们最好的朋友，我们也答应了为他报仇。可是尽管男子汉说话算话，但答应下来的事却很难办。大家一筹莫展。

破腔这个人很怪，他总能在大家都没主意的时候，交出一个最坏的主意。他木着脸说："我看，还是把他的老穴点上一把火吧——别烧坏了他，先偷他的花生和地瓜，等他追我们时，老憨和老果孩儿就留下动手吧！"

他这个计划太吓人了！老憨咧着嘴看我。

我说："杀人放火的事儿，咱们暂时还不能干。"

老憨骂了一句说："以后也不能干，这是肯定的！"

三狗挠着头说："那设法把他用酒灌醉，然后绑起来，这就可以随便揍了！"

这个办法靠谱，但问题是从来没听说"狐狸老婆"是个嗜酒的人。

李文忠十分慎重，他一直皱着眉头，这会儿想出了一点眉目，说："他，就是'狐狸老婆'，我看，应该，让他交代问题……"

老憨翻着白眼："交代什么问题？"

"就是，他啊，怎么当了它老婆、又怎么扔下女、女人……"

老憨不吱声，等他说完。

"只有他认了罪，才好、惩罚……"

我觉得这真是有道理。因为玉石眼说得再好，也不能只听他一个人的。凡事都要讲一个准确，这才是最重要的。不过从现在看，"狐狸老婆"真是可恨。

这事只议论到这里，因为有两只猫在一边探头探脑，它们显然闻到了鱼腥。老憨找出几条小鱼举一举，它们就过来了。

两只猫吃过了鱼还不想走。它们十分漂亮，瞧小鼻子多么好看！谁的鼻子有猫的鼻子好看？它们绕着老憨和我的膝头打转、摩擦。老憨忍不住了，说：

"该给它们一点酒喝吧？"

大家没有异议。于是老憨又取了一条小鱼，一边让它们吃，一边把酒抿到它们嘴里。它们再三拒绝，但还是沾了一点。

只一会儿，它们的腿就颤抖起来，头晃眼眯，可笑极了！

三狗吸了一大口烟，迎着它们一点点喷出。它们打的喷嚏可真响啊！

在我们喂猫的时候，一只半大的花狗溜达过来，可能是附近看泊人的。老憨一见它就兴奋了，先是喂它吃东西，然后就灌它酒、往它嘴里喷烟。

它开始尽管拒绝，但出于礼貌，还是不停地摇着尾巴。最后它被老憨过分的热情弄得受不了，使劲一挣跳开了，一边跑一边打喷嚏、咳嗽，还大感不解地摇头，回头久久地看着我们。

大家正要离开时，一只刺猬不紧不慢地从一旁走过。破腚把它抱过来，马上掏出兜里的鱼干给它，它毫不犹豫就吃起来，伴着咯吱咯吱的咀嚼声。

老憨不失时机地喂它酒，它马上发出了一声响亮的"呸！"老憨吓得不敢再动手了。

三狗和破腚迎着它的小鼻子吐烟，它就剧烈地咳嗽——让我们震惊的是，这咳嗽声与人竟然一模一样！

我们现在终于明白了：这些"哈里哈气的东西"是既不能抽烟也不能喝酒的，用书上的话说，就是"它们不胜烟酒"。

　　可是因为没有全部试过，我们还不知道玉石眼的话能否得到证实——他说上年纪的老兔子是烟瘾最大的；他还说，一些老狐狸也极有酒量。

　　我们从河边离开，直接奔向了那片黑乌乌的林子。快要接近老穴的时候，几个人都犹豫起来：究竟是一起进去，还是只由我和老憨出面呢？

　　三狗几个十分担心那个家伙认出他们，可又无比好奇，总想闯进去亲眼看一看。

　　商量了一会儿，老憨拍拍膝盖："男子汉没点胆子还行？不怕死的跟我走！"

　　他们都跟他走了，因为谁也不愿担个怕死的名声。

买卖公平

　　即将进入"狐狸老婆"的小院时，我为了安全，建议三狗几个还是先待在远一点的地方，等我和老憨喊他们再进去。老憨皱皱鼻子，总算同意了。

　　我们的鱼再次受到了"狐狸老婆"的欢迎。他把三条大一点的摊在一块木板上，一条条端量了一会儿，说：

　　"没有'黄鳞大扁'。"

　　他吸着烟，然后叹口气说："那东西是宝物，怎么会轻易到手呢！"

　　他说着把烟斗咬紧了，伸直两臂说："看我，眼瞅着就强壮起来了！"

　　他这是赞扬前一段我们给他的大鱼。

他又踢了一下腿，弯腰，攥拳，最后还抓起了一个米斗大的木墩抡动。他一连抡了好几圈，大气也不喘。老憨有些惊讶地看看我。我也吃惊。

我们对他说了：那上次的大鱼，还有这些鱼，都是我们从几个捉鱼的人那儿买来的。

"买来的？""狐狸老婆"立刻瞪大了眼睛。

老憨说："那是虽然的了。要不说我们用鱼换你的瓜干吗，这叫买卖公平。如果我俩会捉，那就什么都好说了，我们连一片瓜干都不会要的。"

"狐狸老婆""嗯嗯"几声，盘算着什么。

老憨说："那几个小子跟上我们来了，因为他们反悔了，想把鱼要回去。我俩一钻到林子里，他们就不敢追了。这些人大约怕你……"

"狐狸老婆"听得出了神。

老憨又说："他们走到小院外边就停下了。"

"嗯？他们来了？"他从嘴里拖出了烟斗。

我和老憨一喊，三狗几个就小心翼翼地走进来。看得出，他们对这个地方真的有些害怕。

"狐狸老婆"咬着嘴唇，目不转睛地看他们。

三狗说："我身上害冷呢。"

我也看出三狗身上打抖。

老憨生气地呵斥："男子汉哪有害冷的！"

破腚说："我肚子不好受，身上没劲儿……"

我这才发现破腚两腿有些软。

"狐狸老婆"看了一会儿，说："前些天有几个破小子来这里捣乱哩，我差一点割下他们的头！"

三狗和破腚听了这句话，干脆坐在了地上。老憨偎到他们身边，大声说话，那是为他们壮胆：

"人家老叔听说你们是捉鱼好把式，佩服哩！我和老果孩儿买了你们的鱼，来换老叔的瓜干，这叫买卖公平……"

三狗慢慢抬起头，小心地瞥一眼"狐狸老婆"。

我说："老叔，你让这几个捉鱼的开开眼吧，看看你东边小院里的好东西吧！"

"狐狸老婆"还没点头，老憨就催促他们"快去"。

我们一块儿去了小东院。大鹅高声叫唤，好像在说："就是他们就是他们！"羊咩咩乱叫，一双灰眼望过来，让人想起玉石眼。一对野鸡刚刚下了两只蛋，红着脸叫："咕哒……"

老憨弯下腰看看野鸡，回头望望我说："老果孩儿，这下蛋的鸡我想要。"

我没有理他。我不知道他在打什么主意。

三狗看见这么多野物就来了精神，东瞅西瞅，盯住一只小猪说："这真像俺爸跑丢了的那只小猪啊！"

奇怪的是，我发现"狐狸老婆"听了三狗的话，眼神立刻有些不对劲儿。

三狗又说："俺爸那只小猪头顶上也有两个毛旋儿……"

老憨应声过来，三狗指着小猪。老憨对我使个眼色说："嗯！"

最后揭开了瓜干囤子——这么大的一囤子瓜干，没有一片发霉变色的，全都雪白雪白，真开了眼！大家一齐发出"啊"的一声。

李文忠说："老天爷，这能换来多少酒啊！"

破腔说："我一看就知道咱们吃了大亏……"

从小东院出来，老憨哭丧着脸，指指我和三狗几个人，对"狐狸老婆"说："今天来这么多人，就是想和你说说'买卖公平'的事。他们嫌那几捧瓜干太少，不答应啊！"

"狐狸老婆"眨着一对深陷的眼睛，问："到底是怎么回事？"

我这才看出，怪不得这个人的眼睛让人害怕，原来是眼眶四周长满了细小的黑毛……

"这么回事，"老憨揪住三狗说，"他上次为逮那条'黄鳞大扁'，一头栽到了淤泥里，结果半天没缓过劲来，脸都憋青了，他爸要找人算账哩！"

"狐狸老婆"抱着长长的烟杆，一副满不在乎的样子。

老憨又拍拍破腚和李文忠说："他们捉鱼呛了水，难受得好几天没吃饭，有没有这回事？"

他们两个马上应声："当然有了！"

老憨朝我使个眼色。我开始与"狐狸老婆"郑重谈判了：一是要将瓜干数量加倍，二是园子里的鲜地瓜、鲜花生也该让我们尝一尝才好；要不他们都不想再送鱼来了，只想和海边那个玉石眼做朋友——他多大方，尽给大家烟抽、喝鱼汤、吃玉米饼……

"狐狸老婆"一听到"玉石眼"三个字，立刻骂开了："他算什么狗东西！你们敢跟他做朋友？这是真的？"

老憨说："怎么不是真的！我们本来是和你做朋友的，可你又买卖不公……"

"狐狸老婆"站起来："几捧瓜干算个什么！"

"还要吃鲜花生鲜地瓜哩！"三狗嚷。

"狐狸老婆"说："那也不算什么！"

老憨说："我还想要那两只下蛋的野鸡；三狗还要帮他爸抱走那只走丢的小猪……"

"狐狸老婆"像哭又像笑，仰脸看天说："就这么着吧！啊呀，谁能想到几个毛孩儿也来耍弄我呢？"

老憨立刻不高兴了，说："这叫'买卖公平'！"

也算报仇

这一天我们几个不光攻走了"狐狸老婆"不少好东西，还在他那儿吃了晚饭——我们当然嫌他脏气，在他动手做鱼的时候，就到园子里挖了些花生和地瓜，还顺手摘了一兜苹果。

我们在他的灶里烧地瓜花生，吃苹果，抽烟，不停地摇晃酒葫芦。

"狐狸老婆"见我们你一口我一口地呒那只葫芦，以为我们真的喝了不少呢，竟然伸手讨起来。我们给他的小陶碗里倒了一点。

最想不到的是，他只喝了几小口，马上醉得站也站不住，一会儿就躺下了。

我们抬着东西满载而归时，一路上都在讨论一个不错的计划：哪一天我们到老穴里来，先设法把他灌醉，然后就能随便取园子里、小院里的东西了！

老憨高兴得手舞足蹈："给玉石眼报仇还不容易吗？咱这回有了办法！原来这个狠家伙怕酒，这就好办了……"

我们一连几天商量去老穴里实施那个计划。我们都明白：得手是容易的，最难决定的是后边——该对那个家伙怎样惩罚呢？

取走大量瓜干，这不成问题——今后我们不会缺瓜干了，这一点是肯定了；还要把苹果摘完，把园子里的好东西尽数拿走……

至于是否捆了他交给玉石眼，我们犹豫了。我反对这样做，理由是：既然我们答应了替玉石眼报仇，那就该自己做，不要再麻烦另一个人了。大家都赞同我的意见。

老憨认为捆绑起来不好，因为我们走开后他解不开绳子，饿死渴死怎么办？

"那我们就这样走开？也太便宜他了！"破腔说。

三狗和老憨小声商议了一会儿，拍手大笑。问了问，他们说：逮一只大刺猬，解开"狐狸老婆"的腰带，把刺猬放进去，然后再给他扎上腰带……

李文忠听明白了，马上叫着："扎得痛、痛啊！这不好，这不好，不好！"

我也坚决反对，认为这太过分了。

老憨想了想对三狗说："要不就算了，狗东西，先饶他这一回吧……"

计划得差不多了，专等一个大晴天就可以动手。

这一天终于来了。我们装好烟末，带好酒葫芦，一大早就出发了。先是到河里捉了几条鱼，然后就往那片黑林子进发。

大家一直是高高兴兴、信心十足的，可是不知怎么，走到半路都不太说话了。

我问老憨："你怎么了？反悔了？"

"我才不会反悔哩！"老憨的声音沉沉的。

三狗对破腔和李文忠说："真怪啊，我怎么一干坏事就不高兴呢？"

老憨呵斥他："胡说！咱为玉石眼报仇，怎么是干坏事呢？"

我也像老憨想的一样。不过说真的，我也不太高兴。而且我知道，老憨也不愉快。

为什么都不太高兴，还真是想不明白。那就先不去想它吧。

我们走得好像很慢。到了小院门口，那只大狗一叫，只好硬着头皮敲门了。

"狐狸老婆"脸色不错，笑吟吟的，看上去今天很高兴。他一见我们手上的鱼就低头细看，显然想找"黄鳞大扁"。

"孩儿们，上回来玩得不错啊！看我这人，一喝酒就误事，今天说什么也不喝了。""狐狸老婆"的烟斗插在后衣领里，一只烟荷包晃动着。

老憨说："不喝酒可不行！"

我也劝他："多少总得喝点吧！"

"不喝不喝，说不喝就不喝啊。""狐狸老婆"拿着鱼往屋里走去。

三狗在他后边嚷："如果咱有'黄鳞大扁'呢？你喝不喝？"

"狐狸老婆"回过头，说："那就喝一点儿……"

三狗将背在身后的一只手猛地一举：一条活蹦乱跳的金色大鲫鱼！

"狐狸老婆"高兴极了，和我们一起忙：他炖鱼汤，我们就从园子里寻找所有的好东西。多好的园子啊，除了鲜地瓜鲜花生，再就是熟透的大西瓜、甜瓜，还有西红柿和黄瓜……这家伙真是个积攒好东西的怪人，简直馋死人不偿命！

我们在园子里继续讨论下面的行动。细细研究怎样离开：如果跑走再不回来，那就简单多了；问题是这样还不过瘾——

最好是办完了事再溜达回来，装作没事人一样，看看倒了霉的"狐狸老婆"什么模样……

这样一想就有些麻烦。

老憨看看我，因为在关键时候还是我的心眼多。我这次也不负众望，很快想出了一个主意：等一切做完之后，大家索性连我和老憨也一块儿捆起来吧，这样"狐狸老婆"醒来，看到我们和他一样，就会好受一些，也不会再那么多疑了。

三狗问："那我们是什么？"

我说："你们都是强盗。"

老憨对这个计划十分满意，挠着头说："这办法不错。不过我记不得什么时候，咱好像已经用过一次了……行，就这么办吧！"

我们回到屋里时，已经吃得很饱了。"狐狸老婆"美滋滋地喝着鱼汤，指指碗说："看，汤都是白的，大补养啊！"

我们马上趁机劝他喝酒了。他拗不过我们，只好喝了一点儿。我们还是劝他，他又喝了一点儿。

果然，像上次一样，他面前的汤还冒着白汽，他就醉得人事不省了。

老憨挥挥手，大家赶紧行动起来。我们将事先准备的一条大口袋装满了瓜干，然后又搞来尽可能多的花生和地瓜、甜瓜。

小东院里的几只鹌鹑真可爱，也要了；剩下的动物给放出来，赶到了林子里——可惜它们当中有的不愿走，驱散了又返回来，真没办法。

一切妥当之后，老憨领人把"狐狸老婆"捆了个结结实实，然后和我并排躺到炕上，让他们不松不紧地捆上我们。

天上布满星

天快黑了，我们一直等着"狐狸老婆"醒来。

这次他醉酒很厉害，直到天完全黑了才睁开眼，哼哼呀呀叫。当他弄明白自己被捆了时，马上大叫起来。我和老憨赶紧随上叫。

"狐狸老婆"骂着："狗东西，这是怎么回事？嗯？"

他一发凶，我立刻胆怯起来。我甚至马上有些后悔。我一下想到了他手里的那把镰刀……我呻吟着，想着怎么说。

老憨先开口了："老叔啊，来了一伙背枪的人，他们抢走了不知多少好东西，然后就……捆了咱。"

"快些，这么着，""狐狸老婆"在炕上挪蹭着，靠近我们俩，反手揪我们的绳扣——他真有办法！

可是我和老憨并不配合，这就费了他双倍的力气。我们三个好不容易解了绳子坐起来，老憨带着哭腔，哼着，装得太过反而不像了。

"狐狸老婆"看不出什么，一个劲问："怎么回事？给我往细里说说！"

再说还是那几句话。

他的眼变得尖尖的，问："那几个捉鱼的孩子呢？是他们一伙的？"

老憨说："也许……"

我一机灵，马上说："不，不是，那些人逼着他们抬上东西，一起离开了……"

"狐狸老婆"先在屋里、小东院盘点了一遍，又破口大骂着进了园子。我们一直跟在他的后边。本来好生生一个园子，这会儿到处乱糟糟的，这让我觉得有些可惜。

"狐狸老婆"一屁股坐在土埂上，说："我得罪了谁呀？"

他这样问着，很快回答自己："我只有玉石眼一个仇人哪，不过早就井水不犯河水了……"

我心上一动，说："来抢的不是仇人，他们不过是贪图东西！"

老憨拍腿："一点不差，都是冲着财物来的！"

"狐狸老婆"看看我和老憨，头低下来。他好像浑身上下没了一点力气，咕哝着："我心疼这园子啊……"他的手抚在我们后背上，不住地叹气。

这样坐着，很长时间谁都不吭一声。"狐狸老婆"在黑影里说："给我拿来烟斗吧，我想抽口烟。"

老憨应声跑走，很快把那支长杆烟斗取回了。他还为老人装上烟末，点上火。

烟的香味很浓。老人一口口吸着，我和老憨望着天空。今夜满天的星星可真亮啊，像一些眼睛直着盯过来。

四周有什么喘息声，一听就知道是"哈里哈气的东西"。它们在树隙和草丛里看我们。各种声音增大了，先是那只大狗默默地走过来，一声不吭地偎到了"狐狸老婆"身边。一会儿那只大鹅也过来了，也挨近了主人蹲下……

老憨突然闷声闷气说："老叔，你就别难过了，让我们老果孩儿给你唱个歌怎样？"

"狐狸老婆"哼了一声，烟斗从嘴抽出，显然是同意了。

我一点唱歌的心情都没有。

老憨推拥我，这使我明白，他想用这种办法表达歉意吧……我没有抬头，低低地唱了一句，然后就渐渐高起来……

四周一点声音都没有。我停下来时，这才发现不仅是"狐狸老婆"和老憨，就连那只大狗和大鹅，也都在静静地听我唱歌。我细瞧一下"狐狸老婆"，马上惊呆了！

他的脸仰着，嘴抿紧了，手里紧攥烟杆，两行长泪顺鼻子两边流下来……

我暗中捅捅老憨。老憨也看到了，这时靠紧了我，细细地吐气。

我知道在这样的夜晚，不该唱这支忆苦歌。可我有个改不掉的毛病，一开口就会这样唱，我不是故意啊！我想安慰几句"狐狸老婆"，可又找不到合适的话。

"狐狸老婆"把我和老憨、还有那只大狗和大鹅，一块儿往身边搂紧了……他松开我们，叹气，吸鼻子，说："我想起了她——想起了我那口子啊！她今夜要在多好啊……"

我的心开始揪紧了。我又想到玉石眼的话：整整三年啊，那个女人就在这林子里等他。他是个负心人，尽管他不承认。

老憨闷声说了一句:"那你就不该当'狐狸老婆'!"

这一次老人没有发火,只是叹息和摇头,连连说:"哪里啊,哪里啊!"

"那又是怎么回事呢?"老憨看着他。

"就因为我没家没口的,海边人就给我取了这么个外号,瞎编出一个故事,传来传去像真的……我年轻时在南山结了一个仇人,然后就跑到林子里躲藏起来……"

"什么仇人?"我问。

"说来话长了,你们听不明白……反正我在这儿藏着,一直到遇上那个女人,恩恩爱爱过下来。谁知后来那个仇人摸进了林子,我就连夜逃命了……"

"没领女人走?"我问。

"逃得急嘛。这中间冒死回来几次,想领她走。可是仇人盯得太紧,没能得手。三年过去,仇人死了,我这才返回林子,女人早不在了……"

"狐狸老婆"声音低低的,讲得断断续续。

我还是好奇,忍不住刨根问底:"到底是什么仇人?"

"你们听不明白。那是混乱年头,妈妈一个人拉扯我长大。有一天为了救妈妈,我跟人动了镰刀……那时就像你们这般大……"

我的心怦怦跳。我难过极了。我不想听这故事了——只要是忆苦歌引出的故事,谁听了都会难过。

玉石眼大醉

三狗他们按照原来的计划,把一大口袋瓜干抬到了锅腰叔的小院里——这样我们只要高兴，什么时候都能装满酒葫芦。下蛋的野鸡归老憨，小猪交给三狗爸。

甜瓜和苹果多得吃不完，足够我们尽情享用一番了……

但我们还是高兴不起来，一连几天不愿结伴出门。

爸爸妈妈担心我病了，几次过来试我的额头。以前我只要有个头痛脑热的，妈妈就为我做一张薄薄的鸡蛋饼。我这次没病，可是鸡蛋饼还是煎好了。

吃过了香喷喷的鸡蛋饼，心情总算好了一些。

我不再一个人待在家里，就去找老憨玩。进门的时候他爸正要打老憨，老憨就用葫芦里仅有的一点酒换下了棍子。葫芦空空的，使我们想到要重新将它装满。

我对老憨说："不管怎么说，那个'狐狸老婆'也怪可怜的，你不觉得吗？"

老憨点头："他比玉石眼可怜。"

"是啊，玉石眼还有我们这么多朋友。"

"'狐狸老婆'以前的仇人死了，又有了玉石眼这样的仇人——他这辈子总是有个仇人！"

我从来没有这样同情过一个人。我突然觉得世上没有谁比"狐狸老婆"更不幸的人了。我说：

"玉石眼肯定是误解了'狐狸老婆'，他俩不该是仇人。"

"他老婆跟了'狐狸老婆'，怎么是误解呢？"

我也说不清了。不过我总觉得这不是结仇的理由，因为我还记得玉石眼说过，老婆只要看上了人家，就得跟人家好好过——关键是那个男人没有给狐狸当老婆。我说：

"我们应该把听来的故事告诉玉石眼，这样他们就不会是仇人了。"

老憨这次没有反对。

我们找个机会约上三狗他们，把葫芦装满了酒，一起去找玉石眼了。

不过一路上拿不定主意：见了玉石眼以后，是否把报仇的经过讲出来？都有些犹豫。因为这事儿不但没有让我们产生多少自豪感，而且还有些心虚。

如果我们合伙欺负了一位无辜的老人，那才糟糕呢。那从来不是我们想干的事，或许还要为此后悔一辈子。

所以这还得从头好好想一想。

那天从"狐狸老婆"那儿回来，我多次将他想象成一个极坏的人，但想着想着就停下来了——没有想成。

也许他不太坏，但还不是我们的朋友；而玉石眼早就是我们的朋友了。玉石眼的故事好，鱼汤好，玉米饼也好，又是抽烟老行家，喝那么多酒都不醉——找他做朋友真的是最好了。

大家像过去一样，还没有走到鱼铺跟前就一齐叼上了烟斗。

见到玉石眼应该高高兴兴的，因为我们从来都是这样。那些拉渔网的人又排成了两行，又在呼天号地，我们随上他们跑来跑去，中午一起喝了鱼汤。

酒葫芦被我们小心地藏好，不然这些打鱼人会毫不客气地喝个精光。

天色晚下来，拉网人走了，这儿就是我们的了。玉石眼说："我昨夜做了个梦，你们为我报了仇，然后提了酒葫芦来找我，咱们喝了个大醉!"

我们一听吓了一跳，相互瞪着眼看。这家伙真神了。不过也许他只是蒙准了。我们没有应声。

玉石眼为了晚上和我们好好乐一场，像过去一样，藏下了一些红鲷鱼、大虾和大刀鱼，还从枕头下抽出一束金黄的烟叶，在我们眼前晃了一下。

　　大家争先恐后揪来一点抽，一边咳嗽一边夸老人的烟叶好。其实我们还是抽烟的门外汉，没有谁真的敢把烟吸到肚子里去。这方面老憨算个有本事的家伙，有一次真的连续咽下了两大口烟。

　　他夸耀自己的本事，我们不信，就让他憋住，然后再按鼓起的肚子——结果每按一下，就有一股白烟从鼻子和嘴巴里涌出……玉石眼乐了，说："这是我教出来的第一个徒弟！你们几个跟上快学！"

　　鱼汤熬好了，玉米饼也烤熟了。月亮一点点升高了，满海滩的野物又在远处盯视我们了。

　　玉石眼让我们每人抿了一点酒，然后向着明晃晃的月亮地里举举葫芦，咕咚咚灌下了一大口，舒服得嘴巴咧开老大，夸张地吹气。"好酒啊！"他高声叹道。

　　老憨问："你喝酒前怎么还要往月亮地里举一举？"

　　玉石眼脸一沉说："这你们就不懂了，除了要敬野物，还有前几辈打鱼的人、看鱼铺的人，这些人别看死了，魂儿说不定还在这里转悠哩——他们当中，肯定有我那口子……"

　　这一下大家都不再做声了。玉石眼也不吭气，只是喝着闷酒。

　　不知过了多久，玉石眼突然问了一句："又见那家伙了？"

　　他当然指的是"狐狸老婆"。都不回答。老憨习惯地看看我。

　　我鼓起勇气说："见了。这酒就是用他的瓜干换来的……我们还为你报了仇！"

　　玉石眼一直蹲着喝酒，这会儿慢慢站起来。月亮下，我发现他的胡子挂着几颗晶莹的酒滴。

　　老憨简单地把那个夜晚从头说了一遍。

　　奇怪的是玉石眼并没有夸奖我们，眼神里也没有兴高采烈的样子。他只"嗯"了一声，又重新蹲下来。他把手里的酒葫芦攥得紧紧的，停止了喝酒。

我实在忍不住了，说："你不该把他当成仇人，你们说不定真是有场误会呢！"接着我就把"狐狸老婆"那个晚上说过的话从头讲了一遍。

玉石眼没有答话，重新喝酒，直喝得手里的葫芦攥不住，掉在了地上。他眼里涌满了泪，但没有流下来。他在忍着。他显然是大醉了，蹲都蹲不住，躺在了沙滩上。我们扶起他，他说："就算不是仇人，我也恨这家伙！我恨所有长得像麻秆一样的男人！"

说完这一句，他眼眶里的泪水哗一下流下来了。

我们不知该怎么安慰他。他一直躺在沙滩上，我们只好陪伴着。他伸开四肢，望着满天星星说："我真想啊，我真想我的老婆子啊……"

他醉得实在太厉害了。我们以前还以为他是个永远喝不醉的人呢。

离开的时候，我们把玉石眼抬到了铺子里，让他躺好。他咕咕哝哝说着醉话，挥着长长的烟杆。

大 火 球

离开铺子我们没有马上踏向回家的路，而是一直沿着海岸往西走。我们听到一些野物在前边不远的地方叽叽喳喳，还发出"呼哧呼哧"的声音。

"你们这些'哈里哈气的东西'！"老憨迎着它们喊。

四野静静的。可是只有一小会儿，各种四蹄动物和飞鸟们又闹腾起来了。它们跑蹿、嘎嘎叫唤，故意逗弄我们。

三狗和破腚轮流学它们的叫声，学得像时，它们就一声不吭了。李文忠也学，但因为差得太远，野物们全不买账——其中一只大鸟还发出了哈哈大笑。

我们坐在河湾的白沙上。有些跳鱼在湖一样的水面上溅水。一只白得耀眼的水鸟从我们眼前掠过。

老憨想起了玉石眼，说："他从来没有醉成这样，我敢说他今晚忒难过。"

三狗说："他也不太恨'狐狸老婆'。"

破腚说："他最想原来的老婆。"

李文忠说："他和'狐狸老婆'天天想的是同、同一个人。"

我听着他们的议论，深深同意。原来他们一点都不比我笨——我想到的、没想到的，瞧他们全都说得清清楚楚。可是我以前总以为他们比我傻一点。

怎么才能表明自己的心眼比他们更多呢？我想了一会儿，终于明白了一点。我说：

"他们天天想同一个人，又想得一样厉害，怎么会是仇人？"

老憨拍腿："就是呀！那他们怎么还不赶紧和好？快和好吧，都是孤老头儿，都住在海滩上！"

"他们不会、不会和好。"李文忠说。

我问："为什么？"

"因为，他们都是坏脾气；还有就是、就是不好意思……"李文忠说。

我同意他的结论。我认为最后一条理由才是主要的：做了这么久的仇人，已经不好意思再和好了！

老憨说："不好意思好办，说不定哪天喝足了酒，玉石眼就摇摇晃晃找'狐狸老婆'去了。"

这个设想过于大胆了，大家没有表态。

接着议论下去，都以为我们应该设法让两个老人和好，这才是我们最该干的一件事——这事远比教师布置的那些暑假作业重要得多。

不过看来它在这个夏天是无法完成的。

野地里突然有一只大鸟惊叫了一声。我们循着它的叫声抬起头，马上愣住了：东北方，就在贴近海边的地方，好像暴亮了一个大火球，它比好几个月亮还大！

我们一时懵了，接着很快意识到：那是玉石眼的鱼铺啊！老天爷，不是别处，正是那里着了火啊！我马上想到有一天他的烟末点燃了毡子……

"老天，快，快快，是玉石眼……"老憨大喊一声跳起来。

我们一齐往前猛跑。没有一个顾得上说话，只是飞跑。

我觉得自己很长时间忘了呼吸，心都提到了嗓子眼。我冲在了最前边。

离得近了，只有几米远了——一切都看得清清楚楚，是鱼铺燃着了！如果我没有想错的话，肯定是喝得大醉的玉石眼抽烟，不小心把鱼铺点着了……这可怜的老家伙醉得一塌糊涂，已经爬不起来了，只得眼睁睁看着铺子烧成一团。

我们无法靠得更近，因为烧得最旺的地方恰好是铺子入口。三狗带着哭腔喊叫："大叔啊！大叔啊！"

老憨抄起铺边的一个水桶，飞快弄一桶海水泼到火上。我们都像老憨一样找来盛水的大小家什，一齐去泼……当铺口的火稍稍减弱一点时，我和老憨就不顾一切冲了进去。

铺内既睁不开眼又没法喘气。我们只靠手摸，找到了脸朝下的玉石眼。我们一人揪紧一条腿往外拖、拖，一直把他拖出了铺口。他的裤子上还有火星，三狗就将一桶水泼上去。

铺子还在燃烧。好在今夜风不算大，不然我们只得看着它烧完。

老憨照顾了一会儿玉石眼，说一声"还活着"，就返身和我们一块儿救铺子了。

这是打鱼人经营了几十年的一座铺子，里面装满了各种东西，再加上铺子外边搭的一张张渔网，不知有多么重要呢！这一点我们全都明白，所以拼上性命也要把它救下来……

不知拼了多久，眼看火苗暗下来，变成了一股股黑烟。我们不敢有一点松懈，还是一桶桶往上浇泼。这样一直迎来黎明，黑烟才一点点止息。

多半个铺子保下来了。

玉石眼的酒醒了大半。他勉强站起来，马上哎哟了一声，原来左裤脚烧掉了一点，左脚也烧伤了。

再看我们，老憨头发焦了三分之一，衣服上全是破洞，脸上也有烧伤和擦伤。他说："我爸又要打我了。"

三狗和破腚的脸全是黑的，只有牙齿洁白。他们身上有好几处流血。破腚的裤子烧去了一块儿，这正好使屁股上的疤痕显露无遗。

我看不到自己的模样，但分明感到脸上、胳膊上一阵阵剧疼。他们说我浑身上下有好几处伤得很重。

老憨到铺子里寻找那个酒葫芦，找了一会儿只拿出小半截：它大半都烧成了灰……

早　晨

我们一辈子都忘不掉这个夜晚和黎明，也忘不掉这个夏天发生的一切。

就说那个早晨吧。

我们害怕铺子再烧起来，更不能扔下玉石眼不管，所以一步都没有离开。这样直到太阳升起来，打鱼人从四处赶到海边……他们每天都要在天不亮赶来拉"黎明网"。一伙人先是愣怔怔地看着，然后大呼小叫地跑过来，围起了我们。

那个叫"老扣肉"的海上老大绕着铺子看了一遍，脸一直沉着。

我们所有人都怕他，这会儿真担心他挥起巴掌。谁知他转了一圈儿，抿抿嘴唇，蹲在了哎哟哎哟的玉石眼跟前。他仔细瞧了瞧伤，掀开老人的衣襟裤脚看过，弹弹老人的脑壳说："再敢喝酒！"

他让人快些找个担架，把玉石眼抬到园艺场门诊部去。

吩咐完了这一沓子，他才开始转向我们，像对玉石眼那样将我们挨个儿细细看了一遍，说："还行，能跑能蹦的，快回去擦药！"

他当众夸我们几个："还真亏了这几个毛孩儿，要不是他们，咱这个鱼铺就完了——玉石眼也见了阎王！这家伙又抽烟又喝酒，这回大概老实了！我赶明儿要找学校的头儿，给这几个孩子一人戴上一朵大红花……"

他这样说的时候，所有人都望着我们，齐声感叹说："真好样的啊！""这铺子就让他们救下了！""看一个个烧的，像灶坑里扒出的地瓜一样……"

当海上老大再次催促我们去门诊部的时候，我们就跑开了。

我们一口气跑到了河湾，又沿着河湾往南走。这时都感到了脸上身上的刺痛。正走着，老憨一抬头看到了什么——

一个细长的影子，那不是"狐狸老婆"吗？

我们大伙搓搓眼辨认时，老憨已经在喊了："哎——'狐狸老婆'——"

细长影子停住了。他手打眼罩往这边看了看，然后加快步子赶了过来。渐渐走近了时，我们都看清他手里提着一个大布包。

"狐狸老婆"气喘吁吁，见了我们上前一把攥住："啊，果真哩！玉石眼呢？"

他怎么知道鱼铺失火的事？原来天刚亮他就从北风里闻到了焦煳味儿，马上知道海边出事了。当他往那里赶去时，半路已经有人告诉他，说铺子救下来了，不过看铺老人和几个孩子烧伤了——他立刻回头取来了烧伤药。

"狐狸老婆"解开布包，拿出一个装了黄色油膏的瓶子："快些抹上，抹上它就留不下疤痕……"

我们都见过这个瓶子。

他抓住我们的胳膊，一边抹一边询问玉石眼的伤势。当他知道人已经给抬到了门诊部时，咕哝说："不能全靠洋法儿的。我这油膏最管用的！"

他说自己的油膏是海边流传了几辈子的烧伤奇方。真的，我觉得一直刺痛的脸和手，刚抹上这油膏就舒服多了。

我们下边最急着做的，就是赶快和"狐狸老婆"一起去找玉石眼。

这时太阳还没有升起，一层薄雾缠在树梢上。"狐狸老婆"急匆匆走在前边，我们紧跟在后。他的步子就像猎人一样灵巧，每一步都踏向灌木空隙，满地的酸枣棵和荆棘都被躲闪了。

在园艺场门诊部，几个医生正在给床上的玉石眼治疗，他们每动一下，玉石眼就发出一声闷叫。我们一进这间房子，马上闻到了浓浓的药水味儿。

"狐狸老婆"小声对一位医生说了几句，举了举手里的布包。医生接过去，拿到了床边。

床上的玉石眼看到了我们，嘴角露出了笑容。可是当他一转脸看到"狐狸老婆"，立刻闭上了眼。

"狐狸老婆"对医生说："抹上吧，最见效力。"

玉石眼听到了，睁开眼说："我不抹他的药膏。"

医生劝他，他像不听话的孩子一样扭过头去。我们有些着急。

正这会儿，"狐狸老婆"突然上前一步，盯着玉石眼看起来。玉石眼就像后脑勺上长了眼睛似的，被盯得转过脸来。

两双眼睛对视着，目光全都尖利利的。

屋里静极了。

"狐狸老婆"说话了，声音低低的，不过就像一道不容更改的命令：

"玉石眼，抹上这药膏！"

玉石眼闭上眼，再次把脸扭到一边。

"抹！""狐狸老婆"又说一遍，这一次声音加重了。

在场的人都看到玉石眼睁开了眼，咬咬下唇，很不情愿地把伤处袒露出来……几个医生为他抹药膏了。

从门诊部出来时，"狐狸老婆"问了失火的原因，我们闭口不答。他回头望了一眼，说："玉石眼要能喝上一碗黄鳞大扁，好得也就快了。"

我们告诉他：玉石眼不吃河鱼。

告别夏天

谁也不知道这场灾难是我们一手造成的，而且在很长时间里都会是一个秘密——就因为我们的任性和胡闹，差点把一座存在了四十多年的老铺子一把火焚掉！

这事想一想都害怕啊。我们是一帮什么人呢？

这个可怕的夏天啊，这个危险的夏天啊，我们做过的一切都不该被原谅。

和"狐狸老婆"分手的那个早晨，我们几个一直看着那个细长的背影，看他摇晃着，消逝在林子里。

老憨说："他和玉石眼和好了吗？"

我们都不敢肯定。但有一点是可以确定无疑的：他们之间再也不是仇人了。

更有可能的是：他们之间从来都不是什么仇人。

两个老人怀念着同一个人，爱着同一个人，这会成为仇人吗？这种事还真得好好琢磨一下才行——这种事对我们来说可能太复杂了一些。

不过，凡事都得总结——总结一下前前后后，弄明白我们的深刻教训到底在哪里？

因为我们身上带着烧灼的印痕，回家会受到刨根问底或重重的责罚，特别是老憨，几乎肯定会被臭揍一顿。趁着没有散开的一段时间，我们几个又在林子里耽搁了一会儿，好好讨论了一番。

最后得出了如下两条结论：

玉石眼是我们的好朋友，我们对他的话句句都信——再加上一些传言，以为那人真的给狐狸当过三年老婆呢！

看来以后无论遇到什么事情，都要听听当事人怎么说。

抽烟喝酒本来就不是我们喜欢的事情，只不过是一心想要模仿大人罢了，结果就差点弄出了一场天大的乱子。

海边的人说，猴子才最爱模仿呢，而我们又不是猴子。

从林子里出来，正好太阳也升起来了。

新的一天就这么开始了，我们要回家去了。老憨说："我爸一准打我，我又没带酒葫芦……"

我们于是决定陪老憨一起回去，以便在关键时刻为他挡一挡棍子……

这个夏天啊，剩下的日子还算过得不错。我们抓紧时间纠正自己的错误：一块儿为"狐狸老婆"修整弄坏的园子，送了他一些河鱼，其中有两条还是真正的"黄鳞大扁"！

玉石眼的烧伤好得比我们慢一点，半个月之后才回到铺子里去。"狐狸老婆"的药膏功效显著，我们大家身上没有留下一个疤痕。

我们仍旧去玉石眼那儿听故事喝鱼汤，也去看望"狐狸老婆"。

现在我们可以负责任地说：两个老人都成了我们的朋友！

还有，那天早晨我们带着一身烧痕回家，谁也没有受到责罚，因为海边上的消息总是传得飞快：人人都把我们当成了救火的英雄。就连老憨也没有挨揍——火眼那天早晨一见儿子就笑眯眯地凑过去，这让老憨心里发毛；在他马上就要拔腿逃开的一刻，火眼说话了：

"我这孩儿不孬哩，真是不孬！"

说到底夏天还是最好的季节。火热的夏天能让各种植物飞快成长，对人大概也是一样。

我们真舍不得夏天啊，舍不得这个夏天、所有的夏天。